Karl-May-W
Die Ziffern bezeichnen
Karl-May-Bände 1-70

KARL MAY'S GESAMMELTE WERKE

BAND 73

DER HABICHT

KARL-MAY-VERLAG BAMBERG

DER HABICHT

ROMAN
VON
KARL MAY

75. TAUSEND

KARL-MAY-VERLAG BAMBERG

INHALT

Der vorliegende Roman spielt im Jahre 1882 und ist ein für sich bestehender Teil des von Karl May in den Jahren 1886/87 geschriebenen fünften Münchmeyer-Romans „Der Weg zum Glück" (Band 66/67, 68 und 73 der Gesammelten Werke). Über die Entstehungsgeschichte, den Werdegang und die Geschicke der fünf Münchmeyer-Romane findet man Näheres in Band 34 der Gesammelten Werke „ICH"

Herausgegeben von Roland Schmid

Deckelbildentwurf R. P. Drake

Satz und Druck: Pfälzische Verlagsanstalt GmbH & Co. KG, Landau-Pf.
ISBN 3-7802-0073-2

DAS MALTESERKREUZ

Die Bahnhofsglocke läutete zum zweitenmal zum Zeichen, daß der Zug gleich einfahren werde. Der schrille Pfiff der Lokomotive ertönte, das Rollen der Räder erdröhnte, die Bremsen kreischten, und der Zug hielt am Bahnsteig.

„Lindenberg! Zwei Minuten Aufenthalt! Umsteigen nach Steinegg!" riefen die Schaffner und eilten an den Wagen entlang, um die Türen aufzureißen.

Männer, Frauen und Kinder kletterten aus den Abteilen, andere liefen und drängten sich, um einen Sitzplatz zu finden. Die Schaffner klappten die Türen wieder zu. Pfiffe erschrillten, der Bahnhofsvorsteher hob den Stab. Aus dem Schornstein der Lokomotive puffte dunkler Qualm, Dampf entzischte den Ventilen, die Räder begannen sich zu drehen, der Zug fuhr weiter.

Der Bahnsteig leerte sich wieder. Die Reisenden, die nach Steinegg wollten, begaben sich in die Warteräume des kleinen Bahnhofsgebäudes. Bald stand auf dem Bahnsteig inmitten eines halben Dutzends von Handkoffern, Taschen und Schachteln nur noch eine einzige junge Dame. Elegant nach der neuesten Wiener Mode gekleidet, groß und schlank gewachsen, blickte sich die blonde Schöne suchend nach allen Seiten um. Eine Unmutsfalte bildete sich auf ihrer Stirn, und ihr hübscher Mund verzog sich ärgerlich.

Plötzlich aber hellte sich ihre Miene auf. Eine gleichaltrige Dame war auf dem Bahnsteig erschienen und kam nun mit ausgestreckten Händen auf sie zugelaufen.

„Ah, Hilda! Endlich!" rief sie und eilte ihr lächelnd entgegen.

Beide umarmten und küßten sich. Die zweite war brünett und ein wenig kleiner, aber ebenso gut gewachsen. Ihr schlichtes graues Kostüm mit den grünen Aufschlägen und ihr dunkelgrünes Filzhütchen paßten zu der Berglandschaft. Auch sie war schön wie die Blonde, aber ihre Schönheit war von jener Art, die nicht gleich im ersten Augenblick Aufmerksamkeit erregt, dafür aber später um so mehr fesselt. Die Wangen ihres sonnengebräunten Gesichts waren ein wenig gerötet, ihre dunklen Augen leuchteten freudig.

„Asta, da bist du ja!“ rief sie. „Herzlich willkommen!“

„Ich glaubte schon, du hättest mich versetzt, Hilda!“

„Du mußt bitte entschuldigen, Asta. Um dich hier abzuholen, mußte ich schon mit dem Morgenzug von Steinegg hierher fahren. Die Stunden, die ich warten mußte, hab ich natürlich benutzt, um in Lindenberg allerlei zu erledigen. Dadurch bin ich ein paar Minuten zu spät gekommen.“

„Na, Hauptsache, du bist da! Wie weit ist's denn noch bis Steinegg?“

„Die Bimmelbahn braucht fast zwei Stunden.“

„O weh, das ist ja am Rande der Welt!“

„Am Bahnhof Steinegg werden wir von einer Kutsche abgeholt. Das Schloß liegt außerhalb hoch oben auf dem Felsen. Weißt du, so recht wie eine alte, romantische Ritterburg. Das Städtchen liegt am Fuß des Berges im Waldesgrün und ist schmuck und sauber: wie eine Perle zwischen lauter Smaragden.“

„Du wirst ja richtig poetisch.“

„Oh, du wirst auch begeistert sein!“ Hilda winkte einen Gepäckträger herbei. „Bitt schön, bringen Sie die Sachen da in den Warteraum Erster Klasse!“

Der Mann belud sich diensteifrig mit den Koffern, Taschen und Schachteln und eilte davon. Die beiden Mädchen folgten ihm langsam.

„Wann geht denn der Zug nach Steinegg?“ fragte Asta.

„Etwa in einer Stunde. Aber laß dich ansehn, Asta! Fesch schaust aus. Zwei Jahre sind's jetzt her, daß ich von Wien fort bin, und die ganze Zeit hast du nichts von dir hören lassen, obwohl wir doch in der Schule die besten Freundinnen waren. Wie ist's dir denn derweil ergangen? Was machst du?"

Über Astas Gesicht lief es wie ein Schatten, aber dann lächelte sie heiter.

„Immer wollt ich dir schreiben, aber ich kam einfach nicht dazu. Du weißt doch, es war mein Schwarm, ans Theater zu kommen. Da hieß es, von früh bis spät lernen — sprechen, singen, schauspielern. Aber nun bin ich soweit. Ich hab ein Engagement als Soubrette im Kleinen Operettentheater in Aussicht."

„Das ist ja wunderbar! Alle Achtung, daß du dich so durchgesetzt hast! Du bist doch ganz auf dich allein gestellt!"

„Ja", seufzte Asta, „das Schicksal hat die Baronesse von Zolba nicht so begünstigt wie die Baronesse von Alberg. Beide Eltern früh gestorben . . ."

„Das ist bei mir auch der Fall", fiel Hilda ein.

„Du hast aber immerhin ein Schloß und ein nettes Vermögen geerbt und hast noch einen Stiefvater, der sich um dich sorgt."

Jetzt lief über Hildas Gesicht ein Schatten. Sie unterdrückte jedoch die Antwort, die ihr auf der Zunge schwebte, denn der Gepäckträger kam den beiden Mädchen entgegen und sagte ihnen, er hätte im Warteraum Erster Klasse mit dem Gepäck zwei Stühle belegt. Hilda gab ihm ein Trinkgeld und bat ihn, die Sachen an den Zug nach Steinegg zu bringen, sobald dieser zur Abfahrt bereitgestellt wäre.

In dem kleinen Warteraum waren alle Plätze von den Reisenden besetzt. Nur an einem Tischchen saß ein junger Mann in oberbayerischer Gebirgstracht allein, die beiden anderen Stühle hatte der Dienstmann mit dem Gepäck Astas belegt. Sie blieb zögernd stehen und betrachtete den Mann, der mit Appetit sein Bier trank. Mit seinem sonnengebräunten Gesicht sah er gar nicht übel aus. Die hohe

Stirn, die kecke Nase, der schmale Mund und das kräftige Kinn verrieten Intelligenz und Energie, und in den dunkelbraunen Augen lag waches Selbstbewußtsein. Aber der grüne Filzhut mit der Kordel war ebenso verschossen wie der grüngraue Janker, die kurze Lederhose war abgeschabt und das am Hals offenstehende, mehr graue als weiße Hemd ebenso abgetragen wie die Wadenstrümpfe und die derben Bergstiefel.

Wahrscheinlich ein Gebirgsbauer, vielleicht nur ein Knecht, dachte Asta und rümpfte die Nase. Aber Hilda war schon an den Tisch getreten.

„Grüß Gott!" sagte sie. „Sie erlauben doch?"

Der junge Mann blickte auf.

„Aber bitt schön, meine Damen! Wenn das da Ihr Gepäck ist . . ."

Aus den Augenwinkeln musterte er verstohlen die beiden hübschen Mädchen, und ihm entging nicht, wie mißfällig die Blonde seine alte strapazierte Gebirgskleidung beäugte. Hilda nahm die Schachteln von den Stühlen.

„Setz dich doch!" forderte sie die Freundin auf.

Asta zuckte mit den Schultern und nahm so Platz, daß sie dem jungen Mann die Seite zukehrte. Sie blickte um sich.

„Ich möchte mal wissen, wie viele von den Leuten hier eine Fahrkarte Erster Klasse haben", bemerkte sie anzüglich. „Es ist eine Schlamperei, wie sich hier jeder breit machen kann."

Hilda erwiderte nichts. Ihr war das Verhalten der Freundin sichtlich peinlich. Der junge Mann tat so, als hätte er nichts gehört. Seine Augen hingen an dem reizenden Profil Astas, und offensichtlich überlegte er, wie er wohl am besten mit diesem schönen Mädchen ins Gespräch kommen könnte. Er winkte den Kellner heran.

„Die Damen möchten sicherlich was bestellen", sagte er.

„Ich nicht, danke!" lehnte Asta kurz ab, und auch Hilda schüttelte den Kopf.

„Na, dann bringen Sie mir noch ein Bier!" Der Mann nahm den Filzhut ab und strich sich mit der Hand über das dunkle Haar.

Der Kellner ging und brachte alsbald das Verlangte. Der Gebirgler zog einen Lederbeutel aus der Tasche und kramte daraus eine Anzahl Kupfermünzen hervor, die er auf den Tisch zählte. Asta schielte auf seine schlanken Hände, die eigentlich nicht gerade auf grobe Arbeit schließen ließen.

„Herr Ober, nicht wahr, hier ist doch der Warteraum Erster Klasse?" fragte sie mit etwas erhobener Stimme.

„Ganz recht, mein Fräulein."

„Dürfen denn auch Fahrgäste der Dritten und Vierten Klasse hier verkehren?"

„O ja. Es kann ja sein, daß ein Fahrgast Erster Klasse mit einem Fahrgast der Vierten Klasse was zu besprechen hat."

„Das meine ich nicht. Ich frage, ob ein Reisender mit einer Fahrkarte niederer Klasse hier ebenso Platz nehmen und sein Bier trinken darf wie jemand mit einer Fahrkarte Erster Klasse?"

„Nein."

„Nun, dann sorgen Sie gefälligst dafür, daß der Herr da sich dorthin verfügt, wohin er gehört."

Der ‚Herr da' tat, als hätte er nichts gehört. Diese hochnäsige Schöne machte ihm Spaß. Er setzte das Glas an den Mund, nahm einen kräftigen Schluck und stellte es wieder auf den Tisch. Dann schnalzte er mit der Zunge wie einer, dem es prächtig geschmeckt hat.

„Haben S' verstanden?" fragte ihn der Kellner. „Sie sollen dahin gehn, wohin S' g'hören!"

„Da bin ich doch."

„Sie sind hier aber im Warteraum Erster Klasse!"

„Na und? Da bin ich ja richtig hier."

„Sie wollen Erster Klasse fahren, wo Sie die paar Kreuzer für Ihr Bier zusammensuchen müssen?"

Das Auftreten dieses dienstbaren Geistes wurde dem anderen nun doch etwas zu dumm, und er fragte:

„Lieber Mann, wer sind Sie denn eigentlich, daß Sie mir in dieser Weise kommen?"

„Ich bin der Kellner hier, das sehn S' doch!"

„Na, dann sind Sie auch was Besonderes! Bier einschenken, den Frack schwenken und mit der Serviette wedeln, das kann jeder dumme Junge. Womit ich nicht sagen will, daß Sie auch einer sind. Aber mich lassen Sie in Ruhe, sonst wedele ich auch, aber nicht mit der Serviette!"

Er hatte das so laut gesagt, daß jedes Gespräch in dem kleinen Raum verstummte. Alle schauten nach dem Tisch hin. Der Kellner warf sich in Positur.

„Was? Frech werden S' auch noch? Ich fordere Sie hiermit auf, sofort den Raum zu verlassen!"

„Das ist ja lächerlich! Da muß schon ein ganz anderer kommen, der mir das sagt!"

„Gut! Der andere soll sogleich kommen!"

Der Kellner rannte davon. Der junge Mann nahm ruhig und gleichmütig einen Schluck Bier, als ob sich überhaupt nichts ereignet hätte. Nach einer Weile kam der Kellner mit dem Wirt.

„Da sitzt er!" rief er.

Gespannt starrte alles auf den Gebirgler, neugierig, wie er sich nun wohl verhalten würde.

„Der Kellner hat Ihnen befohlen, den Warteraum zu verlassen", raunzte der dicke Wirt.

Der junge Mann schüttelte den Kopf.

„Aufgefordert hat er mich, aber befohlen hat er mir's nicht. Denn er hat mir nichts zu befehlen."

„Aber ich! Ich bin der Wirt. Wenn ich Ihnen befehle zu gehn, dann haben S' zu gehorchen."

„Und wenn ich nicht gehorche?"

„Dann laß ich Sie mit Gewalt hinausbefördern."

„Das können Sie ja versuchen! Darauf laß ich's gern ankommen."

„Sie gehen also net freiwillig?"

„Nein!"

„Dann hol ich die Polizei."

„Tun Sie das nur, mein bester Herr Wirt! Die Polizei wird Ihnen sagen, ob hier jemand rausgeworfen werden kann, der auf die Eisenbahn wartet. Dafür ist der Warteraum nämlich da."

„Der ist nur für Fahrgäste Erster Klasse und nicht für Sie!"

„Und Ihr Herr Kellner hat wohl zu bestimmen, wer Erster Klasse fahren darf und wer Zweiter, Dritter oder Vierter?"

Die Anwesenden tuschelten miteinander, einige lachten. Sie glaubten zwar nicht, daß dieser Bauernbursche da zu Recht im Warteraum der Ersten Klasse saß, aber es gefiel ihnen, wie er sich zur Wehr setzte. Nur Asta sagte zu dem Wirt:

„Bitte, beenden Sie diese widerwärtige Szene! Es ist ja ein Skandal!"

„Sofort, gnädiges Fräulein! Vorm Bahnhof steht grad der Schandarm, ich hol ihn!"

Er ging und kehrte nach ein paar Minuten mit dem Gendarmen zurück, einem stämmigen Mann, der ganz vom Gefühl seiner Wichtigkeit als Amtsperson durchdrungen war. Mit grimmigem Gesicht trat er auf den jungen Mann zu und legte ihm die Hand auf die Schulter.

„Komm, Bursche! Du bist hier am unrechten Platz!"

Da stand der Gebirgler langsam auf. Schon glaubten die Anwesenden, er würde brav dem Polizisten folgen, aber er streifte nur mit einer lässigen Bewegung dessen Hand von seiner Schulter und sagte:

„Rühren Sie mich nicht an! Und außerdem verbitte ich mir das Du! Ich glaube nicht, daß wir zwei miteinander schon die Schweine gehütet haben. Und das Wort Bursche, das können Sie meinetwegen anwenden, wenn Sie mal mit sich selber reden. Und ob ich hier am rechten oder falschen

Platz bin, das muß ich am allerbesten wissen. Ich hab hier still gesessen und mein Bier bezahlt, und nun möchte ich doch wissen, warum ich hier nicht sitzen darf."

„Weil Sie net hierherein gehören."

„So? Wer sagt denn das?"

„I! Oder fahren Sie vielleicht Erster Klasse?"

„Ich bin so frei."

„Da-da-das glaub i net. Sie sehn mir net nach Erster Klasse aus."

„Nach welcher sehn Sie denn aus?"

„Werden S' net frech!"

„Aber Sie dürfen zu den Fahrgästen Erster Klasse frech sein, wie? Da werde ich mich doch mal bei Ihrer vorgesetzten Behörde erkundigen. Wenn einer sein Geld bezahlt wie alle anderen und nichts weiter tut, dann braucht er sich nicht vom Kellner, vom Wirt und dann noch von der Polizei belästigen zu lassen. Ich werde mich beim Ministerium beschweren."

Es bereitete ihm offenbar ein diebisches Vergnügen, diesem eingebildeten Gockel von Polizisten am Gefieder zu zausen, und heimlich beobachtete er dabei, wie die kühle blonde Schönheit, die solchen Unwillen zur Schau trug, ihn verstohlen und mit bewundernden Blicken musterte.

„Sie haben keinen Grund zur Beschwerde", sagte der Polizist, in die Enge getrieben. „Zeigen Sie mir Ihre Fahrkarte Erster Klasse!"

Der junge Mann hätte jetzt die Fahrkarte aus der Tasche holen können, aber er sagte:

„Und wenn ich die noch nicht habe?"

„Dann müssen S' gehen. Hier dürfen nur Reisende sitzen, die sich durch eine Fahrkarte Erster Klasse ausweisen können."

„Wenn kein Schalter geöffnet ist, kann man auch keine Fahrkarte kaufen. Fragen Sie doch mal die anderen Herrschaften hier nach ihren Fahrkarten! Da werden manche dabei sein, die auch noch keine haben."

„Das ist wahr“, mischte sich ein vornehm gekleideter, älterer Herr ein, und er wandte sich an den Polizisten: „Sie haben nicht das mindeste Recht, diesen Herrn hinauszuweisen. Als Beamter sollten Sie Ihre Befugnisse besser kennen.“

„So? Wer sind denn Sie?“

Der Herr lächelte und zog ein Büchlein aus der Tasche. „Überzeugen Sie sich!“

Der Polizist hatte kaum einen Blick in das Büchlein geworfen, als er kleinlaut nach Worten suchte. Aber der Herr ließ ihn gar nicht erst zu Wort kommen, sondern winkte ihm ab:

„Schon gut, gehen Sie!“

Der Polizist verließ schleunigst den Warteraum, auch der Wirt und der Kellner zogen sich betreten hinter die Theke zurück. Ein lebhaftes Getuschel setzte ringsum ein. Der junge Mann konnte sich nicht verkneifen, der Blonden einen Blick des Triumphes zuzuwerfen. Asta fing diesen Blick auf. Brüsk stand sie auf und sagte zu Hilda:

„Bitte, komm! Draußen ist eine bessere Luft als hier!“

Hilda wurde rot vor Verlegenheit. Man sah ihr an, daß sie das Verhalten ihrer Freundin durchaus nicht billigte. Der junge Mann kam ihr zu Hilfe.

„Bleiben Sie nur hier, meine Damen! Ich gehe schon.“ Mit kräftigen Schlucken trank er sein Bierglas aus und erhob sich. Lächelnd sagte er zu Hilda: Mit Ihrer Freundin ist nur das Temperament ein wenig durchgegangen, ich bin ihr nicht böse.“

Hilda nickte ihm dankend zu; er nahm einen Rucksack vom Boden auf, machte eine leichte Verbeugung vor Asta, die wütend den Kopf abwandte, und verließ mit großen Schritten den Warteraum. Asta setzte sich zürnend.

„Das sieht ja beinah so aus, als ob du noch Partei für diesen Bauernlümmel nimmst?“

„Ich glaube, Asta, du hast diesen Mann ganz falsch

nach seiner Kleidung beurteilt. Aber bitte, regen wir uns nicht weiter auf! Freuen wir uns lieber, daß wir uns endlich nach so langer Zeit mal wiedersehen!"

Auf Astas Stirn glätteten sich die Unmutsfalten.

„Du hast recht. Was geht uns schließlich dieser fremde Kerl an? Reden wir von uns! — Zunächst muß ich dir einen Gruß von deinem Vater bestellen. Er wird dich in den nächsten Tagen auch besuchen."

„Ich hab lange nichts von ihm gehört." Hilda schien über den angekündigten Besuch ihres Stiefvaters nicht sehr erfreut zu sein.

„Das darfst du nicht so tragisch nehmen. Du weißt doch, wie ihn seine gesellschaftlichen Verpflichtungen in Wien beanspruchen. Jedenfalls ist er nach München gefahren, wo er irgendein Geschäft zu erledigen hat, und ich soll dir ausrichten, daß er auf der Rückreise einen Abstecher nach Steinegg machen wird, weil er allerlei mit dir besprechen möchte."

„Hat er dir verraten, was er von mir will?"

„Wie sollte er wohl? Hilda, ich weiß, daß du deinen Stiefvater nicht liebst, aber du solltest ihn ein wenig zu verstehen suchen."

Hilda lachte bitter auf.

„Ich hab ihn ganz gut verstanden, warum er damals froh war, als ich Wien verließ. Da brauchte er bei seinem — hm — Lebenswandel wenigstens keine Rücksicht mehr auf die erwachsene Stieftochter im Haus zu nehmen."

„Aber Hilda! Wie kannst du so etwas sagen! Er sorgt sich um dich und will wirklich nur dein Bestes."

„Woher weißt du denn das so genau? Du kennst ihn doch kaum. Willst du mir weismachen, daß der Herr Baron Albert von Alberg auf dem Weg ist, ein Heiliger zu werden?"

„Sei doch nicht gleich so sarkastisch! Als du fort warst aus Wien, hab ich deinen Stiefvater näher kennengelernt. Weil wir beide Schulfreundinnen waren, hat er mir angeboten, mir durch seine Beziehungen den Weg zur Bühne zu ebnen. Du weißt doch, auch in der Kunst geht sehr viel nach Gunst. Er hat sich wirklich wie ein Vater für mich eingesetzt, und wenn ich heute ein Engagement als Soubrette in Aussicht habe, so habe ich das besonders ihm zu verdanken. Er ist nicht der Egoist, für den du ihn hältst, und er hat mir öfters geklagt, wie sehr er bedauert, daß euer Verhältnis so schlecht ist. Er hat sogar zugegeben, daß die Schuld bei ihm liege. Sicherlich wird er sich mit dir darüber aussprechen wollen."

Ein kurzes Schweigen trat ein. Hilda sann über das Gehörte nach, und Asta hütete sich, sie dabei zu stören. Ihre Worte sollten nachwirken. Erst nach einer Weile ergriff sie wieder das Wort.

„Fühlst du dich nicht recht einsam hier?"

„Ich bin von früh bis spät auf dem Trab."

„Aber hier gibt's doch keine Abwechslung — kein Theater, keine Gesellschaften und Bälle, keine Kaffeehäuser, keinen Schaufensterbummel über die Kärntner oder den Graben!"

Hilda lachte.

„Dafür aber Arbeit an allen Ecken und Kanten. Da hab ich gar kein Verlangen nach so was. Hast du eine Ahnung, in welchem Zustand ich das Schloß vorfand! Mein Stiefvater hat sich um nichts gekümmert und alles dem Verwalter überlassen, einem faulen, nichtsnutzigen Kerl, den ich längst an die frische Luft gesetzt hätte, wenn ich das gekonnt hätte. Ich begreife nicht, wie mein Stiefvater mit ihm einen Vertrag auf Lebenszeit abschließen konnte. Nachdem ich nun über das Vermögen meiner Mutter frei verfügen kann, wird es mir möglich, die Gebäude neu herzurichten und die Wälder und Ländereien wieder ordentlich zu bewirtschaften."

„Aber so etwas ist doch Männersache!"

„Wo ein Mann fehlt, muß es eben eine Frau tun."

„Na, ich weiß ja nicht! So, wie du ausschaust, würde

dich in Wien jetzt die ganze Männerwelt umschwärmen, und du verlierst hier die besten Jahre deines Lebens. Ich an deiner Stelle würde die alte Ritterburg zu Geld machen und dann ..."

„Das kommt gar nicht in Frage", unterbrach Hilda die Freundin. „Schloß Steinegg ist das Erbe meiner Mutter. Ich hänge daran und fühle mich verpflichtet, es zu erhalten."

„Das ist ja sehr pietätvoll, aber ich ..."

„Bitte, Asta, reden wir von etwas anderem!"

„Ich meine es doch nur gut! Aber wie du willst! Hast du eigentlich gar niemanden hier in dieser Gegend, mit dem du mal ein Stündchen plauschen kannst?"

„O doch! Da ist besonders Frau Holstein, mit der ich mich sehr angefreundet habe, obwohl sie viel älter ist als ich. Sie ist die Witwe eines Bürgermeisters."

„Eine gewöhnliche Bürgerliche?"

„Ja, aber gebildet und klüger als manche Adelige, liebe Asta. Na, du wirst sie ja kennenlernen. Sie ist eine stille, bescheidene Seele, dabei herzensgut und reich an Kenntnissen und Erfahrungen. Weißt du, so eine tiefveranlagte Natur, aus der man immer neue Schätze emporfördert, sobald man sie einmal erschlossen hat."

„Also eine Art Schacht", spöttelte Asta. „Oder ein Stollen, eine Kohlengrube. Kohlengruben haben für mich etwas Beängstigendes. Ansehen kann ich sie mir ja mal, aber zu nahe kommen werde ich ihr nicht. Ich interessiere mich sowieso mehr für junge Männer als für alte Frauen."

„Da hast du dich aber sehr gewandelt. Auf der Schule hast du dich immer über die mokiert, die den Studenten und Offizieren schöne Augen machten."

„Inzwischen bin ich aber in das Alter gekommen, in dem man sich allmählich einen Mann angeln muß, wenn man nicht als alte Jungfer versauern will. Beim Theater gedenke ich mich dieser Aufgabe mit viel Fleiß und aller Sorgfalt zu widmen."

„Aber, Asta, ich bitte dich!"

„Ach, tu doch nicht so zimperlich! Das können wir sein, wenn wir in Gesellschaft sind und beobachtet werden. Unter uns können wir doch offen reden. Wir sind doch keine Backfische mehr. Für mich ist die Männerjagd ein Sport, solange ich noch jung und schön bin. Wäre ich alt und häßlich, müßte ich mich nach einem andern Sport umsehen."

Obwohl in diesen freimütigen Äußerungen unüberhörbar ein bitterer Unterton mitschwang, war Hilda von ihnen unangenehm berührt. Sie fühlte die Veränderung, die in der Schulfreundin vorgegangen war, aber sie war sich nicht klar, ob diese frivole Leichtfertigkeit nur gespielt oder Ausdruck ihres wahren Wesens war. Sie hatte eine nicht sehr freundliche Bemerkung auf der Zunge, hielt es aber für besser, das Thema zu wechseln. So begann sie die Erinnerungen an gemeinsame Jugenderlebnisse in Wien wieder aufzufrischen.

*

Der junge Mann in der Tracht der Gebirgler war aus dem Warteraum auf den sonnenbeglänzten Bahnsteig getreten und hatte mit einem Blick auf die Uhr festgestellt, daß ihm bis zum Abgang des Zuges nach Steinegg noch fast eine Stunde Zeit verblieb. Während er sich den Rucksack überhängte, schaute er um sich. Der Bahnhof Lindenberg lag ein wenig außerhalb der Ortschaft am Eingang eines weiten, langsam ansteigenden Tals, das zu beiden Seiten von bewaldeten Bergen eingerahmt war. Jenseits der Gleise brauste zwischen runden Kieseln ein Wildbach. Über einen Holzsteg schlängelte sich ein schmaler Fußweg am Berghang hinauf. Kurz entschlossen überquerte der junge Mann die Bahngleise und folgte diesem Pfad.

Es war ein warmer Frühlingstag. Vom blauen Himmel, an dem ein paar weiße Wölkchen wie verlorene Schäfchen zogen, strahlte die Vormittagssonne auf die im frischen Grün prangende Landschaft herab.

Am Berghang sah sich der junge Mann nach dem kleinen Bahnhofsgebäude um. Mit einem flüchtigen Lächeln dachte er an den Auftritt, den er soeben dort gehabt hatte, und murmelte halblaut vor sich hin:

„Ein hübsches Kind, diese Blonde, aber nichts für dich, Martin. Du hast jetzt andere Sorgen und darfst dich nicht in schöne Augen vergucken."

Sein Spazierstock fuhr sausend durch die Luft und köpfte eine Löwenzahnblüte. Gemächlich stieg er nun den Zickzackweg am Berg hinan. Hin und wieder blieb er stehen und betrachtete bewundernd den Stamm und die ausladenden Zweige eines hundertjährigen Baumriesen.

Der Pfad mündete auf eine schmale Felsplatte, die einen prächtigen Rundblick in die Weite bot. Zu seinen Füßen lag der Bahnhof, rechts davon das kleine Städtchen Lindenberg mit dem grünbehelmten Zwiebelturm seiner Kirche, und links hinauf zog sich das Tal, in dem hier und da die Schienen der Kleinbahn nach Steinegg im Sonnenschein glitzerten. Es führte in die Vorberge, hinter denen sich die Felsenschroffen der Alpen auftürmten.

Der junge Mann warf seinen Rucksack ab, zog seine Joppe aus, breitete sie auf den Steinboden und setzte sich darauf. Dann nahm er den Hut ab und dehnte, tief die reine Luft einatmend, die Arme. Er war so in den Anblick der Landschaft versunken, daß er zusammenschrak, als plötzlich neben ihm eine Stimme ertönte.

„Grüß Gott!"

Als er aufblickte, sah er neben sich einen großen, hageren Mann mit weißgrauem Haar und einem mächtigen Schnauzbart. Auf dem Kopf trug der Alte ein Hütchen mit vielen Löchern, in denen allerlei Bergpflanzen steckten. Gekleidet war er wie ein Gebirgler, und in der Hand hielt er einen starken Bergstock. Zwei scharfe Augen wanderten prüfend über den jungen Mann, doch die Musterung schien zu seiner Zufriedenheit auszufallen, denn ein freundliches Lächeln glitt über die verwitterten Züge des Alten.

„Grüß Gott!" erwiderte der junge Mann. „Schön warm heute."

Der Alte hakte seinen Rucksack ab und setzte sich.

„Schön hier", sagte er nach einer Weile.

„Wundervoll", war die begeisterte Antwort.

„San S' zum erstenmal hier?" fragte der Alte nach einigem Schweigen.

„Ja, ich kam mit dem Zug von München und will nachher weiter nach Steinegg."

„Soso, nach Steinegg. Haben S' Bekannte dort, die S' besuchen wollen?"

„Ja. Kennen Sie den Herrn Professor Einspach?"

„Freili. Der war bis vor drei Jahren an der Forstakademie in München und hat sich in Steinegg zur Ruh gesetzt."

„Ich habe an der Forstakademie noch bei ihm gehört und vor kurzem mein Examen gemacht."

„Ah, dann wollen S' Forstmeister werden?"

„Ja, und ich hoffe sogar, hier in der Gegend meine erste Stelle zu finden. Professor Einspach hat an einen seiner Kollegen in München geschrieben, ob er nicht einen von seinen Schülern für eine Stelle hier empfehlen könne. Der war so freundlich, mich zu benennen, und so bin ich nun auf dem Weg hierher."

„Also zum Professor Einspach wollen S'? Wen der empfiehlt, der muß sein Fach scho verstehn."

„Kennen Sie den Professor denn? Sind Sie von hier?"

„Ja und naa."

„Also aus der nähern Umgebung?"

„Ja und naa."

„Dann von weiter her?"

„Ja und naa."

„Das sind komische Antworten."

„Und doch genau richtig. I bin nämlich überall hier zu Haus und doch nirgendwo dahoam. I lauf im ganzen Land umher; man kennt mi überall und nennt mi nur den Wurzelsepp."

„Der Wurzelsepp!" Der junge Mann schaute den Alten mit einem Blick größter Hochachtung an. „Hab schon viel von Ihnen gehört. Da freue ich mich, den Josef Brendel nun persönlich kennenzulernen. Mein Name ist Huber, Martin Huber."

Er streckte dem Alten die Hand hin, und der drückte sie kräftig.

„Von wem haben S' denn so viel über den Wurzelsepp gehört?" fragte er.

„Na, raten Sie mal, Herr Brendel!"

„Bitt schön, lassen S' den Herrn Brendel und nennen S' mi einfach Sepp!"

„Gern — aber dann nennen Sie mich auch einfach Martin. Also raten Sie mal! Er wohnt in München und ist ein Künstler auf der Geige."

„Ah, der Fex!"

„Richtig! Der hat mir von dem herrlichen Streich erzählt, den Sie in Scheibenbad einem italienischen Konzertmeister gespielt haben."[1]

Der Sepp schmunzelte.

„Ja, dem Rialti! Der wollt mi nachher deswegen noch einsperren lassen, doch da hatt i mi scho verdruckt, grad noch rechtzeitig." Der Alte strich sich über seinen Schnauzbart, dann streckte er den langen, hageren Zeigefinger aus und deutete das Tal hinauf. „Übrigens können S' Steinegg von hier aus sehn. Schaun S' da hinten am Ausgang des Tals den Berg mit dem Gebäude drauf?"

„Über dem gerade der Adler kreist?"

„Ganz recht. Dös Haus auf dem Berg ist das Schloß, und der Turm, der links davon am Hang hervorschaut,

[1] Siehe Karl May, Ges. Werke, Bd. 67, „Der Peitschenmüller"

dös ist die Pfarrkirche vom Dorf Steinegg, wo S' hin wollen. Doch der Raubvogel, der da überm Schloß kreist, dös ist a Habicht."

„Das können Sie auf solche Entfernung so genau erkennen?"

„Oh, der alte Sepp hat scharfe Augen! Die sehn genau die schwarzweißen Querbänder auf der Unterseite. Da — schaun S'! Jetzt stößt er hinab! Wird mal wieder an Hasen oder a Gockerl derwischt ham."

„Da sollte ich Förster sein! Der Räuber würde nicht mehr lang Schaden anrichten."

„Auf Schloß Steinegg ist aber kaa Förster. Der Wald da drüben, der zum Schloßgut gehört, ist schandbar verwildert."

„Wie ist denn so was möglich?"

Doch darauf bekam Martin keine Antwort. Der Alte streckte wieder den Zeigefinger aus.

„Schaun S', da streicht der Räuber ab, a klan's Gockerl in den Krallen! Und i glaub, der ist noch lang net der einzige Habicht, der um Schloß Steinegg kreist." Den letzten Satz sagte der Sepp mehr zu sich selber.

„Wie meinen Sie das?" fragte Martin.

„Dös ist aane verzwickte Geschicht. Tät Sie dös interessieren, weil S' ja vielleicht in der Gegend hier bleiben?"

„Natürlich."

„Alsdann — die Sach ist so. Schloß Steinegg gehört der Baronesse Hilda von Alberg, die's von ihrer Mutter geerbt hat. Und der hat's so gegen 1862 — also vor etwa zwanzig Jahren — eine Tante vermacht. Dös hab i nur mal so gehört. I hab weder die Mutter gekannt, noch kenn i die junge Baroneß. Sie soll aber a lieb's Madl sein, das die Nase net höher trägt als andre Dirndln. Sie hat ihren Vater nie gekannt, der ist schon vor ihrer Geburt tödlich verunglückt. Ihre Mutter hat gemeint, sie müßt dem Kind wieder 'n Vater geben. Und da ist sie dem richtigen Hallodri aufgesessen, dem Baron Albert von

Alberg; der war ein entfernter Verwandter ihres verstorbenen Mannes."

„Die Baronesse und ihr Stiefvater haben also den gleichen Namen von Alberg."

„Dös wär auch alles, was beide gemeinsam haben. Die Mutter hat bald gemerkt, was für a Malefizkerl dieser Albert von Alberg war, und als sie gestorben ist — so vor fünf Jahren — da hat sie ihr Vermögen und Schloß Steinegg der Tochter vermacht und im Testament festgelegt, daß sie erst dann frei über die Erbschaft verfügen kann, wenn sie volljährig ist. Sonst hätt der Stiefvater derweil alles versilbert und verjubelt."

„Dann ist also dieser Baron der Habicht, der darauf lauert, der Stieftochter das Schloß und das Vermögen zu entreißen?"

„Dös hab i zwar net gesagt, aber sein kann's scho. Er lebt in Wien auf großem Fuß im Haus seiner verstorbenen Frau. Dös Madl wohnt hier auf Schloß Steinegg, seit's vor zwaa Jahr'n die höhere Töchterschulen in Wien absolviert hat. Die Baroneß hängt sehr an dem Schloß, obwohl der Baron die Gebäude und die ganze Wirtschaft hat verkommen lassen. Sicher spekuliert er drauf, dös Madl auf die Weis leichter zum Verkauf bereden zu können. Um alles wieder in Schwung zu bringen, ist a schöner Batzen Geld nötig, und da wird der Baron einhaken und der Baroneß schön zureden, 's wär doch am gescheitesten, den ganzen Klumpatsch zu verkaufen. Und er wird's scho so einfädeln, daß er den Profit dabei hat."

„Nun, die Baroneß scheint doch zu wissen, was sie von ihrem Stiefvater zu halten hat. Sie wird also auf der Hut sein und sich nicht beschwatzen lassen. — Aber was geht uns das an? Freuen wir uns lieber, daß wir keine solchen Sorgen haben!"

Martin öffnete noch zwei Knöpfe seines Hemdes, schloß die Augen und dehnte sich wohlig. Dabei kam auf seiner Brust ein silbernes Kreuzchen zum Vorschein, das an einer dünnen Kette hing. Als es im Sonnenschein aufglitzerte, wurde der Wurzelsepp darauf aufmerksam. Seine Augen weiteten sich.

„Sakra!“ rief er und packte Martin am Arm, der bei dem festen Griff erstaunt die Augen wieder aufschlug.

„Was ist denn?“

„Woher haben S' dös da?“ Sepp zeigte auf das achtspitzige kleine Silberkreuz. „Haben S' dös gekauft oder geschenkt bekommen?“

Martin schüttelte den Kopf, verwundert über den Eifer des Alten.

„Das Malteserkreuz? Das hab ich weder gekauft noch geschenkt bekommen.“

„Dann haben S' dös Kreuzl gefunden?“

„Auch nicht! Aber ich selber bin gefunden worden, und da hat das Kreuz schon an meinem Hals gehangen. Nur das Kettchen hab ich später verlängern lassen.“

Sepp schlug die Hände zusammen.

„Himmel, dös wär a Wunder!“

„Was wär ein Wunder?“

„Wenn's das Kreuzl wär, wonach i scho lang such.“

„Sie suchen solch ein Kreuz?“

Sepp tippte vorsichtig mit dem Finger auf den kleinen silbernen Anhänger.

„Ja. Sagen S' mir, ist auf der Rückseite vielleicht ein Datum eingraviert?“

„Gewiß. Schauen Sie sich's an!“ Martin drehte das Kreuz auf seiner Brust um. „Da stehen die Zahlen: 5. 8. 58.“

„Du lieber Herrgott! Wann's dös richtige Kreuzl wär!“

Hastig schnürte Sepp seinen alten Rucksack auf und kramte darin herum. Schließlich brachte er ein abgegriffenes kleines Notizbuch zum Vorschein, in dem er blätterte.

„Da! Nun schaun Sie!“ Er hielt Martin das aufgeschlagene Büchlein unter die Nase.

Der junge Mann glaubte seinen Augen nicht trauen zu

dürfen. Er starrte auf die feine Zeichnung eines Malteserkreuzes, unter dem die Zahlen 5. 8. 58 geschrieben standen. Unwillkürlich griff er an sein Kreuz und verglich es mit der Skizze.

„Hurra, hurra!“ rief der Sepp. „Da gibt's kaan Zweifel mehr, dös Kreuzl ist gefunden. Die erste Spur von dem Kind, das i so lang gesucht hab!“

„Ein Kind suchen Sie? Dann haben Sie die Zeichnung mit den Zahlen da von einer Person, die über seine Herkunft Bescheid wissen muß.“

„Natürlich.“

Martin packte den Alten am Arm.

„Ich wurde als kleiner Bub mit diesem Kreuz aufgefunden. Wer ist mein Vater, wer meine Mutter? Schnell, reden Sie!“

„Nur sachte, sachte! So schnell geht's net. Dös Kreuzl ist freili da, aber ob Sie auch wirklich der Bub sind, dem's gehört . . .“

„Der bin ich.“

„Können S' dös beweisen?“

„Das kann ich jederzeit. Bitte, sagen Sie mir doch, wer meine Eltern sind!“

„Dös werd i jetzt noch net tun, weil's mir verboten ist. Erst muß i der — der Person berichten, die mir dös Kreuzl gezeichnet hat.“

„So sagen Sie mir wenigstens, warum man Sie beauftragt hat, nach mir zu suchen.“

„Dös waaß i net.“

„Sie müssen doch wissen, ob meine Eltern noch leben?“

„Auch dös darf i net sagen.“

„Herrgott, warum denn nicht? Sie wissen doch sicher, wie ich meinen Eltern verlorenging? Bin ich geraubt worden?“

„Naa, geraubt wurden S' net. Aber haben S' noch a wen'g Geduld. Vierundzwanzig Jahr haben S' net von Ihren Eltern gewußt, da werden S' doch noch vierundzwanzig Stunden warten können.“

„Na gut, wenn es nicht länger dauert. Ich brenne vor Begier, etwas zu erfahren.“

„Wann S' gar so lichterloh brennen, dann sollten S' sich da unten in den kalten Bach legen.“

Der Wurzelsepp war selber außer sich vor Freude, weil er solch eine unerwartete Entdeckung gemacht hatte.

„Schaun S', dös is mal wieder so a Wunder, was da geschehn ist ohne Engel und Propheten“, meinte er. „Der Herrgott fangt alles so schlau und geschickt an, man merkt gar net, daß es eigentlich a Wunder ist!“

Martin nickte. „Wie habe ich mich gesehnt, etwas über meine Eltern zu erfahren! Ich bin nicht so romantisch zu erwarten, daß ich das Kind reicher Leute bin. Ich bin herzlich zufrieden, wenn ich nur den Vater oder die Mutter finde, auch wenn sie ganz arm wären. Ich würde Tag und Nacht arbeiten, um ihnen zu zeigen, wie glücklich ich bin zu wissen, wem ich mein Dasein zu danken habe.“

„Nun sagen S' mal, was wissen S' denn noch von Ihrer Jugend? Wie weit können S' sich da noch zurückbesinnen?“

„Von meinen Eltern habe ich keinerlei Vorstellung, denn ich war noch kein Jahr alt, als ich nach Regensburg in ein Waisenhaus kam.“

„Un' dös Kreuzl?“

„Das hing an meinem Hals, und man nahm an, daß der 5. August 1858 mein Geburtstag ist. Außerdem fand man einen Zettel bei mir, auf dem geschrieben stand, ich sei katholisch und auf den Namen Martin getauft.“

„Im Waisenhaus, da ging's wohl streng zu?“

„Ich war nicht lange dort. Als ich drei Jahre alt war, kam eines Tages ein älteres, kinderloses Ehepaar, das ein Kind suchte, um es zu adoptieren. Es war Professor Huber von der Forstakademie in München mit seiner Frau. Die Waisenkinder wurden ihnen vorgeführt, und die beiden nahmen mich mit und an Kindes Statt an.“

„Un' da hatten S' gut?“

„Ich erfuhr erst mit einundzwanzig Jahren, daß ich ein Findelkind bin. Nach dem Besuch des Gymnasiums habe ich damals auf der Forstakademie studiert, an der mein Adoptivvater gelehrt hat. Ein Jahr später starben er und seine Frau kurz nacheinander. Ich habe ihnen nachgetrauert, als ob sie meine wirklichen Eltern gewesen wären. Mit dem kleinen Vermögen, das sie mir hinterließen, habe ich weiterstudiert und nun mein Examen gemacht. Ich könnte also mit meinem Los ganz zufrieden sein, doch hat mich der Gedanke, wer meine richtigen Eltern gewesen sind, natürlich seither öfters beschäftigt. Na, nun stehe ich ja auf der ersten Stufe der Treppe, die mich zu ihnen führt."

„Ja, auf der ersten Stufe stehn S' scho, aber noch viele Stufen werden S' steigen müssen."

„Dauert's denn so lange, bis Sie Ihre Erkundigungen alle eingezogen haben?"

„Vielleicht ist die Person, bei der i damit anfangen muß, grad net zu sprechen."

„Warum denn nicht?"

„Sie ist vielleicht verreist."

„Wohin denn?"

„Nach Trippsdrillen, wo die Pfützen über die Wiesen geht. Verstanden? So fragt man nämlich Kesselflicker aus. Haben S' nur Geduld! Wann's an der Zeit ist, kommt nachher alles ganz von selbst."

„Aber Sie müssen doch einsehen, daß ich recht bald was erfahren möchte. Sonst sterbe ich vor Ungeduld!"

„Unsinn! An Auszehrung kann man sterben, aber net an Ungeduld. Wann i nix sag, was wollen S' machen? Warten müssen S'! Aber haben S' nur kaa Angst! Der Wurzelsepp wird die Sach scho so einrichten, daß Sie zufrieden mit ihm sind. Hier, haben S' die Hand drauf."

Sepp streckte Martin die Hand hin, und er ergriff sie.

„Aber lassen Sie mich nicht länger warten, als unumgänglich nötig ist! Ich weiß ja noch nicht, wie lange ich in

Steinegg bleibe und ob's mit der Stelle hier in der Gegend klappt. Professor Einspach hat mir den Gasthof ‚Zum Schwan' empfohlen. Dort werde ich wohnen, und dort können Sie immer erfahren, wo ich zu erreichen bin."

„Mir liegt selber dran, die Sach so schnell wie möglich ins Laufen zu bringen ..." Sepp unterbrach sich. Vom Bahnhof herauf tönte ein Glockenzeichen.

Martin schaute auf seine Uhr und sprang auf.

„Das wird der Zug nach Steinegg sein?"

„Ja, er steht zur Abfahrt bereit."

„Fahren Sie denn nicht auch mit?"

„Naa, i komm wohl erst am Abend."

Martin zog sich die Joppe an und hängte sich den Rucksack um.

„Nur langsam!" Sepp stand auch auf. „Den Zug kriegen S' noch dreimal. Sie werden scho bald von mir hören."

„Wie soll ich Ihnen nur danken?"

„Wissen S' denn, ob's überhaupt was zu danken geben wird? Üben S' vorerst mal a bisserl Geduld und warten S' hübsch ab! Behüt Sie Gott!"

„Behüte Gott auch Sie!"

Bevor Martin den Pfad hinabeilte, drehte er sich noch einmal um und winkte. Auch der Alte hob die Hand. Knorrig und zerzaust stand er da wie ein wetterfester Baum seiner Gebirgsheimat.

*

Auf das erste Glockenzeichen hin zahlten die Reisenden in den Warteräumen ihre Zeche, nahmen ihr Gepäck auf und begaben sich zu dem Kleinbahnzug, der auf einem Nebengleis abfahrtbereit stand. Der Dienstmann erschien, lud sich Astas Schachteln und Koffer auf und trug sie zu dem Wagen, in dem sich zwei Abteile Erster Klasse befanden. Obwohl der Warteraum Erster Klasse voll besetzt gewesen war, stieg dort aber niemand ein, und die beiden Mädchen blieben allein in ihrem Abteil.

Die Glocke ertönte zum zweiten- und dann zum drittenmal. Die Schaffner liefen am Zug entlang und warfen die noch offenstehenden Türen zu. Pfiffe ertönten. Die kleine Lokomotive stieß wütend dichte Wolken schwarzen Qualms aus. Sie zog an, die Räder begannen sich zu drehen. Schnaufend und bimmelnd setzte sich der Zug in Bewegung.

Da wurde die Tür zum Abteil der Mädchen noch einmal aufgerissen, und herein schwang sich Martin Huber. Krachend schlug die Tür hinter ihm zu. Mit geheimem Ergötzen bemerkte Hilda, wie Astas Miene eisig wurde.

Erst als er sich umwandte, gewahrte Martin die Mädchen.

„Grüß Gott!“ sagte er höflich, hängte den Rucksack ab und machte es sich in den Polstern bequem.

Asta sah beharrlich zum Fenster hinaus. Martin zuckte bedauernd die Achseln, zog die Augenbrauen hoch und machte eine so betrübte Miene, daß Hilda ein Lachen verbeißen mußte.

„Darf ich rauchen?“ fragte er.

„Von mir aus, bitte!“ antwortete Hilda freundlich.

„Von mir aus, bitte nicht!“ erklärte Asta spitzig.

„Ein Wunsch aus so holdem Mund ist mir Befehl.“ Martin lächelte strahlend, zog aus der Tasche seine Fahrkarte und hielt sie Asta hin.

„Bitte schön, damit Sie sehen, daß ich auch in der richtigen Klasse sitze.“

Unwillkürlich warf Asta einen Blick auf die Karte, tat aber, als hätte sie nichts gehört, und starrte weiter zum Fenster hinaus. Um Hildas Lippen zuckte es. Sie wäre einem Gespräch nicht abgeneigt gewesen, aber sie wollte die Freundin nicht erzürnen, und so schaute auch sie zum Fenster hinaus.

Zu anderer Zeit hätte Martin Huber gewiß versucht,

eine Unterhaltung in Gang zu bringen, aber die Begegnung mit dem Wurzelsepp wollte ihm nicht aus dem Kopf gehen. Das Rätsel seiner Herkunft beschäftigte ihn fast noch mehr als die für seine Zukunft so wichtige Frage, ob er durch die Empfehlung Professor Einspachs eine Stelle als Förster bekommen würde.

So verrann die Viertelstunde bis zur nächsten Haltestelle in Schweigen. Dort ergriff Martin seinen Rucksack und sagte freundlich:

„Na, dann will ich die Damen nicht mehr länger stören. Nebenan ist ja noch ein Abteil Erster Klasse."

Er stieg aus.

„Impertinenter Bursche!" empörte sich Asta, als die Tür hinter ihm zugeschlagen war. „Was bildet sich so ein Knecht nur ein!"

„Wenn das ein Knecht ist, dann bin ich eine Magd", entgegnete Hilda.

„Was soll er denn sonst sein? Vielleicht ein Graf, der von einem Maskenball heimfährt?"

„Nein, aber jedenfalls kein ungebildeter Mensch; ich kann mir nicht helfen, aber ich finde ihn ganz sympathisch."

Asta blickte die Freundin nachdenklich an.

„Ist das dein Ernst?" fragte sie. „Ich meine ... daß er kein ungebildeter Knecht ist."

„Aber Asta, hat der Ärger dich so blind gemacht? Kann ein ungebildeter Knecht so feine Gesichtszüge und so kluge Augen haben?"

„Hm, da hast du recht. Und wenn ich ganz ehrlich sein soll, Hilda, der Bursche hat wirklich etwas an sich, das auch mir gefallen könnte. Aber schließlich ist er mir gleichgültig. Wir werden ihn heute wohl zum ersten- und letztenmal gesehen haben. Reden wir von etwas anderem!"

Aber so ganz gleichgültig schien der Bursche der blonden Schönen doch nicht zu sein. Denn als die beiden

Mädchen in Steinegg aus dem Zug stiegen und ein Diener das Gepäck in Empfang nahm, sah Asta sich verstohlen nach ihm um.

Doch Martin hatte den Bahnhof bereits verlassen. Er hatte sich nach dem Gasthof ‚Zum Schwan' erkundigt und war auf dem Weg dorthin. Es wurde Zeit für ihn sich umzuziehen und Professor Einspach aufzusuchen, der ihn sicher schon erwartete. Die herrschaftliche Kutsche, die vor dem Bahnhof stand, hatte er kaum beachtet. Es war die Kutsche, die bald darauf die beiden Freundinnen den Berg hinauf zum Schloß brachte.

DIE BEICHTE

„Nun? Wie gefällt dir Schloß Steinegg?“ fragte Hilda. Nach einem Imbiß hatten die beiden einen Rundgang durch das alte Schloß und die Wirtschaftsgebäude gemacht und saßen nun in dem riesigen Park auf einer Bank, die einen wundervollen Blick auf die Alpen gestattete.

„Vier Wochen hier auf Ferien, das denke ich mir herrlich. Aber jahraus, jahrein hier hausen?“ Asta schüttelte den Kopf. „Ich würde es hier in dieser Einsamkeit nicht aushalten. Ich brauche den Betrieb der Großstadt, Geselligkeit, Musik, Theater.“

„Die Menschen sind halt verschieden. Mich könnte dieser äußerliche Glanz gesellschaftlichen Treibens innerlich nie befriedigen. Ich muß etwas schaffen, muß eine Aufgabe haben, und die habe ich hier.“

„Sei mir nicht böse, Hilda, aber ich glaube, nach allem, was ich nun gesehen und von dir gehört habe, du hast dir da eine Aufgabe gestellt, die über deine Kräfte geht. Wie willst du diese halb verfallene Burg und diese verlotterte Wirtschaft wieder in Ordnung bringen? Hast du schon mal überlegt, wieviel Geld dazu gehört?“

„Ich habe alles berechnet. Mit dem Vermögen meiner Mutter, über das ich ja jetzt seit meinem einundzwanzigsten Geburtstag verfügen kann, werde ich's schaffen.“

„Dafür müßtest du erst einmal die richtigen Leute haben. Einen Architekten, der die Gebäude wieder instand setzt, einen Verwalter, einen Förster. Und tüchtige und ehrliche Leute sind nicht leicht zu finden.“

„Wegen eines Architekten hab ich in der Zeitung inseriert, und einen Förster hab ich in Aussicht. Unten im Städtchen wohnt Professor Einspach, der bis vor kurzem an der Akademie in München gelehrt hat. Er hat mir einen seiner ehemaligen Schüler warm empfohlen. Übrigens wird er heute noch vorbeikommen, um ihn mir vorzustellen, und ich möchte, daß du dann dabei bist und mir später sagst, was für einen Eindruck der junge Mann auf dich gemacht hat."

„Das will ich gern tun, Hilda. Doch wenn ich dir einen Rat geben darf, so geh keine Verpflichtungen ein, die dir vielleicht bald über den Kopf wachsen. Warum willst du dein gutes Geld in ein Faß werfen, das womöglich keinen Boden hat? Verkauf doch das Schloß mit allem Land! Mit dem Erlös dafür und dem Vermögen deiner Mutter kannst du in Wien in euerm Haus ein sorgenloses Leben führen, und aus den Freiern, die sich dann einstellen werden, kannst du dir in aller Ruhe den besten aussuchen. Warum willst du dich denn für das alte Gemäuer hier abrackern?"

„Weil ich daran hänge — es ist das Erbe meiner Mutter."

„Das ist dumme Sentimentalität, Hilda. Sieh doch die Dinge, wie sie wirklich sind! Es ist ein Erbe, das dich nur belastet. Glaub mir, wenn deine Mutter dir noch raten könnte, würde sie auch sagen: verkauf!"

Hilda wurde einer Antwort enthoben, denn durch den Park kam das Stubenmädchen gelaufen und meldete, daß Frau Bürgermeister Holstein gekommen sei und im Salon warte.

„Es ist doch noch früh genug, wenn ich deine mütterliche Freundin morgen kennenlerne", sagte Asta, die ihren Unwillen über diese Unterbrechung des Gespächs nicht verbergen konnte. „Schick sie doch wieder fort!"

„Das kann ich nicht." Hilda stand auf. „Ich hab sie hergebeten, damit sie dabei ist, wenn Professor Einspach mir seinen Schützling vorstellt. Mir liegt sehr an ihrem Urteil über den jungen Mann."

„Na schön!" Auch Asta erhob sich mit einem Seufzer. „Ich hätte mich ja gern noch eingehender mit dir allein über deine Sorgen unterhalten. Ich hab Angst, du machst Dummheiten, die du später mal bitter bereust. Du wirst dem jungen Mann doch heute noch keine Zusagen machen?“

„Erst will ich ihn mal kennenlernen. Vielleicht ist er mir ebenso unsympathisch wie dir heute der junge Mann auf dem Bahnhof in Lindenberg.“

„Ach, erinnere mich bloß nicht an den!“

Die beiden begaben sich ins Schloß. Im Salon trat ihnen Frau Holstein mit freundlichem Lächeln entgegen. Sie war eine gut aussehende, vollschlanke Frau Mitte der Vierzig mit einem feinen, guten Gesicht, aus dem zwei warmherzige, verständnisvolle Augen blickten.

Hilda begrüßte sie freudig, doch Asta verhielt sich kühl und herablassend, als sie vorgestellt wurde, und trat dann sofort an den offenstehenden Flügel, um in den dort liegenden Noten zu blättern. Frau Holstein mußte dieses geringschätzige Benehmen sehen und fühlen, aber sie war viel zu gut erzogen, um sich darüber entrüstet zu zeigen. Es war ein peinlicher Augenblick, und Hilda suchte noch nach Worten, um ihn zu überbrücken, da öffnete ein Diener die Tür und meldete:

„Herr Professor Einspach und Herr Huber!“

Er trat zurück, und im Türrahmen erschienen ein kleiner weißhaariger Herr mit goldener Brille, dem der Gelehrte auf den ersten Blick anzusehen war, und hinter ihm im dunklen Besuchsanzug ein großer junger Mann, bei dessen Anblick die beiden Mädchen große Augen machten.

Besonders Asta glaubte, ihren Augen nicht trauen zu dürfen. War das wirklich der freche Kerl aus dem Warteraum, der da in so veränderter Gestalt vor ihr stand? Als sie erkennen mußte, daß er es zweifellos war, entfuhr ihr unwillkürlich ein leiser Ruf der Bestürzung. Auch Hilda war zuerst etwas betroffen, aber dann erfaßte sie den Humor dieses Zusammentreffens. Sie war nicht schadenfroh, aber sie sagte sich, daß Asta diese kleine Blamage voll und ganz verdient hatte.

Die beiden Herren verneigten sich vor den Damen. Hilda und Frau Holstein begrüßten den Professor und machten ihn mit Asta bekannt. Dann ergriff Einspach Martin am Arm und führte ihn zu Hilda.

„Da bringe ich Ihnen meinen ehemaligen Schüler, von dem wir gesprochen haben. Sehen Sie ihn sich an! Herr Huber hat sein Examen mit Auszeichnung bestanden und sucht nun eine Stellung. Sie suchen eine tüchtige Kraft für Ihre Forst- und Landwirtschaft. Es sollte mich freuen, wenn ich Ihnen beiden gefällig sein könnte."

Martin hatte keine Ahnung gehabt, daß er hier den beiden Damen aus Lindenberg wieder begegnen würde. Wenn er auch überrascht war, so verriet das jedoch kein Zug seines Gesichts. Mit einer höflichen Verbeugung drückte er die Hand, die Hilda ihm reichte.

„Seien Sie herzlich willkommen", sagte sie. „Der Herr Professor hat Sie mir so dringend empfohlen, daß ich nur hoffen kann, die Stellung, die ich Ihnen zu bieten habe, sagt Ihnen zu."

Sie wandte sich ihren Freundinnen zu.

„Darf ich bekannt machen — Herr Huber — Frau Holstein, Baronesse Asta von Zolba aus Wien."

Dabei beobachtete sie mit Spannung, wie Asta sich dem „impertinenten Knecht" gegenüber nun verhalten würde. Und was sie sah, verwunderte sie doch nicht wenig.

Asta hatte sich schnell gefaßt. Mit wachen Blicken war sie Martins gewandten Bewegungen gefolgt, und sie verstand nicht mehr, wie sie diesen gut gewachsenen, hübschen jungen Mann so sehr hatte verkennen können. Sie beschloß, ihren groben Fehler durch gesteigerte Liebenswürdigkeit wieder gutzumachen, und streckte ihm mit einem bezaubernden Blick die Hand entgegen.

„Der Siege göttlichster ist das Vergeben, nicht wahr?" meinte sie mit Anspielung auf den unangenehmen Vorfall. „Man spricht hier so viel Gutes von Ihnen, daß ich fast begierig bin, Sie näher kennenzulernen."

In ihren Augen war ein warmes Leuchten, und unwillkürlich errötete Martin. Er fühlte, wie diese blonde Schönheit ihn in ihren Bann zog.

Hilda klatschte in die Hände und bat die Gäste zu einer Tasse Kaffee.

„Wir möchten nicht lange stören, Baronesse“, erklärte Einspach, als alle am Tisch Platz genommen hatten. „Ich wollte Sie nur erst einmal mit Herrn Huber bekannt machen, damit Sie mit ihm einen Termin für die Besichtigung des Gutes vereinbaren. Vorher hat es doch keinen Zweck, über einen Anstellungsvertrag zu verhandeln. Darum schlage ich vor, wir unterhalten uns jetzt nicht darüber, sondern über das Wetter, die Politik oder die Kunst. Was würden Sie vorziehen, meine Gnädigste?“ wandte er sich an Asta.

„Ich bin für die Kunst!“

„Meine Freundin ist ja Künstlerin ... Sängerin“, erklärte Hilda.

„Oh, Sie sind Sängerin!“ rief der lebhafte alte Herr. „Da werden Sie sich mit Herrn Huber besonders gut verstehen. Sein Hauptrevier ist zwar der Wald, aber nebenbei wildert er im Revier der Kunst. Er hat sogar eine wunderschöne Stimme ...“

„Ich hoffe“, meinte Hilda, „Herr Huber ist nicht so spröde und gibt uns eine kleine Probe von seiner Sangeskunst.“

„Von Kunst kann nicht die Rede sein“, wehrte Martin ab. „Ich bin nur ein Dilettant und möchte mich nicht vor einer echten Künstlerin wie der Baronesse von Zolba blamieren.“

„Ich bin doch noch eine Anfängerin“, erwiderte Asta und warf Martin einen heißen Blick zu. „Bitte, Herr Huber, Sie dürfen einfach nicht nein sagen.“

Sie sprang auf und trat zu dem Flügel.

„Kommen Sie! Hier sind Noten, und sicherlich ist ein hübsches Lied dabei, das Sie kennen. Ich werde Sie begleiten. Kommen Sie! Ich werde Sie so lange bitten, bis Sie unseren Wunsch erfüllen."

„Gut", sagte er, „Sie sollen nicht lange bitten müssen. Aber erst werden Sie ein Lied singen, und ich werde Sie begleiten."

Asta zierte sich nicht, sondern war sofort einverstanden.

„Dann helfen Sie mir ein Lied aussuchen!"

Er begab sich zum Flügel, sie schob ihm einen Teil der Noten zu, und beide suchten. Dabei kam es wie von ungefähr, daß ihre Hände sich berührten. Er errötete. Sie bemerkte es.

„Hier, dieses Lied werde ich singen", sagte sie und stellte die Notenblätter auf den Halter.

„Wenn ich auf dem Lager liege — komponiert von Robert Franz", las er, setzte sich und präludierte ein paar Takte.

Sie stellte sich so, daß sie ihm ins Gesicht sehen konnte. Er wiederholte noch einmal das Vorspiel, und dann setzte sie ein:

„Wenn ich auf dem Lager liege,
in Nacht und Kissen gehüllt,
so schwebt vor mir ein süßes,
anmutig liebes Bild.

Wenn mir der stille Schlummer
geschlossen die Augen kaum,
so schleicht das Bild sich leise
hinein in meinen Traum.

Doch mit dem Traum des Morgens
zerrinnt es nimmermehr,
dann trag' ich es im Herzen
den ganzen Tag umher."

Es war eine einfache Melodie, aber Asta sang sie mit einer so zarten Stimme und tiefen Empfindung, daß alle ergriffen wurden. Man spendete ihr lebhaft Beifall. Sie bedankte sich lächelnd, und während das Händeklatschen noch andauerte, neigte sie sich zu Martin und sagte leise:

„Wie gut ist es doch, daß man als Sänger nicht verurteilt ist zu tun, was man singt! Man würde bald müde werden."

„Wohl kaum", erwiderte er ebenso leise. „Ich würde mein Herz nur einem Bild öffnen, das ich gern darin trage. Und dann ermüdet man nicht."

„Und wie müßte dieses Bild beschaffen sein?" Ihre Augen strahlten ihn auffordernd an.

„Blond, aber mehr verrate ich nicht." Er erhob sich. „Vielleicht später mal, aber jetzt muß ich mein Versprechen halten. Bitte, gnädiges Fräulein, haben Sie einen bestimmten Wunsch?"

Hilda eilte zum Flügel und suchte zwischen den Notenblättern eines heraus, das mit ‚Blühendes Tal' überschrieben war.

„Dieses Lied habe ich so gern. Wenn Sie es singen könnten?"

Sie legte ihm das Blatt hin.

Er überflog es und nickte.

„Ich will es versuchen."

Asta nahm nun am Flügel Platz und spielte mit leichter Hand die Melodie durch. Dann gab sie ihm einen Wink, und er begann:

„Wo ich zum erstenmal dich sah,
wie üppig grünt' die Wiese da.
Wo ich zum erstenmal dich sprach,
da blühten Veilchen unterm Dach.

Wo ich dich küßt' in dunkler Nacht,
da loderte der Rosen Pracht.
Doch wo ich Abschied nahm in Leid',
da rauscht nun eine Trauerweid'.

Bald jauchzt in Wonne mir das Herz,
bald sinkt es ein in tiefstem Schmerz.
So blüht und rauscht das ganze Tal
von unsrer Lieb', von unsrer Qual."

Martin war kein geschulter Sänger, aber in seiner natürlichen Stimme lagen eine Kraft und ein Schmelz, die den Zuhörer gefangennahmen. Er dachte kaum an das Lied, das er sang, er sah kaum die Noten, und hörte kaum die eigenen Töne. Er fühlte die Blicke Astas auf sich ruhen, und er fühlte sich von diesem Mädchen mit eigentümlich zwingender Macht angezogen und doch auch wieder abgestoßen. Es war, als ob er sich in einem Zauber befände.

Aber auch Asta fühlte etwas, das sie noch nie gekannt hatte. Durch den frühen Tod ihrer Eltern war sie, noch fast ein Kind, auf sich selbst gestellt worden, und das hatte sie kühl, hochmütig und berechnend gemacht. Doch jetzt durchströmte sie auf einmal ein Sehnen, das alle Fesseln der Vernunft sprengte. Immer wieder suchte sie den Blick Martins, aber er wich ihr aus.

Wie im Traum vernahm er den Beifall, und er fand sich wieder in die Wirklichkeit zurück, als Frau Holstein auf ihn zukam und ihn bat, auch für sie noch ein Lied zu singen. Er wollte schon ablehnen, aber ein Blick in ihre Augen berührte ihn so seltsam, daß er einfach nicht nein sagen konnte. Auch diese Frau hatte etwas an sich, das ihn geheimnisvoll ansprach, aber es war nichts Aufwühlendes wie bei der blonden Schönheit, sondern etwas Beruhigendes, Vertrauenerweckendes.

„Ich will Sie nicht belästigen", sagte Frau Holstein bescheiden. „Aber ich möchte gern von Ihnen ein Lied hören, das mich unter all den Liedern hier immer wieder tief bewegt. Hier ist es: ‚Des kranken Kindes Traum'."

Sie reichte ihm die Noten, und er summte die Melodie. Sie begann in a-Moll. Das kranke Kind fragt:

„Was wecken aus dem Schlummer mich
für süße Töne doch?
O Mutter, sieh, wer mag es sein
zu später Stunde noch?"

Die Mutter, die am Bett des sterbenden Kindes wacht, antwortet voll Angst:

„Ich höre nichts, ich sehe nichts.
O schlummre fort so lind;
man bringt dir keine Ständchen jetzt,
du armes, armes Kind!"

Aber das Kind hört doch Töne — Töne, die nun heller und heller, jubelnd erklingen. Das Moll mit seinen Klagen ist vorüber, und nun ertönt es in freudigem, sicherem Dur:

„Es ist nicht irdische Musik,
was mich so freudig macht.
Mich rufen Engel mit Gesang.
O Mutter, gute Nacht!"

Martin begann dieses Lied leise und zart zu singen, aber bei den Worten „Es ist nicht irdische Musik" schwoll seine Stimme an und füllte den ganzen Raum, bis sie beim letzten Gruß an die Mutter zum hinsterbenden Flüstern herabsank.

Asta war fast erschrocken über diese Fülle von metallischem Wohlklang. Hilda saß lauschend mit gefalteten Händen. Frau Holstein tupfte sich mit dem Taschentuch über die Wangen. Der Professor nickte befriedigt über den Erfolg seines Schützlings. Nachdem der Beifall verklungen war, faßte sich Astra zuerst. Sie sprang auf und rief:

„Sie haben Gold in der Kehle! Sie müssen sich ausbilden lassen! Sie dürfen nicht Förster bleiben! Mit dieser Stimme können Sie sich die Welt erobern. Kommen Sie mit mir nach Wien! Ich sehe uns schon zusammen auf der Bühne stehen und höre den Jubel des begeisterten Publikums."

Martin spürte die Verlockung, aber er sagte:

„Eine Ausbildung zum Sänger kostet viel Geld, gnädigste Baronesse. Ich habe leider keine Eltern, die so begütert wären."

„Auch ich hatte keine reichen Eltern, aber ich fand ..." Sie biß sich auf die Lippen, weil sie sich beinahe verplappert hätte, und fuhr fort: „... ich fand auch kunstliebende Gönner, die mir meine Ausbildung ermöglichten. Bei Ihrer Stimme werden Sie rasch einen Mäzen haben, der gern die Mittel für Ihre Ausbildung gibt."

Aber Martin schüttelte den Kopf.

„Darauf möchte ich mich nicht verlassen. Ich habe soeben erst mit Hilfe eines Stipendiums mein Studium beendet und bleibe lieber bei meinem Beruf, der mir Freude macht. Ich möchte mich nicht von einem Gönner und der Gunst des Publikums abhängig machen."

Asta verschlug es fast die Sprache.

„Ach, das sagen Sie jetzt so! Jeder soll die Gaben nutzen, die ihm verliehen sind. Sie müssen sich das noch gut überlegen ..."

Martin wandte sich Frau Holstein zu, die auf ihn zukam und ihm die Hand drückte.

„Ich danke Ihnen, Herr Huber. So wie heute habe ich dieses Lied noch niemals singen hören. Mit ihm verbinden sich für mich schmerzliche Erinnerungen, die nun mit Gewalt wieder lebendig geworden sind. Gott hat Ihnen eine wunderbare Stimme geschenkt, die Ihnen Ruhm und Reichtum bringen kann, aber vielleicht haben Sie recht, wenn Sie Ihrem erwählten Beruf treu bleiben. Sicher werden Sie in Gottes stiller Natur mehr Zufriedenheit finden als auf dem lauten Jahrmarkt menschlicher Eitelkeit. Ich danke Ihnen nochmals und wünsche Ihnen einen guten Abend."

„Aber Bertha, du willst doch nicht schon gehen?" fragte Hilda.

„Wir begleiten Sie nach Hause", sagte der Professor.

„Wir brauchen ja mit der Baronesse nur noch einen Termin zu vereinbaren, wann Herr Huber das Gut besichtigen darf."

„Nein, nein, bleiben Sie nur noch und verabreden Sie alles in Ruhe", erwiderte Frau Holstein. „Seien Sie mir nicht böse, aber ich möchte jetzt allein sein."

Sie verabschiedete sich, und Hilda begleitete sie hinaus.

„Was hat sie denn?" fragte Asta sie, als sie zurückkam.

„Ich weiß es auch nicht. Sie trägt seit Jahren einen geheimen Kummer im Herzen, der sich von Zeit zu Zeit regt, und dann zieht sie sich wie eine Schnecke in ihr Haus zurück."

*

Frau Holstein hatte kaum das Schloß verlassen, da begannen ihre Tränen von neuem zu fließen. Sie hatte geglaubt, die alte Wunde wäre in den langen Jahren allmählich vernarbt, aber nun war sie plötzlich wieder aufgebrochen. Schuld daran war nur dieses Lied, das dieser junge Mann, der ihr Sohn hätte sein können, so ergreifend gesungen hatte.

Sie trocknete die Tränen und riß sich zusammen, aber die schmerzlichen Bilder der Vergangenheit ließen sie nicht los, während sie den Schloßberg hinabging.

„O Gott", flüsterte sie. „Ich habe damals schwer gefehlt, und ich verstehe mich heute selbst nicht mehr. Wenn ich nur wüßte, ob mein armes Kind tot ist! Wenn es aber lebt, dann laß es mich wiederfinden!"

Als sie sich ihrer Wohnung näherte, trat ein Mann, der wartend auf der Straße gestanden hatte, auf sie zu, um ihr Gesicht im Abenddunkel zu erkennen.

„Grüß Gott, Frau Bürgermeister!" sagte er froh. „Fast a ganze Stund wart i hier scho auf Sie."

„Sepp!" rief sie. „Eben hab ich an dich gedacht, und da stehst du auch schon vor mir. Du wolltest mich sprechen? Hast du etwas erfahren?"

„Na, regen S' sich net gleich auf, Frau Bürgermeister! Erfahren hab i scho was."

„O Gott, mein Gott, ich danke dir! Sepp, hast du ihn gefunden?"

„Wen? Meinen S' Ihren Buam?"

„Wen soll ich denn sonst meinen?"

„Na, nur net gleich so hitzig! Wenn i sag, i hab was erfahren, dann denken S' gleich, i hab ihn gefunden. So schnell gehn diese Sachen nun doch net."

„Aber eine Spur hast du schon?"

„Ane Spur? Ja, die hab i vielleicht entdeckt. Aber sie ist nur ganz winzig, nur a Hauch von aaner Spur, und wir müssen halt noch sehn, ob's auch die richtige ist."

„So erzähle! Sag mir, wann, wo und wie du diese Spur entdeckt hast!"

„Wo — wann — wie? Also vom Ort, von der Zeit und der Art und Weise soll i gleichzeitig berichten? Hören S' mal, Frau Bürgermeister, i bin scho so a alter Kerl, bei dem 's Hirn a wen'g vertrocknet ist. Wenn i gleich so viel auf aamal sagen soll, dann sitz i nachher da und kann mi auf gar nix mehr besinnen. Dös muß hübsch langsam getan werden, akkurat aans nach'm andern, und net hier auf der Straßen, wo man die fünf Sinne net so z'sammen haben kann wie drinnen in der Stuben, wo's an' Kaffee gibt oder a Maß Bier und auch an Kas und a Brot oder gar Zervelatwurst dazu."

„Da hast du recht, Sepp. Hier ist nicht der Ort, das zu besprechen. Komm mit zu mir! Mein Gott, wenn man so lange vergebens auf etwas gehofft hat und hört, daß es sich nun doch vielleicht erfüllt, dann vergißt man das Nächstliegende. Erzähl mir zu Hause, was du erfahren hast!"

„Na, endlich! Dös ist a Wort, was i gelten laß. Dort kann auch kaaner die Ohren spitzen. Hier in der Dunkelheit kann man net wissen, ob net in der Näh aaner steht und alles hört."

Frau Holstein lief so schnell voraus, daß der Wurzelsepp trotz seiner langen Beine Mühe hatte nachzukommen. Sie wohnte in einem schönen alten Haus außerhalb der Ortschaft, das sie von ihrem verstorbenen Mann geerbt hatte. Sepp war oft bei ihr gewesen, und das Dienstmädchen kannte ihn gut. Der Abendbrottisch wurde gedeckt, und Sepp nahm Platz.

„Dös laß i mir gefallen“, schmunzelte er. „A Brathähnderl mit Selleriesalat und Backbirnen! Und noch a Glaserl Wein dazu! Das öffnet den Verstand und macht die Augen hell.“

Er ließ es sich schmecken. Sie saß ihm gegenüber und sah ihm zu. Obwohl sie ihre Neugier kaum bezähmen konnte, bemühte sie sich, ruhig zu erscheinen, und sie freute sich auch wirklich darüber, daß es dem Alten so gut schmeckte. Wenn er sein Glas ausgetrunken hatte, schenkte sie es ihm schnell wieder voll, und sie nötigte ihn, nur zuzulangen. Das Trinken erleichtert bekanntlich das Essen, und je schneller der Sepp fertig wurde, desto eher konnte er seinen Bericht beginnen. Endlich legte er Messer und Gabel weg und wischte sich den Schnauzbart mit dem Zipfel des Tischtuchs ab.

„So, dös hat geschmeckt“, sagte er. „Nun können wir von unsren Angelegenheiten reden. Kann's auch niemand hören?“

„Wer soll es hören? Das Mädchen ist in der Küche.“

„Na, man muß sich in acht nehmen. I hab Dirndln gekannt, deren Ohren gingen von der Küche dreimal ums ganze Haus herum.“

„Die Resi horcht nicht.“

„So? Dann werd i die Resi heiraten, wenn i mal aane brauchen tu, die net neugierig ist. Jetzt aber darf i niemand auszanken von wegen Neugier, denn i selber hab ja überall horchen müssen, um zu erfahren, was i wissen wollt.“

„Nun, und was hast du erfahren?“

Er machte ein verwundertes Gesicht.

„Erfahren? Nix hab i erfahren."

„Was? Dann war das nur ein Scherz von dir, als du sagtest, du hättest eine Spur entdeckt?"

„Nein, in so aaner Sache treib i kaanen Scherz. Aber i maan, i hab nix erfahren, was früher geschehn ist. Und dös muß i wohl wissen, um zu merken, ob i richtig denk oder net."

Er blickte sie erwartungsvoll an. Sie lehnte sich in den Stuhl zurück, senkte für einen Augenblick die Lider, als ob sie überlegen müsse, und sah ihn dann an.

„Du willst also wissen, was früher geschehen ist. Ja, ich hätte dir gleich alles aufrichtig erzählen sollen."

„Freili! Je mehr i waaß, desto besser und leichter kann i forschen. Jetzt hab i wohl aanen Buam gefunden, der an aaner fremden Tür niedergelegt worden ist. Aber ob's der richtige ist, wie soll i dös wissen?"

„An einer fremden Tür? Wo?"

„In der Gegend von Regensburg."

„Das ist doch die Gegend, die ich dir genannt habe."

„Schon recht. Aber um Regensburg gibt's halt viele Dörfer und Häuser und Türen."

„Ich hab dir doch gesagt, es war eine einsame Hütte, und den Namen des nächsten Dorfes weiß ich nicht."

„Dös ist schlimm, und grad darum müssen S' mir alles erzählen."

Sie kämpfte noch mit sich. Sie hatte ein großes Vertrauen zu dem Alten, scheute aber davor zurück, ihm von Jugendtorheiten zu erzählen, deren sie sich heute schämte. Als sie so zögerte, nickte er bedächtig vor sich hin.

„Na, i waaß wohl, 's gibt halt Sachen, von denen man net gern redet. Drum will i auch nix wissen. Aber nachher dürfen S' net verlangen, i soll mi weiter um diese Sach kümmern. Was i waaß, will i sagen, und dann mögen S' halt schaun, ob S' mit dem übrigen allaan fertig werden. Alsdann — a Silberkreuzl mit acht Spitzen und den Zahlen 5. 8. 58 hab i gefunden.“

Frau Holstein fuhr von ihrem Stuhl auf.

„Ist das wahr? Ist das wirklich wahr?“

Mit brennenden Augen starrte sie ihn an.

Er nickte nur. Da drehte sie sich um, schlug beide Hände vors Gesicht und schluchzte leise vor sich hin. Gerührt ließ Sepp sie gewähren. Plötzlich wandte sie sich ihm wieder zu.

„Sepp, sag mir, wer hat das Kreuz? Wo hast du's gefunden?“

„Ja, i waaß net, ob i dös sagen darf.“

„Warum nicht?“

„Weil's mir verboten ist.“

Das stimmte zwar nicht, aber er wollte vorsichtig sein. Er wollte hören, warum die Mutter damals ihr Kind von sich gegeben hatte. Er wollte sich vergewissern, ob der junge Mann mit dem Namen Huber dieses Kind gewesen sein konnte.

„Wer hat dir das verboten?“ fragte sie.

„Der Mann, der dös Kreuzl hat.“

„Dafür muß er doch einen Grund haben?“

„Freili hat er den. Er möcht halt jeden Irrtum ausschließen. Als bis i selber davon überzeugt bin, daß die Person auch wirklich die richtige ist, soll i den Namen net nennen.“

Frau Holstein setzte sich wieder. Sie blickte still vor sich hin, dann hob sie den Kopf und sah ihn an.

„Nun gut. Ich werde dir alles erzählen.“

„Da tun S' recht. Nachher werd i dann alles sagen, was i zu sagen hab.“

Sie stand wieder auf und ging in großer Erregung im Zimmer auf und ab. Dann blieb sie bei ihm stehen, legte ihm die Hand auf die Schulter und fragte:

„Sepp, sag mir, warum bist du ledig geblieben?“

„I? Na, weil mi kaan Dirndl hat haben wollen.“

„Das glaub ich nicht. Wenn ich dich so anseh, dann möcht ich behaupten, daß du in deiner Jugend ein ganz stattlicher Bursche gewesen bist."

Er nickte vor sich hin und schüttelte dann den Kopf.

„Freili, ganz häßlich war i ja net. Aber genützt hat mir's nix."

„Dann hast du niemals ein Mädchen liebgehabt?"

„Freili hab i mal aane liebgehabt, aber sie ist mir untreu worden, als i beim Militär war."

„Also geliebt hast du sie?"

„Wie mein Leben und noch mehr. Als i gehört hab, daß es aus ist mit uns, da wär i am liebsten gestorben. Nochmal hätt i dös net mitmachen mögen."

Sepp strich über den Schnauzbart. Wenn er an jene Zeit zurückdachte, überkam ihn jedesmal die Rührung.

„Du hast also die Liebe auch kennengelernt und wirst mich darum verstehen, wenn ich dir von dem Fehler, den ich in meiner Jugend begangen habe, nun erzähle."

„Sprechen S' ruhig! Von der Lieb versteh i auch a wen'g. I hätt ja später noch heiraten können. Da waren manche, die hätten gern ja gesagt, wenn i gefragt hätt. Waren sogar blitzsaubere Dirndln. Aber i hab net gewollt. Die erste Lieb ist bei mir auch die einzige geblieben und wird auch mal mit mir ins Grab gehn."

„So hör zu! Ich werde es möglichst kurz machen, um all das Vergangene, aber nicht Vergessene nicht wieder in mir aufzuwühlen."

Sie trank einen Schluck Wein und begann:

„Mein Vater war Bankier. Er galt für reich, aber er hatte sich auf Zureden seines Teilhabers in Spekulationen eingelassen, und eines Tages stellte sich heraus, daß ihm kein Gulden und kein Kreuzer übrigbleiben würden, wenn er seine Schulden begleichen wollte. Er war ehrlich und zahlte. Er mußte eine untergeordnete Stellung in einer anderen Bank annehmen. Damals war ich siebzehn Jahre alt und soll ein schönes Mädchen gewesen sein."

„Dös glaub i scho", warf Sepp ein. „Die Frau Bürgermeister ist ja heut noch aan appetitliches Dirndl."

Frau Holstein überhörte diese Bemerkung und fuhr fort:

„Der Sohn unserer Nachbarn, der ein paar Jahre älter war als ich, hatte ein Auge auf mich geworfen. Er studierte Jura, aber wenn er in den Ferien daheim war, besuchte er uns täglich."

„Ah, jetzt beginnt die Liebesgeschichte!"

„Nein. Ich war ihm freundschaftlich gesinnt, aber Liebe fühlte ich nicht für ihn."

„Der arme Schlucker!"

„Ich wußte vielmehr, daß meine Schwester, die ein Jahr älter war als ich, ihn im stillen liebte. Sie war ein gutes, aber immer kränkliches Mädchen, das wenig Aufhebens von sich machte. Er hieß Holstein."

„So heißen S' doch jetzt selber! Dann ist er doch noch Ihr Mann geworden?"

„Ja, aber erst viel später. Als mein Vater sein Geschäft aufgeben mußte, reichte sein Gehalt nicht aus, um die Bedürfnisse der ganzen Familie zu bestreiten. Darum war ich, die ich gesund und kräftig war, gezwungen, dem Vater die Last zu erleichtern. Ich sah mich nach einer Stellung um und wurde Kinderfräulein in einer adligen Familie. Meine Herrin war leidend und fuhr alle paar Monate in ein Bad. Natürlich nahm sie ihre Kinder mit, und ich mußte sie begleiten."

„Der Herr aber nicht?"

„Nein, er blieb daheim, er war ein hoher Regierungsbeamter. Meine Dame war recht eigenwillig und liebte überhaupt die Unabhängigkeit. In Marienbad ließ sie sich den Hof machen von einem jungen Baron, der sich Adelbert von Alten nannte. Ich bemerkte aber bald, daß er nur meinetwegen so oft kam. Das gefiel mir. Sein vornehmes Auftreten und seine gesellschaftliche Gewandtheit beeindruckten mich stark. Ich verliebte mich in ihn. Ich war sehr streng erzogen, hatte keine Mutter mehr und mit dem Vater und der Schwester recht einsam gelebt. Ich war ein dummes Ding ohne jede Lebenserfahrung, und die Liebe machte mich blind. Er wußte es einzurichten, mich allein zu treffen, und eines Tages sprach er von seiner Liebe zu mir. Er wolle seinen Eltern schreiben. Ich glaubte ihm alles, und bald darauf zeigte er mir ihre schriftliche Einwilligung zu unserer Heirat. Nur machten sie die Bedingung, unsere Liebe müsse noch einige Zeit geheimgehalten werden."

„Warum denn?" warf Sepp ein.

„Weil er eine alte hocharistokratische Verwandte besaß, deren einziger Erbe er war. Sie würde ihm die Erbschaft entziehen, wenn er mit einer Bürgerlichen eine Verbindung einginge."

„So sollten S' auf ihren Tod warten?"

„So war es."

„Na, dös ist schön, und so was nennt sich von Adel! Unsereins tät sich bis in die Seel hinein schämen, wenn er auf den Tod aaner guten, alten Tante warten sollt. Dös ist grad so schlimm, als wenn man sie gleich totschlagen tät. I dank schön."

„Leider kommt so etwas gar nicht so selten vor. Aber du regst dich umsonst auf. Er wartete gar nicht auf den Tod einer Tante. Er hatte mich belogen."

„Der Schuft! Aber warum denn diese Lüge?"

„Das kannst du dir doch denken, Sepp!" Sie errötete.

„Ach, so ist die Sach!" brummte er. „So aan Hallodri! Wenn i den jetzt hier hätt in der Stuben! 's Genick tät i ihm zerbrechen!"

„In meiner Verliebtheit glaubte ich ihm. Er besaß mein ganzes Vertrauen, und wir verlobten uns heimlich. Meine Stellung gab ich noch nicht auf, aber wir fanden oft genug Gelegenheit, allein zu sein. Ich gab ihm nach und habe es bitter genug bereuen müssen."

Sepp nickte.

„Jaja, so geht's oft, wenn so aan Schuftikus aanem Dirndl den Himmel vormalt und nur Teufelei im Kopf hat."

„Kurz vor Weihnachten verließen wir Marienbad. Er fuhr nach Wien und ich mit meiner Dame und den Kindern heim."

„Dann haben S' den Kerl wohl gar net wiedergesehn?"

„O doch! Zunächst schrieben wir uns oft. Ich mußte alle meine Briefe an ihn postlagernd schicken wegen seiner Tante, bei der er wohnte. Ihr sollte kein Brief von mir in die Hände fallen."

„Und dabei hat's diese Tante gar net gegeben!"

„Du hast recht, aber ich hab's damals geglaubt. Er besuchte mich noch ein paarmal heimlich, aber dann blieb er aus, und auch seine Briefe kamen immer seltener. Im Frühjahr merkte ich dann mit Schrecken, daß der Umgang mit ihm nicht ohne Folgen geblieben war, und teilte es ihm mit. Ich erhielt keine Antwort. Meine Briefe wurden gar nicht mehr von der Post abgeholt und kamen nach einigen Wochen zurück. Ich begann zu ahnen, daß ein Schuft sein gemeines Spiel mit mir getrieben hatte."

„Freili. Dös ist mir scho längst klar."

„Ich suchte natürlich meinen Zustand zu verbergen. Im Frühsommer fuhr ich mit meiner Dame und den Kindern wieder in ein Bad, diesmal nach Karlsbad. Und dort begegnete ich ganz unerwartet meinem Verlobten."

„Himmelsakra! Was hat er gesagt?"

„Er heuchelte große Freude und entschuldigte sein Schweigen damit, daß er ganz plötzlich eine längere Reise nach St. Petersburg hätte machen müssen, von der er gerade jetzt erst wieder zurückgekehrt wäre. Er hätte schon vorgehabt, mich aufzusuchen, und wäre glücklich, mich nun hier schon getroffen zu haben."

„Und dös haben S' wieder geglaubt?"

„Meine Liebe war stärker als alle Zweifel. Ich glaubte ihm."

„Ja, die Lieb ist auf Gottes Erdboden dös schönste, aber auch dös dümmste Ding."

„Natürlich teilte ich ihm meine Sorgen mit. Ich hatte höchstens noch vier Wochen Frist und konnte es nicht über mich bringen, mich meiner Dame oder gar meinem Vater anzuvertrauen. Er ging über meine Nöte leicht hinweg und tröstete mich mit dem Versprechen, die Angelegenheit zu meiner Zufriedenheit in Ordnung zu bringen."

„Da gab's doch nur aans: er mußt Sie heiraten!"

„Das wäre unmöglich, sagte er, weil seine Tante noch lebte. Aber er tat so liebevoll, daß ich mich beruhigte und ihm versprach, ganz nach seinem Willen zu handeln."

„Na, auf den Willen bin i neugierig."

„Ich hatte damals grad einen Brief meines Vaters bekommen; darin teilte Papa mir mit, daß meine Schwester sehr krank sei. Auch ihm selber ginge es gesundheitlich nicht zum besten. Ich möge doch nach Hause kommen, um mich der Schwester anzunehmen. Mein Verlobter fand, daß dieser Brief sich eben zu rechter Zeit eingestellt habe. Ich mußte ihn meiner Dame zeigen und erhielt meine Entlassung."

„Und Geld?"

„Nein, ich war im Vorschuß, da ich oft kleine Beträge nach Hause geschickt hatte. Mein Vater kam mit seinem niedrigen Gehalt kaum aus."

„So sind S' also nach Haus gefahren?"

„Nein. Mein Verlobter brachte mich nach Eger zu einer Frau, die mich bei sich aufnahm. Nach drei Wochen wurde ich Mutter eines gesunden, hübschen Knaben. Acht Tage später kam Adelbert, und wir zogen mit dem Kind in ein kleines Hotel. Am 5. August 1858 wurde der Bub in der Kapelle eines Klosters der Malteser nahe bei Eger auf den Namen Martin Hiller getauft — Martin hieß mein Vater und Hiller war mein Mädchenname. Nach der Taufe schenkte der Pater dem Kind ein kleines silbernes Malteserkreuz, in das er das Datum 5. 8. 58 eingraviert hatte."

„Aha. — Und, weiter?"

„Ja, ich saß am Abend jenes Tages ganz glücklich mit meinem Verlobten in dem kleinen Zimmer unseres Hotels. Er sprach von unserer Hochzeit, die nun möglichst bald stattfinden solle. Ich hatte das Kindchen im Arm und fühlte mich als junge, hoffnungsvolle Mutter, da tönten aus dem Gärtchen herauf, das abgeschieden hinter dem Hotel lag, die Töne eines Ständchens, das mein Bräutigam mir und dem Kind von einem Streichquartett bringen ließ. Ich war tief gerührt."

„Den Kerl begreif i net", brummte Sepp. „Hat nix Gutes im Sinn und läßt aan Ständchen geigen?"

„Es war das erste und wohl auch das letzte, das dem Kind gebracht wurde. An jenem Abend war ich so froh, aber mein Glück sollte ein jähes Ende nehmen. Als ich am nächsten Morgen erwachte, war mein Verlobter nicht mehr da, aber beim Hotelwirt hatte er einen Brief für mich hinterlassen. Ich vermutete eine freudige Überraschung und riß den Umschlag auf."

„Freudig war die Überraschung bestimmt net."

„Ich habe den Brief noch und werde ihn dir vorlesen."

Sie ging ins Nebenzimmer und kam mit einem Blatt Papier zurück. Sie faltete es auseinander, fuhr sich mit der Hand über die Augen, als wollte sie dort einen Schleier entfernen und las langsam mit bewegter und zitternder Stimme:

„Liebe Bertha! —

Der Traum ist aus. Es wird Zeit, daß Du erwachst. Wir müssen uns für immer trennen. Das Ständchen gestern abend habe ich Dir zum Abschied bringen lassen, damit über dem Andenken an unser letztes Beisammensein ein poetischer Hauch schwebt. Ich hätte es besser unterlassen, denn ich habe es mit meinen letzten

Gulden bezahlt. Ich bin in einer verdammten Pechsträhne, und mein Geld ist alle. Ich muß abreisen, ohne das Hotel zu bezahlen, und Dir überlassen, das zu erledigen. Ich war einmal verliebt in Dich und habe Dich auch heute noch ganz gern, aber ich war nie so närrisch, an eine Heirat zu denken. Erspar Dir die Mühe, mir nachzuforschen! Denn ich heiße nicht von Alten. Diesen Namen habe ich mir aus leichtbegreiflichen Gründen beigelegt. Ich habe auch keine Erbtante. Die habe ich nur erfunden, und auch meine Eltern sind lange tot.

Zur Erinnerung an mich magst Du den kleinen Martin behalten. Ich habe ihn nicht gewollt, aber es läßt sich nicht ändern, daß er nun einmal da ist. Dir und ihm wünsche ich alles Glück auf Erden. Nochmals herzlichen Dank für die schönen Stunden, und denk zuweilen an Deinen

sogenannten Adelbert von Alten."

Frau Holstein legte den Brief auf den Tisch und starrte vor sich hin. Sepp stand auf und ging mit langen Schritten hin und her. Er stieß halblaute Kraftworte aus und blieb schließlich vor ihr stehen.

„Und Sie haben keine Ahnung, wer's gewesen ist?"

„Nein. Ich habe nach ihm geforscht, aber es war völlig umsonst."

„So gut also hat er sich versteckt." Er schlug mit der Faust auf den Tisch, daß die Petroleumlampe darauf hochsprang und fast umgefallen wäre. „Aber er soll die Rechnung ohne den Wurzelsepp gemacht haben."

„Wie willst du ihn jetzt nach bald fünfundzwanzig Jahren noch finden?"

„Meinen S', dös wär unmöglich? Wissen S', es gibt aanen Herrgott, der das Gute belohnt und das Böse bestraft. Der wird den alten Wurzelsepp leiten, daß er diesen Adelbert von Alten findet. I spür's scho heut in allen Gliedern — i werd mit dem Urian schon recht bald zusammengeraten. Aber dann! Himmelsakra, dann werden die Späne fliegen!"

„Ach, Sepp, wie willst du ihn finden, nach so vielen Jahren? Ja, damals habe ich auch an Rache gedacht. Ich bin vor Schmerz und Elend fast wahnsinnig geworden. Das ist aber längst vorüber. Ich bin alt und ruhig geworden und denke nicht mehr an Rache. Die überlasse ich dem lieben Gott."

„Und noch aanem! Dem lieben Gott und dem Wurzelsepp. Die beiden halten gar große Stücken auf'nander und werden den Kerl scho zu finden wissen. Himmel, muß Ihnen damals ums Herz gewesen saan — nach dem Brief da!"

„Ach, Sepp, ein Unglück kommt selten allein. Ich hatte ihn kaum gelesen, da brachte mir die Frau, bei der ich gewohnt hatte, einen Brief meines Vaters, in dem er mich herzlich bat, sofort nach Hause zu kommen, da meine Schwester nur noch wenige Tage zu leben habe. Ich konnte nicht mehr denken und fühlen. Ich war bei lebendigem Leibe tot, und erst das Schreien meines Kindes brachte mich wieder zu mir."

„Und was haben S' dann gemacht?"

„Ich kann mich auf nichts mehr besinnen, Sepp. Mich beherrschte nur ein Gedanke, daß die Schwester im Sterben lag. Ich mußte fort aus Eger, fort, und zwar heimlich, daß mich niemand zurückhalten konnte. Ich ließ meine Sachen im Hotel zurück, wickelte mein Kind in ein Tuch und schlich mich fort. Ich mußte nach Hause. Ich befand mich wie im Traum und wußte nicht, was ich tat. Ich lief zum Bahnhof und löste eine Fahrkarte, so weit, wie mein Geld noch reichte. Wo ich ausgestiegen bin, kann ich nicht mehr sagen."

„Sie armes Wurm!"

„Ich weiß nicht, wie lange ich dann zu Fuß gewandert bin. Als mir wieder heller im Kopf wurde, befand ich mich im Wirtshaus eines kleinen Dorfes, wo sich die gutherzige Wirtin meiner und des Kindes angenommen hatte. Das war irgendwo östlich von Regensburg. Die gute Frau gab mir auch das Geld, daß ich von der nächsten Bahnstation nach Hause fahren könnte. Auf dem Weg zum Bahnhof verirrte ich mich im Wald. Nach Stunden kam ich an eine einsame Hütte, vor der eine Bank stand. Ich setzte mich darauf nieder. Ein Mann kam heraus. Er war Holzfäller und hatte frei, weil es ein Sonntag war. Ich bat ihn um ein Glas Wasser, und er ging, um Milch zu holen. Er war freundlich und besorgt. Da durchzuckte mich plötzlich der Gedanke, daß ich doch mit dem Kind niemals so unvermutet vor meinen alten, schwachen Vater treten durfte. War es nicht besser, ich ließ das Kind hier bei diesem Mann, der sicher gut dafür sorgen würde, und holte es dann später wieder ab? Ich muß schon im Fieberwahn gewesen sein, als ich diesen Einfall hatte. Hastig nahm ich einen Zettel, schrieb darauf den Namen Martin, und daß er katholisch getauft sei, legte das Kind auf die Bank und den Zettel daneben und rannte davon. Wie lange ich gelaufen bin, weiß ich nicht mehr. Die Reue packte mich, aber ich fand die Hütte nicht wieder. Erschöpft und hungrig schlief ich die Nacht im Wald. Mit Fieber kam ich zu einem Bahnhof, an dem gerade ein Zug hielt. Wie ich nach Hause gekommen bin, auch das weiß ich nicht mehr. Aber als ich ankam, da hatten sie meine Schwester gerade in den Sarg gelegt."

„Du lieber Herrgott im Himmel droben!"

Frau Holstein wischte sich die Augen, und es dauerte eine ganze Weile, bis sie wieder sprechen konnte.

„Das war schrecklich, schrecklicher noch als alles, was ich vorher erlebt hatte. Ich redete mich aus, daß ich nicht eher hätte kommen können, weil ich krank sei. Das glaubte man mir sofort, denn ich habe ausgesehen wie eine Leiche. Und ich war auch wirklich krank. Ich sah die tote Schwester und den gramgebeugten Vater. Ich fand keine Worte und keine Tränen. Am anderen Morgen wankte ich neben dem Vater hinter dem Sarg her, dann brach ich zusammen. Ein schweres Nervenfieber hatte mich ergriffen."

„Sapperlot, und da haben S' phantasiert und alles erzählt!"

„Nein, phantasiert habe ich nicht, sondern still und stumm dagelegen. Es war ein heimtückisches, schleichendes Fieber, und monatelang schwebte ich zwischen Leben und Tod, bis die Jugend siegte. Aber auch dann war ich lange so schwach, daß ich nicht stehen und gehen konnte. Ein Gefühl stumpfer Gleichgültigkeit, ein Zustand dumpfen Vergessens hatte mich überkommen. Ich sah wohl die Gesichter der Menschen um mich, aber ich erkannte sie nicht. Ich wußte später nicht mehr, was um mich her geschehen war. Nach und nach erwachte ganz langsam wieder die Lebenskraft in mir. Ich zwang mich, meiner Umgebung wieder Aufmerksamkeit zu schenken. Was ich erblickte, war traurig genug. Der Vater wankte wie ein Schatten umher, abgemagert, mit müden glanzlosen Augen. Der Tod meiner Schwester, meine Krankheit, sein eigenes unverdientes Schicksal, das trieb nun auch ihn an den Rand des Grabes. Er hatte mich in meiner Krankheit nicht verlassen können und dadurch seine Stellung verloren. Er war zu schwach, eine andere Arbeit zu übernehmen, und hätte wohl auch keine bekommen."

„Aber wovon haben S' denn gelebt?"

„Darüber machte ich mir nun auch Gedanken und fragte ihn. Er antwortete mir nur mit dem Namen Holstein. Mein Jugendfreund hatte sein Assessorexamen gemacht und war in der Stadtverwaltung tätig. Er hatte den Vater unterstützt, obwohl er selber nicht reich war. Wir lebten nun von seiner Güte."

„Braver Kerl!"

„Ja, das war er. Ich erfuhr erst nach und nach vom Vater, welchen Dank wir ihm schuldeten. Ich begann ihn zu beobachten, lernte seinen Charakter kennen, lernte ihn schätzen. Er besuchte uns täglich und warb bescheiden und still um meine Liebe. Ich begann ihn mit anderen Augen zu sehen. Er war kein schöner Mann, kein Blender wie dieser Baron von Alten, aber er war ein guter Mensch, bei dem man sich geborgen fühlen konnte. Ich lernte ihn lieben. Es war keine leidenschaftliche Liebe wie meine erste, aber eine lautere und innige."

„Ihn haben S' dann geheiratet?"

„Ja, aber das ging nicht so schnell. Ich fühlte mich seiner nicht wert. Durfte ich seine Frau werden, ohne ihm vorher zu gestehen, daß ich einen anderen geliebt hatte? Wäre das nicht ein Betrug gewesen? Aber konnte ich ihm alles gestehen? Nein und tausendmal nein! Ich wäre vor Scham vergangen. Da hörte ich zufällig eine Unterredung zwischen ihm und meinem Vater, der ihm sagte, er glaube, daß ich ihn liebe, und ihm riet, zu mir von seiner Liebe zu sprechen. Aus der Antwort erkannte ich den Edelmut Holsteins. Er könne nur mich lieben und nur an meiner Seite sein Glück finden, sagte er. Doch er glaube, daß ich ihn nicht liebe, sondern nur Dankbarkeit empfinde für das wenige, was er für uns getan habe. Vater zerstreute seine Bedenken, und dann, ja dann kam die Stunde, in der er meine Hand ergriff und mich fragte, ob ich sie ihm nicht fürs ganze Leben lassen wolle. Sepp, sag aufrichtig, was hättest du geantwortet?"

„Hm! Ihm nix zu sagen, wär unrecht gewesen, doch ihm's zu sagen, wär wohl noch schlimmer gewesen, weil's ihn unglücklich gemacht hätt."

„Das dachte ich mir auch. Ich brachte es nicht über mich, etwas zu sagen, und schwieg. Und ich wurde seine Frau."

„Hat er's später erfahren?"

„Nein. War ich vorher nicht aufrichtig gewesen, so brachte ich später erst recht nicht den Mut dazu auf. Ich habe mir bittere Vorwürfe gemacht und oft mit meinem Gewissen gekämpft. Ich fühlte mich oft elend, wenn ich sah, wie er mich mit seiner Liebe umsorgte. Einen großen Trost fand ich jedoch: Ich habe ihn so glücklich gemacht, wie ein Weib ihren Mann nur machen kann."

„So wird's der Herrgott verzeihn, wenn S' net aufrichtig sein konnten."

„Das hoffe ich von Herzen. Wir haben fünfzehn gute Jahre zusammen verlebt. Die letzten sechs Jahre war er Bürgermeister hier in Steinegg. Er starb bei einer Typhusepidemie. Er hat mir soviel hinterlassen, daß ich sorglos davon leben kann."

„Und der Bua, der klaane Martin? Haben S' die ganzen Jahr net geforscht, was aus dem geworden ist?"

„Doch — gleich im ersten Jahr meiner Ehe. Ich hatte Gelegenheit, mit einer Freundin in den Bayerischen Wald zu reisen. Ich fand auch die Bahnstation, in der ich damals den Zug bestiegen hatte, suchte aber vergeblich nach der Hütte im Wald. Immer wieder habe ich heimlich Nachforschungen angestellt, aber erst nach dem Tod meines Mannes hatte ich Freiheit genug, mich selber wieder auf die Suche zu begeben. Eines Tages fand ich dann im Wald eine Hütte, die genauso aussah wie die, bei der ich das Kind auf die Bank gelegt hatte. Der Bewohner war auch ein Holzfäller, aber er wohnte erst seit zwei Jahren dort, und in den vergangenen fünfzehn Jahren hatten die Besitzer der Hütte oft gewechselt. Wohin sie fortgezogen waren, wußte er nicht. Auch Erkundigungen auf dem Forstamt blieben ohne Ergebnis. Der Mann war fortgezogen und hatte den Knaben mit sich genommen, wenn er nicht vorher gestorben ist. Als ich dir den Auftrag gab, dich nach dem Kreuz umzuschauen, weil du ja überall umherkommst, da tat ich das ohne jede Hoffnung auf Erfolg, und nun kommst du und sagst, du hast das Kreuz gefunden. Sag schnell, wo hast du's gesehen?"

„Aan junger Kerl hat's am Hals hängen gehabt. In der Nähe von der Bahnstation Lindenberg hab i ihn getroffen. Wir haben mit'nander gesprochen, und dabei hab i das Kreuzl erblickt."

„Und du hast es dir genau angeschaut?"

Sepp nickte.

„Das Kreuzl hat genau die Form, und die Jahreszahl stimmt."

„Woher hat der Mann das Kreuz, hat er das gesagt?"

„Er hat's von Kind an."

„Sepp, ist das wahr? Wie alt ist er?"

„Dös waaß i net so genau, aber ungefähr fünfundzwanzig."

„Mein Gott! Das könnte stimmen. Du hast ihn doch nach seinem Namen gefragt? Wie heißt er und was ist er?"

„Na freili hab i danach gefragt."

„So sag's doch, Sepp, rede! Spann mich nicht so auf die Folter!"

„Ja, wissen S', er ist Förster, und sein Name ist Martin Huber!"

Sie fuhr vom Stuhl hoch.

„Martin Huber! O Gott! Ja, er muß es sein!" Sie faltete die Hände und flüsterte: „Man hat mir zwar nicht gesagt, daß er mit Vornamen Martin heißt, aber nun weiß ich, warum er mir so bekannt vorkam und warum es mir so nahegegangen ist, als er das Lied vom Traum des kranken Kindes gesungen hat."

„Ja, kennen S' ihn denn schon?" fragte Sepp erstaunt.

„Ich glaube, ja." Frau Holstein berichtete ihm, wie sie auf Schloß Steinegg die Bekanntschaft eines jungen Mannes namens Huber gemacht hatte, der sich um die Försterstelle bei der Baronesse Alberg bewarb.

„Davon hat er gesprochen, daß er in Steinegg den Professor besuchen wollt, der für ihn hier in der Gegend aane Stellung als Förster in Aussicht hätt", bestätigte Sepp. „Und wenn i mir die Frau Bürgermeister so recht anschau, so find i da allerlei Ähnlichkeit im Gesicht und in der ganzen Art."

„Ja, er muß es sein, er ist es!" flüsterte sie. „Aber wie kommt er zu dem Namen Huber? Hat er das nicht erzählt?"

„Doch. Huber hieß a Professor aus München, der den kleinen Martin im Waisenhaus gesehn hat und ..."

„Im Waisenhaus?! Das arme Kind!" sagte Frau Holstein bedrückt.

„Na, da können S' beruhigt sein. Er hat mir gesagt, daß er's da gut gehabt hat. Und weil er auf der Schule gut gelernt hat, da hat er aan Stipendium gekriegt, womit er auf die Akademie gekommen ist."

„Welch eine Fügung! So hat Gott mehr Mitleid mit ihm gehabt als seine Mutter. Was wird er von dieser Mutter denken?"

„Darüber machen S' sich nur kaane Sorgen. Der Martin denkt von seiner Mutter sicher nix Schlecht's. Er hat große Sehnsucht nach ihr und wäre glücklich, wenn er sie nur finden könnt."

„Wirklich?"

„Ja, er hat mir gesagt, sie könnt arm sein wie aane Bettelfrau. Dann wollt er für sie arbeiten, daß es ihr gut geht."

„Das hat er gesagt?"

„Ja, und noch viel mehr."

„Herrgott, ich danke dir! So einen Sohn bin ich nicht wert. Ich habe mich so schwer an ihm versündigt, daß ich mich schäme, ihm jemals in die Augen zu sehen. Und dann kann ich ihm noch nicht einmal sagen, wer sein Vater ist!"

„Was dös betrifft, so lassen S' nur den Wurzelsepp sorgen! Der hat den Sohn gefunden und wird auch den Vater noch ausfindig machen. A geheime Stimm flüstert mir, daß i den Gauner schon bald erwischen werd. Haben S' schon mal aanen Steckbrief gelesen?"

„Meinst du, er wird von der Polizei steckbrieflich gesucht?"

„Naa, dös glaub i net, wenn er auch a Schwindler und Betrüger ist. Doch wir wollen a Beschreibung machen wie auf so aanem Steckbrief, damit i gleich ihn erkenn, wann er mir begegnet. Können S' sich vielleicht noch erinnern, wie er damals ausgeschaut hat?"

„Natürlich. Doch was nützt dir das, wenn ich ihn dir beschreibe? Er war damals jung und wird heute ganz anders aussehen."

„Freili wird er älter ausschaun, doch gibt's Dinge, die auch beim Alter net anders werden. Wann er zum Beispiel schwarze Augen gehabt hat, so werden die net rot geworden sein, und blonde Haar net blau. Wie alt war denn dieser Adelbert von Alten damals?"

„Mitte der Zwanzig."

„Dann ist er jetzt um die Fünfzig. War er groß?"

„Mittelgroß und schlank."

„Haar?"

„Blond."

„Augen?"

„Blau."

„Zähne?"

„Alle vorhanden."

„Trug er aanen Bart?"

„Ein Schnurrbärtchen. Aber ich kann mir nicht vorstellen, wie das zu etwas führen soll."

„Warum net? Lassen S' nur den alten Wurzelsepp gehn! Der waaß scho, warum er so fragt. Sagen S' lieber, ob er vielleicht was Besonderes gehabt hat, woran man ihn erkennen kann!"

„Ja, das hatte er. Es rührt angeblich von einem Duell her, das er mal gehabt hat. Dabei hat er einen Säbelhieb über den Kopf bekommen. Er hatte eine Narbe, die über die linke Stirnseite bis zur Augenbraue verlief."

„Schad, daß der Säbel net tiefer eingedrungen ist, dann wär's aus gewesen mit ihm, und er hätt kaan braves Dirndl betrügen können! Also aane lange Narben hat er.

Dös muß i mir merken. Dös kann leicht dazu führen, daß man ihn entdeckt."

„Wie viele mögen solch eine Narbe haben! Sei nicht zu voreilig mit deinen Hoffnungen!"

„Warum soll i net hoffen? I komm weit im Land herum, und da kann i leicht jemand treffen, der aane Narbe auf der Stirn hat. Den werd i dann gleich beim Schopf nehmen. Aber vielleicht hilft noch was andres weiter! Bitt schön, Frau Bürgermeister, könnten S' mir vielleicht den Brief von dem Hallodri geben? Der trägt ja schließlich die Handschrift von dem Kerl, und die wird er ja sicherlich nicht verstellt haben."

„Nein, das ist bestimmt seine wirkliche Handschrift; er hat mir ja früher so oft geschrieben, und seine Buchstaben, besonders die großen, kann man gar nicht verwechseln." Sie nahm den Brief vom Tisch auf und reichte ihn dem alten Sepp. „Schau, da: die eigenartige Schleife am großen B gleich am Anfang. Und dann das schwungvolle A in der Unterschrift!"

Sepp starrte den Brief mit aufgerissenen Augen an. Doch dann bezwang er sich und faltete das Blatt gleichmütig zusammen.

„Aans ist sicher", meinte er dabei. „Diese Schrift kann man gar net verwechseln. Und warum sollt i net irgendwann einen andern Brief von dem Kerl zu Gesicht bekommen? — I find ihn! Dös ist gewiß!"

„Ich glaube nicht, daß du mit deinen Erkundigungen nach dem Vater Erfolg haben wirst. Aber ich möchte recht bald mit dem Sohn sprechen. Weißt du, wo er hier wohnt?"

„Ja, er ist im Gasthof ‚Zum Schwan' abgestiegen, und weil S' vom Gasthof reden, fallt mir ein, i muß mir auch noch aanen Platz zum Schlafen suchen."

„Ich laß dich noch nicht fort, du kannst die Nacht hier im Haus bleiben. Ich werde noch eine Flasche Wein holen."

„Dös wär net schlecht, Frau Bürgermeister, aber nachher bringen S' mi wirklich net mehr fort."

„Du bleibst die Nacht hier."

Frau Holstein holte die versprochene Flasche.

„Und wann werde ich mich mit meinem Sohn aussprechen können?" fragte sie dann.

„Morgen ist Sonntag", sagte der Sepp, während er sich den Wein schmecken ließ. „Da treffen wir ihn gewiß nach dem Hochamt vor der Kirchen."

„Doch wie soll ich ihm nur beibringen, daß ich seine Mutter bin?"

„Dös lassen S' nur den Sepp machen! Der wird's schon so arrangschieren, daß die Mutter den verlorenen Sohn wieder ans Herz drücken kann."

„O Sepp, ich weiß gar nicht, wie ich dir für alles danken soll?"

„Frau Bürgermeister, danken S' dem Herrgott, der alles so wunderbar gefügt hat, und net dem alten Sepp, der nur die Augen a bisserl offengehalten hat! Aah! Vom vielen Schwatzen ist meine Kehle ganz trocken worden, aber der Wein ist fei gut! Stoßen S' mit mir drauf an, daß morgen aan Tag der Freude wird!"

EIN WIEDERSEHEN

Es war ein schöner Sonntagmorgen. Die Sonne schien warm. Lerchen trillerten. Aus dem Schloßpark tönte lauter Finkenschlag, als Frau Holstein und Sepp gemeinsam zur Kirche gingen. Dort, wo der Schloßweg in die Straße mündete, blieb Sepp einen Augenblick stehen und fragte:

„Kennen S' eigentlich auch den Baron von Alberg persönlich, den Stiefvater der Baronesse?"

„Nein, der wohnt in Wien und kommt ganz selten nach Steinegg. Die Baronesse wohnt etwa zwei Jahre hier, und wir sind gute Freundinnen."

„Was für a Dirndl ist denn diese Baronesse?"

„Sie ist ein natürliches, liebes Menschenkind, und ich hab sie sehr, sehr gern. Kennst du sie denn nicht?"

„Naa, noch net."

„Dann kannst du sie gleich kennenlernen. Dort kommt sie aus dem Park."

In einiger Entfernung von ihnen traten Hilda von Alberg und Asta von Zolba aus einem Seitenpfad auf den Hauptweg heraus. Sie hatten einen Morgenspaziergang gemacht und kamen den beiden langsam entgegen.

„Welche ist's?" fragte Sepp.

„Die etwas Kleinere."

„Und wer ist die andere?"

„Eine Schulfreundin von ihr, Asta von Zolba, eine Baronesse aus Wien. Sie ist beim Theater und nur für ein paar Tage zu Besuch gekommen."

„Die scheint ja besonders vornehm und stolz zu sein, denn sie schreitet so sonderbar einher, grad als ob sie Millionen in den Taschen stecken hätt."

„Ja, stolz ist sie. Als ich gestern auf dem Schloß war, hat sie mich kaum beachtet."

„So — dann soll sie nur höflich danken, wenn i jetzt grüß, sonst sag i dem Fräulein meine Meinung."

„Das wirst du nicht tun. Solche Leute läßt man in ihrem Hochmut gehen."

„I werd sie auch gehn lassen, i halt sie net fest. Doch was mitgeben tät i ihr gern."

Als die beiden Paare sich begegneten, grüßte Frau Holstein freundlich, und Sepp zog sehr höflich den Hut. Asta tat, als sähe sie das nicht und ging weiter. Aber Hilda blieb stehen, wenn sie auch den ihr unbekannten Wurzelsepp ein wenig befremdet betrachtete. Sie nickte und reichte Frau Holstein die Hand.

„Schon so früh munter, liebe Bertha? Machst du einen Spaziergang?"

„Ja. Zum Hochamt möchte ich zurück sein."

„Dann will ich dich nicht aufhalten. Auf Wiedersehen!"

Sie gab Frau Holstein die Hand, nickte dem Sepp zu und eilte der Freundin hinterher, die langsam weitergegangen war. Sepp kratzte sich hinterm Ohr und blickte ihr nach.

„Komm!" sagte Frau Holstein, besorgt, er könnte gegen Asta grob werden.

„Gehen S' nur scho weiter!" erwiderte er. „I möcht die Baronesse von Alberg nur noch rasch was fragen."

Mit langen Schritten folgte er den beiden Damen. Sie hörten ihn kommen und blieben stehen. Er zog ehrerbietig den Hut.

„Bitt schön, Fräulein Baronesse von Alberg, nehmen S' mir net übel, wenn i stör! I möcht Sie gern was fragen."

„Tun Sie das nur!" antwortete Hilda.

„I kenn den Herrn Baron von Alberg flüchtig. Er ist doch Ihr Stiefvater?"

„Ja, und?"

„Er is doch groß, blond und schlank?"

„Ja, aber warum fragen Sie das?"

Ohne die Antwort Sepps abzuwarten, fiel Asta ein:

„Laß dich doch nicht mit diesem Menschen ein! Der ist ja nicht ganz gescheit im Kopf."

„Inwiefern bin i denn net gescheit?“ fragte Sepp.

„Weil Sie so albern nach dem Herrn Baron von Alberg fragen.“

Er betrachtete sie stumm vom Kopf bis zu den Füßen und wandte sich dann Hilda zu.

„Gnädiges Fräulein, Sie kennen mi net. Man nennt mi den Wurzelsepp, weil i mit Wurzeln handle. Aber i bin kaa Irrer und kaa Landstreicher. Sogar unser König Ludwig redet gern mit mir, wann i mal zu ihm komm, und mit manchen vornehmen Leuten red i so, wie a andrer net mit ihnen reden darf. Drum dürfen S' mi auch ruhig anhören, und Sie werden's tun, denn Sie haben a lieb's Gesichterl und seelensgute Augen.“

Sie errötete flüchtig und nickte ihm zu.

„Fragen Sie nur weiter!“

„I hab mir's gedacht, daß i darf. Hab's Ihnen gleich angeschaut. Und i sag Ihnen, i frag net unnütz, sondern hab große Ursach dazu. — Net wahr, der Herr Baron hat blaue Augen?“

„Ja.“

„Und aane lange Narben links auf der Stirn?“

„Auch das trifft zu.“

„Dann sag i schönen Dank. Heut kann i noch net verraten, warum i diese Erkundigungen eingezogen hab, aber schon nächster Tage werd i um Erlaubnis bitten, mit Ihnen sprechen zu dürfen, und dann werden S' erfahren, welche Ursach i gehabt hab.“

Er wandte sich wieder Asta zu.

„Und Sie — wissen S', wann S' wieder mal gegrüßt werden, so danken S' fei hübsch! Wenn man vornehm ist, dann muß man erst recht höflich sein, sonst ist man noch ungebildeter als gewöhnliche Leut.“

Sie erstarrte.

„Frecher Mensch!“ stieß sie hervor.

„Oho! Frech sagst du zu mir? Da kommst schön an. Frech bist nur du, wannst net grüßt, wie sich's gehört.

Denkst wohl, du bist was Besseres? Denkst, deine Haut ist aus Saffian und dein Gesicht aus Marzipan? Du bist aus demselben Stoff wie andre Leut auch, und wannst stirbst, fangst auch an zu riechen, daß man di fortschaffen muß. Schau, daß d' fortkommst! Machst ja a Gesicht, als hätte die Gans den Schneemuff verschlungen!"

Er machte kehrt und eilte Frau Holstein nach, die von dieser Unterhaltung nichts gehört hatte. Es fiel ihm nicht ein, sich umzuwenden, um zu sehen, welchen Eindruck seine Strafrede gemacht hatte.

Asta war außer sich.

„Hast du das gehört?" stieß sie hervor.

Hilda nickte nur. Der Alte war ihr sympathisch gewesen, und insgeheim gönnte sie der Freundin diese Zurechtweisung, wenn sie auch vielleicht nicht gar so grob hätte sein sollen.

„Wurzelsepp hat er sich genannt! Man wird ihn in der Stadt kennen", rief Asta. „Ich gehe zur Polizei und zeig ihn an. Er muß wegen Beleidigung bestraft werden."

„Mach dich doch nicht lächerlich!" mahnte Hilda.

Doch Asta hörte schon nicht mehr, was sie sagen wollte, sondern ließ Hilda stehen und eilte wütend ins Schloß.

Mittlerweile hatte Sepp seine Begleiterin eingeholt und war mit ihr weitergegangen. Sie suchte zu erfahren, was er mit der Baronesse zu sprechen gehabt hatte, aber er schwieg sich darüber aus.

So schritten sie schließlich, jeder in seine Gedanken versunken, schweigend nebeneinander her und genossen die Morgensonne, die würzige, gesunde Waldluft und den bezaubernden Blick hinab zu den Ausläufern der Voralpen.

„Hier ist scho ein ganz besonders schönes Stück Erde!" brach der Sepp schließlich das Schweigen.

„So komm doch recht oft zu Besuch! Und immer, wenn du in Steinegg bist, mußt du mein Gast sein ..."

„Naa, Frau Bürgermeister, dös Stüberl, wo i geschlafen

hab, werden S' jetzt für Ihren Sohn brauchen. Zerbrechen S' sich darüber net den Kopf! Der Sepp findet überall Quartier. Doch jetzt müssen wir umkehren, wann S' noch rechtzeitig im Hochamt sein wollen."

Sie machten sich auf den Rückweg. Als sie den Tannenwald verließen, kam ihnen ein hochgewachsener Herr in städtischer Kleidung entgegen. Er hatte einen dunklen Schnurrbart, der sich an den Mundwinkeln herabzog, und ein Bärtchen an der Unterlippe. Bei seinem Anblick blieb Frau Holstein unwillkürlich stehen und faßte ihren Begleiter am Arm.

„Sepp, das ist doch König Ludwig!"

„Still!" mahnte der Wurzelsepp. „Wann S' ihn erkannt haben, dann lassen S' sich nix anmerken. Hier ist er net der König, sondern der ‚Herr Ludwig', der sich von den Regierungsgeschäften erholen will."

Als die drei sich trafen, zog Sepp den Hut. Frau Holstein grüßte ehrerbietig. Der König erwiderte den Gruß und blieb stehen. Er reichte Sepp die Hand, und dieser machte den „Herrn Ludwig" mit Frau Holstein bekannt.

„Na, Sepp, du bist ja so vergnügt?" fragte der König.

„Soll man net vergnügt sein, wenn man aaner Mutter nach fünfundzwanzig Jahren ihr Kind hat finden können? Die Frau Bürgermeister ist nämlich die Findelmutter."

„Das verstehe ich nicht."

„Die Geschichte ist auch net so ganz einfach. Frau Bürgermeister, soll i sie erzählen?"

Frau Holstein wurde abwechselnd blaß und rot. Ihre Verlegenheit war groß.

„Das ist doch sicherlich eine persönliche Angelegenheit", sagte der König zu ihr, „und Sie möchten nicht, daß der Sepp darüber spricht?"

„Ach was!" rief der Wurzelsepp. „Wann's Eisen warm ist, muß man's schmieden, sonst wird's wiederum kalt. Sie wollen doch gewiß net, daß der Martin weiter Huber heißen soll, und da gibt's allerlei amtliche Formalitäten. Der Herr Ludwig hat da a Wort mit dreinzusprechen, und 's wird vielleicht niemals wieder vorkommen, daß Sie, Frau Bürgermeister, ihn so treffen wie grad in diesem Augenblick. Nehmen S' sich also a Herz und reden S' frei weg von der Leber. Er wird Sie net fressen. Dazu ist er zu gut und freundlich. Derweil werd i mi zurückhalten und fein hinterherkraxeln."

Der König machte kehrt und schlug den Weg nach Steinegg ein. Frau Holstein hielt das für eine Aufforderung, sich an seiner Seite zu halten, und folgte ihm. Der Wurzelsepp blieb in einigem Abstand hinter den beiden. Er schmunzelte vor sich hin und brummte:

„Sepp, bist doch a Teufelskerl! Hast sie jetzt sogar auf den König gehetzt! Nun wird auf dem Amt dös Umschreiben der Papiere wie geschmiert gehn."

Eine ganze Weile gingen der König und Frau Holstein in ernstem Gespräch nebeneinander, und als er sich beim Schloßpark verabschiedete, sah Sepp, daß der Monarch tief gerührt schien und daß Frau Holstein feuchte Augen hatte.

Die Kirchenglocken läuteten bereits, als der Wurzelsepp mit seiner Begleiterin vom Schloßberg herab ins Städtchen kam. Er hätte gar zu gern gewußt, was sie mit dem König gesprochen hatte, aber er besaß doch zuviel Zartgefühl, als daß es ihm eingefallen wäre, sie zu fragen, und da sie still und wortlos neben ihm herging, so achtete er ihr Schweigen und sagte auch nichts.

Bald waren sie inmitten der Kirchgänger, die von allen Seiten sonntäglich gekleidet zum Gottesdienst strömten. Wie andere, so standen auch sie noch ein Weilchen vor der Kirchtür, bis die Glocken zum zweitenmal läuteten. Der Wurzelsepp war es, der Martin Huber zuerst erblickte.

„Schauen S', da kommt er", machte er Frau Holstein aufmerksam. „Ist er net a schmucker Bua?"

„Wie sag ich's ihm nur, wer ich bin?" seufzte sie.

„Sagen S' ihm einfach, daß Sie seine Mutter sind, und nehmen S' ihn beim Kopf. Nachher ist alles gut!"

„Ich fürchte mich."

„So? Aane Mutter, die sich vor ihrem Buam fürchtet? Sowas mag i gar leiden. Wann S' selber nix sagen, dann sagt's halt der Sepp."

„Um Gottes willen, nein! Aber hier vor der Kirche vor all den Leuten kann ich's ihm doch nicht sagen."

„Dann gehen wir jetzt halt hinein, und nach der Kirche findet sich schon die rechte Gelegenheit."

Sie war froh, noch einen Aufschub zu haben, und sie betraten das Gotteshaus. Sie fand einen Platz in einer Bank auf der Frauenseite und beobachtete, wie Martin sich drüben auf die Männerseite setzte. Sie hörte das Orgelspiel und den Gesang, aber während sie sich mühte, andächtig zu sein, gingen ihre Blicke immer wieder zu ihrem Sohn hinüber.

Dann betrat der Pfarrer die Kanzel. Er verlas das Evangelium und predigte über die heilige Kirche als die Mutter der Gläubigen. Er war ein alter Herr, dem jedes Wort aus dem Herzen kam. Wiederholt erwähnte er das Bibelwort: „Kann auch eine Mutter ihr Kind vergessen?" Wie mit glühenden Lanzenspitzen traf diese Frage das Herz von Frau Holstein. Es war, als ob jedes Wort eigens für sie berechnet gewesen wäre.

Der alte Herr schilderte das Mutterherz in all seiner Liebe, in all den Entbehrungen und Aufopferungen, in denen es so groß, so unvergleichlich ist, und so sorge auch die Kirche für die Gläubigen. Dann sprach er von Gottes Güte, die ohne Ende ist, er sprach davon, daß der Herr seine Sonne aufgehen lasse über Gute und Böse, über Gerechte und Ungerechte. Der Mensch dagegen bete den Götzen Selbstsucht an und verhärte sein Herz gegen den Nächsten und sogar gegen die Seinen.

Für Frau Holstein bewahrheitete sich die Stelle der Heiligen Schrift: „Das Wort Gottes ist wie ein Hammer, der Felsen zerschmettert." Jedes Wort des Predigers war ein solcher Hammer für sie. Welche Liebe, wieviel Liebe hatte sie ihrem Kind erwiesen? Gar keine! Sie hatte es hilflos unter fremden Menschen zurückgelassen. Und jetzt, nachdem sie es wiedergefunden hatte, scheute sie sich, zu ihm zu gehen, ihren Fehler einzugestehen und um Verzeihung zu bitten.

Mit der Aufforderung, in der Liebe zu den Menschen nicht zu ermüden und zu wanken, beendete der Pfarrer seine Predigt. Mild und weich ertönten wieder die Klänge der Orgel. Weihrauchduft durchzog die kleine Kirche, die von farbenfrohen Künstlern liebevoll ausgemalt war. Als der Gottesdienst aus war, saß Frau Holstein so in Gedanken versunken da, daß sie kaum bemerkte, wie die Kirche sich leerte. Sie war nun entschlossen, sich ihrem Sohn möglichst bald zu erkennen zu geben, und sie erschrak, weil sie fürchtete, er könnte inzwischen schon davongegangen sein. Aber als sie aus der Kirche trat, sah sie ihn mit dem Wurzelsepp zusammenstehen.

„Frau Bürgermeister", empfing Sepp sie mit einem schlauen Lächeln. „Leider kann i mein Versprechen net halten."

„Was für ein Versprechen?" fragte sie ein wenig erstaunt.

„Na, mit Ihnen jetzt spazierenzugehn. Aber der Herr Huber möcht sich gern noch vor'm Essen die Füß vertreten. Er kennt ja die hiesige Gegend noch net. Wann er galant sein will, dann kann er Sie zum Mitgehn einladen."

„Natürlich, wenn's Ihnen recht ist, gnädige Frau", erbot sich Martin.

„Aber ja . . . gern . . ." Sie errötete.

„Grüß Gott, alsdann!"

Der Wurzelsepp tippte an seinen Hut und ging. Nach ein paar Schritten aber kam er noch einmal zurück und betrachtete die beiden mit zwinkernden Augen.

„Wissen S', Herr Huber, wann S' so da beisammenstehn, dann könnt man die Frau Bürgermeister für Ihre Mutter halten. So sehr ähnlich sehn S' sich. Machen S' sich viel Vergnügen, die Herrschaften!"

Mit langen Schritten ging er davon. Bei seinen Worten hatte es Frau Holstein einen Stich ins Herz gegeben. Schweigend schlug sie den Weg zum Wald ein, und Martin hielt sich ebenso schweigsam an ihrer Seite. Von Zeit zu Zeit warf er von der Seite einen prüfenden Blick in das ernste Gesicht seiner Begleiterin, und schließlich sagte er:

„Eigentümlich! Der Sepp hat recht. Erst seine Äußerung hat mich darauf aufmerksam gemacht. Finden Sie nicht auch, daß wir uns sehr ähnlich sehen?"

„Wirklich?" fragte sie mit Herzklopfen.

„Ja, ganz auffällig. Man sollte kaum glauben, daß zwei Menschen, die einander völlig fremd sind, sich so ähnlich sein können."

„Ein Spiel der Natur", meinte sie mit belegter Stimme.

„Aus diesem Grund müssen Sie also den Sepp entschuldigen, wenn er Sie in verwandtschaftliche Beziehungen mit mir bringen wollte."

„Da ist nichts zu entschuldigen. Ich wäre glücklich, wenn ich so einen Sohn wie Sie hätte."

Es legte sich ein herber, fast bitterer Zug um seinen Mund. Schweigend blickte er vor sich nieder. Sie fand auch keine Worte, um das Gespräch fortzusetzen, und so gingen sie eine Weile stumm nebeneinander her. So erreichten sie den Waldrand.

„Wohin wollen wir nun gehen?" fragte er. „In den Wald, oder möchten Sie lieber hier auf dem Wiesenweg bleiben?"

„Was hätten Sie lieber?"

„Gehen wir geradeaus. Ich bin gern im Wald."

„Sicher, weil Ihre Heimat in einer Waldgegend liegt."

„Nein. Denn eigentlich hab ich überhaupt keine Heimat."

„Ein jeder Mensch hat doch eine Heimat."

„Wenn Sie den Ort, an dem man die Jugend verlebt, so nennen wollen, ja. Ich verstehe aber unter Heimat den Ort der Geburt."

„Und Sie wissen nicht, wo Sie geboren sind?"

„Nein, ich bin ein Findelkind."

„Sie Ärmster! Man hat also ein Verbrechen an Ihnen begangen!"

„Das glaube ich nicht."

„Sie glauben also, man hat Sie Ihren Eltern geraubt oder Sie sind ihnen irgendwie verlorengegangen?"

„Ich weiß nichts Bestimmtes und glaube jedenfalls an kein Verbrechen."

Sie befanden sich jetzt mitten in einem hochstämmigen Laubwald. Eine ungewöhnliche Stimmung hatte beide ergriffen. Sie hatte bei Frau Holstein ihren guten Grund, aber Martin konnte sie sich nicht so recht erklären. Woher rührte nur der tiefe Eindruck, den ihr Gesicht, ihre Stimme, ihr ganzes Wesen auf ihn machten? Er war ihr doch am gestrigen Abend zum erstenmal im Leben begegnet. Warum wirkten ihre Augen so mächtig auf ihn? Er schaute sie so forschend an, daß sie den Blick senkte.

„Es wäre doch möglich, daß Ihre Mutter Sie absichtlich verlassen hat?" sagte sie leise.

„Möglich schon."

„Dann war es doch ein Verbrechen."

„Nein, da bin ich anderer Meinung. Sie waren ja auch heute in der Kirche. Denken Sie an das Wort: ‚Kann auch eine Mutter ihr Kind vergessen?'"

„Vergessen wohl nie. Aber macht das so eine Tat weniger verdammenswert?"

„Kann ein Mensch über eine Tat richten, deren Gründe er nicht kennt? Die Mutterliebe ist eine große, eine aus der göttlichen Liebe fließende Macht. Wenn eine Mutter ihr Kind verläßt, so muß sie schon starke Beweggründe dafür gehabt haben. Und dann ist die Tat eben kein

Verbrechen, sondern sie ist in den Verhältnissen begründet, mögen es nun rein äußerliche oder mögen es seelische sein."

„Sie denken sehr milde, und haben doch selber unter den Folgen einer solchen Tat zu leiden gehabt."

„Nein. Ich habe die Mutterliebe nicht vermißt, weil ich sie niemals kennengelernt habe. Dafür habe ich andere Liebe reichlich gefunden."

„So sind Sie also nicht zu beklagen?"

„Nein."

„Folglich liegt Ihnen auch nichts daran, Ihre Eltern zu finden?"

„Darin irren Sie freilich. Ich würde viel, sehr viel darum geben, wenn ich nur etwas über meine Eltern erfahren könnte."

„Sicher leben beide nicht mehr, sonst hätten sie doch nach Ihnen gesucht."

„Sie haben gesucht, mich aber nicht gefunden."

„Sonderbar! Wenn Sie das wissen, dann wollten Sie sich wohl nicht finden lassen."

„Auch darin irren Sie. Ich habe erst gestern erfahren, daß ich gesucht werde."

„Von wem haben Sie das erfahren?"

„Warum wollen Sie das wissen?"

„Weil mich solch ein Fall so tief erregt, als ob er mich selbst anginge. Und Ihr Fall hat mich besonders stark berührt, weil ... weil ..."

„Weil ...?" Er war stehengeblieben und blickte ihr mit großen, offenen Augen ins Gesicht. Sie senkte die Lider. Sie war schon im Begriff gewesen, ihm die Wahrheit zu sagen, jetzt aber antwortete sie nur:

„Weil der Wurzelsepp mir davon erzählt hat."

„Der? Ich hab's ihm doch streng verboten."

„Sie dürfen's ihm verzeihen. Wir sind gute, alte Bekannte und haben keine Geheimnisse voreinander."

„Und doch sollte er nicht darüber reden. Das Geheimnis gehört nicht bloß ihm und mir, sondern auch den Personen, von denen er den Auftrag hat, nach mir zu suchen."

„So verzeihen Sie mir, wenn ich in das Geheimnis eingedrungen bin. Hoffen Sie denn, die Ihrigen zu finden?"

„Ja. Nachdem der Wurzelsepp mich entdeckt hat, braucht er mich ja nur noch mit seinen Auftraggebern zusammenzubringen."

„Richtig. Daran dachte ich nicht. Sie werden also Ihre Eltern bald kennenlernen."

„Wohl nur die Mutter, den Vater nicht."

„Warum denken Sie das?"

„Meine Mutter muß sich in großer Not und Bedrängnis befunden haben, als sie mich fremden Händen überließ. Das hätte sie jedenfalls nicht getan, wenn der Vater ihr zur Seite gestanden hätte. Er muß sie verlassen haben. Entweder ist er tot, oder . . . es ist noch viel schlimmer."

„Was meinen Sie damit?"

„Er ist ein . . . ein Schurke, der sie im Stich gelassen hat."

„Mein Gott, welch ein Gedanke!"

„Liegt er nicht nahe?"

„Vielleicht. Aber wenn es so wäre? Würden Sie Ihrem Vater verzeihen?"

„Hm. Vielleicht. Ich würde ihm verzeihen, denn er ist mein Vater. Und ich bin ein Mensch und Christ, und wir sollen unseren Schuldigern vergeben. Aber ich würde ihn wohl verachten."

Er sagte das so ernst und fest, daß sie erschrocken erkannte, es waren keine leeren Worte. Sie standen sich gegenüber — er blickte finster vor sich hin, sie schaute ihn blaß und angstvoll an.

„Und Ihre Mutter würden Sie ebenso verachten?" fragte sie leise.

Da hob er den Kopf. Sein Gesicht erhellte sich, und in seine Augen kam ein Leuchten.

„Meine Mutter verachten?" fragte er. „Ihr zürnen?

Weshalb denn? Was sie getan hat, das tat sie gezwungen. Vielleicht hat sie gewußt, daß ich bei Fremden besser aufgehoben sein würde als bei ihr. Was aber auch immer gewesen sein mag: Meine Mutter verachten — das könnte ich einfach nicht."

Er sagte das so liebevoll, so herzlich. Sie kämpfte mit sich. Sollte sie sich ihm nun mitteilen? Jetzt schon? Es zog sie mit jeder Faser ihres Herzens zu ihm hin. Und doch zitterte sie bei dem Gedanken, er könnte sein mildes Urteil zurücknehmen. Nein, sie wollte ihn nun noch weiter ausforschen, bevor sie das alles entscheidende Wort sagte.

„Wenn Ihre Mutter nun aber wirklich schlecht an Ihnen gehandelt hätte?"

„Das hat sie nicht", erklärte er.

„Wenn sie ihr Kind aus Leichtsinn verlassen haben sollte, ohne Not und zwingende Gründe?"

Sie hatte die Hände gefaltet. Sein Blick traf sie, und blitzschnell leuchtete in seinen Augen die Erkenntnis auf. Aus seinem Gesicht strahlte es ihr warm entgegen.

„Meine Mutter leichtsinnig? Das kann sie nie gewesen sein, denn ich habe ihren Charakter geerbt und bin auch nicht leichtsinnig. Nein, ich liebe meine Mutter von ganzem Herzen. Oder soll ich das nicht? Soll ich dich nicht lieben, Mutter, meine Mutter?"

Er nahm sie in die Arme und zog sie an sich.

„Herrgott!" schrie sie auf.

Er drückte sie an sich. Sie schloß die Augen, aber auf ihr Gesicht legte sich ein glückliches Lächeln.

„Liebe, liebe Mutter! Endlich hab ich dich gefunden!" sagte er mit bewegter Stimme.

Sie antwortete nicht. Ihr war, als wäre sie in einem schönen Traum befangen, aus dem sie nicht erwachen mochte.

„Mutter, so sprich doch, blick mich an! Nun ist doch alles, alles gut!"

Da schlug sie die Augen auf, die in Tränen schwammen, und stammelte:

„Martin, mein Sohn! Vergib mir!"

Er aber zog sie noch enger an sich und legte ihren Kopf an seine Brust.

„Ich hab dir nichts zu vergeben. Mutter, du bist schuldlos. Kein Vorwurf kann dich treffen. Du kannst nie böse gewesen sein."

„Nein, böse war ich nicht, aber namenlos unglücklich."

„Das weiß ich, weil ich es fühle."

„Ich werde dir alles erzählen, Martin, hör mich an!"

„Nicht jetzt, Mutter! Das Glück, das ich in diesem Augenblick empfinde, soll nicht der kleinste Tropfen Bitterkeit stören! Meine Mutter!"

Er drückte sie an sich und schob sie wieder zurück, um ihr in das von Freudentränen nasse Gesicht zu blicken, und er bedeckte es mit Küssen. Sie gab sich ganz diesem Augenblick des Erkennens hin, der noch viel schöner war, als sie ihn sich in ihren Träumen ausgemalt hatte.

„Woher weißt du denn, daß ich deine Mutter bin?" fragte sie endlich.

„Mein Herz sagt es mir", antwortete er und fügte scherzend hinzu: „Und auch mein Verstand. Wer hat uns heute zusammengebracht? Der Wurzelsepp, dem ich mich anvertraut hatte. Warum spielte er darauf an, daß wir uns wie Mutter und Sohn ähnelten? Und warum wolltest du fast ängstlich wissen, ob ich meiner Mutter verzeihen würde? Sind das nicht lauter triftige Gründe, die mich zu der Erkenntnis bringen mußten, daß du meine Mutter bist?"

Sie nickte.

„Ja, ja! Auch mein Herz hat laut gesprochen. Schon gestern abend, als du oben im Schloß das Lied vom Traum des kranken Kindes so ergreifend sangst. Doch warum stehen wir? Wollen wir uns nicht ins Moos dort setzen?"

Sie deutete auf eine Moosbank, die von der Natur am

erhöhten Wegrand gebildet war, und sie nahmen nebeneinander darauf Platz. Er legte zärtlich den Arm um sie, und sie bat ihn, von seinem bisherigen Leben zu erzählen. Er kam ihrem Wunsch nach.

„Nachdem ich nun mein Examen gemacht habe, muß und will ich mir meinen Lebensunterhalt allein verdienen", schloß er. „Aus diesem Grund bin ich auch nach Steinegg gekommen, und es war eine Fügung Gottes, daß ich unterwegs den Wurzelsepp traf. Denn so haben wir uns gefunden."

„Um deine Zukunft brauchst du dir jetzt keine Sorgen mehr zu machen, meine Junge. Denn deine Mutter ist wohlhabend, und du wirst natürlich bei mir wohnen."

„War mein Vater der Bürgermeister von Steinegg?" fragte er leise.

„Nein", antwortete sie zögernd. „Ihn habe ich erst später geheiratet, und er hat von dir nie etwas gewußt."

„Wer war denn mein Vater?"

„Martin, diese Wolke schwebt so lange zwischen uns, bis wir selbst sie vertrieben haben. Wir wollen damit nicht warten. Am allerbesten erfährst du gleich heute, gleich jetzt alles."

„Mutter, warum gleich jetzt in der ersten Stunde diese trüben Erinnerungen?"

„Um sie dann nicht mehr zu haben. Meine Freude, dich gefunden zu haben, wird so lange unvollkommen sein, bis ich dir alles erzählt habe."

„Du wirst dich dabei zu sehr aufregen. Du brauchst mir doch nur zu sagen, wer mein Vater ist."

„Mein Gott! Gerade das kann ich dir nicht sagen."

„Wie?" fragte er verwundert.

„Ich weiß ja selbst nicht, wer es war und ob er noch lebt!"

Er erschrak. Sie sah es.

„Das wußte ich", schluchzte sie. „Nun wirst du mich verachten."

„Verachten? Mutter, wie kannst du das von mir denken? Ich kann nur vermuten, daß mein Vater dich getäuscht hat, und daß er sich dir unter einem falschen Namen genähert hat.“

„Ja, so ist es gewesen.“

„Also wirklich ein — Schurke!“ Er sagte es nicht laut, aber in dieser Feststellung lag eine Welt von Grimm und Bitterkeit.

„Soll ich es dir erzählen?“ fragte sie.

Er nickte, und sie berichtete ihm alles, was sie am Abend zuvor dem Wurzelsepp anvertraut hatte. Als sie geendet hatte, blickte sie ihn trostlos mit tränennassen Augen an.

„Aber Mutter, warum weinst du denn?“ fragte er.

„Vor Schmerz über das Leid, das ich über dich gebracht habe.“

„Du hast nie Leid über mich gebracht.“

„Du willst mir nur keine Vorwürfe machen.“

„Nein, ich sage die Wahrheit. Natürlich habe ich auch trübe Stunden gehabt im Waisenhaus, aber welches Kind hat nicht Stunden, in denen ihm eine wohlverdiente Strafe als große Ungerechtigkeit erscheint? Kindesleid hab ich auch gehabt, aber nur Kindesleid, und das hat jedes Kind, selbst die Kinder von Fürsten oder Millionären. Ich hätte es auch bei dir gehabt. Nein, du hast nicht das geringste Leid über mich gebracht, aber du bist nun drauf und dran, ein sehr schweres Leid über mich zu bringen.“

„Da sei Gott vor! Was tu ich denn?“

„Du verzehrst dich in einer ganz unnötigen Reue, die dir und mir nur das Leben verbittern kann. Freu dich darüber, daß wir uns wiedergefunden haben! Zu Kummer und Klage gibt es nicht die mindeste Veranlassung. Wenn du dich weiter selbst so peinigst, machst du mich nur traurig.“

„Mein Sohn, mein guter Sohn!“ Sie wischte sich die Augen.

Er drückte sie an sich.

„Schau, Mutter! Hätte ich dich stets gehabt, so hätte ich nie diese unvergeßliche Stunde des Glücks erleben können."

„Aber was ist dir vorher verlorengegangen?"

„Dir doch noch viel mehr! Du bist zu beklagen, nicht ich. Du hast ja auf alles Mutterglück verzichten müssen."

„Ja, das ist wahr. Ich will nicht von den bitteren Vorwürfen sprechen, die ich mir täglich machte; ich hatte sie verdient. Aber wenn ich sah, wie glücklich eine Mutter beim Anblick ihres Kindes war, wenn ich ein fröhliches kindliches Lachen hörte, wenn ich sah, wie eine Mutter mit ihren Kindern spielte oder sie fütterte, dann überkam mich eine unendliche Bitterkeit — Bitterkeit gegen mich selbst und gegen ..."

Sie schwieg.

„... gegen den, der an allem schuld war, nicht wahr?" ergänzte Martin.

„Ich konnte nicht anders."

„Und ich verstehe dich, Mutter. Es mag eine Sünde sein, aber jetzt ... jetzt hasse ich meinen Vater, weil er solches Elend über dich gebracht hat, und ich verachte ihn, weil er wie ein Schurke gehandelt hat."

„Was würdest du tun, wenn wir ihn fänden?"

„Ich würde ihm ganz dasselbe, was ich eben gesagt habe, auch ins Gesicht sagen."

„Das brächtest du nicht fertig."

Sein Gesicht verfinsterte sich.

„Ich möchte ihn gar nicht kennenlernen. Wir haben uns, und wir sind uns genug. Wir brauchen ihn nicht, er würde uns nur in unserem Glück stören. Oder hast du vielleicht doch eine Ahnung, wer es ist und wo er sich befindet?"

„Nein. Zwar hab ich auch nach ihm gesucht, aber immer vergebens. Doch nun will der Wurzelsepp nach ihm forschen."

„Das mag er nur bleibenlassen. Wenn ich ihn wieder

treffe, werde ich ihm das sagen. Doch komm nur, Mutter, es wird Zeit zum Mittagessen!“

Er sprang auf, reichte ihr die Hände und zog sie von der Moosbank hoch.

„Du ißt natürlich bei mir“, sagte sie. „Das Mädchen hat soviel gekocht, daß es auch für dich noch reicht. Und dann gehen wir beim Hotel vorbei und nehmen deine Sachen gleich mit.“

Sie hängte sich bei ihm ein, und so schlenderten sie langsam zum Städtchen zurück. Nach einer Weile blieb er kopfschüttelnd stehen.

„Der Wald hier müßte schnellstens gründlich durchforstet werden.“ Er zeigte auf umgestürzte und abgestorbene Bäume und die Mengen von dürrem Holz.

„Er gehört zu Schloß Steinegg, und da fehlt schon seit Jahren der Förster. Wäre das schön, wenn du jetzt hier angestellt würdest!“

„Ja, ich würde mich auch freuen, denn dann wäre ich ja ganz in deiner Nähe. Die Baronesse scheint es mir ja nicht verübelt zu haben, daß ich ihrer hochnäsigen Freundin ein wenig auf die Zehen getreten bin.“

Im Weitergehen erzählte er von dem kleinen Zusammenstoß auf dem Bahnhof in Lindenberg. Frau Holstein lächelte.

„Die Freundin ist hochmütig, aber Baronesse Hilda ist ganz anders. Sie ist gutherzig und kennt keinen Dünkel. Wir sind gute Freundinnen, und ich kenne alle ihre Sorgen. Sie hat es nicht leicht, denn mit ihrem Stiefvater steht sie gar nicht gut. Der hat alles so verkommen lassen. Hilda hat das Schloß und ein kleines Vermögen von ihrer Mutter geerbt, aber über das Geld kann sie erst jetzt verfügen, nachdem sie mündig geworden ist. Nun will sie die Gebäude und das Gut wieder instand bringen. Deshalb sucht sie ja auch einen Förster.“

„Der Sepp hat mir schon solche Andeutungen gemacht, aber da ahnte ich noch nicht, daß Professor Einspach mich vorschlagen wollte. Kennst du denn den Stiefvater, diesen Baron von Alberg?"

„Nein, der hat sich hier noch nie blicken lassen, der amüsiert sich in Wien, wo Hilda noch ein Haus von ihrer Mutter geerbt hat. Hildas Vater ist schon kurz nach ihrer Geburt gestorben, und ihre Mutter, die etwas lebensfremd und willensschwach war, hat dann nach ein paar Jahren diesen Baron Albert geheiratet — einen Vetter ihres Mannes, der gleichfalls von Alberg hieß, — um für sich und ihr Kind eine Stütze zu haben. Es muß eine unglückliche Ehe gewesen sein, und Hildas Mutter ist vor einigen Jahren gestorben. Im Testament hat sie für Hilda ihr Vermögen sichergestellt, sonst hätte der Stiefvater es wohl schon längst durchgebracht."

„Das muß ja ein reizender Herr sein."

„Hilda vermeidet es, von ihm zu sprechen, und du wirst auch im ganzen Schloß kein Bild von ihm finden. Ich selber weiß auch nicht, wie er aussieht. Na, lassen wir das! Aber etwas anderes: Wenn Hilda nun hört, daß du mein Sohn bist, dann wird sie dich schon um meinetwillen einstellen. Habt ihr denn schon etwas vereinbart?"

„Wir haben nur verabredet, daß wir morgen das ganze Gut besichtigen wollen. Ich möchte aber nicht, daß sie mich nur dir zu Gefallen nimmt."

Frau Holstein lächelte.

„Die Empfehlung von Professor Einspach hast du gern angenommen, und meine willst du nun zurückweisen? Laß deiner Mutter doch die kleine Freude, daß sie endlich auch etwas für ihren Sohn tun kann!"

„Vielleicht sind da noch andere Bewerber ...?"

„Nein, Hilda hat sich ganz auf den Professor verlassen und wollte zunächst einmal dich kennenlernen."

Sie kamen aus dem Wald heraus und sahen hoch über sich das Schloß liegen. Sie blieben stehen und beobachteten den Habicht, der in geringer Höhe darüber kreiste, denselben Habicht, den Martin tags zuvor schon von weitem gesehen hatte. Er konnte ganz deutlich den kleinen, schmalen Kopf mit dem gebogenen, spitzhakigen Schnabel erkennen. Plötzlich änderte der Raubvogel jäh die Richtung, stieß abwärts, erschien bald darauf mit einem Hühnchen in den scharfkralligen Fängen wieder und strich zum nahen Wald hin ab.

„Wenn ich hier Förster bin, wird der Räuber die längste Zeit sein Unwesen getrieben haben“, sagte Martin ingrimmig.

Als sie sich zum Weitergehen wandten, kam ihnen der Wurzelsepp entgegen.

„I seh scho, man kann gratulieren“, rief er.

„Ach, Sepp, wir wissen gar nicht, wie wir dir danken sollen“, sagte Frau Holstein.

„Wann S' zum Herrgott beten, dann bitten S' ihn, daß der Sepp neunundneunzig Jahr alt und nimmer krank wird!“

„Darum will ich ihn gern bitten, Sepp, jeden Abend. Aber wo willst du denn jetzt hin? Ich möchte dich zum Mittagessen einladen.“

„I dank schön, Frau Bürgermeister, aber heut bleiben S' nur hübsch allein mit dem Sohn. Wenn sich zwaa gefunden haben, dann soll a dritter net stören. Der Sepp ist scho unterwegs nach Niederhausen, wo's in der ‚Goldenen Sau‘ solche Schweinshaxen gibt.“ Er deutete die Größe mit den Händen an. „I wünsch guten Appetit und aanen schönen Nachmittag!“

Er wollte vorübergehen, aber Martin hielt ihn noch zurück.

„Einen Augenblick noch, Sepp! Meine Mutter sagte mir, daß Sie auch nach meinem Vater suchen wollen.“

„Freili. Wo die Mutter und der Sohn gefunden wurden, muß i jetzt recht bald auch noch den Vater herbeischaffen.“

„Das ist nicht nötig. Hat er bis heut von uns nichts wissen wollen, so mögen wir nun auch weiterhin von ihm nichts wissen. Sie brauchen also nicht nach ihm zu suchen."

„Sakra, wann i nun aber scho gesucht hätt?"

„Das war sicher bisher vergeblich."

„Aber wenn i ihn nun doch scho gefunden hätt?"

„Unmöglich!"

„Unmöglich ist alles in der Welt, aber nur so lang, als bis es halt möglich wird. I waaß nun eure ganze Geschichten, da kann's doch kommen, daß i mal ganz unversehens auf den Vater treff. Wie soll i mi denn da verhalten?"

„Sie schauen ihn gar nicht an."

„Na, wenn i ihn treff, dann muß i mit ihm reden."

„Aber nicht von uns! Er braucht nicht zu wissen, daß wir noch leben und daß Sie uns kennen."

„Nein, Martin!" fiel Frau Holstein ein. „Wenn er wirklich entdeckt werden sollte, dann will ich mich nicht vor ihm verleugnen. Das bin ich auch dir schuldig."

„Wieso mir?"

„Er muß gezwungen werden, dich anzuerkennen. Jetzt trägst du einen Namen, der dir nicht gehört. Du mußt den bekommen, auf den du ein Recht hast."

Er schüttelte den Kopf.

„Nein, Mutter, ich will, wenn es dir recht ist, deinen Mädchennamen Hiller annehmen, nicht aber den Namen, den mein Vater durch sein Verhalten verunehrt hat. Da wäre mir der Name Huber noch lieber, den ich bisher in Ehren getragen habe."

Der Wurzelsepp hatte still zugehört. Mit einem eigentümlichen Gesicht fragte er jetzt:

„Na, wie soll's nun sein? Wollt ihr vom Vater was wissen oder net?"

„Nein", erklärte Martin.

„Dös is fei sehr falsch. I tät ihn suchen, und wann i ihn fänd, da möcht i ihm die Meinung sagen, grad mitten ins Gesicht hinein. Oder etwa net?"

„Pah!" Martin zuckte geringschätzig mit der Achsel.

„Ja, da stehn S' und machen S' ‚Pah'. Aber warum und weshalb, dös wissen S' net. Vielleicht ist der Vater froh, daß ihn niemand findet? Vielleicht denkt er gar net mehr an die Bertha Hiller und ihren Buam. Er lebt in Holdiflori und macht sich net die geringsten Gewissensbiß über die Schlechtigkeit, die er begangen hat. Hat er etwa solch a Leben verdient? Naa, naa und abermals naa!"

„Darin haben Sie recht", gab Martin zu.

„Also muß dieser saubre Herr Adelbert von Alten gesucht werden, und wenn wir ihn gefunden haben, dann soll ihm Hören und Sehn vergehn! Also, soll i suchen?"

„Ja", sagte Frau Holstein.

„Meinetwegen", stimmte auch Martin zu.

„Alsdann werd i sofort beginnen. Wann der Wurzelsepp was anpackt, nachher muß es schnell gehn, denn er hat auch noch andre Sachen zu tun und Sorgen im Kopf. Wann er net auch den Vater bald schafft, dann sollt ihr ihn kurz nennen oder lang, ganz wie's gefällig ist. Wollen wir wetten, daß er ihn bringt?"

„Haben Sie etwa schon eine Spur?" fragte Martin.

„Das ist unmöglich", meinte seine Mutter. „Ich hab ihm erst gestern abend die Beschreibung deines Vaters gegeben, einen ‚Steckbrief', wie Sepp sich ausdrückte. In dieser kurzen Zeit kann er unmöglich etwas entdeckt haben. Der Sepp hat heut mal wieder seine Feiertagsstimmung."

„Die hab i freili, Frau Bürgermeister. Sobald i mehr waaß, sprech i vor bei Ihnen."

„Du bleibst die Nacht selbstverständlich wieder bei mir."

„Dös Kammerl brauchen S' doch nun für den Sohn?"

„Für den hab ich noch ein anderes Zimmer."

„So brauch i net im Gasthof oder im Freien zu schlafen."

Sepp warf seinen Hut in die Luft, fing ihn wieder auf und stieß einen Jodler aus.

„Worüber sind Sie denn so außer Rand und Band?" fragte Martin.

„Worüber? Hm! Über mi selbst!"

Martin lachte.

„Dann muß ich Sie beglückwünschen. Denn nur wenige Leute haben Veranlassung, so sehr über sich selbst entzückt zu sein."

„Dös glaub i wohl. Aber i hab alleweil Ursach, mi über mi selber zu freuen. I bin a Kerl, wie's sonst kaanen zweiten gibt. Wann i a Dirndl wär, achtzehn Jahr, schön, gesund und mit hunderttausend Markeln Vermögen, so tät i gleich den Wurzelsepp heiraten."

„Also dich selber?" rief Frau Holstein lachend.

„Ja, denn wann i mi net selber nehm, dann krieg i kaa andres Madl. Grüß Gott!"

Er ging mit langen Schritten davon. Frau Holstein und Martin schauten ihm noch ein Weilchen schmunzelnd nach, dann nahmen sie ihren Weg nach Steinegg wieder auf.

DER HABICHT

Fünf Kilometer vor Steinegg lag an der Landstraße von Lindenberg das Dorf Niederhausen. Mitten im Ort beschrieb die schmale Straße eine scharfe Krümmung um die Ecke eines vorgebauten Hauses. Die Dorfbewohner wußten das. Sie fuhren hier langsam und knallten laut mit der Peitsche, um etwa Entgegenkommende aufmerksam zu machen und einen Zusammenstoß zu vermeiden.

Am frühen Sonntagnachmittag kam von Lindenberg her eine Kutsche ins Dorf gefahren. Es war ein Zweispänner, wie man ihn in jeder Stadt für Fahrten über Land mieten konnte. Auf dem Bock saß ein städtisch gekleideter, vornehmer Herr und führte die Zügel. Das hatte er sich so ausbedungen, als er in Lindenberg den Wagen mietete, dessen Eigentümer mit dem livrierten Diener des Herrn im Innern des Fuhrwerks saß.

Der Herr schien es sehr eilig zu haben, denn trotz der wiederholten Mahnung des Wagenbesitzers trieb er die Pferde immer wieder zu schnellem Lauf an. In scharfem Trab kutschierte er über die Dorfstraße, und eben wollte er um die Ecke des vorstehenden Hauses biegen, da knallte eine Peitsche jenseits der Krümmung. Aber er achtete nicht darauf, sondern fuhr weiter. Erst als er um die Ecke herum kam, sah er dicht vor sich einen schwerbeladenen Heuwagen — die Bauern benutzten das schöne Wetter, um auch am Sonntag ihr Heu einzubringen.

Um einem Zusammenstoß zu entgehen, riß der Herr die Pferde zurück und zur Seite. Dabei brachte er die Kutsche so nahe an das Gebäude, daß sie gegen die Mauerecke prallte. Ein Stoß und ein Krach, und der Herr stürzte vom Bock herab auf die Straße. Zum Glück hielten die Pferde sofort an. Der Wageneigentümer und der Diener sprangen aus der Kutsche.

Der Fuhrwerkunternehmer besah sich den Schaden.

„Donnerwetter!“ fluchte er. „Ein Rad zerbrochen, kurz und klein! Dös kommt davon, wenn man sein Geschirr in fremde Hände gibt. Einmal und nie wieder! Nun kann i schaun, wie's wieder ganz wird und wie i wieder heimkomm!“

Der Diener war indes zu seinem Herrn geeilt und hatte ihm wieder auf die Beine geholfen.

„Sind der Herr Baron verletzt?“ fragte er.

Hinter der geheuchelten Besorgnis verbarg er seine geheime Schadenfreude.

„Ich glaube nicht. Laß mich sehen!“ Der Herr streckte sich und tat einige Schritte. „Gebrochen hab ich nichts, nur das Kreuz schmerzt mir.“

„Ja, gebrochen haben S' nix, nur mir das Hinterrad“, sagte der wütende Wagenbesitzer.

„Das kann ausgebessert werden.“

„Wo denn?“

„Na, hier im Dorf.“

„Da gibt's nur einen Schmied, aber keinen Stellmacher. Auch kann das Rad net mehr ausgebessert werden, da muß ein neues her.“

„Das bezahle ich schon, aber Spektakel verbitte ich mir.“

„Na, wann S' bezahlen, will i halt still sein. Aber Geld muß i auch sehn.“

„Das erledige ich doch nicht hier auf der Straße! Gibt's denn keinen Gasthof hier?“

„Nur einen, die ‚Goldene Sau‘. Wann S' ein paar Schritt weiterlaufen, sind S' gleich da.“

„Gut. So kommen Sie nach!“

„Werd mi scho einstellen. Wenn man Geld zu bekommen hat, bleibt man net stundenlang auf der Straß kleben.“

„Gewöhnliches Pack!“ brummte der Herr und hinkte mit Unterstützung seines Dieners zum Gasthof.

Dort saß als einziger Gast in der Schenkstube der Wurzelsepp. Er hatte zwei knusprige Schweinshaxen verzehrt und hielt nun vor einem Maßkrug Bier ein kleines

Verdauungsschläfchen. Daraus wurde er unsanft geweckt, als ein fremder Herr, unterstützt von einem livrierten Diener, mit einigem Lärm in die Stube trat. Es fiel keinem von beiden ein, zu grüßen. Sie blickten sich in der Stube um, dann fragte der Herr:

„Kann man hier im Dorf eine Kutsche mieten?"

Sepp antwortete nicht.

„Heda, Alter!" rief der Diener. „Ob man hier im Dorf eine Kutsche mieten kann?"

Auch er bekam keine Antwort.

„Bist du taub?"

„Ja", antwortete Sepp jetzt.

„Aber meine Frage hast du gehört?"

„Und doch muß i taub sein, weil i net mal aanen aanzigen Laut hör, wann Leut hier eintreten und laut und höflich grüßen."

Der Herr hatte sich sofort an einem entfernten Tisch auf einen Stuhl gesetzt, der Diener aber trat an den Tisch heran, an dem Sepp saß.

„Meinst du etwa, ich soll dir Komplimente machen?"

„Naa. Drum laß mi aus und red net mit mir, sonst kannst auch vorher grüßen."

„Oho, Grobian! Sag gefälligst nicht Du zu mir, sonst zeig ich dir, was für ein Unterschied ist zwischen dir und mir!"

Da ergriff der Sepp mit einer blitzschnellen Bewegung den Bierkrug und goß dem Lakai den Inhalt über den Kopf.

„Da hast den Unterschied: I bin trocken, und du bist noch naß hinter den Ohren und im Gesicht."

Der Diener erhob ein solches Geschrei, daß die Wirtin aus der Küche gelaufen kam. Sie hatte beide Hände voller Nudelteig.

„Was ist denn hier los?" fragte sie.

„Der Flegel da schüttet mir sein Bier ins Gesicht", zeterte der Diener. „Ich verlange ..."

„Flegel?“ unterbrach ihn die Wirtin. „Dös ist der Wurzelsepp, und der ist niemals a Flegel gewesen. Der ist alleweil höflich und zertritt kaa Würmel. Nur wann er angegriffen wird, nachher wehrt er sich auch. Gewiß bist vorher selber a Flegel gegen ihn gewesen.“

„Ich? Das verbitt ich mir! Überhaupt laß ich mich nicht Du nennen.“

„Was? Willst wohl gar Sie geheißen sein? Und draußen in der Küchen hab i deutlich vernommen, daß d' den Sepp Du genannt hast. Wer bist denn? A Dienstbot, grad wie mein Knecht, wie mein Saubua draußen und meine Gansdirn. Grad wie die bekommst auch deinen Lohn, und wannst auch aanen Rock anhast mit Tressen am Kragen, so brauchst dir nix drauf einzubilden, denn du hast's net bezahlt. Wann i unserm Saubuam auch Tressen machen lassen will, kann er sich grad so viel einbilden. Verstanden?“

„Unverschämtheit!“ stieß er hervor.

Da trat sie auf ihn zu.

„Was nennst mi? Unverschämt? Willst etwa meine Händ ins Gesicht haben, daß d' ausschaust, als ob du Ziegenpeter hättst? Noch so a Wort, und i nehm di am Kragen und häng di anstatt der Lampen da oben an den Haken an der Stubendecken. So a Baldrianganser tät uns hier grad noch fehlen!“

So etwas war dem Lakai noch nie vorgekommen; er wandte sich hilfesuchend an seinen Herrn.

„Haben Euer Gnaden das gehört?“

„Jaja“, brummte der Herr und rieb sich mit der Hand den Rücken.

„Wollen wir uns das gefallen lassen?“

„Ich nicht, aber du!“

„Den Baldriangänserich soll ich mir gefallen lassen?“

„Was willst du machen? So grobe Leute läßt man am besten in Ruh.“

„Wie?“ fragte die Wirtin. „Grobe Leut?“

„Wollen Sie etwa behaupten, daß Sie fein sind?“ entgegnete er spöttisch.

„Naa, aber Sie sind's aa net. Was wollen S' trinken?“

„Ich möchte nichts.“

„Und hochdero Herr Bedienter?“

„Der möchte auch nichts trinken. Wir möchten einen Wagen.“

„Aanen Wagen möchten S'? Den hab i net, also können S' gehn!“

„Nun seien Sie doch nicht gleich so garstig! Ich bin gestürzt und kann schlecht laufen. Sie werden doch nichts dagegen haben, daß ich hier so lange sitze, bis mein Diener im Ort einen Wagen aufgetrieben hat?“

„Naa, i werf kaanen Leidenden hinaus. Aber wer bloß reinkommt, um sich herzusetzen, der kann auch Grüß Gott sagen. Und wenn er dös net tut und auch Spektakel anfangt, so wird er an die Luft gesetzt.“

Der sechsjährige Sohn der Wirtin war der Mutter aus der Küche gefolgt. Er stellte sich jetzt vor den Diener hin, stemmte die linke Hand in die Seite und hob drohend die rechte Faust.

„Hast's gehört, du Grasaff? Wannst net still bist, setz i di an die Luft.“

Damit drehte er sich verächtlich um und trollte wieder stolz in die Küche, um der Mutter den Nudelteig vom Brett wegzuessen.

Der fremde Herr lachte auf.

„Der Bengel ist richtig, der wird mal ein Prachtkerl, Frau Wirtin.“

„Ja, der zerbricht sich net gleich's Kreuz, wann er mal vom Wagen fallt. Der hat feste Knochen.“

„Das geht auf mich. Na gut! Aber sagen Sie mir doch bitte, ob man hier im Ort einen Wagen bekommen kann!“

„Oh, Wagen gibt's scho.“ Sie lachte. „Wir haben aanen Leiterwagen.“

„Was soll ich damit?“

„Der Nachbar hat aanen Lastwagen zum Ziegelfahren.“

„Hol's der Teufel, ich brauch eine Kutsche, in der ich fahren kann.“

„Ach so! Dös hab i doch net gewußt. Wer sind S' dann, daß Sie in aaner Kutschen fahren wollen, wie die feinen Leut?“

„Ich bin Baron von Alberg und will nach Schloß Steinegg.“

„Soso! Wann S' der Herr Baron sind, dann müssen S' freili fahren. Aber aane Kutschen hat im ganzen Dorf nur der Bachbauer. Wenn a Baron zu ihm schickt, gibt er sie vielleicht her.“

Die Wirtin beschrieb dem Diener den Weg zu dem Bauern, und der Lakai ging fort, um sein Heil zu versuchen.

Als der Baron seinen Namen genannt hatte, war der Sepp, der ihn bisher kaum beachtet hatte, unwillkürlich herumgefahren. Der Fremde hatte seine Reisemütze abgelegt, und in einem Sonnenstrahl, der durchs Fenster fiel, war die lange Narbe auf der linken Stirnhälfte jetzt deutlich sichtbar.

Die Wirtin verschwand wieder in der Küche. Es war still in der Stube, man hörte das Summen und Brummen der Fliegen an den Fensterscheiben. Der Baron langweilte sich, und er fand einen Zeitvertreib darin, den Sepp zu ärgern.

„Du wirst also Wurzelsepp genannt. Bist wohl oft tüchtig ausgewurzelt worden?“

„Wie kommst auf den dummen Gedanken? Hab i etwa a Narben an der Stirn, daß d' denkst, i hab aanen Hieb erhalten?“ erwiderte Sepp schlagfertig.

„Mensch, hast du nicht gehört, wer ich bin?“

„Freili.“

„Und wagst, mich Du zu nennen?“

„Warum net? Ob Baron oder Schinder — wer mich Du

nennt, den duz i aa. Übrigens waaß i, daß d' gar net der bist, für den d' di ausgibst."

„Was fällt dir ein?"

„Du willst der Baron von Alberg sein? Dös sag nur andern, aber net mir! I kenn di bereits besser."

„Kerl, du wirst frech!" brauste der Baron auf. „Wenn ich mit dir spreche, so ist das eine große Ehre für dich. Bilde dir nur nicht ein, daß du mich ungestraft beleidigen darfst!"

„Aane Ehren soll's sein, wann a Schwindler mit mir redet? I dank für solche Ehren. — I kenn di ganz genau!"

„So? Seit wann denn?"

„Seit vor zwanzig Jahren."

„Und woher?"

„Aus Böhmen her — aus Marienbad und Eger."

Nun konnte sich der Baron doch nicht ganz beherrschen. Er zuckte zusammen, sagte aber:

„Da bin ich nie gewesen."

„Aber a Schwindelmeier ist da gewesen, der sich Adelbert von Alten genannt hat. Den kennst aa net?"

„Woher soll ich den kennen?"

„Und auch a gewisse Bertha Hiller hast nie gekannt?"

Der Baron fuhr von seinem Stuhl hoch, faßte sich aber gleich ächzend an das verletzte Kreuz.

„Was weißt du von ihr?"

„Von ihr und von dir — alles!"

„Ach was, du verkennst mich!"

„Du bist net zu verkennen mit der Narbe an der Stirn, und alsdann gibt's auch noch andre Beweise."

„Welche?"

„Maanst, i werd dir dös verraten? Wann's an der Zeit ist, wirst scho alles erfahren. Was wir wissen, dös wissen wir ganz gewiß."

„Wir? Wer ist damit gemeint?"

Der Baron war herbeigehumpelt und hatte sich zu Sepp an den Tisch gesetzt. Man konnte ihn wirklich einen schönen Mann nennen, und es war begreiflich, daß er mit seinem sicheren Auftreten und seinen glatten Manieren ein unerfahrenes junges Mädchen leicht betören konnte. Wie Sepp ihn nun so aus der Nähe betrachtete, vermerkte er auch in seinen Zügen manche unverkennbare Ähnlichkeit mit Martin Huber.

„Dös wirst noch früh genug erfahren", sagte er. „Aber zunächst mal werd i der Baronesse Hilda in Steinegg und ihrer Freundin Asta alles erzählen."

Der Baron verlor alle Farbe.

„Mensch, bist du allwissend?"

„Was di betrifft, ja."

„Wir wollen uns nicht aufregen und lieber in Ruhe miteinander sprechen." Der Baron legte Sepp die Hand auf die Schulter.

„Du bist doch arm?"

„Das siehst doch!" Sepp hatte Mühe, ein Aufleuchten seiner Augen zu verbergen.

„Hast du Kinder?"

„Freili. Gar viele! Kinder und Enkelkinder."

„Die schlagen sich sicher auch so armselig wie du durchs Leben?"

„Austern bekommen s' net zum Frühstück."

„Wenn du gescheit bist, kannst du deine Lage verbessern. Womit ernährst du dich jetzt?"

„I such Wurzeln und verkauf sie halt."

„Das ist ja ein Hungerleben. Möchtest du nicht lieber eine feste, sichere Anstellung haben?"

„Gar gern. Doch wer wird mir die geben, aanem so alten Mann?"

„Ich!"

„Du? Dös sagst so im Spaß!"

„Nein, es ist mein voller Ernst. Ich könnte grad so einen alten, erfahrenen Mann wie dich brauchen."

„So? Was für aane Stelle ist dös denn?"

„Ich brauche für Schloß Steinegg einen Parkaufseher,

jemanden, der den verwahrlosten Park endlich wieder in Ordnung bringt."

„Himmelsakra, dös wär schön! So was möcht i mir scho wünschen!"

„Nicht wahr? Hast du also Lust?"

„Da mach i gleich mit."

„Gut! Du kannst die Stelle haben, natürlich nur unter gewissen Bedingungen."

„Die wären?"

„Erstens hast du mich anzureden, wie sich das gehört."

„Dös versteht sich von selbst. Wannst erst mein Prinzipal bist, fallt nachher das Du schon weg."

„Ferner darfst du nichts tun, was mir schaden könnte, und mußt mir alles mitteilen, was du über meine persönlichen Angelegenheiten weißt."

„Dös würd i ganz von selber tun, wannst erst mal mein Herr bist."

„Schön, wann kannst du antreten?"

„Sofort!"

„Wieviel Familie bringst du mit?"

„Gar kaane."

„Ich denke, du hast so viele Kinder?"

„Die sind bereits versorgt. I komm allein."

„Gut, du bekommst freie Kost und Wohnung und fünfhundert Mark im Jahr."

„Hm! Net übel! Da bin i einverstanden."

„Monatliche Kündigung", sagte der Baron.

Sepp nickte und zog eine schlaue Miene.

„So kann man den andern schnell wieder fortjagen, wenn man ihn ausgenutzt hat."

„So ist's nicht gemeint. Du kommst also aufs Schloß, wenn es dir paßt. Von jetzt ab stehst du in meinem Dienst."

„Meinst?"

„Ja, du mußt nun also aufrichtig zu mir sein. Sag mir, was du von diesem Adelbert von Alten weißt!"

„Dös werd i sagen, sobald i wirklich in deinem Dienst steh, was noch net der Fall ist. Dös hörst scho daran, daß i noch immer Du zu dir sag."

„Ich hab dich doch angestellt."

„So? Hast mir auch schon was angezahlt?"

„Ach, darauf ist's abgesehen!" Ungeduldig zog der Baron die Geldbörse. „Hier hast du zwanzig Mark. Das ist fast ein halbes Monatsgehalt. Wirst du jetzt reden?"

Sepp steckte das Goldstück schmunzelnd ein.

„Ja, jetzt werd i reden können."

„Na also! Was weißt du?"

„Dieser Herr von Alten ist der größte Halunk, weil er die Bertha Hiller verführt und betrogen hat."

„Von wem weißt du das?"

„Von der Bertha Hiller selber."

„Ah! Sie lebt noch? Wo?"

„Grad zwischen dem Mond und dem Mittelpunkt der Erde."

„Mensch, was soll so eine unverschämte Antwort?"

„Ja, waaßt, i muß di nehmen wie du bist, und so mußt auch mi grad so nehmen, wie mi der liebe Herrgott erschaffen hat. Wannst mi net so behalten willst, kannst mir ja gleich wieder kündigen. Dann bleib i bloß aanen Monat bei dir."

„Kerl, du willst mich wohl zum Narren halten?"

„Naa, außer wannst wirklich aaner bist. I werd dir so treu dienen, wie die zwanzig Mark wert sind. Waaßt, i versteh di ganz gut. Du willst mi zu deinem Diener machen, um alles zu erfahren. Nachher jagst mi dann hübsch zum Teufel. So steht die Sach. Aber wannst aanen Trumpf ausspielst, so hat der Wurzelsepp auch aanen. Dann werden wir sehn, wer zuletzt der Kluge ist."

„Ah, so steht's!" fuhr der Baron zornig auf. „Gut, daß ich das gleich erfahre! Da kann natürlich aus der Anstellung nichts werden."

„Ist mir auch lieb! Bin ganz einverstanden."

„Dann gib das Geld wieder heraus!"

„Da wird der Wurzelsepp sich hüten. Das Geld hab i als Gehalt bekommen, und i bin bereit, den Dienst anzutreten. Diese Sach ist festgemacht. Willst mi net haben, so behalt i mein Geld und verlang auch noch den Rest vom Monatsgehalt. Verstanden? Wannst die Ohren hinten zusammenlegst, wirst gleich einsehn, daß i im Recht bin. Gibst dös zu oder net?"

Der alte Schlauberger machte ein Gesicht wie der Fuchs, wenn er den Wolf überlistet hat. Der Baron erkannte, was für einen Gegner er vor sich hatte. Er überlegte noch, wie er ihm beikommen könnte, da kam der Diener zurück, um zu melden, daß der Bachbauer bereit wäre, einen leichten Korbwagen zur Verfügung zu stellen.

Gleich darauf erschien auch der Eigentümer des beschädigten Fuhrwerks mit dem Gepäck, das noch in der Kutsche gewesen war, und wollte seinen Schaden ersetzt haben. Vor den beiden mochte der Baron mit dem Sepp nicht weiterverhandeln, darum gebot er ihm:

„Du wartest jetzt noch hier!"

„Meinst?" fragte der Alte lachend. „I bin fertig mit dem, was i hier zu tun gehabt hab, und kann also gehen."

Wütend musterte ihn der Baron.

„Ich glaube, du willst dich widersetzen?"

„Widersetzen kann man sich nur denen, die das Recht haben zu befehlen. Meinst etwa, du bist aaner von denen?"

„Ja, ich hab dich eingestellt."

„Aber i bin bei dir noch net eingetreten, dös darfst net vergessen. Wann i jetzt gehn will, kannst mi gar net halten. Doch i bin erbötig, noch hier zu bleiben, nur darfst mir's net befehlen, sonst geh i gleich."

Er stand auf und griff nach Hut, Bergstock und Rucksack, den drei Dingen, die von ihm unzertrennlich waren. Das brachte den Baron in große Verlegenheit. Er wollte sich vor den anderen keine Blöße geben, konnte es aber auch mit Sepp nicht verderben, weil dieser allerlei peiniche Geheimnisse aus seiner Vergangenheit zu wissen schien. So tat er, als hätte er Sepps Worte gar nicht gehört, und wandte sich dem Eigentümer der Kutsche zu.

Da sagte der Alte: „Behüt Gott alle mitnander!“, ging zur Tür und öffnete sie, um die Stube zu verlassen.

Jetzt mußte der Baron wohl oder übel klein beigeben.

„Halt! Bleib doch hier!“ rief er.

Der Sepp wandte sich langsam in der Tür um.

„Ist dös etwa a Befehl?“

„Nein.“

Aber damit begnügte sich der Alte keineswegs, er wollte gebeten sein.

„Was soll's dann sein, wann's kaa Befehl ist?“

„Ein Wunsch von mir“, knirschte der Baron.

„Also aane Bitte!“

„Ja, zum Teufel!“

Sepp wandte sich lachend um.

„Na, wannst mi so schön bitten kannst, so will i hier bleiben. Aber a weng beeilen mußt di, denn i hab net viel Zeit mehr zu verlieren.“

Der Baron wurde rot vor Ärger, aber er erledigte nun schnell sein Geschäft mit dem Fuhrwerksbesitzer. Dem kam das sehr zustatten, denn der Baron zahlte anstandslos die geforderte Entschädigungssumme, um ihn endlich loszuwerden. Der Mann zog zufrieden ab, und Alberg gab dem Diener Befehl, schon das Gepäck auf den Korbwagen zu schaffen, der vor dem Gasthof hielt, und dann draußen auf ihn zu warten.

Als er sich mit Sepp wieder allein befand, sagte er:

„Du scheinst ein ganz starrsinniger Mensch zu sein.“

„Da hast scho recht. Wannst so von oben herab kommst wie vorhin, da komm i von unten herauf, und in der Mitte treffen wir zusammen. Wer nachher den dicksten Kopf hat, der hält's am längsten aus. Und i glaub, dös wird wohl der Wurzelsepp sein. Wannst fein mit mir bist, soll's net an Höflichkeit fehlen.“

„Du sollst sehen, daß auch ich höflich sein kann. Das Draufgeld hast du erhalten, und nun ist's deine Pflicht, auf meinen Vorteil zu achten, obwohl du deinen Dienst noch nicht angetreten hast. Ich bitte dich also darum, mir zu sagen, wo sich diese Bertha Hiller gegenwärtig befindet."

„Wie bereits gesagt, hier auf der Erde."

„Verflucht, sei doch nicht so dickköpfig! Wenn du mir eine Auskunft erteilst, soll es mir auch auf eine Sondervergütung nicht ankommen."

Der Alte lächelte ihn schlau an.

„So, aane Vergütung soll i auch haben? Dös kann mir gefallen. Wieviel willst denn zahlen?"

„Das richtet sich ganz danach, was deine Mitteilung für mich wert ist."

„Dann fangst die Sach am falschen End an, lieber Herr Baron. Vielmehr werd i mi mit den Mitteilungen ganz nach dem Geld richten, was du mir zahlen willst."

„Ich soll dich bezahlen, und nachher stellt sich heraus, daß du gar nichts weißt."

„Da kennst den Wurzelsepp schlecht. Wannst denkst, i waaß gar nix, so kannst mi ja ruhig sitzen lassen und lieber weiterfahren."

Der Baron humpelte in der Stube auf und ab und überlegte, wie er den Sepp wohl am besten hereinlegen könnte. Er war überzeugt, daß dieser Alte allerlei wußte, womit er ihm unangenehm werden konnte.

„Wie ist's mit zehn Mark?" fragte er zögernd.

„Dafür verkauf i net mal meinen alten Hut da."

„Dann fünfzehn?"

„Scho mehr, aber net genug."

„Dann zwanzig, aber mehr auf keinen Fall."

„Wannst net mehr geben willst, muß i damit zufrieden sein. Zwanzig Mark sind für unsereiner scho a hübsches Geld."

„So sag, was du weißt!"

Der Sepp machte ein ganz erstauntes Gesicht und kratzte sich verlegen hinterm Ohr.

„So war's halt net gemeint. So wohlfeil geb i meine Geheimnisse net her. Sag i was, und du behältst dann die zwanzig Mark, dann kann i nix machen, und du lachst mi aus."

Das Gesicht des Barons verriet deutlich, daß er wirklich so etwas vorgehabt hatte. Er versteckte seine Verlegenheit hinter einem gutgespielten Zorn.

„Du bekommst das Geld vorher."

„Dös will i ja. Vorher — also gleich jetzt! Nachher sag i dir, was d' wissen willst. Zahlst nun oder net?"

Der Baron legte ein Zwanzigmarkstück auf den Tisch.

„Hier ist das Geld. Also — wo befindet sich Bertha Hiller?"

Sepp zog schmunzelnd einen alten Beutel und ließ das Goldstück darin verschwinden.

„Nun kann i dir's ja sagen: Sie wohnt hier in Bayern."

„Aber wo da?"

„In aaner klaanen Stadt."

„Ich will den Namen der Stadt wissen."

„Dös hätt'st vorher sagen sollen. I hab dir gesagt, wo sie sich befindet, und du hast dafür gezahlt. Für zwanzig Mark kann i dir nur das Land sagen, aber net auch die Stadt. Die kostet scho mehr, viel mehr."

„Wenn du mich betrügen willst, dann kommst du an den Unrechten."

„I betrüg di net. I sag die Wahrheit. Von dir und der Bertha Hiller waaß i mehr, als d' denkst und ahnst. Aber für a Lumpengeld kann i solch wichtige Geheimnisse net verkaufen."

„Dann willst du mich nicht betrügen, sondern erpressen."

„Du, sieh di vor", warnte der Sepp. „I hab nix von dir gewollt, du willst was von mir. Jeder Geschäftsmann verkauft seine Waren so teuer wie möglich. Vom Verdienst muß man doch leben. Wannst net besser zahlen willst, dann kannst eben auch net alles erfahren. Du hast gesagt, du kannst nur zwanzig Mark geben. Drauf sag i dir, dafür kann i nur das Land nennen, weiter nix. Jetzt sind wir quitt und fertig!"

Er erhob sich von dem Stuhl, auf dem er wieder Platz genommen hatte, und griff abermals zu seinen Sachen, um zu gehen.

„Halt!" knurrte der Baron. „Bleib noch einen Augenblick! Wieviel verlangst du für alles, was du weißt?"

„I waaß sehr viel", sagte Sepp nachdenklich.

„Das heißt, du verlangst auch sehr viel?"

„Du hast's erraten. "

Sepp setzte sich wieder.

„Du willst also die Henne rupfen, weil du sie in den Händen hast."

Sepp grinste.

„Kannst sie etwa rupfen, wann sie fort ist?"

Alberg setzte sich ihm gegenüber.

„Versteh mich wohl! Wenn ich dir deine Geheimnisse bezahle, dann sind sie auch mein Eigentum, und du hast dich so zu verhalten, als ob du nichts mehr von mir wüßtest."

„Schön! Zahl nur gut, dann hab i gleich alles für immer vergessen."

„Du weißt also wirklich, wo sich die Bertha Hiller befindet, und kennst ihre ganzen Verhältnisse?"

„Sogar genau. Und i waaß auch, wo sich dein Sohn befindet, und kenn auch seine Verhältnisse genau."

„Mein Sohn? — Verdammt! Wissen beide, daß ich der damalige Adelbert von Alten bin?"

„Naa, noch haben s' kaa Ahnung."

„Du wirst es ihnen nicht verraten?"

„Wannst mi gut bezahlst, vergeß i alles und werd ihnen kaa Wort davon sagen."

„Willst du das beschwören?"

„Ja, und der Wurzelsepp hat noch nie sein Wort gebrochen, scho gar net aanen Schwur."

Dabei machte er ein so biederes Gesicht, daß der Baron ihm glaubte.

„Wieviel verlangst du also von mir?" fragte er.

Sepp zuckte die Achseln.

„Verlangen tu i gar nix. Sag selbst, was d' geben kannst!"

„Ich hab keine Lust, mich länger mit dir herumzustreiten. Ich gebe dir alles in allem hundert Mark."

„Hundert Mark?" fragte Sepp im Ton größten Erstaunens.

„Nicht wahr, das ist sehr viel!"

„Sehr viel? Du kannst wohl net gut rechnen? Wann i jetzt der Bertha und deinem Sohn sag, wo s' den Vater finden können, dann werden s' beide ihre Ansprüch geltend machen. Du mußt viel Geld zahlen, oder 's gibt aanen Skandal, der di bei der Ehre packt. Sag i ihnen aber nix, so ersparst dös alles. Und dafür bietest mir bloß hundert Mark? Ja, du bist a G'scheiter!"

„Mensch! Hundert Mark sind für dich doch ein Vermögen!"

„Meinst? Wann i nun zu den beiden geh und ihnen sag, daß i di gefunden hab, was werden S' mir dann wohl bieten? Tausend Mark und noch mehr."

Der Baron sah das ein, aber er gab zu bedenken:

„Sie bezahlen dich nur einmal, bei mir aber bekommst du noch eine Anstellung. Du erhältst also nicht nur dein Geld, sondern bist auch lebenslänglich versorgt bei mir."

„Ach, geh mit der Versorgung! Wir passen net lange zunander. Du tätst mich bald wieder fortjagen, und weil i a ehrlicher Kerl bin, der sein Wort niemals brechen tut, so hätt i die lumpigen hundert Mark und sonst nix. Denn die Geheimnisse könnt i ja net mehr in Anwendung bringen, weil s' net mehr mein Eigentum wären. Naa, für diesen Preis mach i net mit."

„So will ich noch ein Wort sagen, aber es ist mein letztes: ich gebe dir zweihundert Mark."

„Dös ist dein letztes Wort? Da sag i halt gar nix. Alsdann, behüt Gott, Herr Baron! Wirst bald Besuch erhalten, von deinem Sohn und seiner Mutter. Nachher wirst einsehn, wie gut's wär, wannst mir mehr geboten hättst. Aber des Menschen Wille ist sein Pflaumenkuchen. Je mehr Zucker man dazutut, desto besser wird er schmecken."

Der Alte warf den Rucksack über, stülpte den Hut auf den Kopf, ergriff den Stock und ging abermals auf die Tür zu. Der Baron stieß einen Fluch aus. Es ärgerte ihn, daß er mit diesem gerissenen alten Kerl nicht fertig wurde.

„Mensch, mußt du denn immer gleich fortrennen?" rief er. „So bleib doch, wir werden schon klarkommen!"

Der Sepp wandte sich um.

„Du, von dir laß i mi net an der Nasen herumführen! Du hast gesagt, daß d' dein letztes Wort gesprochen hast, und da i da net mitmach, geh i halt."

Dem Baron von Alberg war noch niemals in dieser Weise zugesetzt worden.

„Himmeldonnerwetter!" tobte er. „Bedenk gefälligst, wer ich bin und wer du bist!"

„Grad dös tu i ja. I bin a ehrlicher Kerl und hab noch nie a Dirndl verführt und nachher 's Kind verleugnet. Dös ist der Unterschied zwischen uns."

Jetzt geriet der Baron in Weißglut. Er dachte nicht mehr daran, daß die Wirtin seine Worte hören könnte, und hatte er bisher mit unterdrückter Stimme gesprochen, so beherrschte er sich nun nicht mehr.

„Vergiß nicht, daß ich der Baron von Alberg bin!"

Aber der Sepp stellte sich aufrecht vor ihn und sagte geringschätzig:

„Na wenn schon, lieber Herr Baron? Auch unter den Baronen gibt's gute und böse Menschen. Früher, da waren viele Barone nix als Raubritter, die nur darauf aus waren, den ehrlichen Leuten ihr Geld abzunehmen. Wie Raubvögel kreisten sie um ihre Burg und lauerten auf Beute. Wannst aber meinst, der Wurzelsepp ist a Kücken, dös Angst hat vorm Habicht, dann bist arg auf 'm Holzweg."

Alberg war erstarrt. Das hatte ihm noch kein Mensch zu sagen gewagt. Am liebsten hätte er den Sepp mit der Faust zu Boden geschlagen, aber er durfte sich diesen Mann, der so viel von seiner Vergangenheit wußte, nicht zum Feind machen. Wenn der sein Wissen an die große Glocke hing, dann gab es einen Skandal, und der Zutritt zu den ersten Kreisen der Wiener Gesellschaft, die ihn sowieso seit einiger Zeit schon nur noch duldeten, wurde ihm für immer unmöglich. Darum bezähmte er seine Wut und zwang sich zu einem überlegenen Lächeln.

„Pah, du kannst mich nicht reizen. Machen wir's kurz! Wieviel verlangst du?"

„Geh nur höher hinauf!"

„Nein, ich mache kein Gebot mehr. Sag, was du haben willst, dann werde ich wissen, ob ich darauf eingehen kann."

„Nun gut, machen wir's kurz! Gib mir fünfhundert Mark!"

Der Baron kreuzte die Arme über der Brust und sah ihm nachdenklich in das runzlige Gesicht. Diese Summe war sehr niedrig, ein Erpresser hätte viel mehr gefordert. Die Frage war nur, ob der Alte dann auch wirklich sein Wort halten würde.

„Fünfhundert Mark — eine ganz hübsche Summe", sagte Alberg halblaut vor sich hin.

„Für di a Kleinigkeit. Wannst net ja sagst, spazier i von dannen."

„Na gut, ich will sie bezahlen."

„Jetzt endlich wirst gescheit!"

„Unterlaß gefälligst so freche Bemerkungen! Wenn ich

aber dieses viele Geld bezahle, muß ich auch überzeugt sein, daß du schweigst."

„Darauf kannst du di verlassen."

„Ich verlange, daß du zu keinem Menschen davon sprichst. Verstanden? Zu keinem!"

„Ja. Sobald i dös Geld in der Taschen hab, ist kaa Gedank mehr dran, daß i di verraten werd."

„So sind wir also einig?"

„Ja. Doch nun zahl auch aus!"

„Das geht nicht gleich. Fünfhundert Mark hab ich nicht bei mir. Ich trage nur soviel Geld in meiner Tasche, als ich zur Reise benötige, und kann dich erst auf Schloß Steinegg bezahlen."

„Ach so! Also sind wir doch noch net einig."

„Gewiß sind wir einig. Komm, sobald du kannst, nach Schloß Steinegg! Du mußt ja sowieso dort deine Stellung als Parkinspektor antreten."

„Mit monatlicher Kündigung, damit i bald wieder fortgejagt werden kann."

„Nein, du kannst bis an dein Lebensende auf dem Schloß bleiben." Bei dieser Zusicherung dachte der Baron daran, daß Schloß Steinegg, wenn alles nach seinem Wunsch ging, schon in einigen Tagen verkauft sein würde. „Du siehst, ich bin auf alle deine Bedingungen eingegangen. Nun könntest du mir doch wenigstens etwas schon sagen."

„Ja, dös könnt i schon, aber waaßt, i halt mi ganz akkurat an unsre Bedingungen. Auf Schloß Steinegg sehn wir uns wieder, und wenn i die Fünfhundert hab, dann sag i alles. Behüt Gott!"

Sepp ging so schnell zur Tür hinaus, daß der Baron ihn nicht mehr zurückhalten konnte.

„Verfluchter Kerl!" schimpfte er hinter dem Alten drein. „Na, dir werd ich auch noch zeigen, wer der Herr ist und wer der Knecht!"

Er verließ auch die Schenkstube. Draußen hatte der

Diener mit dem Bachbauern bereits den Preis für die Fahrt nach Steinegg vereinbart, und man wartete nur noch auf ihn. So nahm er Platz, und die Pferde zogen an.

In allerbester Laune sah Sepp zu, wie der Wagen die Dorfstraße hinabfuhr. Auf dem Bock saß diesmal nicht der Baron, sondern der Bachbauer. Wohlgemut folgte der Alte langsam dem Gefährt.

„Dös wird a Gespaß sein", brummte er. „Zwanzig Mark hab i für den Dienst und fünfhundert bekomm i aa noch. Wurzelsepp, was kannst damit den armen Leuten Gutes tun! Wann i diesem Baron mit List die Goldfüchs aus der Taschen zieh, wird's gewiß kaa Sünd sein. Der Kerl hat noch ganz andre Straf verdient. Alsdann bin i jetzt herrschaftlicher Parkinspektor. Man sollt net glauben, wie weit's a Mensch noch bringen kann. Aber lang wird diese Herrlichkeit net dauern!"

WURZELSEPP ALS PARKINSPEKTOR

Der Baron traf auf Schloß Steinegg ganz überraschend ein. Man hatte ihn erst ein paar Tage später erwartet. Hilda wollte eben fortgehen, als sie vom Fenster aus sah, wie der Wagen mit ihrem Stiefvater beim Schloßportal vorfuhr. Eine halbe Stunde zuvor hatte ihr ein Junge einen Brief gebracht, in dem ihre Freundin Bertha Holstein sie für den Nachmittag zum Kaffee bat, da sie ihr eine ganz ungewöhnliche, erfreuliche Mitteilung zu machen habe.

„Der Vater — heute schon!" sagte sie zu Asta von Zolba. „Da kann ich jetzt nicht fort. Du mußt mir einen Gefallen tun. Bitte, lauf doch zu Frau Holstein und sag ihr, warum ich im Augenblick nicht kommen kann. Ich würde aber sicher gegen Abend Zeit finden, sie auf ein Stündchen zu besuchen."

Asta war sofort dazu bereit.

„Sag mir nur, wo Frau Holstein wohnt!"

Hilda beschrieb den Weg.

„Ich werde es schon finden", sagte Asta. „Wenn aber dein Vater nach mir fragt?"

„Dann sage ich ihm, du wärst spazierengegangen. Während ich ihn begrüße, kannst du unbemerkt verschwinden."

Sie war so aufgeregt, daß ihr nicht auffiel, wie betroffen die Freundin war. Dieser war es nämlich mit Schrecken bewußt geworden, daß sie den eigentlichen Zweck ihrer Reise — Hilda zum Verkauf des Schlosses zu überreden — bisher noch ganz und gar verfehlt hatte, und sie hatte Angst, dem Baron das einzugestehen. Denn sie hatte erlebt, wie gemein Alberg werden konnte, wenn etwas nicht nach seinem Wunsch ging.

So machte sich Asta nur allzugern auf den Weg, um Zeit zu gewinnen, und verließ das Schloß durch eine

Hintertür, als der Baron zum Vordereingang hereinhumpelte. Sie haßte diesen Mann und verwünschte die Stunde, in der sie, noch lebensfremd und vom Ehrgeiz getrieben, auf seine Versprechungen, ihr durch seine guten Beziehungen den Weg zum Ruhm zu ebnen, hereingefallen war und sich mit ihm eingelassen hatte.

Aber Asta war nicht so dumm, um nicht allmählich zu merken, daß sie nur das Spiel- und Werkzeug eines skrupellosen Lebemannes geworden war. Sie erkannte, daß sie in einem Irrgarten steckte, aus dem sie vergeblich einen Ausweg suchte. Sie fürchtete um ihre Zukunft, wenn sie sich mit dem Baron überwarf, und konnte sich darum vor ihrem Debut als Sängerin nicht von ihm frei machen. Diese bittere Erkenntnis machte sie unzufrieden mit sich selbst und launisch. Leicht reizbar, suchte sie ihre Hilflosigkeit hinter einer Maske von Hochmut zu verbergen. Im Grunde war sie ein haltloser, bedauernswerter Mensch.

Frau Holstein öffnete Asta persönlich die Tür, denn ihr Dienstmädchen war über Sonntag zu den Eltern in einem nahe gelegenen Dorf gefahren. Sie empfing die Besucherin freundlich, vernahm mit sichtlicher Enttäuschung die Absage Hildas und führte sie ins Wohnzimmer, wo der Kaffeetisch bereits gedeckt war. Zu Astas Erstaunen erhob sich dort Martin vom Sofa.

Frau Holstein bot ihr eine Tasse Kaffee an, aber Asta lehnte dankend ab, weil sie sogleich zum Schloß zurückkehren müsse. Da bat Frau Holstein sie, Hilda auszurichten, daß sie sie bestimmt noch heute erwarte, gleichgültig zu welcher Zeit. Als Asta sich dann ein wenig kühl verabschiedete, erbot sich Martin, sie ein Stück Weges zu begleiten.

Eine Weile gingen sie stumm nebeneinander her.

„Warum so schweigsam?“ nahm er das Wort. „Sind Sie mir noch böse wegen der Häkelei in Lindenberg?“

„Ach wo!“ Sie lachte auf. „Viel eher hätten Sie Grund, mir böse zu sein.“

„Einem so reizenden Mädchen kann doch kein Mann lange böse sein.“ Er reichte ihr den Arm, und sie hängte sich ein.

„Wissen Sie, was Frau Holstein Hilda so Wichtiges zu erzählen hat?“ fragte sie.

„Neugierig?“ neckte er. „Natürlich weiß ich es, aber ich darf es nicht verraten.“

„Auch mir nicht?“

„Auch Ihnen nicht. Ich kann nur so viel andeuten, daß es mit mir zusammenhängt.“

„Mit Ihnen?“ Sie blieb stehen und machte große Augen. „Frau Holstein und Sie ... Sie haben sich verlobt! Aber Sie haben sich doch erst gestern kennengelernt?“

Er lächelte.

„Wir haben festgestellt, daß wir uns eigentlich schon recht lange kennen, wenn wir uns auch viele Jahre aus den Augen verloren hatten.“

„So darf man also gratulieren?“ In ihrer Stimme klang eine Enttäuschung mit, und sie nahm ihren Arm zurück.

„Zur Verlobung? — Nein!“ Er zog ihren Arm wieder unter den seinen. „Dazu bin ich wohl zu jung. Frau Holstein könnte ja immerhin meine Mutter sein, nicht wahr? Doch fragen Sie nicht weiter, Sie werden es noch früh genug erfahren. Überhaupt stelle ich mir meine Braut auch etwas anders vor.“

„Wie denn?“ entfuhr es ihr.

„Das ist schwer zu beschreiben.“ Er sah sie an. „So groß wie Sie, so blond wie Sie, so schön wie Sie, na ja, alles in allem ungefähr so wie Sie.“

Er hatte es wie im Scherz gesagt, aber es war nicht zu verkennen, daß er es ernst meinte. Unwillkürlich errötete sie.

„Oh, das klingt ja fast wie eine Liebeserklärung!“ sagte sie dann leichthin, doch der ironische Tonfall in ihrer Stimme war nicht ganz echt.

„So vermessen würde ich als kleiner Mann ohne Vermögen und Stellung nie sein, meine Augen zu einer Baronesse zu erheben."

„Pah!" machte sie. „Beim Theater fragt man nicht nach der Herkunft, sondern nur nach Talent. Ihnen steht mit Ihrer Stimme die Welt offen. Warum wollen Sie hier als kleiner Mann verbauern und versauern? Ich glaube sowieso nicht, daß aus Ihrer Anstellung hier etwas wird. Wie ich gehört habe, soll Schloß und Gut Steinegg verkauft werden. Deswegen ist der Baron heute eingetroffen."

„Aber Eigentümerin ist doch die Baronesse ...?"

„Gewiß, sie hängt daran, weil sie es von ihrer Mutter geerbt hat. Aber das Gut ist so verwahrlost, daß mehr Geld, als sie hat, dazu gehört, um es wieder ertragsfähig zu machen. Hilda wird vernünftig sein und auf ihren Vater hören müssen. Geben Sie sich darum keinen falschen Hoffnungen hin! Und warum wollen Sie der kleine Förster bleiben, wenn Sie ein großer Sänger werden können?"

„Sie sagen das so zuversichtlich ..."

„Nun, ich bin schließlich vom Fach und kann eine Stimme beurteilen. Haben Sie den Mut, Ihr Talent zu nutzen! Kommen Sie mit nach Wien! Ich weiß einen Mäzen. Wenn er Ihre Stimme hört, wird er Ihnen sofort die Ausbildung ermöglichen. Ich sehe uns schon zusammen auf der Bühne stehen."

Er spürte den Druck ihres Armes und fühlte die Verlockung.

„Wenn mich die Baronesse von Alberg anstellen will, kann ich nicht nein sagen", entgegnete er zögernd.

„Warum nicht?" Sie lächelte ihn an. „Wenn Sie das Gut morgen besichtigt haben, dann geben Sie ihr den Rat, auf ihren Vater zu hören, der es gut mit ihr meint, und das Gut und Schloß zu verkaufen."

„Das kann ich nur tun, wenn ich mich davon überzeugt habe."

„Sie werden sich davon überzeugen und müssen uns

helfen, Hilda von ihrem Starrsinn abzubringen. Doch wir sind schon am Schloßpark.“ Sie löste ihren Arm, reichte ihm die Hand und musterte ihn mit einem Blick sanfter Zärtlichkeit. „Ich hoffe, wir werden in Wien bald Kollegen und ... gute Freunde sein. Auf Wiedersehen!“

Er sah ihr nach, wie sie anmutig und beschwingt davonging, und holte tief Atem. Mit ihrer Schönheit konnte sie schon ein Männerherz betören, und er gestand sich ein, daß er auf dem besten Weg war, sich in sie zu verlieben. Und doch mahnte ihn tief im Innern eine Stimme zur Vorsicht, und während er ins Städtchen zurückwanderte, grübelte er darüber nach, welches nun die wahre Asta war — das hochmütige, abweisende Mädchen von Lindenberg oder das sanfte, anziehende Mädchen, das ihn soeben verlassen hatte.

Aber auch Asta beschäftigte sich mit Martin, als sie nun auf das Schloß zuschritt. Ihr Herz schlug höher, sie empfand zum erstenmal etwas vom Zauber selbstloser Liebe. Dieser Mann in seiner unbefangenen Natürlichkeit war ein Mensch, bei dem man sich geborgen fühlen konnte. Bei dem man nicht Sklavin sein würde wie bei dem Baron, sondern Kameradin. Sie glaubte wirklich, daß er als Sänger seinen Weg machen würde, und hatte ihm in ehrlicher Überzeugung zugeredet, die Stellung bei Hilda auszuschlagen.

Wenn er damit gleichzeitig ihr nutzte, so fand sie das nicht nur ganz in Ordnung, sondern sie war sogar stolz auf ihre weibliche List, mit der sie ihn für ihre Zwecke eingespannt hatte. Der Baron konnte ihr jetzt kein Versagen mehr vorwerfen, denn sie hatte alles getan, um Hilda zum Verkauf des Schlosses zu bewegen. Wenn sie dann von ihm die versprochene Provision erhielt, würde sie selbständig sein und sich von ihm lösen. So sah sie der Unterredung mit ihm, die sie so gefürchtet hatte, nun mit Gelassenheit entgegen.

Als sie in das Schloß zurückkam, blieb sie lauschend an

der Tür des Salons stehen. Sie hörte, wie der Baron soeben sagte:

„Liebes Kind, du brauchst nur zuzustimmen, und wir haben eine runde Million. Damit können wir beide ein sorgenloses Leben führen und uns jeden Wunsch erfüllen. Der Käufer ist ein Kommerzienrat aus München, einer dieser industriellen Emporkömmlinge, der mit einem Schloß und Rittergut glänzen möchte. Er kauft Steinegg unbesehen, und du bist mit einem Schlag allen Ärger hier los. Wenn deine Mutter noch lebte, sie würde sofort zustimmen."

„Laß Mutter aus dem Spiel!" war die bitter klingende Antwort. „Es ist gut, daß sie nicht mehr erlebt hat, wie du alles hier hast verkommen lassen. Ich fühle mich hier wohl und sehe eine Aufgabe darin, Steinegg wieder in die Höhe zu bringen. Daß es schwer sein wird, weiß ich, und viel hängt davon ab, ob ich die richtigen Leute finde, die mir tatkräftig helfen."

„Das wird Schwierigkeiten mit Hollanic geben, der immerhin einen lebenslänglichen Vertrag als Verwalter hat."

„Nur als Hausmeister", warf Hilda ein.

„Das ist doch nur eine andere Bezeichnung. Der Mann hat die ganzen Jahre tatsächlich Steinegg verwaltet und wird sich keinen andern vor die Nase setzen lassen. Er wird zum Kadi laufen."

„Mag er! In seinem Vertrag steht Hausmeister, und darauf werde ich pochen. Ich würde diesem aufgeblasenen, faulen Burschen schon längst gekündigt haben, wenn er nicht diesen mir unbegreiflichen Vertrag hätte. Wenn ich ihn nicht loswerden kann, werde ich ihm wenigstens die Verwaltung nehmen."

Der Baron seufzte hörbar.

„Liebes Kind, du unterschätzt die Schwierigkeiten, die dich hier noch erwarten. Vor lauter Ärger wirst du hier deines Lebens nicht froh werden. Du machst mich für die

Zustände hier verantwortlich. Ich könnte dir manches darauf erwidern. Aber wozu um Dinge streiten, die doch nicht mehr zu ändern sind? Wir haben jetzt die einmalige Gelegenheit, Steinegg abzustoßen und damit aller Sorgen ledig zu werden. Ich weiß, daß du in mir immer nur den bösen Stiefvater gesehen hast, und gebe sogar zu, daß ich daran schuld bin. Ich schlage dir nun vor: Wir trennen uns für immer. Du verkaufst Steinegg und ziehst wieder nach Wien in unser Haus, das ich dir überlasse. Von der Kaufsumme zahlst du mir einen Betrag, über den wir uns noch einigen werden."

„Und wenn ich aber vorziehe, hier auf Steinegg zu bleiben?"

„Aber das ist doch Wahnsinn! Das kleine Vermögen deiner Mutter würdest du hier bald verwirtschaftet haben, und eines Tages müßtest du dann doch verkaufen, aber zu anderen Bedingungen. So leicht findest du nicht wieder jemanden, der dir unbesehen für diese Schloßruine eine Million auf den Tisch legt. Hilda, Kind, überwinde einmal deine Abneigung und sieh ein, daß ich alles nur zu deinem Besten will! Ich war glücklich, in München so schnell einen so guten Käufer gefunden zu haben, und ich war überzeugt, du würdest so einsichtig sein und zustimmen. Anstatt bei diesem einmaligen Angebot sofort zuzugreifen, sperrst du dich mit allen möglichen gefühlsmäßigen Einwänden."

„Alles kommt so überraschend ..."

„Wenn ich an deiner Stelle wäre, ich würde keinen Augenblick zögern, ich wüßte, was ich zu tun hätte. Aber überleg dir alles in Ruhe. Besprich es auch mal mit Asta, was sie dazu meint!"

Asta hielt es an der Zeit, nun in Erscheinung zu treten. Der Baron begrüßte sie mit einem Handkuß und einer Liebenswürdigkeit, von der sie nur zu gut wußte, daß sie geheuchelt war. Durch ein Augenzwinkern gab sie Hilda zu verstehen, daß sie ihren Auftrag ausgeführt hatte, und nahm Platz. Der Baron erzählte ihr, was sie zumeist schon an der Tür erlauscht hatte, und fragte sie am Ende, was sie an Hildas Stelle tun würde.

Bevor sie aber eine Antwort geben konnte, klopfte es an der Tür. Etwas zögernd kamen der Hausmeister und der Diener herein, der den Baron auf der Reise begleitet hatte. Beide blickten sich an, jeder schien darauf zu warten, daß der andere das Wort ergriff.

„Was gibt's denn?“ fragte Alberg, ärgerlich über die Störung.

„Gnädiger Herr, das Abendessen ist im Speiseraum angerichtet“, meldete der Hausmeister. „Und dann ist da draußen in der Diele noch ein Mensch, der vorgibt, unbedingt mit Ihnen sprechen zu müssen. Er ist wie ein Strolch gekleidet.“

„Wohl ein Bettler? Werft ihn hinaus!“

„Es ist der Mensch aus Niederhausen“, sagte jetzt der Diener. „Er behauptet, Sie hätten ihn als Parkaufseher angestellt.“

Der Baron stand mit einem etwas verlegenen Gesicht auf.

„Ach so, ja! Führt ihn auf mein Zimmer! Er soll dort warten, bis ich gegessen habe.“

Die beiden entfernten sich mit Verbeugungen. Der Baron wandte sich an die beiden Damen: „Gehen wir erst einmal essen. Dabei werde ich alles erklären.“

Daß dieser unverschämte Alte jetzt schon auftauchte, war ihm gar nicht recht. Er hatte Hilda zwar von seinem Unfall in Niederhausen erzählt, an dem nach seiner Darstellung ein Bauerntölpel schuld gewesen war, aber von Sepp noch kein Wort gesagt.

Während des Essens schilderte er nun auch Asta diesen Unfall und fuhr fort:

„Ich saß in dem öden Nest und wußte nicht, wie ich weiterkommen sollte. Mit den Schmerzen im Kreuz wäre ich zu Fuß nicht weit gekommen. Die Dorfbewohner waren unfreundlich, nur ein alter Mann war mir behilflich. Er besorgte mir einen anderen Wagen, und ich fühlte mich ihm zu Dank verpflichtet. Ich hörte, daß er mittel- und obdachlos war, und da ließ ich mich von meinem guten Herzen hinreißen und versprach ihm, daß er hier als Parkaufseher eingestellt werden könnte. Ich hoffe, liebe Hilda, du blamierst mich nicht und bist damit einverstanden."

Von Alberg und ein gutes Herz? Da stimmt doch was nicht, dachten beide Mädchen, und Hilda fragte:

„Einerseits rätst du mir Steinegg zu verkaufen und andererseits stellst du einen Parkaufseher neu ein?"

„Wenn du verkaufst, soll doch der neue Eigentümer sehen, was er mit dem Alten macht. Der Kerl ist wirklich ein seltenes Original."

„Ein Original?" fragte Asta. „Den Mann möchte ich sehen, bester Baron! Bitte, lassen Sie ihn doch hier vorführen!"

Alberg machte eine abwehrende Handbewegung.

„Sie haben doch gehört, daß er wie ein Strolch aussieht, und in diesem Zustand möchte ich ihn hier nicht vorstellen. Er würde die schönen Augen der Baronesse Zolba beleidigen. Ihr werdet ihn noch früh genug kennenlernen."

So selbstsicher sich der Baron aber auch äußerlich gab, innerlich beunruhigte ihn der Gedanke, wie er mit diesem unbequemen Alten, der so viel von seiner Vergangenheit wußte, wohl fertig werden könnte.

*

Inzwischen hatte der Hausmeister den Sepp aus der Diele in das Zimmer geführt, das für den Baron hergerichtet war. Er brannte dort eine Lampe an und sagte barsch:

„Hier bleibst du, bis der Herr Baron kommt. Setz dich

auf den Stuhl da und laß dir ja nicht einfallen, lange Finger zu machen und etwas einzustecken!"

Dabei musterte er den Sepp mit einem verächtlichen Blick, aber dieser tat, als bemerkte er das nicht, und meinte freundlich:

„Also hier an der Tür soll i sitzen bleiben?"

„Ja, und nichts anrühren!"

„Du bist ja sehr besorgt um das Eigentum deines Herrn."

„Hör mal, geduzt wird hier nicht!"

„I hab grad gedacht, daß hier geduzt wird. Wie hast denn mi genannt?"

„Das ist etwas andres. Ich bin hier der Hausmeister und duze jeden, der zur Dienerschaft gehört. Das ist mein Grundsatz."

„Leut mit festen Grundsätzen hab i verdammt gern. I hab nämlich auch aanen Grundsatz, nämlich den, daß i für jedes Du, was man mir ohne Erlaubnis sagt, a Ohrwatschen geb. Wannst also recht viele Kopfnüß haben willst, waaßt's nun ganz genau, wie du's anfangen mußt."

„Du willst mir verbieten, dich Du zu nennen?" fragte der Hausmeister höhnisch.

„Dagegen hab i gar nix, aber für jedes Du kriegst a Ohrwatschen."

„Das wollen wir doch mal sehn, du alter Krauter ..."

Schon hatte Sepp ausgeholt und gab ihm eine so kräftige Ohrfeige, daß er mit dem Kopf gegen die Tür flog.

„Kerl, was wagst du!" schrie er. „Warte, ich werde ..."

Er kam nicht weiter, denn schon bekam er eine zweite Ohrfeige.

„Noch ein Du, und du hast die dritte Maulschelle", drohte Sepp. „Wann wir so fortfahren, wird dir die Bruderschaft bald gefallen."

Da sprang der Hausmeister zum Kamin, riß die Feuerzange vom Haken und holte damit aus.

„Halunke, das sollst du büßen!“

Sepp hob den Bergstock, um den Hieb zu parieren. Die Zange prallte mit dem Stock zusammen und flog aus der Hand des Hausmeisters in einen großen Spiegel, der an der Wand hing. Die Scherben prasselten auf den Boden. Hollanic stand steif vor Schreck. Er starrte den zertrümmerten Spiegel an und brachte kein Wort hervor. Sepp aber lachte auf.

„Schau nur hinein! Grad so wie der Spiegel sieht auch dein Gesicht jetzt aus. Willst noch weiterfechten? Willst vielleicht noch was andres zerschlagen? Die Vase dort oder die Fensterscheiben? Wann man Bruderschaft macht, kann's net lustig genug hergehn.“

„Der teure Spiegel!“ stöhnte der Hausmeister.

„So a vornehmer Herr Hausmeister kann ihn scho bezahlen.“

„Ich soll ihn bezahlen? Oho! Wer hat den Spiegel zerbrochen?“

„Die Feuerzange! Und wer hat die gehabt?“

„Wer hat sie mir aus der Hand geschlagen?“

„Wer hat mi damit angegriffen, he? Mach nur kaane Faxen! Damit kommst bei mir an den Unrechten. Wannst mir etwa noch Geschichten vorerzählen willst, fliegst auch noch in den Spiegel hinein. So a alberner Hottentottenonkel wie du kann von mir noch was lernen. Warum hast mir gesagt, i soll nix anrühren? Waaß i denn, ob du vorher nix gestohlen hast? Wann nachher dann was fehlt, willst die Schuld auf mi schieben, he?“

Der Hausmeister hatte kaum Ohren für Sepps Worte, er stöhnte nur: „Ich bezahle nichts, keinen Kreuzer!“

„Vielleicht schenkt man dir's. Mußt's aber zahlen, so wirst später wohl a weng höflicher sein als bisher.“

„Kerl, sei still, sonst werf ich dich hinaus!“

„Was? Sagst scho wieder Du? Ah! — Willst noch aane Watschen? Wannst mi hinauswirfst, kann's mir nur recht sein, da hast's mit dem Baron allein abzumachen.

Wannst aber vom Hinauswerfen sprichst — dös kann i na. I soll hier warten, und du hast hier nix zu suchen. Wannst net gleich verschwindst, so fliegst hinaus, ohne daß i vorher die Tür aufmach, verstehst? Schau also, daß d' fortkommst, sonst kriegt die Tür noch a größres Loch als der Spiegel!"

Der Hausmeister ballte beide Fäuste, getraute sich aber nicht an den Wurzelsepp, der vor ihm stand wie ein großer Leonberger Hund, der mit einem einzigen Biß einen kleinen Kläffer zur Ruhe bringen kann. Darum zog er es vor, mit der Miene des Klügeren, der nachgibt, vom Schauplatz abzutreten.

„Gut, ich gehe! Aber nicht etwa, weil ich mich fürchte, sondern um dem Herrn Baron mitzuteilen, wer dies Unglück hier verursacht hat."

„Dös kannst tun, dann brauch i nix davon zu sagen. Troll di, Schlawiner! Laufen kannst ja gut, weilst um die Gulden für den neuen Spiegel leichter bist."

„Spotte nur! Wir werden ja sehen, wer zuletzt lacht!"

Hollanic ging, und Sepp ließ sich in einem Sessel nieder, der an einem Tisch stand, auf dem eine Dose mit Zigaretten lag. Sepp nahm sich eine und zündete sie an. Er blies Ringe in die Luft und wartete in aller Gemütlichkeit auf den Baron.

Dieser hatte inzwischen ergebnislos überlegt, wie er sich mit diesem fatalen Wurzelhändler auseinandersetzen sollte. Es wollte ihm nichts einfallen. Er war nicht in der allerbesten Laune, als er nach dem Essen aufstand, und seine Stimmung wurde noch übler, als ihm der Hausmeister mitteilte, der neue Parkaufseher hätte den Spiegel in seinem Zimmer zertrümmert.

Im Sturmschritt eilte er die Treppe hoch, aber als er die Zimmertür öffnete, blieb er erstaunt stehen. Da saß der Sepp, den Hut auf dem Kopf und den Bergstock in der Hand, ganz seelenvergnügt im Sessel und rauchte seine Zigaretten.

„Mensch, bist du toll?"

Alberg zog die Tür hinter sich zu.

Der Alte nickte ihm zu und sagte, ohne aufzustehen:

„Guten Abend, lieber Herr Baron! Schön, daß d' endlich kommst! Hab lang warten müssen und mir einstweilen so a Glimmstengerl angebrannt."

„Und läßt die Asche auf den Teppich fallen!"

„Schadet nix! Dös Stubenmadl kann's wegfegen."

„Wohl auch die Scherben des Spiegels, den du zerbrochen hast?"

„Dös hat dir wohl der Hausmeister geflüstert, weil er net zahlen möcht. Er hat ihn zerbrochen, i war's net."

„Das wird sich finden. Vorerst stehst du mal auf und stellst dich höflich da an die Tür!"

„Warum? I sitz hier gar net übel. Als Parkaufseher ist man doch schon wer und kann sich's in dem Herrn seiner guten Stube bequem machen."

Der Baron trat hart an ihn heran und schnarrte:

„Jetzt ist's genug! Steh auf!"

Aber Sepp grinste ihn nur an.

„Geh, mach kaane Wespen! Setz di, brenn dir a Zigaretten an oder laß aanen Wein kommen! Zwaa Leut wie wir müssen sich gut vertragen, denn was der aane net waaß, dös waaß halt der andre. Wir passen also sehr gut zunander."

„Steh auf, Mensch, oder ich laß dir durch den Diener zeigen, wo du hingehörst!" tobte der Baron.

„Wannst mir mit dem Diener drohst, so kann er die gleichen Maulschellen bekommen wie der Hausmeister. Wann i mi an die Tür stellen soll, dann geh i lieber gleich ganz naus. Dann kannst aber lang warten, bis d' erfährst, was d' erfahren willst! Lieber sag i dann deinem Sohn, wo er seinen Vater finden kann."

Der Baron war schon drauf und dran gewesen, den Alten aus dem Sessel hochzuziehen, aber bei den letzten Worten besann er sich, daß er sich gewissermaßen in den

Händen dieses Kerls befand. Innerlich vor Wut schäumend, wechselte er das Thema und fragte danach, wer den Spiegel zerschlagen hätte. Sepp erzählte den Hergang der Wahrheit gemäß.

„Hätt er mi net beleidigt und zur Feuerzange gegriffen, so wär der Spiegel jetzt noch ganz. Nun magst sagen, wer ihn zahlen muß."

„Du hast sofort zugeschlagen; Schuld tragt also jedenfalls ihr beide. Also zahlt jeder die Hälfte."

„Schön, einverstanden! Und damit d' siehst, was für a nobler Kerl i bin, so mag er die seinige zahlen, und die meinige schenk i dir. Der Sepp läßt sich net lumpen."

„Mensch!" fuhr der Baron auf. „Ich weiß wirklich kaum, was ich von dir denken soll. So dummfrech ist mir noch niemand gekommen!"

„Nun, so kannst mi gleich loswerden. Habe die Ehre, gnädiger Herr Baron! Wünsche angenehm zu schlafen!"

Sepp stand auf und wandte sich zur Tür.

„Halt!" erklang es hinter ihm. „Du bleibst! Wir sind noch nicht fertig."

„Und wann i nun doch geh?"

„Ich hab dich angestellt. Du bist gekommen, deinen Dienst anzutreten, und nun bist du mir Gehorsam schuldig."

„So? Nun, i bin noch net gekommen, um den Dienst anzutreten. Warum soll i jetzt noch länger bleiben?"

„Ich erwarte die Mitteilungen, die du mir versprochen hast."

„So weit sind wir noch net. Erst muß die Sache mit dem Spiegel da geregelt werden."

„Es bleibt dabei: Ihr bezahlt beide die Hälfte."

„Schön! Meine Hälfte hab i dir bereits geschenkt."

„Glaub ja nicht, daß ich der Mann bin, der sich von dir foppen läßt! Ich verlange, daß du jetzt endlich die nötige Achtung und Höflichkeit zeigst, die du mir schuldig bist!"

„Die kannst haben! Drum will i den Hut abnehmen und von jetzt an Sie zu dir sagen."

Sepp nahm den Hut ab und machte einen Kratzfuß, mit einer Miene freilich, die den Baron noch mehr ärgern mußte. Er hielt es aber für besser zu tun, als merke er den Hohn nicht.

„Na also! Wenn du Verstand annimmst, werden wir bald einig werden."

„Will's auch hoffen. Daher sag i gleich, für den Spiegel da zahl i kaanen Pfenn'g."

„Wirst aber doch zahlen müssen. Ich ziehe dir den Betrag von den fünfhundert Mark ab, die ich dir versprochen habe."

„So zieh i auch ab. I selber! Adjöh, sehr verehrter Herr Baron!"

Sepp wandte sich wieder zur Tür, aber Alberg lief ihm nach und hielt ihn am Arm fest.

„Ich hab gesagt, du sollst bleiben! Du hast mir Rede und Antwort zu stehen!"

Der Alte kratzte sich in gespielter Verlegenheit hinterm Ohr.

„Sakra, Sie sind aber a gestrenger Herr! Da werd i wohl net lang hier Parkaufseher bleiben. Dös bin i net gewohnt."

„Dir wird vielleicht noch mehr ungewohnt sein, wenn du so widerborstig bleibst. Also — ich wünsche zu erfahren, wo sich die frühere Bertha Hiller jetzt mit ihrem Sohn befindet!"

Der Alte klemmte sich Hut und Bergstock zwischen die Knie und kratzte sich mit beiden Händen im Haar.

„Verdimmi, verdammi, da bin i aber in aaner schauderhaft'gen Verlegenheit, weil i sagen soll, was i net mehr waaß."

„Du willst die Adresse der beiden nicht mehr wissen? Du hast sie doch heute nachmittag gewußt."

„Freili. Aber nun hab i sie ganz vergessen."

„Mensch, mach keinen Schwindel!"

„Dös is kaa Schwindel, Herr Baron. Sie wissen ja net, wie zart und empfindlich mein Gedächtnis ist. Wann ma mi nur a weng verschrickt, setzt's aus. Da hat mi mal a Fliegen gebissen, und da war i so verschrocken, daß i a Jahr lang net mehr den eignen Namen gewußt hab. Erst als i mal in 'n Spiegel geschaut hab, konnt i mi wieder auf den Wurzelsepp besinnen. Grad so geht's mir auch heut."

Er sagte das ganz bieder und treuherzig, der Baron aber knirschte mit den Zähnen.

„Mensch, ich sollte dich prügeln!"

„Versuchen S' doch mal! Vielleicht können S' die Adressen heraustrommeln?"

Wütend ging der Baron ein paarmal im Zimmer auf und ab. Dann zwang er sich zur Ruhe und blieb stehen.

„Worüber ist denn dieses zarte und empfindliche Gedächtnis so erschrocken?"

„Über das Geld, was i für den Spiegel da zahlen soll."

„Ach so! Naja, wenn ich mir's recht überlege, dann hat der Hausmeister vielleicht den größten Teil der Schuld."

„Nur den größten Teil?" Der Alte blinzelte listig.

„Na, sagen wir die ganze Schuld. Du brauchst also nichts zu bezahlen."

„Jetzt fühl i, wie i wieder gesund werd! Auch 's Gedächtnis kehrt wieder."

„Das freut mich. Also, wie lautet die Adresse?"

Sepp klemmte wieder Stock und Hut zwischen die Knie und kratzte sich abermals mit beiden Händen den Kopf.

„Hoffentlich kommt dir dein Gedächtnis nicht schon wieder abhanden?" fragte der Baron.

„Naa, naa! Grad jetzt kommt's wieder. Dös merk i, weil's grad eben die Hauptsach festgehalten hat."

„Die Hauptsache ist doch die Adresse, die du mir versprochen hast."

„Naa, naa! Die Hauptsach sind die fünfhundert Mark, die Sie mir versprochen haben."

„Ach so! Du alter Spitzbube hast wahrhaftig die besten Anlagen für den Galgen."

„Na, dann könnten S' ja nachher an mir aufgehängt werden, weil wir so gut zusammen passen."

Der Baron wollte auf ihn losfahren, aber er sah ein, daß ihm ein Aufbrausen nichts nützen würde.

„Bleiben S' nur ruhig!" warnte Sepp. „Wann i mi noch mehr aufreg, kommt mir 's Gedächtnis wieder abhanden, und dann verdien i mir dös schöne Geld net."

„So sag mir schnell die Adresse, die ich wissen will, dann hol ich dir das Geld!"

„Holen S' mir lieber erst schnell dös Geld, nachher sollen S' gleich das Richtige erfahren."

Der Baron schlug mit der geballten Faust auf den Tisch und stieß einen Fluch aus. Sepp spielte den Erschrockenen, hielt sich die Ohren zu und klagte:

„O weh! Noch mal so, und mein Gedächtnis ist wieder dahin! Am besten ist, i geh davon. I seh scho, hier ist doch kaan Geschäft zu machen."

„Halt!" befahl der Baron. „Bleib, ich hole das Geld schon."

Er verließ das Zimmer. Sepp aber drehte sich die Schnurrbartspitzen aus und brummte dabei höchst vergnügt:

„Jetzt, Sepp, mach die Taschen auf! A Geldl kommt geflogen! Doch nachher mußt klug sein und gescheit."

Ärgerlich, weil es ihm nicht gelungen war, den schlauen Alten hereinzulegen, suchte der Baron seine Stieftochter auf. Er hatte so getan, als ob für ihn das Geld keine Rolle spiele, aber in Wahrheit war er in Wien bis über beide Ohren verschuldet. In dem Verkauf des Schlosses sah er die einzige Rettung aus allen seinen Schwierigkeiten. Er hatte sich nicht nur in München eine stattliche Vermittlerprovision gesichert, er erwartete auch von

Hilda noch als Anerkennung für seine Bemühungen einen erheblichen Betrag.

Alles wäre schön und gut gewesen, hätte nicht ein großes Fragezeichen hinter dieser Rechnung gestanden, nämlich die lächerliche Tatsache, daß seine Stieftochter zu allem Ja und Amen sagen mußte. Alberg hatte in seinem bewegten Leben mit List und Gewalt mancherlei fertiggebracht, aber an dem Testament seiner Frau hatte er nichts mehr drehen und deuteln können, und so hatte er sich damit abfinden müssen, daß er ebensowenig an das Erbteil Hildas heran konnte wie das Mädchen selber, bevor es mündig geworden war.

Jetzt bedauerte er, daß er dem Kind niemals ein Vater gewesen war und um seine Zuneigung geworben hatte. Es war eine Torheit gewesen, die Enttäuschung über das Testament der Mutter an Hilda auszulassen. So war das Verhältnis zwischen ihnen immer kälter und gespannter geworden, je älter und verständiger das Mädchen geworden war, und so war er sich keineswegs sicher, ob sie ihm jetzt nicht die Quittung für sein Verhalten geben und einen Verkauf von Steinegg ablehnen würde. Er hoffte jedoch, ihre Vernunft würde schließlich stärker sein als das Gefühl der Pietät, mit dem sie an Steinegg hing.

Jedenfalls mußte er alles vermeiden, um die alten Spannungen, die er mit betonter Liebenswürdigkeit zu entschärfen versucht hatte, wieder neu aufleben zu lassen. Denn er verhehlte sich nicht, daß die kleinste Reibung eine Entladung herbeiführen konnte, die ihm ein Nein Hildas zu dem Geschäft bringen würde. Darum wollte es ihm gar nicht gefallen, daß just in diesem entscheidenden Augenblick die fast vergessene Bertha Hiller und deren Kind wieder auftauchen mußten. Wenn Hilda davon erfuhr, würde nicht nur ihre alte Abneigung gegen ihn wieder geweckt, sondern sie bekam womöglich auch noch moralische Anwandlungen und Bedenken, an denen das Geschäft dann scheiterte. Darum mußte er diesen durchtriebenen Alten zum Schweigen bringen und alles tun, damit Hilda von dieser dummen Affäre nichts zu Ohren bekam.

Als der Baron in den Salon kam, fand er Hilda allein vor.

„Asta läßt sich entschuldigen", sagte sie. „Sie leidet an Kopfschmerzen und hat sich zurückgezogen."

„Nun, ich bin auch redlich müde von der Reise", erwiderte er und setzte sich zu ihr an den Tisch. „Ich möchte mich auch recht bald hinlegen, denn von dem Unfall tut mir das Kreuz noch weh. Morgen haben wir ja Zeit genug, die geschäftlichen Dinge in aller Ruhe durchzusprechen."

„Und ich möchte auch noch einen kleinen Spaziergang machen", bekannte Hilda. „Ich habe einer Freundin in der Stadt versprochen, noch auf einen Sprung bei ihr vorbeizukommen."

„Du hast eine Freundin in diesem Nest gefunden?"

„Ja, sie ist eine alleinstehende Witwe und könnte meine Mutter sein. Aber sie ist eine gebildete Dame, die dasselbe Steckenpferd hat wie ich, nämlich die Literatur. So vertreiben wir uns hier an den Abenden gemeinsam die Einsamkeit."

„Das freut mich für dich, Kindchen. Aber nun hab ich eine Bitte an dich. Ich brauche dringend fünfhundert Mark. Wir können sie ja später verrechnen. Hast du so viel Bargeld im Hause?"

„Ich will nachsehen."

Sie erhob sich und verließ das Zimmer. Nach einer Weile kam sie zurück und zählte ihm fünfhundert Mark in Zwanzigmarkstücken auf den Tisch, ohne zu fragen, wofür er das Geld haben wollte.

Er bedankte sich, steckte die Goldstücke ein und erhob sich.

„Ich kann jetzt also gehen? Du rechnest heute nicht mehr mit meiner Gesellschaft?" fragte sie.

„Geh nur ruhig zu deiner Freundin! Vielleicht mache ich selber trotz meiner Kreuzschmerzen nachher noch einen kleinen Spaziergang, um gut schlafen zu können."

Er tätschelte ihr zärtlich die Wange und verließ den Salon. Sie blickte ihm kopfschüttelnd nach. Sie konnte sich nicht erinnern, daß er für sie als Kind jemals eine Zärtlichkeit übriggehabt hatte. Hatte er sich in den zwei Jahren, die sie sich nicht gesehen hatten, so zu seinem Vorteil gewandelt, oder war das nur Berechnung? Sie dachte nicht weiter darüber nach, sondern ging, um sich einen leichten Mantel überzuziehen. Es drängte sie zu erfahren, was die Freundin ihr so Wichtiges mitzuteilen hatte.

*

Inzwischen hatte der Baron sein Zimmer wieder betreten. Er zählte die Goldstücke auf dem Tisch auf und sagte zu Sepp:

„Da ist das Geld! Und nun heraus mit der Sprache!"

Sepp trat an den Tisch und zog seinen alten Beutel. Bedächtig zählte er die Zwanzigmarkstücke hinein, band ihn zu und steckte ihn in die Tasche.

„So! Jetzt ist dös Geld eingesperrt. Jetzt kann's mir niemand nehmen."

„Nun red aber auch!"

„Sehr gern. I werd sogar noch mehr tun, als i versprochen hab. I werd Ihnen net die Adressen sagen, sondern den Sohn zeigen, Herr Baron."

„Zeigen? Ist das denn möglich?"

„Wann's net möglich wär, würd i dös net sagen."

„Allerdings. Doch wann willst du ihn mir zeigen?"

„Noch heut abend, weil er da auf Besuch hier nach Steinegg kommt."

Der Baron konnte seine Überraschung nicht verbergen.

„Er kommt nur auf Besuch hierher, wohnt also nicht ständig hier?" fragte er besorgt.

„Naa, vielleicht fährt er morgen scho wieder fort."
„Was ist er denn?"
„Förster. Er hat in Münka die Akademie besucht."
„In München? Dann wohnt dort wohl seine Mutter?"
„Dös können S' bei der Frau erfahren, wo er zu Besuch ist", wich Sepp aus.
„Welchen Namen führt er denn?"
„Martin Huber."
„Martin ... das stimmt."
„Na, i werd doch nix sagen, was nachher net stimmt."
„Und Huber? Da hat die Bertha also einen Mann geheiratet, der Huber heißt?"
„Da muß i erst noch mal die Frau Bürgermeister fragen."
„Welche Frau Bürgermeister?"
„Na, die Frau Holstein, bei der der Martin grad zu Besuch ist. Sie ist die beste Freundin von der Bertha Hiller, sie kennen sich schon von Kind an." Sepp stülpte sich den Hut auf. „I werd gleich gehn und sie fragen."
Er tat, als wolle er gehen, aber der Baron hielt ihn zurück.
„Bleib! Du bist zwar ein Pfiffikus, aber wenn man dich fragt, warum du dich danach erkundigst, bist du nicht fest genug, um dich aushorchen zu lassen."
„Ja, wie wollen wir's aber dann erfahren?"
„Ich gehe selbst!"
„Himmel, was soll die Frau Bürgermeister denken, wann S' so einfach fremd daherkommen und Fragen stellen?"
„Das laß nur meine Sorge sein. Ich finde schon einen Vorwand. Dann seh ich auch gleich diesen Martin Huber und werde von ihm schon herausbringen, was ich wissen will, ohne daß er eine Ahnung hat, wer ich eigentlich bin."
„Wann S' meinen!" Sepp beschrieb ihm die Wohnung der Frau Holstein.
„Ich werde das Haus leicht finden", bestätigte der

Baron. „Und jetzt will ich dem Hausmeister Befehl geben, dir eine Stube anzuweisen ...“

„Net nötig, Herr Baron. I hab scho a Kammerl, wo i die Nacht schlafen kann. Wann soll i morgen den Dienst antreten?“

„Komm, wann du willst, ich bin den ganzen Vormittag hier.“

„Sehr schön, Herr Baron. Aber da hätt i noch aane Frag, auf deren Antwort i sehr gespannt bin.“

„Na und?“

Um Sepps weißbärtigen Mund spielte ein eigentümliches Lächeln.

„Wann i nun Parkinspektor bin ...“

„Parkinspektor?“ fiel der Baron ein. „Der Titel, den du dir gibst, wird ja immer vornehmer.“

„Bei so aanem vornehmen Herrn müssen doch auch die Diener vornehme Titeln haben. Alsdann, wann i nun Parkinspektor bin, muß i doch auch aane Uniform tragen?“

„In deinem Zeug da kannst du allerdings nicht hier herumlaufen. Du bekommst einen neuen Anzug.“

„Wann er nobel ist mit goldnen Tressen am Kragen und mit goldnen Knöpfen, zieh i ihn scho an. Dös macht Eindruck. Die Leut glauben halt, a Mensch ist fein, wann er feine Kleider anhat, und da kann er noch so a Gauner sein. Und damit möcht i mi dem gnädigen Herrn empfehlen und will nur wünschen, er wird mit mir zufrieden sein. Gute Nacht alsdann und gute Besserung!“

Mit diesen Worten war Sepp zur Tür hinaus. Mit langen Schritten eilte er die Treppe hinunter und verließ das Schloß. Über sein runzliges Gesicht lief ein zufriedenes Schmunzeln.

„Die Zündschnur brennt“, brummte er. „Jetzt brauchst nur abzuwarten, Sepp, bis die Bombe platzt!“

Der Baron saß indessen auf seinem Zimmer und grübelte darüber nach, wie er sich bei dieser Frau Bürgermeister wohl am besten einführen könnte und wie er dann verfahren sollte. Aber es wollte ihm nichts einfallen, und so entschloß er sich schließlich, alles dem Zufall zu überlassen. Er würde schon zur rechten Zeit die rechten Worte finden, wie noch stets in seinem bewegten Leben. Er war schon mit ganz anderen Leuten fertig geworden als mit so einer kleinen Bürgersfrau. Die Hauptsache war, daß Hilda nichts von der ganzen Sache erfuhr und dann womöglich von dem Verkauf nichts wissen wollte.

Es tat ihm leid um die fünfundzwanzig Goldfüchse, die er diesem unverschämten Tropf von Wurzelhändler hatte geben müssen. Aber so war dem wenigstens das lose Maul gestopft, und auch das Weitere würde schon glatt gehen. Eine Gefahr, die man kennt, ist nur eine halbe Gefahr, dachte der Baron, als er eine gute halbe Stunde später das Schloß verließ.

SOHN UND VATER

Martin saß mit seiner Mutter in der Wohnstube auf dem Sofa. Er hatte ihr berichtet, wie Asta ihm zuredete, seinen Beruf aufzugeben und sich als Sänger ausbilden zu lassen. Sie blickte ihn besorgt an.

„Martin! Willst du etwa ihrem Rat folgen?"

Er schüttelte lächelnd den Kopf.

„Wenn ich bei deiner Freundin, der Baronesse von Alberg, die Stellung als Förster bekommen kann, bleibe ich hier bei dir. Ich denke nicht daran, mich in ein ungewisses Abenteuer zu stürzen, nachdem ich nun mein Studium mit Erfolg abgeschlossen habe. Zudem gefällt mir mein Beruf. Ich sattle nicht um, weil mir ein schönes Mädchen einen Floh ins Ohr setzen will."

Frau Holstein war sichtlich erleichtert.

„Martin, dieses Mädchen ist zwar sehr schön, aber es hat kein Herz", warnte sie und schilderte ihm, wie hochfahrend und beleidigend Asta sich am Morgen benommen hatte, als sie ihr und Hilda mit dem Wurzelsepp begegnet war.

„Das sieht ihr ähnlich", meinte er und erzählte nun von dem Zusammenstoß, den er mit Asta auf dem Bahnhof Lindenberg gehabt hatte. „Offen gestanden, Mutter, sie gefällt mir bei allen Mucken, die sie hat, und ich halte sie nicht für herzlos. Vielmehr glaube ich, daß sie mit ihrer Hochnäsigkeit nur eine innere Unsicherheit verbergen will; ja, ich fürchte, daß da irgend etwas bei ihr nicht stimmt. Niemand kann ja in den anderen hineinschauen, und ich weiß nicht, — irgendwie tut sie mir leid, ohne daß ich begründen könnte, warum."

„Mein Junge, aus Mitleid wird allzuleicht Liebe, und aus Liebe wird dann Leid. Ich habe Angst, es könnte dir ähnlich ergehen wie mir, und wünsche dir nicht die Enttäuschungen meines Lebens."

Er streichelte ihre Hand.

„Keine Sorge, Mutter, ich halte es mit Schiller: Drum prüfe, wer sich ewig bindet!"

Es klopfte an der Tür. Das Dienstmädchen meldete sich vom Ausgang zurück und machte große Augen, als sie ihre Herrin so vertraulich mit einem Fremden auf dem Sofa sitzen sah. Frau Holstein gab ihr den Auftrag, das Abendbrot für drei Personen zu richten.

Als das Mädchen in der Küche war, meinte sie:

„Sie wird sich wundern, wenn sie erfährt, daß du mein Sohn bist. Am besten sage ich's ihr gleich."

„Mutter, ich weiß nicht, ob das unserem Wurzelsepp recht ist. Denn wenn du's dem Mädchen sagst, weiß es morgen früh die ganze Stadt. Bei deiner Freundin Hilda ist das etwas anderes. Warten wir lieber, bis der Sepp da ist. Er muß ja jeden Augenblick kommen."

„Ja, fragen wir erst den Sepp. Nur ihm haben wir's zu verdanken, daß wir uns gefunden haben, und wir sollten nichts tun, ohne ihn vorher zu fragen. Der Alte ist ein ganz ungewöhnlicher Mensch. Ich weiß, daß er sogar mit König Ludwig gut bekannt ist, der große Stücke auf ihn hält. Man darf ihn aber nicht allein nach seiner Kleidung beurteilen."

„Das fällt mir auch nicht ein, Mutter. Ich kenne den Alten zwar erst einen Tag, aber ich habe ihn wirklich gern und möchte, ich hätte nur ein wenig von seiner Lebenserfahrung und Klugheit."

„Dann hast du auch nichts dagegen, wenn er mit uns zusammen Abendbrot ißt?"

„Aber das ist doch selbstverständlich! Ich freue mich schon auf die Unterhaltung mit ihm. Neugierig bin ich nur, ob er wirklich herausbringt, wer mein Vater ... Doch wenn man vom Teufel spricht, ist er schon da!"

Es hatte geklingelt, aber das Mädchen führte nicht den Sepp ins Zimmer, sondern Hilda von Alberg. Mutter und Sohn erhoben sich vom Sofa. Als Frau Holstein das verwunderte Gesicht der Freundin sah, wurde sie glühend rot.

„Guten Abend, Bertha, du wolltest mich dringend sprechen.“ Hilda reichte beiden die Hand. „Guten Abend, Herr Huber.“

Verlegen suchte Frau Holstein nach Worten, sie hatte sich alles so viel leichter vorgestellt. Endlich faßte sie sich ein Herz und stotterte:

„Hilda, du ... du solltest es als erste wissen. Der Martin — der Herr Huber — also, der Martin ist mein Sohn!“

„Nein!“ Hilda starrte die den Tränen nahe Freundin und den lächelnden jungen Mann daneben an und nickte. „Jetzt weiß ich auch, warum mir Herr Huber gleich so bekannt vorgekommen ist. Wo habe ich nur meine Augen gehabt? Diese Ähnlichkeit ist doch unverkennbar. Aber Bertha, das nenne ich eine Überraschung! Ich muß mich setzen ...“

Sie nahm Platz, und Hilda fuhr fort:

„Du hast mir ja nie etwas davon gesagt, daß du einen Sohn hast ...“

„Ich wußte nicht, daß er noch lebt ... bis heute.“

Martin kam seiner Mutter zu Hilfe.

„Ich war nämlich erst ein paar Tage alt, da bin ich schon meiner Mutter auf einer Reise abhanden gekommen. Sie ist damals schwer erkrankt und hat später lange vergebens nach mir geforscht. Erst heute sind wir so glücklich, uns wieder gefunden zu haben.“

„Himmel, das ist ja wie ein Roman!“ rief Hilda. „Daß in unserer nüchternen Gegenwart noch so etwas vorkommt! Aber Bertha, warum hast du mir denn nie etwas davon gesagt?“

„Sie wollte nicht von ihrem Kummer sprechen, weil dadurch die Wunde doch nur immer schmerzlicher geworden wäre“, erklärte Martin.

„Das kann ich verstehen.“ Hilda nickte, doch dann fiel

ihr etwas ein: „Warum heißen Sie denn nun aber Huber und nicht Holstein?"

„Huber war der Name des Mannes, der mich aus dem Waisenhaus in Regensburg mitnahm und adoptierte."

Seine Mutter aber schüttelte den Kopf und sagte:

„Du sprichst zwar die Wahrheit, Martin, aber es ist nicht die ganze Wahrheit, und warum soll ich nicht den Mut haben, einer echten Freundin alles zu sagen? Hilda, ich gestehe dir, daß mein verstorbener Mann nicht der Vater Martins war, ja, daß ich bis heute noch nicht weiß, wie der wirkliche Name des Vaters meines Sohnes lautet."

Und sie begann zu erzählen. Sie entschuldigte sich nicht, sondern klagte sich selbst an. Schließlich holte sie den Brief herbei, den sie als letztes Lebenszeichen von dem Betrüger erhalten hatte. Sie zeigte ihn den beiden — auch Martin kannte ihn noch nicht — und las ihn vor.

„Solch eine Niedertracht ist ja kaum glaublich!" empörte sich Hilda. „Mein Gott, Bertha, du Ärmste, was mußt du damals durchgemacht haben!"

Frau Holstein liefen Tränen über die Wangen.

„Ja, es war eine furchtbare Zeit, ich wurde körperlich und seelisch krank. Noch heute träume ich manchmal davon und erwache schweißgebadet. Um so glücklicher bin ich, daß mein Gewissen nun wenigstens dadurch entlastet ist, daß ich mein Kind als einen guten und tüchtigen Menschen wiedergefunden habe. Und darum will ich jenem Mann, der mir mein Leben so verbittert hat, vergeben."

Doch da sprang Martin auf und rief:

„Mutter, auch ich habe dich bisher gebeten, ihn zu vergessen und nicht mehr nach ihm zu forschen. Nachdem ich nun aber diesen gemeinen Brief kenne, der die ganze Schuftigkeit dieses Mannes, der mein Vater war, so zynisch offenbart, werde ich alles daransetzen, um zu erfahren, ob und wo er lebt. Und wehe ihm, wenn ich ihn finde!"

In grimmiger Wut ballte er die Hände zu Fäusten.

„Um Gottes willen, was würdest du tun?“ rief seine Mutter.

„Ich weiß es nicht“, sagte er dumpf.

„Wenn ich ein Mann wäre, wüßte ich das aber“, erklärte Hilda mit blitzenden Augen.

„Und was würden Sie dann als Sohn gegen Ihren Vater tun?“ fragte er.

„O Gott, ja! Daran habe ich eben nicht gedacht. Aber soll er denn seine Strafe nicht finden?“

„Freili soll er sie finden“, erklang es hinter ihnen. „Dafür werden zwei sorgen, die ihn net entkommen lassen, nämlich der Herrgott und der Wurzelsepp.“

Als sie sich umdrehten, stand der Alte in der geöffneten Tür. Sie hatten sein Klingeln und Klopfen überhört, und so war er ins Zimmer getreten. Er zog den Hut und schwenkte ihn vor Hilda tief auf den Boden hinab.

„Grüß Gott zusammen! Guten Abend, gnädige Madmasell Baroneß! Verzeihen S', wenn i stör! I hab richtig angeklopft, aber niemand hat's halt gehört. Hoffentlich sind S' net verschrocken.“

Er las es Hilda vom Gesicht ab, daß sie einigermaßen verwundert war, wie dieser ärmlich gekleidete Mann, den sie schon am Morgen in Begleitung der Frau Bürgermeister gesehen hatte, nun auch am Abend so einfach in ihre Wohnung hereinspaziert kam. Er nickte ihr freundlich zu und blinzelte sie vertraulich an.

„Net wahr, da staunen S', wie so a alter Lumpazivagabundus dös wagen darf, sich hier sehn zu lassen? Na, wenn S' den Sepp erst mal kennengelernt haben, werden S' ihm auch a weng gut sein wie die andren Leut. Denn brav sind S' von Herzensgrund, dös schaut man Ihnen ganz gut an. Und a braves Gemüt braucht sich vor dem Sepp net zu fürchten.“

Als er ihr nochmals in seiner urwüchsigen Freundlichkeit zunickte, war sie von diesem originellen Kauz eingenommen und antwortete:

„Ich fürchte mich vor Ihnen auch nicht. Ich mußte eben nur an die ungewöhnliche Art denken, in der Sie heute morgen bei mir Erkundigungen nach meinem ..."

„Pst, pst! Nennen S' jetzt kaane Namen! Natürlich werden S' alles erfahren, wohl noch eher, als S' denken. Der Sepp hat bei allem, was er tut, aanen guten Grund."

„Hilda, der Sepp ist die treueste Seele, die ich kenne", sagte Frau Holstein. „Er heißt eigentlich Josef Brendel, und weil er ein Wurzelsucher ist, wird er allgemein der Wurzelsepp genannt. Er wandert überall umher und ist im ganzen Land bekannt. Ihm allein hab ich's zu verdanken, daß ich meinen Martin endlich gefunden habe."

„Ihm?" Hilda streckte Sepp die Hand entgegen. „Damit haben Sie schon meine Freundschaft gewonnen. Und wenn Sie mal von Ihren Wanderungen ausruhen wollen, so kommen Sie nach Schloß Steinegg! Dort werden Sie mir jederzeit ein willkommener Gast sein."

Er nahm ihre Hand in seine groben Fäuste, zog sie galant an seinen Schnauzbart und drückte vorsichtig einen Kuß darauf. Dann richtete er sich auf, nahm eine stramme Haltung an und sagte mit schalkhaftem Augenzwinkern:

„Auf Schloß Steinegg bin i sogar scho Beamter geworden. Sehen S' dös net meiner Haltung an? I bin jetzt der Herr Inspektor vom Schloßpark."

„Wer hat Sie denn dazu gemacht?"

„Der Herr Baron! I war droben bei ihm und komm soeben vom Schloß herab."

„Ach, dann waren Sie der Mann, der ihm vorm Abendessen gemeldet wurde?"

„Ja, dös bin i gewesen."

„Und als hilfs- und obdachloser Mann haben Sie ihn um eine Anstellung gebeten?"

„Schau i so aus?" Er lachte. „Der Wurzelsepp kann sich noch jederzeit selber helfen. Der Herr Baron hat mir von sich aus die Stellung angeboten."

„Nun, mir soll's nur recht sein, wenn Sie auf Schloß

Steinegg bleiben wollen. Ich freue mich, daß Sie für Ihre alten Tage eine Stellung haben, die Sie aller Nahrungssorgen enthebt."

Er lächelte listig.

„Ja, schön ist's scho, wenn man sich net ums Brot zu sorgen braucht. In der Beziehung ist der Sepp überhaupt a kluger Kerl. Er läßt gern andre Leut für sich sorgen. Schaun S' zum Beispiel heut abend. Draußen hat man mir gesagt, 's Abendbrot steht fertig in der Küchen und dös Madl wartet nur drauf, den Tisch decken zu können. Wollen wir's net mehr lang warten lassen, sondern lieber richtig zugreifen!"

Frau Holstein rief das Mädchen. Der Tisch wurde gedeckt, und bald saßen alle um ihn herum. Hilda nahm nur eine Tasse Tee, weil sie schon gegessen hatte. Mutter und Sohn spürten nicht allzuviel Hunger, nur der Sepp griff als einziger richtig zu und ließ es sich schmecken. An dem Gespräch, das sich meist um das Zusammenfinden der so lange Getrennten drehte, beteiligte er sich kaum.

Erst als der Tisch wieder abgeräumt war und Hilda die Ansicht vertrat, daß man nun mit allen Kräften nach dem geheimnisvollen Adelbert von Alten forschen müsse, nahm Sepp wieder das Wort.

„Wissen S', meine Herrschaften, da geben S' sich nur kaane Müh! Den finden S' doch net!"

„Dann muß man eben einen findigen Detektiv damit beauftragen", meinte Hilda.

„Ja, grad dös denk i aa, und da wüßt i aanen ganz berühmten Geheimen, der diesen Kerl ganz sicher finden wird."

„Wo ist der Mann?"

„Hier in Steinegg."

„Hier?" fragte Frau Holstein. „Hier kenne ich keinen Detektiv. Und unsere Polizeibeamten sind brave Leute, aber das Geschick zu einem Detektiv hat keiner. Zudem sind sie hier an den Ort gebunden und können nicht fort."

„Oh, der, den i maan, der kann fort."

„Wer ist das denn? Wie heißt er?"

„Josef Brendel."

„Ah, du wieder!"

„Ja. Wetten, daß i den Urian herbeischaff, sobald S' nur wollen?"

„Nun schneiden Sie aber auf, Sepp", sagte Martin.

„Aufschneiden? Fallt mir net ein. I waaß scho, was i sag."

„So? Wirklich? Wenn ich nun die Wette annähme?"

„So soll's mi sehr freun."

„Ich würde sie gewinnen."

„Naa, i tät dös Geld einstecken. Und weil i Geld immer brauchen kann, hätt i fei gern, wenn S' mitmachten. Doch i fürcht, Sie werden sich's net traun!"

Er blinzelte Martin, der ihm gegenüber saß, listig an. Der hielt die Sache natürlich für einen Scherz und zögerte nicht, darauf einzugehen.

„Ich getrau mich schon. Wie hoch wollen wir denn wetten?"

„So hoch, wie S' wollen. So viel wie so a angehender Förster einstecken hat, so viel hat der Sepp allemal im Sack."

„Dann sagen wir zehn Mark. Ich will Sie nicht unglücklich machen, denn Sie verlieren auf jeden Fall."

„Meinen S'? Gut, i will auf die zehn Mark eingehn. Tät i mehr setzen, dann sollt's mi dauern, wenn S' nachher dös schöne Geld verlieren täten. Denn dös sag i Ihnen, die Wette gilt bei mir, und wann i mal gewinn, so steck i auch dös Geld ein, und wann's vom allerbesten Freund gezahlt werden müßt."

„So bin ich auch. Also die zehn Mark bekämen Sie auf keinen Fall zurück."

„Schön! Heraus mit dem Geld!"

Er zog seinen alten Beutel, nahm ein Zwanzigmarkstück heraus und steckte dafür die zehn Mark ein, die Martin auf den Tisch legte.

„So, dös sind zwanzig Mark zusammen. Nun kann's losgehn!"

„Ja, mein lieber Sepp, Sie haben sich anheischig gemacht, den Gesuchten herbeizuschaffen, sobald wir nur wollen?"

„Ja, und dabei bleib i!"

Martin lachte.

„Dann verlange ich, daß Sie ihn noch heute abend hier in die Stube bringen!"

Sepp stellte sich erschrocken.

„Donnerwetter, dös wär freili schlimm."

„Ja, daran haben Sie nicht gedacht! Sie haben sicher gemeint, ich gäbe Ihnen eine Frist von einigen Wochen."

„Freili. Aber wissen S', die Wett ist mal gemacht, sie gilt."

„Nein. Das hieße den Scherz zu weit treiben. Sie müssen ja verlieren."

„I? Na, wann S' dös denken, so tret i erst recht net zurück. I will meine zehn Mark gewinnen und werd also den Herrn Adelbert von Alten noch heut herbeischaffen."

Das sagte er in einem so zuversichtlichen Ton, daß die anderen nicht wußten, ob er es ernst meinte oder Spaß machte. Er lachte ihnen ins Gesicht.

„Jaja, da schaun S' mi an und wissen net, woran S' mit mir sind! Oh, der Sepp ist a ganz Schlauer. Hat er der Frau Bürgermeister den Sohn gebracht, so wird er ihr wohl auch noch seinen Vater bringen können. Laßt mir nur a weng Zeit! Nachher werd i da meinen Zauberstab nehmen" — er deutete auf seinen Alpenstock — „und damit auf'n Tisch schlagen. Sobald i dös tu, wird der Adelbert von Alten hier in die Stuben treten."

Nun war man überzeugt, Sepp habe nur einen Scherz

machen wollen. Man sprach nicht weiter darüber, und er selber war still. Doch lauschte er aufmerksam zum Flur, ob dort keine Schritte zu hören waren. Frau Holstein wurde nach einer Weile von dem Dienstmädchen in die Küche gerufen, und gleich darauf klopfte es an der Tür. Sofort griff Sepp nach seinem Stock, schlug damit auf den Tisch und sagte:

„Jetzt kommt er! — Herein!"

Alle glaubten, was nun käme, hinge mit dem Scherz Sepps zusammen, und blickten zur Tür. Sie öffnete sich, und ins Zimmer trat der Baron, der im Lampenschein die Anwesenden nicht gleich erkannte.

„Guten Abend", sagte er. „Die Haustür war nicht geschlossen und da ..."

Er verstummte, denn Hilda war vom Stuhl aufgesprungen und rief: „Du, Vater, du?"

„Hilda! Wie kommst denn du hierher?"

„Ich hab dir doch gesagt, daß ich noch eine Freundin besuchen wollte. Aber ich muß dich genauso fragen: Wie kommst denn du hierher?"

Alberg faßte sich rasch.

„Hätte ich gewußt, daß Frau Holstein deine Freundin ist, dann hätten wir auch zusammen gehen können. Ich möchte sie nur etwas fragen. Wo ist sie denn?"

„In der Küche. Sie wird jeden Augenblick wieder kommen. Erlaube, daß ich dir zunächst Herrn Huber vorstelle ..."

Martin, der sich erhoben hatte, verbeugte sich achtungsvoll vor dem Baron, der ihn mit einem eigentümlich forschenden Blick musterte.

„... und den Herrn dort kennst du ja", fuhr Hilda fort und machte eine Handbewegung zu Sepp hin, der nun auch aufstand. „Du hast ihn ja als Parkinspektor für Schloß Steinegg angestellt."

„Was machst du hier?" wandte sich der Baron mißtrauisch an ihn.

„Die Frau Bürgermeister gab mir dös Kammerl, wo i die Nacht bleiben kann“, erwiderte Sepp ruhig.

„So? Hm!“ klang es gedehnt und ärgerlich.

„Willst du nicht Platz nehmen, Vater?“ fragte Hilda.

„Wenn Herr Huber gestattet, ja“, sagte er mit hörbarer Ironie.

Er zog sich einen Stuhl heran und setzte sich. Neben ihm ließ sich Martin wieder auf seinem Stuhl nieder, und die Köpfe der beiden Männer gerieten gleichzeitig in den hellen Schein der Tischlampe. Hilda stieß einen leisen Schrei aus.

„Was hast du?“ fragte der Baron.

„Welch eine ...“ Sie hatte Ähnlichkeit sagen wollen, verschluckte aber das Wort noch eben und schaute leichenblaß auf den Wurzelsepp, der auf seinen Bergstock gelehnt noch im Hintergrund stand.

„Nun, was ist?“ wiederholte der Baron.

„Ach, nichts weiter. Ich stieß mich am Tisch.“ Hilda war völlig verwirrt und versuchte krampfhaft, ein Gesprächsthema zu finden. „Herr Huber hat sich bei mir um die Stelle als Förster beworben.“

Martin entging es nicht, wie unangenehm diese Eröffnung den Stiefvater der Baronesse berührte, und er fühlte, daß er bei ihm niemals wohlwollende Unterstützung finden würde.

„So?“ Der Baron wandte sich ihm nun zu und sagte im gönnerhaften Ton, den mancher Vorgesetzte für seinen Untergebenen hat: „Darf ich fragen, ob Sie sich denn einer solchen Aufgabe schon gewachsen fühlen? Ich denke, Sie kommen eben erst ...“

Er hielt inne und schaute mißtrauisch zu Sepp hinüber. Er hatte sich zu einer Unvorsichtigkeit hinreißen lassen. Es durfte ja niemand wissen, daß er bereits mit jemandem über Martin Huber gesprochen hatte.

„Bitte, Herr Baron, was wollten Sie sagen?“ fragte dieser.

„Nichts, mein Bester. Es war ein Irrtum. Ich glaubte, Ihnen kürzlich in Linz begegnet zu sein. Es war aber ein anderer, dem Sie sehr ähnlich sehen."

Hilda hatte sich noch nicht wieder gesetzt. Noch immer leichenblaß starrte sie ihren Stiefvater an, eine entsetzliche Ahnung dämmerte in ihr auf.

„Solche Verwechslungen kommen vor", bemerkte Martin. „Auch ich habe schon erfahren, daß Menschen aus ganz verschiedenen Gegenden und Verhältnissen sich überraschend ähnlich sahen."

„Ja", stieß Hilda hervor, „ich mache soeben ganz dieselbe Entdeckung."

Sie sagte das in einem solchen Ton, daß der Baron sie argwöhnisch anblickte.

„Jetzt? Wieso?"

„Herr Huber hat eine außerordentliche Ähnlichkeit mit dir."

„So? Das wäre wirklich ein Spiel des launischen Zufalls."

„Ja, du könntest sein Vater sein."

„Hilda! Du weißt nicht, was du da sprichst!"

Das sagte er so zornig, daß es Martin auffiel. Er sah den Baron und dann Hilda an. Erst jetzt bemerkte er, wie blaß sie war und welch entsetzter Ausdruck in ihren Augen lag. Er wandte sich zu Sepp um und sah, wie dieser den Baron mit einem Blick betrachtete, in dem gleichzeitig Verachtung und Triumph lagen. Ein Gedanke kam ihm, bei dem er fast zusammenschrak. Langsam, fast zitternd griff er nach dem Zwanzigmarkstück, das noch auf dem Tisch lag, nahm es auf und ließ es nervös von einer Hand in die andere gleiten.

„Sepp, haben Sie die Wette schon gewonnen?" fragte er.

Der Alte nickte.

„Jawohl! Dös Geld gehört jetzt mir."

Hilda schlug die Hände vors Gesicht und sank mit einem Stöhnen auf ihren Stuhl.

„Was hast du denn?“ fragte der Baron, dem das Verhalten der drei auffiel.

Sie schüttelte nur den Kopf und behielt die Hände vor den Augen.

„Nun rede gefälligst!“ befahl er in strengem Ton, aber ihm war keineswegs wohl zumute.

„Gestatten Sie, Herr Baron, daß ich Ihnen antworte“, nahm an Hildas Stelle Martin das Wort. „Darf ich Sie etwas fragen?“

Frau Holstein hatte den Brief, mit dem ihr Adelbert von Alten den Abschied gegeben hatte, auf einem Nebentischchen abgelegt. Martin holte ihn, legte ihn vor dem Baron auf den Tisch und fragte:

„Ist Ihnen diese Handschrift vielleicht bekannt?“

Alberg warf einen flüchtigen Blick darauf.

„Nein. Hat das Papier im Wasser gelegen?“

„Das sind die Spuren von Tränen. Bitte, Herr Baron, betrachten Sie sich die Worte doch mal genauer!“

Alberg erhob den Kopf mit einem plötzlichen Ruck, wie man ihn gewöhnlich macht, wenn man etwas Unerwartetes zu hören bekommt.

„Warum? Fremde Briefe erregen nicht meine Neugierde.“

Er schob mit einer Handbewegung den Brief weit von sich.

Da nahm Hilda die Hände vom Gesicht, stand auf und sagte tonlos: „Ich bitte dich trotzdem, dir diesen Brief näher anzuschauen.“

„Du auch? Was für ein Gesicht machst du? Wie kommst du mir vor?“

Er sprang ebenfalls auf.

„Ich bestehe sogar darauf, daß du diesen Brief liest!“

„Das klingt ja wie ein Befehl!“

„Nein, ich befehle dir nichts. Aber dieser Brief ist dir vielleicht gar nicht fremd.“

„Was soll das bedeuten?“ Er blickte von einem Gesicht

zum anderen. „Was für Mienen macht ihr alle? Warum soll ich unbedingt diesen Brief lesen?“

„Er geht dich an.“

„Mich? Das wäre ja sonderbar! Vielleicht ein Geschäftsbrief? Na, sehen wir mal!“

Er griff nach dem Papier und versuchte die verwischten Zeilen zu entziffern. Hildas und Martins Augen hingen an seinem Gesicht. Sepp hustete leise wie einer, der aufmerksam machen will, daß der entscheidende Augenblick gekommen ist.

Nicht alle Worte waren mehr deutlich lesbar, aber der Sinn ergab sich aus dem Zusammenhang. Der Baron ließ die Hand mit dem Brief sinken und starrte Hilda und dann Martin an. Er machte ein Gesicht wie einer, der eine Ohrfeige erhalten hat, aber nicht weiß, von wem.

„Nun, erkennst du die Handschrift?“ fragte Hilda.

Er nahm sich zusammen und schüttelte den Kopf.

„Du müßtest sie doch aber kennen, besser als jeder andere.“

„Warum denn?“

„Weil du diesen Brief geschrieben hast!“

Es gelang ihm großartig, den Erstaunten zu spielen.

„Ich? Diesen Brief? Wann denn?“

„Vor rund fünfundzwanzig Jahren.“

„Wer sagt das?“

„Dein Gewissen wird es dir sagen.“

Da warf er den Brief auf den Tisch und machte eine gebieterische Handbewegung.

„Ich scheine mich hier in einem Haus zu befinden, in dem geistig Gestörte wohnen. Du wirst es augenblicklich mit mir verlassen. Komm!“

„Nicht eher, als bis hier Klarheit geschaffen ist. Sag mir, bitte, ob du diesen Brief geschrieben hast!“

„Ich kenne diese Handschrift ebensowenig wie die Bedeutung des Inhalts und verlange, daß du mich sofort begleitest.“

„Ist dir auch der Name Adelbert von Alten nicht bekannt?"

„Nie gehört!"

„Und eine Bertha Hiller hast du auch nie gekannt?"

„Hatte nicht die Ehre. Was sollen diese rätselhaften Fragen?"

„Herr Huber ist der Sohn eines Mannes, der sich Adelbert von Alten genannt hat, um ein unerfahrenes junges Mädchen zu betrügen. Eigentlich hieß er aber ganz anders."

Der Baron hatte sich wieder völlig gefaßt und sagte mit einem ironischen Lächeln:

„Das ist ja eine hübsche kleine Skandalgeschichte. Nur begreife ich nicht, warum sie gerade mir erzählt wird."

„Weil du damals dieser Adelbert von Alten gewesen bist."

„Ich? Verrückt! Wer hat sich denn diesen Unsinn ausgedacht?"

„Einer, der glaubt, es genau zu wissen. Also, Vater, sei aufrichtig! Sag mir vor Gott und bei deinem Gewissen, ob du wirklich nicht dieser von Alten warst!"

„Nein, ich war es nicht. Ich habe es überhaupt nicht nötig, mich so ausfragen zu lassen. Wie kommt ein Baron von Alberg dazu, mit einer solchen schmutzigen Angelegenheit in Verbindung gebracht zu werden? Ich fordere dich allen Ernstes auf, sofort mit mir dies Haus zu verlassen."

Er griff nach seinem Hut, aber da schlug der Sepp mit seinem Stock auf den Tisch, daß er erschrocken zusammenfuhr. Der Alte zeigte zur Tür, in der soeben Frau Holstein erschien.

„Da kommt noch aane, die a Wörtle mitreden möcht. Laufen S' also net so eilig fort!"

„Was gibt's?" Frau Holstein trat ins Zimmer und sah den neuen Besucher, dessen Gesicht im Schatten war. „Ah, ein Herr!"

„Mein Vater“, sagte Hilda, „er kam, um mich abzuholen.“

„Oh, Herr Baron! Ich heiße Sie herzlich willkommen.“

Alberg wandte sich ihr zu, und dabei fiel das Licht der Lampe auf sein Gesicht. Sie trat einen Schritt zurück und wankte. Schon war der Sepp bei ihr, um sie zu stützen.

„Was ... was ... sehe ich!“ ächzte sie.

„Nun, Vater?“ sagte Hilda. „Kennst du die Dame?“

„Adelbert! Adelbert von Alten!“ flüsterte Frau Holstein in tiefster Erregung.

„Also doch!“ hauchte Hilda. „Du erkennst ihn, Bertha?“

Frau Holstein nickte.

„Dieses Gesicht würde ich auch nach Jahren noch wiedererkennen, und wenn es noch so gealtert sein sollte. Da ist ja die Narbe.“

„Du hörst es, Vater. Sprich!“

Der Baron hatte keine Ahnung gehabt, daß Frau Holstein und Bertha Hiller eine Person sein könnten. Darum war er bei ihrem Anblick nicht nur erschrocken, sondern geradezu bestürzt. Er bedurfte aller seiner Selbstbeherrschung, um weiter leugnen und lügen zu können. An dieser unglückseligen Überraschung war nur der Wurzelsepp schuld, und er warf ihm einen wütenden Blick zu. Dann aber fuhr er sich mit den Händen zum Schnurrbart, drehte dessen Spitzen und meinte gelassen:

„Zuerst wollte ich mich ärgern, aber ich merke nun, daß ich es mit betrogenen oder gefoppten Leuten zu tun habe. Ich will mich also den Umständen fügen und meine Antwort nicht verweigern. Frau Holstein, Sie irren sich in mir.“

Sie schüttelte den Kopf.

„O nein! Von einem Irrtum kann hier keine Rede sein. Eher könnte ich mich in mir selber täuschen als in Ihnen. Sie sind Adelbert von Alten.“

„Aber ich versichere Ihnen — ich habe diesen Namen noch nie gehört!“

„Vater, kannst du darauf dein Ehrenwort geben?" fragte Hilda.

„Ohne Bedenken! Hier haben wir wieder eine jener seltsamen Ähnlichkeiten, von denen wir vorhin sprachen."

Da richtete sich Frau Holstein auf und streckte die Hand gegen ihn aus.

„Sie sollten sich schämen, den Namen Alberg mit solch einem Ehrenwort zu entehren. Ich will auf der Stelle tot umfallen, wenn Sie nicht jener Adelbert von Alten sind. Die Narbe ist ein sicheres Kennzeichen, aber es gibt noch eins: am linken Handgelenk haben Sie in der Nähe des Pulses ein kleines rotes Mal."

„Das hat er", rief Hilda, „Vater, ich bitte dich! Um Gottes willen gib der Wahrheit die Ehre! Bedenk, was auf dem Spiel steht!"

Er ließ einen stolzen, höhnischen Blick langsam von Gesicht zu Gesicht schweifen und antwortete:

„Pah, was sollte da auf dem Spiel stehen?"

„Ich selbst", sagte Hilda. „Du würdest mich als Tochter verlieren."

Er lachte kurz und heiser auf und blickte sich nach allen Seiten um.

„Ich suche nach den Kulissen, denn ich komme mir hier wie auf einer Bühne vor, wo ein alberner Schwank aufgeführt wird. Aber ich habe das Theater hier satt, ich gehe!"

Er drehte sich nach der Tür um, aber schon hatte sich Martin davor gestellt, so daß er nicht hinaus konnte.

„Bitte, bleiben Sie noch!" sagte Martin ruhig. „Wir sind noch nicht fertig. Ich habe mit Ihnen zu sprechen."

„Ich aber nicht mit Ihnen", sagte der Baron verächtlich. „Machen Sie Platz oder . . ."

Wütend versuchte er Martin beiseite zu stoßen, aber da packte dieser ihn an den Handgelenken und preßte sie mit solcher Kraft, daß der Baron laut aufstöhnte. Dann zwang er ihn auf den nächsten Stuhl.

„Da bleiben Sie sitzen, bis Sie uns bewiesen haben, daß Sie unschuldig sind!"

„Mensch!" stieß der Baron hervor. „Sie wagen es, sich an mir zu vergreifen?!"

„Sie haben mich dazu gezwungen und wurden zuerst tätlich. Wollen Sie uns nun Ihre Unschuld beweisen?"

„Das ist ja die verkehrte Welt! Nicht ich habe zu beweisen, daß ich unschuldig bin; Sie müssen mich meiner Schuld überführen."

„Gut, das können wir."

„Da bin ich aber neugierig, wie Sie das anfangen wollen."

„Das werden Sie gleich sehen." Martin wandte sich an den Wurzelsepp. „Sepp, wer ist dieser Herr hier?"

„Na, dös wißt ihr doch alle. Der Herr Baron von Alberg."

„Hat er früher auch mal einen anderen Namen geführt?"

„Er hat sich Adelbert von Alten genannt."

„Schuft!" zischte der Baron, der bisher noch der Hoffnung gewesen war, der Alte würde schweigen, nachdem er die fünfhundert Mark bekommen hatte.

„Du!" drohte Sepp und trat an ihn heran. „Noch so a Wort, und i nehm di beim Schlafittchen!"

Dennoch erklärte der Baron: „Er lügt. Woher soll er das wissen?"

Da legte der Sepp ihm die Hand auf die Schulter.

„Woher i dös waaß? Hast mir's net selber gesagt? Hast mir net in Niederhausen fünfhundert Mark versprochen, damit i dir sagen soll, wo die Bertha Hiller wohnt und ihr Sohn?"

„Nein!"

„Hast mir net dafür die Anstellung gegeben als Parkinspektor?"

„Nein! Du bist ein Lügner."

„So? — Dafür verdienst a Watschen als Quittung!"

Sepp holte aus, als wollte er dem Baron eine Ohrfeige geben. Dieser sprang auf, aber der Alte drückte ihn wieder auf den Stuhl zurück.

„Du bist a Kerl ohne Gewissen und Ehre, mit dem man nur in dem Ton reden kann, den i jetzt anschlagen werd. Mit der Linken nehm i di beim Kragen und mit der Rechten hol i aus. Dann frag i, und sobald d' lügst, bekommst a Watschen. Nachher werden wir sehr bald die Wahrheit erfahren. Oder hat jemand was dagegen?"

Er blickte sich nach den anderen um, aber niemand antwortete. Selbst Hilda hatte kein Wort für den Stiefvater. Schon als Kind hatte sie niemals Zuneigung für ihn verspürt, sondern nur Furcht. Nun aber erfüllte sie geradezu ein Abscheu. Sie war überzeugt, daß er der Mann war, der so schändlich an ihrer gutherzigen Freundin gehandelt hatte, und sein hartnäckiges Leugnen empörte sie.

„Alsdann", begann Sepp und faßte den Baron beim Schlips, „bist der Adelbert von Alten gewesen?"

Alberg merkte, daß es dem Alten mit seiner Drohung bitter ernst war, und er sah ein, daß es am klügsten war, klein beizugeben.

„Laß mich los, Mensch!" befahl er. „Ich will euch also den Gefallen tun und die mir in diesem Schwank zugedachte Rolle spielen."

„So? Willst? Ist auch 's beste, was d' tun kannst." Sepp ließ ihn los und trat einen Schritt zurück. „Nun sag — bist der Adelbert von Alten gewesen?"

Der Baron rückte sich den Schlips zurecht, holte tief Atem und stand auf.

„Warum soll ich's noch leugnen? Ja, ich habe mich mal so genannt. Es handelte sich um ein hübsches Mädchen, und welcher junge Mann kommt da nicht auf romantische Einfälle?"

Da trat Hilda auf ihn zu; sie sah fast geisterhaft aus.

„Du gestehst also ein, daß Bertha Hiller deine Verlobte war?"

„Ja."

„Und daß Martin Huber dein Sohn ist?"

„Nein."

„Du widersprichst dir selbst. Wenn sie die Mutter ist, so muß er dein Sohn sein."

Er lachte höhnisch.

„Das sagst du, weil du die Welt nicht kennst. Wer kann mir beweisen, daß er wirklich mein Sohn ist? Wenn meine Verlobte ein Kind bekommt, wer kann da behaupten, daß unbedingt ich der Vater sein muß?"

Diese Unverschämtheit verschlug allen den Atem. Frau Holstein stieß einen leisen Schrei aus und wankte. Besorgt sprang Martin zu ihr und stützte sie. Sepp ergriff seinen Stock und knurrte:

„Verprügeln sollt man den Halunken, den elendigen!"

„Still!" gebot Hilda.

Mit einem tiefen Atemzug zwang sie sich zur Ruhe. Dann richtete sie sich hoch auf und fragte den Stiefvater:

„Du willst Martin Huber nicht als deinen Sohn anerkennen?"

„Ah, wünschst du das vielleicht?"

„Ja, um unser aller willen."

„So? — Fällt mir gar nicht ein. Ein Bastard in meiner Familie ..."

„Schweig!" unterbrach sie ihn. „Du willst ihm also unseren Namen verweigern?"

„Ja."

Da trat sie von ihm zurück und zeigte zur Tür.

„Dann sind wir fertig miteinander. Herr Baron von Alberg, ich bin Ihre Tochter nicht mehr. Martin ist mein Stiefbruder und hat ein Recht auf den Namen und Titel eines Barons von Alberg. Ich erwarte von Ihnen, daß Sie alles Nötige veranlassen. Und nun gehen Sie, Herr Baron! Wir beide haben nun nichts mehr miteinander zu schaffen!"

Ihre Augen flammten, ihre Wangen hatten sich gerötet.

Alberg stand einen Augenblick sprachlos. So war ihm Hilda noch nie entgegengetreten, auf einmal bekam er Angst um seine Pläne. Er brach in ein lautes Gelächter aus.

„Schluß jetzt mit diesem albernen Schwank! Zieh dich an und komm mit mir!"

„Sie werden allein gehen müssen, Herr Baron!"

„Du bist nicht bei Sinnen!" machte er nun seinem Zorn Luft. „In welchem Ton wagst du überhaupt mit mir zu reden?"

„Ja, ich war bisher immer still und nachgiebig. Und wenn ich auch keine Liebe für den Mann empfinden konnte, der niemals die kleinste väterliche Zärtlichkeit für mich übrig hatte, so achtete ich in ihm doch den Gatten meiner Mutter, der zwar nur mein Stiefvater war, dem ich aber doch kindliche Ehrfurcht schuldete. Was ich aber heute abend erleben mußte, das hat auch die geringen Bande zwischen uns zerrissen. Es hat mir einen Charakter offenbart, vor dem mir graut. Sie verleugnen den eigenen Sohn, Sie finden kein einziges Wort, um Verzeihung von einem Menschen zu erbitten, der durch Ihre Schuld ohne Eltern aufwachsen mußte. Gehen Sie, Herr Baron, und verlassen Sie morgen Schloß Steinegg! Ich möchte nicht länger mit Ihnen unter einem Dach wohnen."

Da zuckte er die Achseln und legte die Arme über der Brust zusammen.

„Sei nicht so kindisch und komm jetzt mit mir nach Hause! Ist ja lächerlich, uns wegen solcher Lappalien zu zerstreiten. Du weißt, wir haben viel wichtigere Dinge ernsthaft zu bereden."

„Meinen Sie den Verkauf von Steinegg? Darüber brauchen wir kein Wort mehr zu verlieren. Ich verkaufe nicht!"

„Das ist ja heller Wahnsinn", fuhr er auf. „Sich diese einzigartige Chance entgehen zu lassen, wäre ein Verbrechen! Wenn du nur einen Funken Vernunft hast, dann steckst du keinen Pfennig mehr in dieses verlotterte Gut, sondern rettest das Vermögen deiner Mutter, ja vervielfachst es noch. Wenn deine Freundin und dein neuer ... na, sagen wir: Vetter es ehrlich mit dir meinen, dann können sie dir nur zum Verkauf raten. Ich stelle dir anheim, alles mit ihnen zu besprechen. Stimmst du einem Verkauf zu, dann bin ich unter Umständen sogar bereit, Herrn Huber als meinen Sohn anzuerkennen. Guten Abend!"

Er wandte sich zur Tür. Da trat ihm Martin in den Weg.

„Einen Augenblick noch, Herr Baron! Sie irren sich, wenn Sie meinen, Sie könnten dadurch meinen Rat zu Ihren Gunsten beeinflussen. Ich lege keinerlei Gewicht darauf, von Ihnen als Sohn anerkannt zu werden. Ich habe den Namen meines Adoptivvaters in Ehren getragen, und der Name meiner Mutter ist mir mehr wert als der meines Vaters, der sie in gemeinster Weise hintergangen hat."

Der Baron biß sich auf die Lippen, er erwiderte nichts. Schon legte er die Hand auf die Klinke der Tür, da stellte sich der Sepp davor.

„Warten S' noch a weng, Herr Baron, eh S' gehn! I wollt nur fragen: Soll i morgen den Dienst noch antreten oder net?"

„Scher dich aus dem Weg! Mit dir habe ich nichts mehr zu tun."

„Also net! Sie haben mi angestellt mit fünfhundert Mark. Dös macht im Monat einundvierzig Mark und sechsundsechzig Pfennig. Zwanzig haben S' mir schon gegeben. Wenn i net antreten soll, bekomm i den ersten Monat bezahlt. Da hab i also noch einundzwanzig Mark und sechsundsechzig zu fordern."

„Mensch, du schnappst über!"

„Wann S' dös nochmal sagen, dann schnapp i net über, sondern zu. Was nachher von Ihnen noch übrigbleiben wird, ist höchstens noch der Henkel vom Rock oder a

Fetzen von den Hosenträgern. Wollen S' zahlen oder net? I werd Sie verklagen, denn i bin im Recht."

„Hier, du armseliger Verräter! Da bin ich dich los."

Der Baron zog seine Börse, griff hinein und warf einige Münzen in die Stube. Sepp lachte.

„Dank schön! Wannst wieder mal aanen Parkwächter brauchst, komm nur zum Sepp, der macht alleweil gern mit. Nun aber sind auch wir zwaa fertig, und wannst net gleich verschwindest, blas i di naus. Ergebenster Diener, Herr Baron!"

Er machte die Tür so weit wie möglich auf. Der Baron aber wandte sich noch einmal zur Stube zurück und sagte:

„Nachdem der Schwank beendet ist, zieht nun hoffentlich wieder die Vernunft in dieses Narrenhaus."

Er ging. Sepp machte die Tür zu, bückte sich und las das Geld auf.

„Fünfundzwanzig Mark! Fei nobel!" Er schmunzelte. „Und da auf'm Tisch die zwanzig. Wie steht's, Herr Huber? Wer hat gewonnen?"

„Sie natürlich."

„Und wem gehört das Geld?"

„Ihnen."

„So denk i aa. Aber nun meinen S' bloß net, i tät's net einstecken. So a armer Schelm wie der Wurzelsepp, der ist froh, wenn er mal so leicht zu aanem Goldfuchserl kommt."

„Ich will's ja gar nicht wiederhaben, Sepp."

„Na ja, jetzt haben S' freili aane wohlhabende Mutter und aane noch reichere Stiefschwester. Von denen können S' sich dös Geld wieder geben lassen."

Er zog den Beutel und steckte die Geldstücke mit wohlgefälligem Schmunzeln ein. Dann setzte er sich an den Tisch und meinte:

„Jetzt hab i mi mit dem Baron so gewaltig übernommen, daß i schon wieder Hunger hab! Frau Bürgermeister, wann S' vielleicht noch so aanen marinierten

Hering hätten und a paar Backplaumerln dazu? Dös ist süß und salzig und stellt den Magen wieder her, wann man sich geärgert hat."

Sepp war ein tüchtiger Esser, aber keineswegs ein Vielfraß. Wenn er diesen Wunsch jetzt äußerte, so geschah das keineswegs, weil er wirklich Hunger hatte, sondern in einer sehr guten Absicht. Er war nämlich zartfühlender und rücksichtsvoller als mancher Gebildete. Er wußte, daß es jetzt Gefühlsergüsse geben würde, und wollte sich eine Beschäftigung machen, bei der er so tun konnte, als ob er nichts davon bemerke. Und so widmete er sich dem Hering und den Backpflaumen, die ihm Frau Holstein aus der Küche holte und vorsetzte, so angelegentlich, als ob Leben und Seligkeit davon abhingen.

Zunächst lastete eine Weile Stillschweigen in der Stube. Hilda und Frau Holstein saßen auf dem Sofa, die eine zupfte an ihrem Taschentuch, die andere bewegte die Finger auf der Lehne. Martin ging langsam auf und ab.

„Martin, das war er!" brach Frau Holstein das Schweigen.

„Das war er", wiederholte er bitter. „Statt Reue und Entschuldigungen nur schändliche Verleumdungen! Sepp, wie haben Sie das alles so einrichten können?"

„Dös kann i später erzählen, jetzt hab i zu großen Hunger."

„Haben Sie denn gewußt, daß er hierher kommen würde?"

„Ja freili!"

„Da konnten Sie Ihre Wette ja leicht wagen."

„Tun Ihnen die zehn Mark weh?"

„Aber nein! Die zehn Mark spielen gar keine Rolle. Am meisten hat die verloren, mit der Sie nicht gewettet haben."

Er trat zu Hilda. Er wußte nicht recht, was er sagen und wie er sie anreden sollte.

„Baronesse", begann er zögernd.

Sie sah zu ihm auf. Ihre Augen erhellten sich, und ein leises Lächeln huschte über ihr Gesicht.

„Baronesse? Hast du kein anderes Wort für mich? Wir sind doch Stiefgeschwister. — Martin!"

Sie streckte ihm die Hand entgegen. Er nahm sie und drückte einen Kuß darauf. Dann zog er sich einen Stuhl heran und setzte sich zu ihr.

„Was hast du heute durchmachen müssen, Hilda."

„Weniger als du. Du hast den Vater verloren, ich nur den Stiefvater, der mir nie ein wahrer Vater gewesen ist. Heute ist mir vieles klargeworden, worüber ich mir bisher kaum Gedanken gemacht habe. Ich glaube, meine Mutter ist auch nicht glücklich gewesen. Und wenn ich wirklich etwas verloren habe, so habe ich etwas anderes gefunden: einen Bruder, Gott! einen Bruder!"

Er nickte ernst.

„Ich verstehe dich. Auch ich fand eine Mutter und eine Schwester dazu. An einem einzigen Tag! Kann man mehr Glück verlangen?"

„Ich gönne euch beiden, dir und deiner Mutter, euer Glück von Herzen. Aber sag, willst du wirklich auf den Namen verzichten, der dir doch zusteht?"

„Du hast ja gehört, was ich meinem Vater gesagt habe. Zudem kann er rechtlich nicht gezwungen werden, mich anzuerkennen und mir seinen Namen zu geben, da er meine Mutter ja nicht geheiratet hat. Allerdings hat er sich dazu bereit erklärt, wenn du dem Verkauf von Steinegg zustimmst. Was hat es damit auf sich?"

„Darüber müssen wir eingehend sprechen. Komm, setz dich doch zwischen uns aufs Sofa! Wir wollen uns überlegen, wie ich mich in dieser Sache verhalten soll."

Er nahm zwischen seiner Mutter und Hilda Platz, und diese erzählte nun, welch günstiges Kaufangebot ihr Stiefvater aus München gemeldet hatte. Sie verhehlte nicht, wie schwierig es sein würde, das arg verwahrloste Gut Steinegg wieder ertragreich zu machen. Seit dem Tod ihrer Mutter sei nichts mehr dafür getan worden. Sie verfüge ja erst seit kurzem über Geldmittel, und ihr Stiefvater habe sich um Steinegg überhaupt nicht gekümmert, sondern alles dem Hausmeister Hollanic überlassen, einem faulen, frechen Menschen, den sie auch nicht für ehrlich halte. Sie hätte ihn schon längst an die frische Luft gesetzt, wenn er nicht einen lebenslänglichen Vertrag besäße.

„So, so?“ warf der Sepp ein, der aufmerksam zuhörte. „Der Hallodri hat aanen lebenslänglichen Vertrag? — Komisch!“

„Was finden Sie da komisch?“ fragte Hilda.

„Hm, i waaß net, aber mir wollt der Herr Baron auch mit so aanem lebenslänglichen Vertrag ’s Maul stopfen. Doch erzählen S’ nur weiter!“

„Ich bin mir bewußt, daß ich allein Steinegg nicht wieder in die Höhe bringen kann“, fuhr Hilda fort. „Dafür brauche ich vor allem tüchtige und zuverlässige Mitarbeiter. Als ich vor ein paar Tagen mündig geworden bin und über das Bankkonto meiner verstorbenen Mutter verfügen konnte, habe ich nicht nur Professor Einspach gebeten, einen strebsamen jungen Mann zu besorgen, der besonders auch etwas von Forstwirtschaft versteht, sondern auch in der Zeitung eine Anzeige aufgegeben, um einen Baumeister zu finden, der die Gebäude vor dem fortschreitenden Verfall bewahren kann. Aber bisher hat sich darauf noch niemand gemeldet.“

Als der Sepp von dieser Anzeige hörte, spitzte er die Ohren. Dann zog er sich sein Sacktuch und machte einen Knoten hinein.

Hilda gab offen zu, daß sie bei einem Fehlschlag nicht nur das kleine Vermögen ihrer Mutter verlieren konnte, sondern auch zum Verkauf Steineggs gezwungen sein würde. Aber sie hing an dem Erbe ihrer Mutter und wollte nichts unversucht lassen, es sich zu erhalten.

„Wenn nun aber ein so selten günstiges Kaufangebot

vorliegt, dann scheint es bei dieser Sachlage aber doch das beste zu sein, darauf einzugehen", meinte Martin. „Ich sage das, obwohl ich damit meine Aussicht auf Anstellung als Förster verliere."

Hilda seufzte.

„Ach, es ist so schwer für mich! Vielleicht sollte ich mich wirklich nicht so auf Steinegg versteifen, und wenn mein Stiefvater sich vor einem Notar verpflichtet, dich als Sohn anzuerkennen, dann will ich gern in den Verkauf einwilligen."

„Ich bitte dich, laß das außerhalb unserer Überlegungen", widersprach ihr Martin. „Es geht hier nur um dich und deine Zukunft. Aber heute abend können und brauchen wir uns noch nicht zu entscheiden. Wir kennen ja auch noch gar nicht die näheren Bedingungen dieses Angebots. Darum möchte ich vorschlagen, du verlangst morgen zunächst mal von deinem Stiefvater die näheren Unterlagen, einen Vertragsentwurf oder was er schriftlich vorweisen kann. Dann besichtigen wir zusammen das Gut, damit ich einen richtigen Eindruck davon bekomme, und morgen abend setzen wir uns wieder hier zusammen, wägen alles Für und Wider ab und kommen vielleicht zu einem Entschluß."

„Einverstanden!" erklärte Hilda.

„Sakra!" entfuhr es dem Sepp.

Alle blickten auf ihn.

„Was gibt's denn?" fragte Martin.

„'s ist scho weit über Mitternacht!"

„Da muß ich heim!" Hilda stand auf, und auch die übrigen erhoben sich.

„Und hast du keine Angst vor deinem Stiefvater?" fragte Martin.

„Nein. Früher hätte ich mich gefürchtet, aber heute bin ich eine andere geworden. Vielleicht wartet er noch auf mich, und es wird einen Auftritt geben, aber ich habe keine Angst."

„Dös brauchen S' auch net", erklärte der Sepp. „I werd Sie nach Haus führen und mi unten aufstellen. Wenn er Ihnen was tun will, machen S' nur 's Fenster auf und rufen mi. Dann renn i die Treppen nauf und beschütz Sie."

Das klang so zuversichtlich, daß Martin laut auflachte.

„Wie wollen Sie denn ins Haus kommen, wenn es abgeschlossen ist?"

„Na, da wirft mir die Baroneß halt fix das Hausschlüsserl herab."

„Sepp, meinen Sie wirklich, ich überlasse es Ihnen, die Baronesse zu begleiten? Bleiben Sie nur hier! Es wird wohl genug sein, wenn ich bei ihr bin."

„Na, meinetwegen! I hab heut abend so viel gefuttert, daß i sowieso net mehr gut laufen kann. I streck mi am besten ins Bett und überleg, warum a Hering soviel Durst macht."

Frau Holstein verstand den Wink.

„Ich werde dir noch eine Flasche Bier aus dem Keller holen lassen. Nicht wahr, lieber Sepp?"

„Lieber Sepp! Herrjesses, da könnt man vor Freud gleich zwaa Flaschen trinken statt aaner! So a Liebschaft widerfährt unseraanem net alle Tag. Und damit i dös Bier auch sicher bekomm, werd i lieber gleich selber in 'n Keller abisteigen."

Er verließ die Stube und kam mit den Flaschen in der Hand gerade noch zurecht, um sich von Hilda verabschieden zu können.

Schweigend gingen die beiden Stiefgeschwister nebeneinander die Bergstraße hinan. Jeder war mit seinen Gedanken beschäftigt. Hilda, die vor dem Stiefvater noch immer eine Art kindlicher Scheu empfunden hatte, überkam ein Gefühl der Sicherheit, wie sie es bisher nie gekannt hatte. Und Martin schien es, als wäre er nach langer Abwesenheit aus der Ferne in die Heimat zurückgekehrt.

Erst als sie im Mondschein das Schloß vor sich liegen sahen, fragte Martin:

„Vielleicht hat der Sepp nicht ganz unrecht, wenn er meint, dir steht jetzt noch Unangenehmes bevor? Wie kann ich dir da helfen?"

„Oh, ich mache mir keine Sorgen. Der Baron wird alles daransetzen, um mich für den Verkauf von Steinegg zu gewinnen, und sich dementsprechend liebenswürdig verhalten. Ich werde mich erst morgen von ihm sprechen lassen, damit ich alles noch einmal überschlafen kann."

„Und wann sehen wir uns wieder?"

„Du bist ja bei deiner Mutter zu erreichen. Ich schicke dir einen Boten."

Er reichte ihr die Hand.

„Dann schlaf recht schön, Schwesterlein! Hoffen wir, daß sich nun alles zum Guten wendet!"

„Gute Nacht, lieber Martin! Ich bete darum."

Sie drückte ihm die Hand, ließ sie plötzlich los, faßte seine beiden Oberarme und gab ihm einen schnellen Kuß auf den Mund.

„Zur Brüderschaft gehört auch ein Bruderkuß", sagte sie mit einem verlegenen Lächeln, dann lief sie auf das Schloß zu.

Er sah, wie sie im Portal verschwand, und wartete noch eine Weile, bevor er den Rückweg ins Städtchen antrat.

Hilda betrat die Vorhalle des Schlosses. Dort hatte der Hausmeister schlafend auf einem Stuhl gesessen. Er fuhr hoch, als das Mädchen eintrat.

„Reichlich spät", wagte er zu bemerken. „Der gnädige Herr ist schon längst zu Hause."

„Haben Sie auf mich gewartet, um mir das zu sagen?" wies sie ihn so energisch zurück, wie er es von ihr noch nie gehört hatte.

„Der Herr Baron wünscht das gnädige Fräulein jetzt noch auf seinem Zimmer zu sprechen", bestellte er in weit respektvollerem Ton.

„Ich bin heute nicht mehr zu sprechen, sondern erst morgen vormittag. Gute Nacht!“

Sie ließ ihn stehen und ging die Treppe hinauf.

„Schöner Tag!“ grollte er, während er ihr nachblickte. „Ohrfeigen von einem Landstreicher! Den zerbrochenen Spiegel soll ich bezahlen, wie mir der Baron vorhin sagte, und nun schnauzt mich die Baronesse auch noch an. Den Tag muß ich rot, grün und blau im Kalender anstreichen!“

Er wartete noch fünf Minuten und stieg dann gleichfalls die Treppe hinauf, um dem Baron Bescheid zu sagen, daß die Baronesse heute nicht mehr zu sprechen sei.

„Ist gut!“ sagte Alberg nur.

Er hatte erst aufbrausen wollen, besann sich aber noch rechtzeitig, denn er sah ein, daß er nach den Ereignissen dieses Tages mit Heftigkeit nur noch mehr verderben würde. Und er verfluchte diesen unverschämten Wurzelhändler, der ihm die ganze Geschichte eingebrockt hatte.

Aber vielleicht hatte diese Entwicklung der Dinge sogar noch ihr Gutes, weil sie ihm ein Druckmittel in die Hand gab, mit dem er zum Verkauf von Steinegg zwingen konnte: Wenn Hilda einwilligte, würde er sich bereit erklären, Martin als Sohn anzuerkennen. Es konnte ihm schließlich gleichgültig sein, ob dieser junge Bursche sich Martin Huber oder Baron von Alberg nannte. Wenn nur er selber zu Geld kam.

*

Genauso, wie der Baron noch stundenlang im Schlafrock auf und ab lief, so konnte auch Hilda in dieser Nacht keinen Schlaf finden. Es fiel ihr unendlich schwer, sich von Steinegg zu trennen und alle ihre Pläne aufzugeben, aber sie rang sich doch zu dem Entschluß durch, dieses Opfer zu bringen, wenn sie damit die Anerkennung Martins bei seinem Vater erreichen konnte.

Aber noch eine Dritte im Schloß vermochte nicht zu schlafen. Asta von Zolba hatte zufällig am Fenster ihres

Zimmers gestanden, als ihre Freundin von Martin heimgebracht wurde. Als Hilda ihm den Kuß gab, da ging es Asta wie ein Stich durchs Herz. In wilder Eifersucht ballte sie die Fäuste.

„Sieh an!“ flüsterte sie. „Dieses Unschuldslamm! Da lernst du endlich mal einen Mann kennen, dem du deine ganze Liebe schenken könntest, und jetzt bringt sie's fertig und schnappt ihn dir vor der Nase weg! Mach dir nichts vor, Asta, der Traum ist aus. Es wär so schön gewesen, es hat nicht sollen sein!“

Sie lachte bitter auf.

„Er hat ja recht. Sie ist sauber und anständig, und du hast dich in deinem Ehrgeiz von ihrem Stiefvater beschmutzen lassen. Umbringen möchte ich diesen Schuft!“

Sie warf sich auf ihr Bett und trommelte mit beiden Fäusten auf ihr Kopfkissen ein. Dann brach sie in ein haltloses Schluchzen aus.

EIN UNBEKANNTES VERMÄCHTNIS

Bereits in aller Frühe wurde Hilda durch das Hausmädchen geweckt. Ein Postbote hatte einen eingeschriebenen Eilbrief für sie gebracht. Verwundert las sie als Absender den Wiener Notar, der von ihrer Mutter als Testamentsvollstrecker eingesetzt war. Hastig riß sie den Umschlag auf. War etwas nicht in Ordnung? Als sie vor einer Woche 21 Jahre alt wurde, hatte man ihr doch bereits das Vermögen ihrer Mutter wunschgemäß auf die Bankfiliale in Lindenberg überwiesen und ihr neben einer Abrechnung einige höfliche Glückwunschzeilen geschrieben.

In dem Umschlag fand sie noch einen zweiten verschlossenen Brief, auf dem in der vertrauten Handschrift der Mutter ihr Name stand. Erregt überflog sie das Begleitschreiben; der Kanzleivorsteher bat mit geschraubten Worten um Entschuldigung dafür, daß infolge der Erkrankung eines Angestellten der beiliegende Brief nicht weisungsgemäß und termingerecht zu ihrem Geburtstag an sie geschickt worden wäre.

Hilda sprang aus dem Bett, holte sich eine Schere und schlitzte den Brief der Mutter behutsam auf. Mit zitternden Händen entfaltete sie das Schreiben und las:

Wien, am 2. September 1877

Meine gute Hilda, mein liebes Kind!

Wenn Du diese Zeilen liest, werde ich wohl schon fünf Jahre nicht mehr auf dieser Erde weilen. Denn ich kränkle seit Wochen und fühle, daß es zu Ende geht. Du bist heute noch zu jung, um das zu verstehen, was ich Dir gern mündlich anvertraut hätte. Ich habe unverschuldet viel gelitten, doch es gibt auch eine Schuld, die auf mir lastet und die mich bedrückt. Ich nehme sie mit ins Jenseits hinüber in der sicheren Erwartung, daß Du sie an meiner Stelle tilgen wirst. Ich muß Dir das Leid antun, Dir zu sagen, daß Dein Stiefvater kein Ehrenmann ist. Er hat ein Verbrechen begangen, und ich war so schwach zu schweigen, aus Furcht vor ihm, um Deinetwillen und des guten Namens von Alberg wegen. Als ich diesen Sommer in den Ferien mit Dir allein in Schloß Steinegg war, habe ich alles schriftlich niedergelegt und dieses Schriftstück dann hinter einem Bild versteckt, weil ich feststellen mußte, daß meine Sachen immer wieder heimlich durchsucht wurden. Ich wollte das Bild mit nach Wien nehmen und das Schriftstück dort für Dich bei meinem Notar hinterlegen. Er sollte es Dir bei Deiner Mündigkeit übergeben. Aber dann verschlimmerte sich mein Zustand so, daß ich überstürzt nach Wien zurückkehren mußte, und dabei wurde das Bild vergessen.

Es ist mir unmöglich, noch einmal ein längeres Schriftstück anzufertigen. Ich schreibe selbst diese Zeilen nur mit Mühe, und zudem darf Dein Stiefvater nichts davon merken. Aber das Bild wird wohl auch in fünf Jahren noch an seinem Platz in Deinem Spielzimmer in Schloß Steinegg hängen. Es ist der alte Kupferstich, der Burg Steinegg im Mittelalter zeigt. Nimm es aus seinem Rahmen, und du wirst zwischen dem Bild und der Rückseite das Bekenntnis finden, das Deine Mutter Dir als Vermächtnis hinterläßt.

Erst wenn Du es gelesen hast, kannst Du mit gutem Gewissen frei über Dein Vermögen verfügen. Es gilt, unrechtes Gut zurückzuerstatten. Vielleicht lebt Emilie von Sendingen noch. Ich habe bisher vergeblich nach ihr oder ihren Kindern suchen lassen. Heimlich — ohne Wissen Deines Stiefvaters.

Dein Gewissen möge Dir den rechten Weg weisen!

Gott schütze und segne Dich, mein liebes Kind!

Bete für Deine unglückliche Mutter!

Hilda ließ den Brief sinken. Sie wischte sich die Tränen

ab, die ihr beim Gedenken an die Mutter über die Wangen getropft waren. Erst allmählich wurde ihr die volle Bedeutung dieses Briefes klar, der ihre Lage von Grund auf veränderte. Denn der Gedanke, dieses Vermächtnis ihrer Mutter zu mißachten, kam ihr überhaupt nicht. Alle ihre Pläne um Steinegg waren plötzlich in Frage gestellt, ihre Handlungsfreiheit war eingeschränkt. Der Brief war gerade noch rechtzeitig eingetroffen, um sie vor Schritten zu bewahren, die sie dann nicht mehr hätte rückgängig machen können.

„Meine Ahnung!" flüsterte sie. „Du bist nicht glücklich gewesen, Mutter! Du bist mit einer Schuld auf dem Gewissen gestorben — auch um meinetwillen? O Gott! Aber was für eine Schuld ist das? Du sprichst von einer Rückerstattung unrechten Gutes an eine Emilie von Sendingen? Wer ist sie? Der Name ist mir irgendwie bekannt. Ich muß das Bild haben, dann werde ich alles wissen."

Sie zog sich in aller Eile an. Das Bild sollte in dem Zimmer hängen, in dem sie als Kind gespielt hatte. Sie erinnerte sich noch gut daran, aber plötzlich durchzuckte sie ein Schreck. Als sie vor zwei Jahren von Wien nach Steinegg übergesiedelt war, hatte sie ihr altes Spielzimmer in einen Büroraum umgewandelt. Die Möbel ihrer Mädchenzeit waren in den Keller gebracht worden, um einem Schreibtisch, Regalen und einem Tresor Platz zu machen. Auch der alte Kupferstich hing dort nicht mehr an der Wand. Er mußte im Keller sein.

Es war noch still im Haus, als sie die Treppe hinunterlief. Vom Schlüsselbord nahm sie die Kellerschlüssel. Eine feuchte, modrige Luft schlug ihr entgegen, als sie die jahrhundertealten Steinstufen im Halbdunkel hinabstieg. Es war höchste Zeit, daß die Fundamente des Schlosses trockengelegt wurden. Aber nun würde sie auch diese dringliche Arbeit wohl auf ungewisse Zeit verschieben müssen.

Sie fand den Raum, wo die Möbel damals abgestellt

waren, und schloß die Lattentür auf, die ihn versperrte. Suchend blickte sie sich um, und dann atmete sie erleichtert auf. Auf einem Vertiko lagen mehrere Bilder, und darunter befand sich auch der Kupferstich. Sie zog ihn hervor.

Doch wie sah das Bild aus! Das Glas war so stark von Staub verschmutzt, daß darunter kaum noch etwas zu erkennen war, und Rahmen und Rückseite waren von einer dicken Schimmelschicht überzogen. Hilda machte sich Vorwürfe, daß sie das Bild so hatte verkommen lassen; aber so war es eben: aus den Augen — aus dem Sinn ...

Mit dem nicht allzugroßen Bilderrahmen verließ sie den Keller wieder. In der Küche hielt sich niemand auf. und dort säuberte Hilda den Rahmen zunächst einmal vom schlimmsten Schmutz und Schimmel. Sie war eben damit fertig, als die Köchin hereinkam. Mit einem neugierigen Blick auf das Bild fragte sie, wohin sie der Baronesse das Frühstück bringen dürfte. Die anderen Herrschaften schliefen anscheinend noch.

Hilda bestellte sich das Frühstück ins Bürozimmer. Ihr war flau im Magen; der Kaffee und ein kleiner Imbiß würden ihr guttun. Als das Frühstück gebracht war, trank sie hastig ein paar Schlucke und aß ein paar Happen, dann verschloß sie die Tür und machte sich daran, die Pappe der Rückseite des Bildes zu entfernen.

Der klamme Karton ließ sich leicht lösen, die Verklebungen waren aufgeweicht und die Nagelstifte von Rost zerfressen. Mit großen Augen starrte sie auf die weißgrauen Blätter, die nun zum Vorschein kamen. Sie nahm sie vorsichtig mit zitternden Fingern auf und zog sie auseinander. Nicht eine Zeile darauf konnte sie entziffern. Sie holte sich eine Lupe, und durch das Vergrößerungsglas war so viel zu erkennen, daß die Blätter beschrieben worden waren, aber die Schrift war verblichen und nicht mehr zu lesen.

„Was mache ich nun?“ stöhnte sie. „Es gibt doch sicher ein chemisches Mittel, unsichtbar gewordene Schriftzüge wieder lesbar zu machen? Aber wer versteht das wohl? Und wem kann ich mich da überhaupt anvertrauen? Ich muß Bertha und Martin fragen, ihnen muß ich sowieso alles sagen. Vielleicht wissen sie Rat. Ich werde sie sofort aufsuchen.“

Sie legte das Bild in den Tresor und tat die Blätter in einen Umschlag. Im Stehen trank sie noch eine Tasse Kaffee und aß etwas, dann verschloß sie das Büro und lief die Treppe hinauf, um sich in ihrem Zimmer für den Ausgang anzuziehen.

Als sie den Flur im ersten Stock entlang ging, stockte plötzlich ihr Fuß. Die Tür des Raumes, den ihre Freundin Asta bewohnte, öffnete sich zu einem Spalt, und sie vernahm aus dem Innern die Stimme ihres Stiefvaters. Überrascht blieb sie stehen. Sie konnte nicht gesehen werden, da sie von der Tür verdeckt war.

„Du bist nun im Bilde“, hörte sie den Baron sagen. „Tu also alles, um deine Freundin zu überzeugen, daß es ihre verdammte Pflicht ist, aus diesem Martin Huber einen Baron von Alberg zu machen, selbst um den Preis von Schloß Steinegg.“

„Keine Sorge, mein Lieber! Hilda wird bestimmt alles für ihn tun.“

„Du meinst aus Geschwisterliebe?“ fragte er spöttisch.

„Geschwister sind sie doch nur dem Namen nach, weil du ihre Mutter geheiratet hast, was du bei seiner Mutter ja nicht nötig hattest. Es wäre also durchaus auch eine andere Liebe möglich.“

Der gehässige Unterton ihrer Antwort war unverkennbar.

„Das klingt ja beinahe nach Eifersucht, Kindchen“, höhnte er. „Hast dich wohl auch in meinen Sprößling verguckt? Na, ich bin nicht eifersüchtig, aber vergiß nicht, warum ich dich hierher geschickt habe! Es geht nicht nur ım deine Provision, mein Liebling. Wenn das Geschäft ıicht klappt, bin ich restlos pleite, und dann kannst du ehen, wie du am Theater ein Engagement ohne mich rhältst. Also ...“

Mehr hörte Hilda nicht. Mit wenigen Schritten war ie in ihrem Zimmer und zog leise die Tür hinter sich zu. Schwer atmend setzte sie sich auf ihr Bett. Was sie da gehört hatte, öffnete ihr die Augen über die Freundin. Auch die ehrgeizige Asta war ein Opfer ihres Stiefvaters geworden. Nicht aus Freundschaft war sie zu Besuch gekommen, sondern im Auftrag des Barons!

Gerechte Empörung ergriff Hilda. Rasch machte sie sich um Ausgang fertig. Den Umschlag mit den Blättern teckte sie in ihre Handtasche.

Da klopfte es an der Tür. Als sie öffnete, stand der Hausmeister davor.

„Der Herr Baron wartet unten im Salon. Er möchte las gnädige Fräulein sprechen.“

„Es ist gut! Bestellen Sie, ich komme in zehn Minuten zu ihm!“

Als der Mann nicht mehr im Flur zu sehen war, ging ie die paar Schritte zu Astas Zimmer und klopfte an. Auf das „Herein!“ trat sie ein und zog die Tür hinter ich zu.

„Oh, Hilda, guten Morgen!“ Asta kam der Schulfreundin im Morgenrock ein paar Schritte entgegen. „Hast du gut geschlafen?“

Wie eine Katze, dachte Hilda.

„Hoffentlich hast wenigstens du eine gute Nacht gehabt“, sagte sie kühl. „Du weißt ja schon, was sich gestern abend noch ereignet hat.“

„Keine Ahnung!“ tat Asta erstaunt.

„Lüg nicht!“ erklärte Hilda grob.

„Was hast du denn? Setz dich doch erst mal!“

„Was wir zu besprechen haben, machen wir besser im Stehen ab! Ich kam vorhin hier an deiner Tür vorbei. Sie stand einen Spalt breit auf. Ich habe den Schluß deiner Unterhaltung mit dem Baron gehört."

„Du ... du ... hast?" stotterte Asta und wurde glutrot. „Du hast gelauscht! Pfui, schäm dich!"

„Allen Grund zum Schämen hast du wohl. Wenigstens wirst du noch rot. Ich habe keineswegs gelauscht, sondern kam ganz zufällig vorbei. Was ich da hörte, veranlaßte mich allerdings, dann stehenzubleiben. Ich habe jedoch nicht die Absicht, mit dir darüber zu rechten, sondern wollte dir nur mitteilen, daß der Zug, der um zwölf Uhr von Steinegg abgeht, in Lindenberg sofort Anschluß an den Zug nach Salzburg hat, wo gleich darauf der D-Zug nach Wien einläuft. Dein Gepäck wird zum Bahnhof gefahren."

„Du ... du wirfst mich hinaus!" kam es fassungslos über Astas Lippen.

„Nenn es, wie du willst! Ich werde dem Baron denselben Zug empfehlen. Auf der Fahrt könnt ihr euch dann beide weiterunterhalten."

„Aber ... Hilda ... das ist doch nicht dein Ernst?"

„Es tut mir leid, Asta, aber unter den gegebenen Umständen erscheint mir diese Lösung die beste."

Astas Augen blitzten auf.

„Ha, du willst mich nur aus dem Weg haben! Du bist auf Martin aus und hast Angst, ich könnte ..."

„Spar deine Verdächtigungen!" unterbrach Hilda sie und schüttelte mit einem traurigen Lächeln den Kopf. „Ich sehe in Martin nur den Halbbruder oder Vetter, nicht mehr! Aber ich glaube, du solltest ihn nach allem, was zwischen dir und seinem Vater war oder ist, lieber vergessen. Denk doch mal darüber nach! Und damit du es weißt: Vorläufig werde ich Schloß Steinegg nicht verkaufen. Das ist mein unwiderruflicher Entschluß. Es hat also keinen Zweck, mir zuzureden. Erst wenn bestimmte Dinge geklärt sind, über die ich mit dir nicht sprechen will, nicht sprechen kann, erst dann werde ich vielleicht auf das Kaufgebot zurückkommen. Dann werde ich auch dafür sorgen, daß du deine Provision erhältst. Denn ich wünsche dir für deine Zukunft nur das Allerbeste. Es tut mir leid, daß unsere Jugendfreundschaft so enden muß. Lebe wohl, Asta!"

Sie streckte der Freundin die Hand entgegen, aber diese wandte sich brüsk ab. Den Kopf im Nacken, sah sie zum Fenster hinaus.

„Asta!" bat Hilda.

Schweigen war die Antwort. Da verließ Hilda das Zimmer.

Als sie die Tür hinter sich geschlossen hatte, blickte Asta wie irr um sich. Sie stampfte mit dem Fuß auf, nahm ein Wasserglas und zerschmetterte es am Boden. Beim Anblick der Scherben packte sie das heulende Elend, und sie sank schluchzend auf ihr Bett.

*

Indessen trat Hilda in den Salon, wo der Baron, eine Zigarette rauchend, im Sessel saß und ungeduldig auf sie wartete.

„Guten Morgen, Herr Baron", sagte sie kühl und blieb am Flügel stehen. „Sie wollten mich sprechen?"

„Hoffentlich fällt es dir nicht ein, die unsinnige Faxe von gestern abend weiterzuspielen", sagte er unwillig, erhob sich und trat auf sie zu. „Ob dir das nun paßt oder nicht: ich bin und bleibe dein Vater, — wenn auch nur der ‚böse' Stiefvater."

„Ich betrachte dieses Verhältnis als nichtig. Ich habe auch keinen Stiefvater mehr."

Er unterdrückte seine Wut.

„Laß doch das Theater!" meinte er stirnrunzelnd. „Es bleibt dir unbenommen, von mir zu denken, was du willst. Über gewisse Dinge werden wir wohl nie einer Meinung sein. Aber es wäre doch Unvernunft, die Feindschaft blindwütig so weit zu treiben, uns nicht nur gegenseitig, sondern auch selbst zu schädigen. Du solltest nüchtern die Wirklichkeit sehen und demgemäß handeln. Wie willst du mit dem kleinen Vermögen deiner Mutter Schloß Steinegg wieder zu einem ertragbringenden Gut machen? Die Möglichkeit zu einem so günstigen Verkauf bekommst du nie wieder."

„Ich bin keineswegs blindwütig und wäre bereit, das Angebot zu prüfen ..."

„Na also!" unterbrach er sie, doch sie fuhr fort:

„Ich glaube jedoch, Herr Baron, daß Sie zunächst einmal begangenes Unrecht wiedergutmachen müssen."

„Schön, mein Kind, ich bin großzügiger, als du mir zutraust. Was verlangst du? Soll ich etwa Frau Holstein zur Baronin von Alberg machen, damit du auch noch eine Stiefmutter bekommst?"

„Darauf wird Frau Holstein gern verzichten. Aber Ihren Sohn Martin ..."

„Den werde ich als meinen Sohn anerkennen, wenn du dich bereit erklärst, Steinegg zu verkaufen."

„Leider wird noch einiges mehr wiedergutzumachen sein ..."

„Was denn noch?" fragte er ärgerlich.

„Kennen Sie Emilie von Sendingen?"

Er wechselte die Farbe und trat einen Schritt zurück.

„Nun?" drängte sie, als er mit der Antwort zögerte.

„Nein, die Dame kenne ich nicht", behauptete er dann. „Habe sie nie gekannt."

„Warum lügen Sie?"

Es klang so verächtlich, daß er zornig aufbrauste:

„Fängst du das Theater schon wieder an? Ich habe keine Lust, mich von dir als Hanswurst behandeln zu lassen."

„Wären Sie nur Hanswurst, so könnte ich Sie wenigstens bemitleiden. Sie spielen aber die undankbare und moralisch abstoßende Rolle des Intriganten. Sie sind der Mephisto, dessen Anblick jedem anständigen Menschen zu wider ist. Und da Sie diese Rolle nicht aufgeben wollen, kann auch der Vorhang noch nicht fallen."

„Und wann soll das Theater zu Ende sein?"

„Erst dann, wenn Sie sich auf diese Emilie von Sendingen besonnen haben."

„Donnerwetter, wer kann sich auf einen Namen besinnen, den er während eines langen Lebens vielleicht einmal gehört hat? Wie kommst du überhaupt dazu, mich nach diesem Frauenzimmer zu fragen?"

„Ich möchte von Ihnen Auskunft über sie erhalten."

„Ach!" Er lachte spöttisch. „Tut mir leid, aber da kann ich beim besten Willen nicht dienen."

Sie standen sich wie feindselige Diplomaten gegenüber, die sich anstrengten die geheimen Gedanken des anderen zu erraten.

„Nun", sagte Hilda mit Nachdruck, „wenn Sie sich auf die Person nicht besinnen können, so erinnern Sie sich aber vielleicht daran, in welchen Verhältnissen sich die Dame befunden hat?"

„Schwerlich! Was für Verhältnisse meinst du da übrigens?"

„Ihre Vermögensverhältnisse natürlich."

Er zog die Brauen hoch. In seinem Gesicht stand die Frage geschrieben, ob sie vielleicht mehr wüßte, als sie verriet. Aber er hütete sich wohl, diese Frage auszusprechen, und sagte:

„Selbstverständlich sind auch die mir unbekannt."

„Das ist mir wirklich unbegreiflich, denn die Dame hat durch Sie doch ganz erhebliche Verluste erlitten."

Es war ihm anzusehen, daß dieser Hieb saß.

„Himmeldonnerwetter!" fluchte er. „Was fällt dir denn ein?"

„Gar nichts fällt mir ein. Ich rede nicht aus einem bloßen Einfall heraus, sondern aus einem schwerwiegenden und triftigen Grund."

„Das möchte ich sehr bezweifeln."

„Nun, dann will ich Ihre Zweifel zerstreuen! Ich muß nämlich wissen, wie groß die Summe ist, die dieser Emilie von Sendingen zurückgezahlt werden muß."

„Du bist wohl dumm?" entfuhr es ihm. „Solch ein riesiger Betrag ..."

Er biß sich auf die Lippen, wütend über sich selbst, daß er sich hatte übertölpeln lassen. Sie hob rasch den Kopf.

„Ah, jetzt haben Sie sich gefangen! Jetzt haben Sie zugegeben, daß Sie von Frau von Sendingen und dem Geld wissen!"

Er zog sein Taschentuch und tupfte sich übers Gesicht. „Das sagte ich doch nur aus ... aus Ironie."

„Lüge, Herr Baron! Ironie klingt im Ton ganz anders. Ich erwarte jetzt Ihr Geständnis."

„Geständnis? Der Vater gegenüber der Tochter? Das wird ja immer toller! Und damit ist nun auch meine Geduld zu Ende. Ich lehne jedes weitere Wort zu dieser albernen Sache ab."

„Nun gut! Dann bleibt mir nur übrig, sie auf andere Weise zu klären. Bis dahin hat es keinen Zweck über den Verkauf von Steinegg zu verhandeln. Wie ich Ihrer Freundin Asta bereits gesagt habe, Herr Baron, geht mittags ein Zug, mit dem Sie in Lindenberg sofort Anschluß nach Salzburg und dort nach Wien haben. Ihr Gepäck wird an die Bahn gebracht."

„Meine Freundin Asta? Was soll das heißen?"

„Daß ich Asta bedaure! Ich hätte ihr die Provision sonst gern gegönnt. Nachdem Sie mir aber eine Auskunft über Emilie von Sendingen verweigern, sehe ich mich gezwungen, das Vermögen meiner Mutter vorläufig als Eigentum dieser Dame zu betrachten und nicht darüber zu verfügen."

„Jetzt bist du völlig übergeschnappt!" rief Alberg betroffen. „Ist so etwas zu glauben? Und was wird Martin dazu sagen? Unter solchen Umständen denke ich natürlich nicht daran, ihn als Sohn anzuerkennen."

Das war seine letzte Trumpfkarte, aber auch diese stach nicht.

„Martin wird meine Gründe erfahren und sicherlich billigen", sagte sie. „Es liegt bei Ihnen, den Kaufinteressenten in München zu benachrichtigen und um Geduld zu ersuchen. Sie werden von mir hören, sofern doch noch ein Verkauf in Frage kommen sollte. Ja . . . einen Augenblick, bitte!"

Hilda verließ den Salon, ging in ihr Büro und kehrte gleich darauf mit einer eisernen kleinen Kassette wieder, die sie auf den Tisch stellte und aufschloß.

„Da ich Ihnen bereits gestern fünfhundert Mark geben mußte, Herr Baron, vermute ich, daß Sie knapp an Bargeld sind. Ich werde Ihnen aushelfen. Wieviel brauchen Sie für die Reise?"

Alberg mußte Luft holen.

„Aus — hel — fen?" stieß er hervor, dann lachte er grimmig. „Wie großmütig! Die Tochter will dem Vater aushelfen! Dummes Ding, ich werde dir jetzt zeigen, wer hier zu gebieten hat! Ich werde dir den Mut nehmen, den du nur zeigst, weil du dich im Besitz der Schatulle da stark fühlst. Was willst du machen, wenn ich sie mit Beschlag belege?"

Er trat zum Tisch und wollte die Kassette an sich nehmen, aber Hilda war schneller als er und legte die Hände darauf.

„Halt!" rief sie. „Das Geld gehört nicht mir. Ich muß es für die rechtmäßige Besitzerin verwalten."

„Für diese ominöse Emilie von Sendingen, wie?" Er lachte höhnisch auf und schrie dann wütend: „Ich werde dir zeigen, wem das Geld gleich gehört!"

Sie hielt die Kassette mit allen Kräften fest, er suchte sie ihr zu entreißen. So standen sie beiderseits des Tisches und zerrten den kleinen Kasten hin und her.

„Laß los, oder ich schlage dir auf . . ."

Er unterbrach sich. Beide horchten auf. In der Diele

waren Stimmen laut geworden. Beide standen, die Hände an der Kassette, und lauschten.

„Zurück, sage ich", schnarrte der Diener. „Der Herr ist bei dem gnädigen Fräulein."

„Der Herr Baron wohl?" fragte eine kräftige Stimme, in der Hilda die des alten Sepp erkannte. „Na, da muß i erst recht eini!"

„Sie bleiben hier! Ohne Anmeldung darf ich niemanden hineinlassen."

„Anmelden kann i mi scho selber. Dazu brauch i kaanen Faulenzer, der den ganzen Tag nur die Muster von den Tapeten anglotzt. Mach Platz!"

„Nein! Zurück, Mensch!"

„Was? Anfassen willst den Wurzelsepp? Dich werd i wegblasen! Da! — So, da fliegst fort!"

Ein Poltern und Krachen wurde vernehmbar, dann wurde die Tür geöffnet, und der Sepp trat ein.

„Grüß Gott und guten Morgen auch, Fräulein Baroneß", sagte er und zog rasch die Tür hinter sich zu. „Nehmen S' net übel, wann i selber aufgemacht hab!"

„Sepp, Sie kommen grad zur rechten Zeit!" Hilda atmete erleichtert auf.

„Wieder mal? Ist doch komisch, daß der Sepp alleweil zur rechten Zeit kommt! Brauchst mi wohl?"

„Ja." Aus ihren Augen strahlte die Freude über sein Kommen.

„So sag nur, wozu! Was soll i tun?"

Er merkte gar nicht, daß er sie vor Freude, so freundlich empfangen zu werden, duzte. Sie hatte bei seinem Eintreten die Kassette losgelassen und war ihm entgegen gegangen. Diese Gelegenheit hatte der Baron benutzt, sich der Schatulle zu bemächtigen. Er stand da und hielt sie mit beiden Händen fest.

„Man will mich bestehlen", sagte Hilda.

„Sakra, wer ist denn der Kerl, der dös wagt?"

„Dieser Mann da!"

„Der Baron? Er will wohl den Kasten da stibitzen?“

„Ja, es ist meine Kasse.“

„Wart nur aanen Augenblick! Will mir nur erst die Händ freimachen.“

Er legte Rucksack, Hut und Bergstock ab und schritt langsam auf den Baron zu, der nicht wußte, wie er sich in dieser ungewöhnlichen Lage verhalten sollte, und den Sepp zunächst nur zornig anstarrte.

„Was machst für Augen?“ fragte der Alte. „Denkst wohl, man soll sich vor dir fürchten? Da kennst den Wurzelsepp schlecht. Gleich tust den Kasten wieder auf'n Tisch!“

„Kerl! Verschwinde!“ schrie der Baron. „Oder ich lasse dich hinauswerfen!“

„Durch wen denn? Den Krötenfrosch möcht i sehn, der's wagt, die Pratzen nach dem Sepp auszustrecken. Stellst den Kasten weg, oder soll i helfen?“

Er trat dicht an den Baron heran, faßte die Kassette mit an, schob sie dem Baron gegen den Leib und zog sie dann mit einem kräftigen Ruck wieder an sich. Schon hatte er sie ihm entrissen, trug sie auf den Tisch und stellte sich breitbeinig davor.

„So! Da steht sie. Wer sie haben will, mag nur kommen!“

Der Baron rannte zur Tür und riß sie auf. Sogleich trat der Diener ein.

„Wirf den Kerl da hinaus! Ich werde ihn wegen Hausfriedensbruchs belangen.“

Hilda wollte sich einmischen, aber Sepp zwinkerte ihr mit den Augen zu, und sie schwieg beruhigt. Der Diener trat auf den Alten zu, packte ihn am Arm und wollte ihn fortziehen.

„Marsch, hinaus!“ befahl er.

„Ja, marsch und naus!“ erwiderte Sepp und zwinkerte munter mit den Augen.

Und im nächsten Augenblick flog der Diener durch die

offene Tür hinaus. Er raffte sich draußen auf und taumelte wieder herein.

„Windbeutel! Ohne Saft und Kraft!" fauchte der Baron ihn wütend an. „Hol Hilfe!"

Der Diener verschwand. Sepp aber lachte.

„Bin fei neugierig, was für große Hilfen er bringt! I freu mi scho drauf. Je mehr i nauswerfen muß, desto lieber ist mir's. Wann i nachher warm geworden bin, fliegt auch gleich der Herr Baron mit durch die Luft. Ah, den da hat er geholt! Dös freut mi. Der kennt mi scho."

Der Diener erschien mit dem Hausmeister. Er zeigte auf Sepp.

„Da steht das Subjekt!"

Er kam herein. Hollanic folgte ihm, aber langsam und zögernd. Sepp erwartete die beiden mit gespreizten Beinen und angehobenen Fäusten.

„Schau mal da an die Wand!" warnte er. „Da hängt scho wieder so a schöner Spiegel! Willst neinfliegen?"

Der Hausmeister warf einen bedenklich fragenden Blick auf den Baron.

„Packt ihn!" befahl Alberg.

„Gnädiger Herr, dieser Mann ist brutal und gefährlich ..."

„Feiglinge! Fürchten sich zu zweit vor einem alten Mann!"

Zaudernd suchten sie von rechts und links an Sepp heranzukommen.

„Kommt nur her!" Sepp rieb sich die Hände. „Sagt mir nur, durch welches Fenster i wen von euch werfen soll! Mir ist's egal, ihr habt die Wahl!"

Das schüchterte sie wieder ein. In gebührendem Abstand vor Sepp hielten sie verlegen.

„Hütet euch, diesen Mann anzugreifen!" warnte Hilda sie nun. „Er ist mein Gast. Geht hinaus!"

Das brauchte sie nicht zu wiederholen. Die beiden waren aus dem Salon, ehe der Baron ein Wort der Erwiderung hatte finden können. Gerade wollte er grimmig den Mund auftun, als die Tür abermals geöffnet wurde.

Herein trat Frau Holstein mit ihrem Sohn. Sie blieben bescheiden an der Tür stehen, die Martin leise zuzog.

„Na, da sind s' ja", rief Sepp. „I war nur vorausgelaufen, um zu sagen, sie würden gleich kommen."

Der Baron war vor Erregung blaß geworden. Hilda ging den beiden entgegen und begrüßte sie herzlich.

„Wir stören doch nicht?" fragte Martin. „In der Diele liefen Diener an uns vorbei, ohne uns zu beachten. Da kamen wir herein, ohne zu klopfen."

„Ich freue mich, daß ihr da seid", sagte Hilda. „Ich wollte sowieso zu euch, nun kann ich mir diesen Weg sparen."

„Ist etwas geschehen?" Martin warf einen forschenden Blick auf Alberg.

„Wir hatten eine kleine Auseinandersetzung. Der Herr Baron und Baronesse Zolba werden mit dem Mittagszug Steinegg verlassen, um nach Wien zurückzukehren."

„Dann wird also nichts aus dem Verkauf?" fragte Frau Holstein.

„Vorerst nein. Den Grund für diesen Entschluß wollte ich euch mitteilen."

„Mein Fräulein Stieftochter ist übergeschnappt", warf der Baron giftig ein. „Verehrte Frau Bürgermeister, nun wird unser Herr Sohn noch warten müssen, bis er sich Baron von Alberg nennen darf."

Er machte eine knappe Verbeugung und verließ hochaufgerichtet den Salon. Die Tür knallte hinter ihm zu.

„Wann er net so a dickes Fell hätt, würd er jetzt platzen", meinte der Sepp.

„Setzt euch!" forderte Hilda die Besucher auf.

Sepp merkte, daß die drei etwas besprechen wollten, und griff zu Rucksack, Stock und Hut, um sich bescheiden zurückzuziehen. Er hatte schon die Türklinke in der Hand, da rief Hilda:

„Wohin denn, Sepp? Bleiben Sie nur hier! Sie sind doch unser Freund, vor dem wir keine Geheimnisse haben. Ihr Rat kann uns nur nützlich sein."

Der Alte legte seine Sachen wieder ab und setzte sich mit an den Tisch.

„Na ja", meinte er, „ganz so dumm, wie die meisten Leut dreinschaun, ist der Sepp ja net. Vielleicht haben S' gar noch jemanden, der gefunden werden müß, und dafür wär i gleich der richtige Spezialist."

Hilda nickte.

„Sepp, Sie haben wieder einmal den Nagel auf den Kopf getroffen. Es geht tatsächlich schon wieder darum, eine unbekannte Person ausfindig zu machen. Es ist, als ob in diesen Tagen die ganze Vergangenheit wieder lebendig wird. Ich hatte in der Nacht noch lange über alles nachgedacht und mich dazu durchgerungen, Steinegg zu verkaufen, wenn mein Stiefvater Martin als seinen Sohn anerkennen würde. Doch da kam heute früh ein Eilbote mit diesem Brief hier aus Wien!"

Sie entnahm ihrer Handtasche einige Papiere und legte sie vor sich auf den Tisch. Mit stummer Spannung lauschten alle, als sie zuerst den Brief des Notars und dann das Schreiben der Mutter vorlas.

„O Gott!" stöhnte Frau Holstein. „Ein Verbrechen!"

„Und hast du das Bild gefunden?" erkundigte sich Martin.

Hilda erzählte, in welchem Zustand sie das Bild aus dem Keller geholt hatte und zeigte ihnen die weißgrauen Blätter. Jeder nahm sie vorsichtig in die Hand und bestarrte sie, aber niemand vermochte die verblichene Schrift zu entziffern.

„Auch mit der Lupe ist nichts zu erkennen", sagte Hilda. „Es muß aber chemische Mittel geben, mit denen man die Schrift wieder lesbar machen kann. Doch wem soll ich mich da anvertrauen? Ich muß Gewißheit haben, daß der Inhalt geheim bleibt. Ich dachte zuerst daran, unseren Apotheker in Steinegg zu Rate zu ziehen, aber besser wäre es, mit dieser Sache einen Fremden zu befassen, der keine Ahnung hat, von wem das Papier stammt."

„Ich könnte nach München fahren", erbot sich Martin. „Ein Freund aus meiner Studienzeit ist dort Chemiker."

„Hm!" räusperte sich der Sepp. „Vielleicht wär die Reis gar net nötig."

Alle blickten ihn erwartungsvoll an.

„Womit schreibt man?" fragte er.

„Natürlich mit Tinte", antwortete Martin.

„Und woraus macht man Tinte?"

„Wohl meist aus Galläpfeln."

„Alsdann — der Sepp is kaa Studierter und versteht nix von chemikalistischen Formularien; aber dös waaß er scho, wie man verblichene Tinten wieder lesbar machen kann. Man kocht Galläpfel zusammen mit geschnittnen weißen Zwiebeln ab. Mit dieser Medizin betupft man das Papier ganz, ganz vorsichtig, und dann kommen die Worte wieder zum Vorschein."

Hilda, Frau Holstein und ihr Sohn sahen sich an, und dann nickte Martin.

„Bevor ich nach München fahre, könnte ich das ja wenigstens versuchen", schlug er vor. „Ich mache behutsam eine Probe, und wenn nichts dabei herauskommt, kann ich immer noch reisen."

„Gut, versuchen wir's so", entschied Hilda und gab ihm die Blätter. „Wann willst du die Probe machen, Martin?"

„Möglichst bald! Es hängt davon ab, wie rasch ich in Steinegg Galläpfel auftreiben kann. Klappt der Versuch nicht, und ich muß nach München, so wird Mutter dir Bescheid sagen. Sonst komme ich, sowie ich das Ergebnis habe."

Er legte die Blätter sorgsam in seine Brieftasche und wollte aufstehen.

„Einen Augenblick noch!" hielt Hilda ihn zurück. „Zunächst möchte ich fragen, ob jemand von euch zufällig irgendwann den Namen Emilie von Sendingen gehört hat. Möglicherweise vor vielen Jahren ..."

Alle schüttelten den Kopf.

„Vielleicht heißt sie scho lang net mehr Sendingen", gab der Sepp zu bedenken. „Aber i werd Ohren und Nasen spitzen, wann mir irgendwo aane Emilie übern Weg laufen tut."

„Ich fürchte, Sepp, diesmal werden Sie nicht so viel Glück haben", meinte Hilda.

Der Alte schmunzelte.

„Wann's soweit ist, werd i mit Ihnen wetten, aber net gar so hoch, weil Sie's sind; nur um fünf Mark. Im Finden hat der Sepp alleweil Glück, nur net in der Liebe."

Das Wort Liebe erinnerte Martin an etwas.

„Hilda, sagtest du nicht vorhin, deine Freundin Asta reist heute auch ab?"

„Ja, ich mußte sie darum ersuchen. Asta ist nicht mehr meine Freundin."

„Habt ihr euch gezankt?"

„Es hängt mit deinem Vater zusammen. Bitte, das muß aber ganz unter uns bleiben! Ich kam zufällig dahinter, daß sie dem Baron keineswegs nur die flüchtig bekannte ehemalige Mitschülerin seiner Stieftochter ist. Er hat skrupellos ihren künstlerischen Ehrgeiz ausgenutzt, und sie war leider so dumm auf seine Versprechungen hereinzufallen und sein Spielzeug zu werden."

„Das ist also der Mäzen, der auch mich in Wien fördern sollte — mein eigener Vater!"

Martin lachte auf, aber ein klein wenig Enttäuschung war aus aller Ironie doch herauszuhören, als er nun kurz erzählte, wie Asta ihn abends zuvor hatte bereden wollen, seinen Försterberuf aufzugeben und mit ihr nach Wien zu kommen, um Sänger zu werden.

„Schade um das Mädel", schloß er.

„Sie tut mir auch leid", erklärte Hilda. „Doch da du

gerade von deinem Beruf gesprochen hast, möchte ich nun auf das kommen, was mir noch am Herzen liegt. Hast du schon irgendeine andere Stellung in Aussicht?"

„Ich hab ja eben erst Examen gemacht, und da erhielt ich den Brief des Professors, in dem er mir schrieb, er habe hier etwas für mich."

„Dann möchte ich dich fragen, ob du auch ohne Besichtigung der Ländereien als Förster und Gutsverwalter bei mir bleiben willst. Du kennst meine Sorgen und die Schwierigkeiten . . ."

„Sprich nicht weiter!" fiel er ihr ins Wort. „Selbstverständlich bleibe ich bei dir und stehe dir zur Seite, wie sich alles auch entwickeln mag. Ich kann ja bei meiner Mutter wohnen, und sobald wir wissen, was in dem Brief deiner Mutter steht, setzen wir uns zusammen und halten Kriegsrat."

„Aber ein großes Gehalt werde ich dir nicht zahlen können."

„Und wenn ich vorerst kein Gehalt bekomme, Mädchen! Ich hab ja jetzt eine Mutter, die mit Freuden für mich sorgen würde! Aber sag mal, hast du dir auch genau überlegt, was du jetzt auf dich nehmen willst?"

„Wie meinst du das?"

„Sieh mal, du bist jetzt eine vermögende Gutsherrin, und du könntest sogar sorgenlos leben, wenn du Steinegg günstig verkaufst. Du weißt noch nicht, was auf den Papieren steht, die du mir vorhin gabst und die jetzt hier in meiner Brieftasche stecken. Hast du es aber gelesen, dann bist du vielleicht verpflichtet, danach zu handeln."

„Das bin ich jetzt schon."

„Du kennst den Inhalt noch nicht. Aber bedenke, daß du dein ganzes Vermögen verlieren könntest!"

„Wenn ich kein Recht darauf habe, werde ich es hingeben."

„Weißt du auch, was das bedeutet? Du kennst die Armut nicht."

„Ich bin nicht mehr allein, ich habe euch als gute Freunde, und das ist mehr wert als alles Geld. So sehr ich Steinegg liebe, ich könnte keine Freude mehr an meinem Besitz haben, wenn ich wüßte, daß er fremdes Eigentum ist, das durch ein Verbrechen geraubt wurde. Ich werde keine ruhige Minute mehr haben, bis ich weiß, was meine Mutter mir als Vermächtnis auferlegt hat."

„Nehmen wir einmal an, diese Emilie von Sendingen hat Ansprüche an dein Vermögen . . .?"

„Ich werde sie suchen lassen, und bis ich sie gefunden habe, betrachte ich mich als ihre Treuhänderin und werde so gewissenhaft damit verfahren, als ob es mein eigenes wäre."

Sie sagte es tapfer, aber sie war den Tränen nahe.

„Gut, Hilda, hier ist meine Hand! Du kannst dich auf mich verlassen."

Mit einem dankbaren Blick drückte sie seine Rechte. Frau Holstein stand auf, legte den Arm um Hilda und zog sie an sich.

„Behalt den Kopf oben, Kindchen! Was auch werden mag, vergiß nie, daß du Freunde hast!"

„Aber ja", meldete sich auch der Sepp. „Nix wird im Leben so heiß gegessen, wie's gekocht wird. Vertrauen S' nur auf den Herrgott da droben und auf den Sepp hier unten! Hienieden wird sich alles finden, auch die Emilie. Ist vielleicht gar net so a Zuwiderwurzen, wie S' fürchten, sondern a guter Mensch. Oft denkt man auch, warum muß grad mich so a Unglück treffen! Und nachher merkt man: 's war a Glück."

Hilda schluckte.

„Ich danke euch allen! Ich wüßte wirklich nicht, was ich ohne euch machen sollte."

Die Gäste verließen den Salon. Als sie in die Diele kamen, hörten sie von draußen Lärm und Geschrei. Sie liefen ins Freie. Ein Schatten huschte über den besonnten Vorplatz. Sie blickten auf und sahen den Habicht, wie er mit einem Huhn in den Fängen zum nahen Wald hin abstrich. Sepp hob drohend die geballte Faust.

„Wart nur du! Jetzt kommt a Förster her, da wirst bald ausgeräubert haben!“

GEWITTER IN DEN BERGEN

Um die Mittagszeit fand sich der Sepp am Bahnhof Steinegg ein. Er stellte sich so im Schatten des Gebäudes auf, daß er alle Reisenden beobachten konnte, ohne selber gesehen zu werden. Eine Viertelstunde vor zwölf Uhr kam ein Wagen und brachte Asta von Zolba, den Baron und seinen Diener. Alberg löste die Fahrkarten, der Diener besorgte das Gepäck, und dann begaben die drei sich auf den Bahnsteig.

Nachdem sich Sepp davon überzeugt hatte, daß sie wirklich abreisen würden, eilte er mit langen Schritten ins Städtchen, wo er am Marktplatz die Expedition der Lokalzeitung betrat. Dort ließ er sich die Mappe mit den Nummern der letzten Wochen geben und blätterte sie durch. Er hatte bald gefunden, was er suchte, und kaufte sich die betreffende Ausgabe.

Als er wieder ins Freie trat, betrachtete er prüfend den Himmel. Die Sonne brannte, und es war drückend heiß. Noch war der Himmel blau, aber im Süden zog über den Bergen Gewölk auf. Sicherlich würde es ein Gewitter geben. Sepp wollte nach dem kleinen Ort Tannenwinkel, der anderthalb Stunden von Steinegg einsam in den Bergen lag, und da er sein Ziel möglichst noch trocken erreichen wollte, machte er sich eiligst auf den Weg.

Inzwischen war auf dem Bahnhof der Kleinbahnzug aus Lindenberg eingetroffen, der zehn Minuten Aufenthalt hatte, bevor er wieder nach Lindenberg zurückdampfte. Die ankommenden Fahrgäste entstiegen den Wagen und die abfahrenden liefen am Zug entlang, um sich ein Abteil zu suchen.

Vor dem Verlassen des Schlosses hatte es zwischen Asta und dem Baron noch eine heftige Auseinandersetzung gegeben, und seitdem hatten beide kein Wort mehr gewechselt. Asta ließ sich ihr Handgepäck von dem Diener in ein

Abteil Erster Klasse tragen und nahm darin Platz. Der Diener verzog sich in die Dritte Klasse, und der Baron trat an den Bahnhofsausschank, um vor der Abfahrt noch ein Glas Bier zu trinken.

Unter den Reisenden, die in Steinegg ausgestiegen waren, befand sich ein großer, schlanker Mann von etwa fünfundzwanzig Jahren. Der breitkrempige Hut beschattete ein tiefgebräuntes, bartloses Gesicht mit regelmäßigen, feinen Zügen, auf denen eine frohe Erwartung lag. Er trug einen schlichten Anzug, hatte auf dem Rücken einen Ranzen und in der Hand einen Stock aus Olivenholz. Mit beschwingten Schritten strebte er dem Ausgang zu.

Dabei kam er an dem Baron vorbei. Dessen Augen weiteten sich, und erschrocken setzte er das Bierglas auf die Theke.

„Rudolf!" entfuhr es ihm.

Der junge Mann blieb stehen und blickte den Fremden erstaunt an.

„Ja, so heiße ich. Aber woher kennen Sie mich denn?" fragte er.

„Du hast dich verdammt kaum verändert", stieß der Baron hervor, aber dann schlug er sich mit der Hand vor die Stirn. „Wo bin ich nur mit meinen Gedanken! Welch täuschende Ähnlichkeit! Sie können gar nicht der sein, für den ich Sie hielt. Darf ich fragen, wie alt Sie sind?"

„Dreiundzwanzig."

„Der, mit dem ich Sie verwechselte, muß heute um die Fünfzig sein. Bitte, wie ist Ihr Name?"

„Rudolf Fredericks."

„So, so! Der Nachname ist allerdings anders, sonst könnte der Mann, den ich vor zwanzig Jahren gekannt habe, tatsächlich Ihr Vater gewesen sein. Als ich ihn zum letztenmal sah, da war er nur ein paar Jahre älter als Sie jetzt. War Ihr Vater etwa auch Offizier?"

„Nein, er war Feldmesser — drüben in Amerika, im Westen der Vereinigten Staaten."

„Dann lebt er wohl nicht mehr?"

„Er starb schon vor Jahren. Meine Mutter ist Deutsche und kehrte mit mir nach Deutschland zurück."

„So lebt sie wohl noch?"

„Ja, hier in der Nähe. Ich will sie gerade besuchen."

„Sind Sie auch Feldmesser?"

„Nein, ich habe vor einiger Zeit am Polytechnikum in München mein Examen als Architekt gemacht", antwortete der junge Mann mit ein klein wenig Stolz.

In diesem Augenblick läutete die Bahnhofsglocke erneut, und die Schaffner forderten die Reisenden auf, einzusteigen und die Türen zu schließen. Das kam dem Baron gelegen — so konnte er allen Gegenfragen entgehen.

„Entschuldigen Sie vielmals, aber mein Zug fährt. Es war ein Irrtum von mir, aber Irren ist menschlich."

Er tippte an seinen Hut und eilte davon.

Rudolf Fredericks blickte ihm nach und sah, wie er in einem Abteil Erster Klasse verschwand. Befremdet schüttelte er den Kopf, er ärgerte sich über sich selbst. Da hatte er sich wie ein dummer Junge ausfragen lassen, ohne seinerseits auch nur eine Frage zu stellen. Wer war dieser sonderbare Herr?

Er wandte sich an den Mann hinter dem Ausschank.

„Geben Sie mir bitte ein Bier!" Er erhielt das Verlangte, trank das kühle Naß mit Behagen und fragte dann beiläufig: „Kennen Sie zufällig den Herrn, mit dem ich soeben sprach?"

„Naa, den hab i noch nie gesehn. Der is net von hier. Wann der hier wohnte, müßt i den Herrn kennen."

Der Zug fuhr davon. Rudolf sah ihm nach, zuckte mit den Achseln und trank sein Bier aus.

„Dank schön", sagte der Mann am Ausschank, als er sein Geld erhielt, und meinte nach einem forschenden Blick zum Himmel: „Wann's net bald a Donnerwetter gibt, will i net mehr Aloys haaßen."

„Dann muß ich mich aber beeilen", meinte Rudolf.

„Wo wollen S' denn hin?"
„Nach Tannenwinkel."
„Ob S' dös noch schaffen?"
„Ich nehme die Beine untern Arm!" lachte Rudolf. „Grüß Gott!"

Mit schnellen Schritten verließ er den Bahnhof und befand sich bald in dem Wald unterhalb des Schloßfelsens. Kein Lüftchen rührte sich hier, unheimlich still war es. Der Weg führte bergan, und als er an einen Hang kam, von dem er einen Ausblick auf die Alpen hatte, blieb er stehen und wischte sich den Schweiß von der Stirn.

„O weh!" brummte er, als er die düsteren Wolkenmassen sah, die sich fast zusehends über den Bergen höher türmten. „Das gibt bestimmt bald ein Donnerwetter. Lange wird's nicht mehr dauern, bis es losbricht. Ob ich nicht doch lieber umkehre und in der Stadt abwarte, bis es vorüber ist?"

Prüfend betrachtete er die drohend aufgetürmte Wolkenbank.

„Pah! Vielleicht komme ich doch vorher nach Tannenwinkel. Und wenn ich ein bißchen naß werde, schadet's auch nichts. Diese Überraschung, wenn Mutter mich so unerwartet erblicken wird! Vorwärts, ich möchte die Freude des Wiedersehens um keine Minute verzögern!"

Rüstig marschierte er weiter. Bald befand er sich wieder inmitten eines dichten Forstes, und so beachtete er kaum, daß sich ein Wind erhoben hatte, der sich mehr und mehr zum Sturm steigerte. Unverzagt schritt er weiter, bis er aus der Ferne das erste Donnergrollen vernahm.

Der Fahrweg beschrieb gerade einen weiten Bogen um eine Berghöhe, und über diese hinweg verlief ein Fußpfad, der zwar recht steil und mühselig war, auf dem er aber zwanzig Minuten früher nach Tannenwinkel kommen konnte. Diesen Pfad schlug er ein.

Er kam in einen Laubwald, in dem die dickstämmigen Eichen und Buchen nicht so dicht standen. Der Sturm rauschte in den Blättern, grelle Blitze zuckten auf, und Donner rollten und hallten an den Felsen wider.

„Es wird schneller Ernst, als ich dachte“, sagte Rudolf. „Da hilft nichts, mein Junge, du mußt machen, daß du in die Höhle kommst, sonst wirst du noch bis auf die Haut naß.“

Schon prasselten die ersten dicken Regentropfen auf die Blätter der Zweige. Es schien Nacht werden zu wollen. Dann zuckte ein blendender Blitz durch die Finsternis, dem ein ohrenbetäubender Donnerschlag folgte. Das Unwetter brach los.

Es waren keine Wassertropfen mehr, die nun fielen, sondern Hagelkörner, größer als Erbsen. Rudolf kannte die Gegend gut, da er als Knabe oft hier umhergestrolcht war. Aber in der Dunkelheit war es schwer, sich zurechtzufinden, nachdem er den Pfad verlassen hatte. Blitz folgte auf Blitz und Donnerschlag auf Donnerschlag.

Ganz in seiner Nähe zuckte ein Blitz nieder, und in den Donner mischte sich ein knatterndes Krachen, ein schwefliger Geruch machte sich bemerkbar. Der Blitz war in einen Baum geschlagen.

„Jetzt wird's brenzlig!“

Er rannte los, rutschte aus, fing sich, wich eben noch in der Finsternis einem Baumstamm aus. Die Höhle konnte nicht mehr weit sein. Da war es ihm, als hätte er eine menschliche Stimme in diesem Prasseln und Donnergetöse gehört. Er blieb stehen und lauschte. War das nicht der Hilferuf einer weiblichen Stimme?

„Ist da jemand?“ schrie er, als der nächste Donner vergrollt war.

„Ja! Hier! Hier!“ kam es zurück.

Er rannte dem Schall nach, und dann erblickte er unter einer mächtigen Eiche, deren Wipfel alle Bäume ringsum überragte, beim Aufzucken des nächsten Blitzes eine weibliche Gestalt. Er sprang auf sie zu, faßte sie am Arm und zog sie mit sich.

„Um Gottes willen! Nur fort hier! Sie stehen hier ja unter dem höchsten Baum weitum. Ebenso gut können Sie einen Blitzableiter in die Hände nehmen!“

Sie folgte ihm ohne Widerstreben, und sie waren noch nicht zwanzig Schritt von dem Baum entfernt, da schienen sie mitten in lodernden Flammen zu stehen, und es gab einen Schlag, unter dem der Erdboden erzitterte. Der Schreck bannte beide auf der Stelle. Mit einem Aufschrei klammerte sich das Mädchen an Rudolf. Er war wie geblendet und hatte das Gefühl, die Füße nicht mehr bewegen zu können. Abgesplitterte Äste sausten durch die Luft. Er stellte sich schützend vor sie, daß sie nicht getroffen werden konnte.

Sie starrte über seine Schulter.

„Mein Gott!“ rief sie. „Der Blitz ist in die Eiche geschlagen, unter der ich stand. Sie haben mir das Leben gerettet.“

In dem Baum klaffte ein breiter Spalt, aus dem Flammen züngelten.

„Laufen Sie weiter!“ drängte er. „Es beginnt zu regnen.“

Er nahm sie an der Hand und zog sie hinter sich her. Felsen türmten sich vor ihnen auf, dann kamen sie auch schon auf einen freien Platz, der rechts und links von zackigem Gefels begrenzt war und vor einem jähen Abgrund endete.

„Kommen Sie! Dahinein! Vorsicht, bücken Sie sich!“

Er schob sie in eine kleine Höhle im Fels, die kaum einen Meter breit und tief war und nach oben hin etwa anderthalb Meter hoch spitzbogenartig auslief. Sie bückte sich und kroch hinein. Aufatmend setzte sie sich. Wenn es draußen auch noch blitzte und die Donner schaurig über die Berge rollten, vor dem Regen war sie hier wenigstens geschützt. Und sie hörte, wie es jetzt in Strömen vom Himmel goß.

Nach und nach erholte sich Hilda von dem Schreck, der ihr in alle Glieder gefahren war. Langsam vergegenwärtigte sie sich, wie sie eigentlich hierher gekommen war. Um sich von den Aufregungen des Morgens zu erholen, hatte sie vor dem Mittagessen noch einen Spaziergang in den Wald gemacht, gerade als die Kutsche mit dem Baron und Asta das Schloß verließ. Frau Holstein war mit Martin und Sepp schon lange vorher gegangen. In der Ruhe des Waldes wollte Hilda alles noch einmal überdenken, und dabei hatte sie sich weiter von Steinegg entfernt, als es ihre Absicht war, und auch nicht auf das aufziehende Gewitter geachtet.

Unwillkürlich fiel ihr ein, wie ihr Stiefvater wohl triumphiert haben würde, wenn sie jetzt vom Blitz erschlagen worden wäre. Wie mußte sie ihrem unbekannten Retter danken! Sie hatte noch kaum eine rechte Vorstellung von ihm und wußte nur so viel, daß er ein ihr völlig fremder junger Mann war, der anscheinend den besseren Ständen angehörte. Sie sah, daß er vor ihr im Eingang der kleinen Höhle hockte, wo er bestimmt nicht genügend Schutz vor dem Regen fand.

„Warum kommen Sie denn nicht herein?" fragte Hilda darum.

„Für zwei ist da drinnen kein Platz."

„So dick bin ich doch nicht!" Sie hatte den Schreck überwunden und konnte bereits wieder scherzen.

„So genau konnte ich Sie noch nicht betrachten. Doch ich möchte Ihnen nicht lästigfallen."

Sie sah, wie jetzt wahre Gießbäche von den Felsen herunterrauschten.

„Sie werden ja naß wie ein Fisch! Wenn wir zusammenrücken, haben wir schon Platz. Kommen Sie!"

Sie zog ihn am Ärmel. Da nahm er seinen Ranzen ab und kroch in die Höhle. Obwohl beide schlank waren, saßen sie so eng nebeneinander, daß sie die Arme nicht zu bewegen vermochten. Eine Weile verharrten sie in dieser unbequemen Stellung, dann aber hielt er das nicht mehr aus.

„Merken Sie nun, daß für zwei nicht genug Platz ist?"

„Das Unwetter wird bald vorbei sein, und so lange werden wir schon aushalten können."

„Das Unwetter kann noch stundenlang dauern. Wenn ich durchaus hier bei Ihnen bleiben soll, müssen wir uns etwas anders setzen. Aber damit werden Sie wohl nicht einverstanden sein."

„Ich gehe auf alles ein, was unsere Lage erleichtert."

„Na schön! Wie wir jetzt sitzen, so füllen wir mit zwei Körpern und vier Armen die ganze Breite aus. Lege ich aber den rechten Arm um Sie und Sie den linken um mich, dann gewinnen wir viel Raum und sitzen weit bequemer."

Darauf gab sie keine Antwort, und nach einer Weile fragte er:

„Nun sind Sie wohl beleidigt?"

„Warum?"

„Mein Vorschlag erscheint Ihnen gewiß reichlich dreist."

„Ach wo, Sie haben recht. Wir wissen nicht, wie lange der Regen anhält, und auf die Dauer wird diese Stellung wirklich qualvoll. Schließlich befinden wir uns in einer ungewöhnlichen Lage ..."

Das klang etwas zaghaft, und er versicherte:

„Sie können mir getrost vertrauen, Fräulein. Bitte, Ihren Arm!"

Er beugte sich etwas vor, und sie legte den Arm um seinen Rücken.

„Ruhig etwas fester", ermunterte er sie. „Ich bin nicht zerbrechlich. Und nun gestatten Sie mir das gleiche!"

Als er den Arm um sie legte, mußte sie unwillkürlich ein Gefühl der Abwehr bezwingen. Denn wer war dieser Mann, dessen Körperwärme sie spürte und mit dem sie so allein hier in der Einsamkeit des Bergwaldes saß? Im Aufzucken der Blitze war ihr sein Gesicht nur wie eine geisterhafte Maske erschienen, und sie konnte sich kein rechtes Bild davon machen. Sie wagte sich nicht zu bewegen, weil er das vielleicht mißverstehen könnte. Aber auch er vermied jede nähere Berührung, die sie als zudringlich hätte auffassen können. So saßen beide nebeneinander, als wären sie aus Stein.

„Sie fühlen sich noch immer unbequem?“ fragte er schließlich.

„Ehrlich gesagt, ja“, gestand sie mit einem tiefen Seufzer.

„Sie haben wohl Angst vor mir?“ meinte er scherzhaft.

„Aber nein“, widersprach sie, doch sie sagte nicht ganz die Wahrheit.

„Na, dann lehnen Sie sich doch ruhig an mich! Wir sind uns zwar wildfremd, und der eine weiß noch nicht mal, wie der andere aussieht und ob er überhaupt Sympathie für ihn empfinden kann, aber deswegen sollten wir es uns in dieser Zwangslage doch so bequem wie möglich machen.“

„Sie haben recht“, gab sie zu.

„Dann vertrauen Sie mir! Das Gewitter geht bald vorüber, und vielleicht sehen wir uns im Leben niemals wieder.“

Sie entspannte sich, überwand ihr Widerstreben und lehnte sich eng an ihn.

Aber so bald ging das Gewitter nicht vorüber. Es donnerte, blitzte und regnete ohne Unterlaß. War es draußen dunkel, so war es in der kleinen Höhle geradezu finster. Sie konnten sich beide nicht sehen, und wenn einmal ein vorüberzuckender Blitz sein grelles Licht hereinwarf, dann mußten sie geblendet die Augen schließen.

So saßen sie wohl eine Stunde. Dann vermochte sie nicht länger zu schweigen.

„Nicht wahr, ich falle Ihnen zur Last?“

„Nein, nein! Ich wollte, ich hätte stets eine so süße Last zu tragen.“

Das war ihm so entschlüpft. Sie erwiderte nichts darauf.

„Jetzt sind Sie mir böse?“ fragte er.

„Warum denn? Die Herren meinen, sie müßten uns bei jeder Gelegenheit mit galanten Redensarten schmeicheln.“

„Es war keine Redensart, es kam aus dem Herzen."
„Sie würden die süße Last sicher bald fortwerfen." Hilda lachte auf. „Sie wissen ja gar nicht, ob sie süß ist. Sie kennen mich ja gar nicht, haben mich noch nicht einmal richtig gesehen."
„Und doch besitze ich ein Bild von Ihnen."
„Das kann unmöglich stimmen."
„Oh, es gibt Philosophen, die behaupten, die Seele bedürfe nicht immer der leiblichen Augen, um etwas deutlich zu erkennen."
„Leider bin ich keine Philosophin", sagte sie heiter. „Aber ich bin nun neugierig, was für ein Bild Sie sich von mir machen — das meinten Sie doch wohl?"
„Soll ich es Ihnen beschreiben?"
„Nun, über meine Größe und Gestalt brauchen Sie nichts zu sagen. Denn daß ich nicht klein und dick bin, konnten Ihre leiblichen Augen zumindest undeutlich erkennen. Aber sagen Sie mir bitte, welche Farbe mein Haar hat!"
„Dunkelbraun, fast Schwarz."
„Und die Augen?"
„Groß, schwarz, mit langen Wimpern."
„Die Nase?"
„Klein, kaum merklich gebogen."
„Der Mund?"
„Herzförmig gewölbt. Die Unterlippe etwas voller als die obere."
„Sie erschrecken mich wirklich. Sie sind wahrhaftig ein Geisterseher. Vielleicht können Sie mir auch noch sagen, was ich bin: eine Bauernmagd, eine Lehrerin, eine Bäckersfrau . . .?"
„Das ist schwer zu beantworten. Dazu gehört mehr als ein seelisches Ahnungsvermögen, da muß man Menschenkenner sein, und dafür bin ich noch zu jung. Doch bin ich fast versucht, Sie für die älteste Tochter eines höheren Forstbeamten zu halten."

„Ich kann nur staunen. Wie sind Sie denn darauf gekommen? Besonders zu der Ansicht, daß ich die älteste Tochter bin?"

„Zunächst haben Sie mir so viel festen Willen gezeigt, wie man ihn nur bei ältesten Töchtern findet, die über Jüngere zu herrschen gewohnt sind. Und sodann hat Ihre Stimme — wie soll ich mich nur ausdrücken? — nun, sie hat einen so zarten, weichen Klang, daß ich Sie mir nicht ohne irgendwelche Wesen denken kann, denen Sie täglich recht viel Liebes und Gutes erweisen — also wohl Geschwister."

„Für wie alt halten Sie mich denn da?"

„Höchstens achtzehn."

„So! Und warum soll ich eine Försterstochter sein?"

„Weil ich Sie mitten im Wald allein ohne Begleitung traf."

„So haben Sie sich freilich in nichts weniger als in allem geirrt."

„Nein, im Ernst?"

„Ja, ich bin blond mit einem Schein ins Rötliche. Die Augen sind blaugrau, meine Nase ist ein spitzer Kiekindiewelt. Und alt bin ich ... wollen Sie wirklich die Wahrheit wissen?"

„Wenn es Ihnen keine Schmerzen macht."

„Zweiunddreißig!"

„Ist das möglich?"

„Leider ja. Und jüngere Geschwister habe ich nicht, wohl aber ältere, die verheiratet sind, so daß ich sogar Tante bin. Gefällt Ihnen das?"

„Was nützt es, wenn es mir nicht gefällt?"

„Da haben Sie recht. Ich bin und bleibe doch eine häßliche, alte Jungfer, die keinen Mann mehr finden wird. Und nachdem ich nun mal so aufrichtig war, so kann ich Ihnen schließlich auch noch sagen, daß ich keine Försterstochter bin."

„Also hab ich tatsächlich alles falsch geraten?"

„Ja. Ich habe weder Vater noch Mutter mehr und bin nichts als eine alte Tante, die zudem noch arm ist."

Nach den schmerzlichen Erkenntnissen der letzten Stunden war dieses scherzhafte Geplänkel wie Balsam auf Hildas wunde Seele; es lenkte sie ab von den sorgenvollen Gedanken um die ungewisse Zukunft und weckte ihren natürlichen, jugendlichen Frohsinn wieder.

„Ob Sie arm oder reich sind, darüber hab ich noch gar nicht nachgedacht", sagte Rudolf. „Aber daß Sie aus einem guten Hause stammen, das scheint mir unzweifelhaft."

„Da täuschen Sie sich mal wieder. Ich bin nur eine arme Näherin."

„Dann gestatten Sir mir, leise zu lächeln."

„Warum wollen Sie das nicht glauben?"

„Weil Ihre ganze Ausdrucksweise Ihre höhere Bildung verrät."

„Wenn ich mich gebildet ausdrücke, so ist daran eben nur der Umstand schuld, daß ich Näherin bin."

„Das ist mir zu hoch."

„Und doch so leicht begreiflich. Als Näherin arbeite ich für gebildete Damen und feine Familien, und da ist es kein Wunder, wenn man sich deren Ausdrucksweise angewöhnt. Ohne es zu merken, wird man allmählich selber fein."

So neckisch und zum Scherz aufgelegt hatte sich Hilda seit langem nicht gefühlt. Nur flüchtig kam ihr der Gedanke, daß es eigentlich ein Wagnis war, sich im Arm eines unbekannten Mannes so unbefangen zu geben, aber in seinem Benehmen war etwas so Vertrauenerweckendes, daß sie nicht die mindeste Sorge hatte, er könnte etwa diese Lage ausnützen. Sie lachte so fröhlich, daß er in dieses Lachen einstimmen mußte.

„Sie verstehen ganz glaubhaft Märchen zu erzählen", sagte er. „Aber ich bin aus dem Alter heraus, in dem man an Märchen glaubt."

„Ich war aufrichtig, aber nun seien Sie das auch mir gegenüber und verraten Sie mir, wie Sie heißen!"

„Meinen Namen wollen Sie wissen? Warum? Ich finde es besonders reizvoll, daß wir hier bei Blitz und Donner zusammenhocken und nicht einmal unsere Namen kennen. Wollen wir sie nicht lieber in Geheimnis gehüllt bleiben lassen? Ich nenne Sie einfach ‚mein Fräulein' oder auch, wenn Sie mir das erlauben, ‚liebes Tantchen'."

„Keine Dame läßt sich gern Tantchen nennen, bevor sie ihr fünfzigstes Jahr erreicht hat."

„Dann nenne ich Sie also ‚mein Fräulein'."

„Dann müßte ich Sie ‚mein Herr' nennen. Sagen Sie mir doch lieber Ihren Namen!"

„Eigenlich sollte ich das wohl tun, aber Sie kennen vielleicht die Strophen:

Heilig achten wir die Geister,
aber Namen sind uns Dunst.
Würdig ehren wir die Meister,
aber frei ist unsre Kunst.

Lassen Sie die Namen also verschwiegen bleiben!"

„Daraus schließe ich, daß Sie Künstler sind?"

„Ich will erst einer werden."

„Hm! Weil Sie als Künstler noch keinen Namen haben, wollen Sie ihn mir nicht sagen."

„So ist es leider."

„So will ich von meiner Bitte absehen, aber meinen Namen erfahren Sie nun auch nicht."

„Das wünsche ich auch gar nicht. Unsere Begegnung hat einen so romantischen Anstrich, daß ich meine, je geheimnisvoller wir uns gegenseitig bleiben, desto hübscher wird die Erinnerung an dieses Zusammentreffen sein, meinen Sie nicht auch?"

„Oh, jetzt werden Sie gar poetisch. Sind Sie etwa Dichter?"

„Nein."

„Maler?"

„Auch nicht. Aber nehmen Sie zu Feder und Pinsel noch Lineal und Kelle ...“

„Architekt?“ riet sie.

„Ja, die Baukunst soll mein Beruf werden.“

„Wenn Sie es erst werden wollen, dann sind Sie noch jung, vielleicht sogar noch Schüler?“

„Gibt es nicht auch alte Schüler?“

„Gewiß! Der Mensch bleibt ja immer Schüler, da er bis ans Ende seines Lebens lernen muß. — Himmel!“

Sie fuhr erschrocken zusammen und schmiegte sich unwillkürlich enger an ihn. Unweit der Höhle hatte erneut ein Blitz eingeschlagen, und der Donner war ohrenbetäubend. Aber wie das häufig vorzukommen pflegt, schien das Gewitter mit diesem letzten Blitz seine Macht erschöpft zu haben. Der Regen ließ nach, nur vereinzelt fielen noch Tropfen, und der Himmel heiterte sich schnell auf. Auch in der Höhle wurde es so hell, daß beide plötzlich die Köpfe drehten und einander in die nun deutlich erkennbaren Gesichter starrten.

„O weh!“ rief er scheinbar enttäuscht. „Was für eine uralte Tante sind Sie!“

„Nicht wahr?“ Unter einem etwas verlegenen Lachen rückte sie von ihm ab.

„Der Blitz muß meine Augen geblendet haben, denn ich sehe sie als dunkle Brünette, während Sie doch eine rötliche Blondine sind.“

„Keine Angst, Ihre Augen sind in Ordnung. Ich habe gescherzt.“

„Dann war die Tante ...“

„... auch Schwindel!“

„Und die Näherin ...?“

„Die allerdings nicht.“

Er griff nach ihrer Hand und betrachtete sie.

„Da müssen Sie als Näherin aber gut verdienen, denn der Ring da an Ihrem Finger hat einen sehr teuren Diamanten.“

„Er ist ein Erbstück. Meiner Familie ging es früher besser.“

„Nun schwindeln Sie doch nicht schon wieder!“ Er sah sie mit so leuchtenden Blicken an, daß sie errötete und die Wimpern senkte. „Wissen Sie, was Sie sind?“

„Was denn?“ fragte sie leise.

„Sie sind so schön, daß Sie weder eine Tante, noch eine Näherin oder Försterstochter sein können.“

„Aber etwas muß ich doch wohl sein.“

„Sie sind gar kein irdisches Wesen, sondern eine Fee, die aus lichten Höhen herniedergestiegen ist“, erklärte er mit Pathos.

„Oh, wie überirdisch ich mir vorkomme!“ lachte sie fröhlich.

„Und wie glücklich ich bin! Denn eine Fee steigt immer nur vom Himmel herab, wenn sie einen Sterblichen beglücken will.“

„Und nun glauben Sie wohl, ich will Sie glücklich machen?“

„Ob Sie das wollen, weiß ich nicht, aber Sie könnten es!“

Das sagte er nicht mehr scherzend, sondern ernst, fast bittend.

Sie wagte nicht, ihm in die Augen zu sehen, und lenkte ab:

„Es hat aufgehört zu regnen. Ich muß gehen.“

„So schnell?“

„Ja, ich werde erwartet.“

„Auf ein paar Minuten wird's wohl nicht ankommen.“

Er kroch aus der Felsenhöhle heraus, und sie folgte ihm. Er reichte ihr die Hand und half ihr beim Aufstehen. Aufatmend dehnte sie die etwas steif gewordenen Glieder und sah sich um. Die Wolken zogen nach Nordwesten ab, und die Sonne schien warm auf die durchnäßte Erde nieder. Am Felsgestein und an den Zweigen der Brombeersträucher glitzerten noch die Regentropfen wie Perlen.

Nach der drückenden Schwüle war die Luft frisch und erquickend.

Jetzt im Sonnenlicht erst konnte Rudolf das Mädchen, mit dem ihn das Gewitter zusammengeführt hatte, richtig betrachten, und es wurde ihm schwer, die Augen von diesem Bild jugendlicher Schönheit zu wenden. Er zog sein Taschentuch und stäubte ihre Kleider ab. Scherzend nahm sie es ihm dann aus der Hand, um auch ihn von dem Staub der Höhle zu säubern. Er wollte Einspruch dagegen erheben, mußte es aber dulden.

„Und nun müssen wir wohl scheiden“, sagte sie.

Er nahm seinen Ranzen auf und hängte ihn um. Das gab ihr Gelegenheit, unauffällig sein Gesicht zu betrachten. Er hatte klare, männlich schöne Züge, und sie konnte sich eines warmen Gefühls der Zuneigung nicht erwehren. Als er die Augen wieder auf sie richtete, hatte sie Mühe, nicht zu erröten.

„Mein Fräulein“, sagte er, „ich glaube, es war doch ein Fehler von mir, daß ich vorschlug, uns unsere Namen geheimnisvoll vorzuenthalten. Wollen wir es wirklich dabei belassen?“

Da kam ein launiges Widerstreben über sie.

„Ja. Was wir uns da drin im Dunkel der Höhle nicht sagen wollten, darüber müssen wir jetzt in der Helle des Tages erst recht schweigen.“

„So sagen Sie mir doch wenigstens Ihren Vornamen. Ich weiß, daß ich noch sehr oft an Sie und dieses Erlebnis denken werde, und da muß man doch den Namen wissen, den man mit einer so denkwürdigen Erinnerung verbinden kann.“

„Nun ja, schließlich habe ich Ihnen wohl mein Leben zu verdanken, und da will ich nicht so sein. Doch zuerst müssen Sie mir Ihren Vornamen verraten.“

„Ich heiße Rudolf.“

„Danke!“ Sie machte einen leichten Knicks.

„Nicht wahr, ein häßlicher Name?“

„Nicht ganz so häßlich wie sein Träger."
„O weh! Finde ich so wenig Gnade vor Ihren Augen?"
Sie wich seiner Frage aus.
„Mein Name ist ebenso häßlich. Ich heiße Hilda."
Sein Auge glitt an ihrer Gestalt nieder.
„Ich finde ihn schön, aber noch lange nicht so schön wie seine Trägerin."
„Für Schmeicheleien bin ich nicht empfänglich."
„Es sollte keine Schmeichelei sein, ich habe nur offen ausgesprochen, was ich denke."
Dabei blickte er sie strahlend an, daß sie rasch die Augen niederschlug, um nicht zu verraten, welche Gefühle auch sie durchpulsten.
„Es ist Zeit, daß wir jetzt Abschied nehmen", sagte sie.
Er trat ihr einen Schritt näher.
„Doch vorher werden Sie mir gewiß noch einen Wunsch erfüllen."
„Gern."
„Ich möchte Sie noch einmal so im Arm halten wie vorhin in der Höhle!"
„Das ergab sich doch nur aus einer Zwangslage."
„Eben deshalb möchte ich, daß Sie Ihren Arm nur einen kleinen Augenblick nicht gezwungen, sondern freiwillig um mich legen."
Er sagte das leise, fast schüchtern.
„Liegt Ihnen so viel daran?"
Er nickte.
„Dann will ich Ihren Wunsch nicht abschlagen."
Sie legte den Arm um ihn und sah ihn an. In seinen Augen war nur Zärtlichkeit zu lesen, als er sie mit beiden Armen umfaßte und sanft an sich zog.
„Hilda!" flüsterte er.
Plötzlich fühlte sie seine Lippen auf ihrem Mund, fühlte das heiße Verlangen, ihn wieder zu küssen, und riß sich jäh von ihm los, verwirrt und zornig über sich selbst. Ihre Augen blitzten ihn an.

„Was haben Sie sich erlaubt?"

„Verzeihen Sie mir!" Er war sichtlich betroffen von ihrer Heftigkeit. „Ich ... ich weiß selber nicht, wie das kam. Ich wollte Sie nicht beleidigen."

Sein bittender Blick stimmte sie versöhnlich.

„Sie haben mir das Leben gerettet, und jetzt sollte ich eigentlich sagen, wir sind quitt."

„Was ich für Sie tat, hat mich weder eine Anstrengung noch ein Opfer gekostet. Ich wollte, ich könnte wirklich etwas für Sie tun."

„Das dürfte kaum möglich sein, denn wir werden uns wohl nie wiedersehen."

„Und wenn uns das Schicksal nun doch wieder zusammenführt, Fräulein Hilda?"

„Dann werden wir uns nicht kennen."

„Warum? Gibt es einen Grund dafür?"

„Fragen Sie nicht! Sie haben mich eine Fee genannt. Nun wohl, bleiben Sie bei dem Glauben, ich wäre eines jener geheimnisvollen überirdischen Wesen, nach deren Ursprung der Mensch vergeblich fragt."

„So soll ich auch nicht nach dem Ihrigen fragen?"

„Nein, Sie müssen mir versprechen, sich nicht nach mir zu erkundigen."

„Und wenn ich mich weigere, so etwas zu versprechen?"

„Das werden Sie nicht tun, wenn ich Sie dringend darum bitte."

„Und wenn wir uns zufällig wieder begegnen, soll ich Sie nicht kennen?"

„Auch darum bitte ich Sie."

„Melusine! Also Melusine!"

„Ja, es ist ganz so wie in der Sage von der schönen Melusine. Es war verboten, nach ihrem Ursprung zu fragen, und als der Graf Raimund von Lusignan dennoch seine Neugier nicht zu zügeln vermochte, da entschwand sie ihm."

„Und Sie entschwinden mir schon jetzt!"

„Desto besser für Sie, für uns beide! Also geben Sie mir das Versprechen?"

Sie hielt ihm die Hand hin, er aber ergriff sie nicht. Er nahm den Hut ab und fuhr sich über die Stirn.

„Sie wissen nicht, was Sie von mir verlangen."

„Vielleicht doch!"

„Je länger ich Sie anblicke, Fräulein Hilda, desto schwerer wird es mir, Ihnen zu gehorchen."

„Als Ehrenmann werden Sie mir meine Bitte erfüllen."

„Nun gut! Sie sei Ihnen gewährt!"

Er setzte den Hut wieder auf und gab ihr die Hand. Sie schüttelte den Kopf.

„Nicht so! Wir wollen nicht mit einem bitteren Gefühl voneinander scheiden. Wir haben uns getroffen, ohne uns zu kennen, wir gehen nun auseinander, ohne uns zu kennen. Was ist daran weiter Ungewöhnliches? Ist nicht so der Welt Lauf?"

„Ja, aber das Scheiden ist weniger angenehm als das Finden und Begegnen."

„Nun, es ist doch nicht ausgeschlossen, daß wir uns wieder begegnen."

„Aber dann dürfen wir uns nicht kennen."

„Wenigstens Sie mich nicht. Ich muß Sie kennen, ich darf Sie nicht vergessen, denn Sie haben mir das Leben gerettet. Ich schulde Ihnen immerwährenden Dank."

„Ich sagte bereits, daß davon keine Rede sein kann."

„Trotzdem fühle ich mich Ihnen verpflichtet, und aus diesem Grund möchte ich nun Ihren Namen wissen."

Er zuckte nur mit den Achseln.

„Sie wollen mir Ihren Namen nicht nennen?"

„Nein."

„Selbst wenn ich Sie recht herzlich darum bitte?"

„Selbst dann nicht."

„Das ist recht unhöflich von Ihnen."

„Manchmal ist auch eine Unhöflichkeit zu entschuldigen."

„Niemals, zumal gegenüber einer Dame. Ich will und muß Ihnen dankbar sein, und darum muß ich auch wissen, wer Sie sind.“

Sie stampfte unwillig mit dem Fuß auf. Er vermerkte es mit einem Lächeln.

„Sie kämpfen mit höchst ungleichen Waffen, Fräulein Melusine. Ich darf nicht erfahren, wer Sie sind, aber von mir verlangen Sie, daß ich Ihnen meinen Namen nenne, weil Sie eine Dame sind.“

„Erst nachdem ich Sie erfolglos gebeten hatte, sah ich mich gezwungen, mich auf Ihre Höflichkeit gegenüber einer Dame zu berufen. Ich befehle Ihnen jetzt allen Ernstes, mir Ihren Namen zu nennen.“

Sie sagte das zwar in scherzhaftem Ton, aber es war ihr anzusehen, daß sie es ganz ernst meinte.

„Einem so strengen Befehl muß ich dann ja wohl gehorchen.“

„Schön! Also Ihr Name?“

„Lohengrin!“

Sie blickte ihn mißtrauisch an.

„Rudolf Lohengrin? Ist Lohengrin wirklich Ihr Familienname?“

„Nein, ein Deckname.“

„Ich möchte aber Ihren wirklichen Namen wissen.“

„So wie ich gern den Ihrigen erfahren möchte! Ich nenne mich Lohengrin ganz so, wie Sie sich Melusine nannten.“

„Das ist rachsüchtig.“

„Nun ja, paßt Lohengrin auf mich nicht ebenso gut wie Melusine auf Sie? Lohengrin hatte auch verboten, nach seiner Herkunft zu forschen, und als Elsa von Brabant das dennoch tat, rief er seinen Schwan und zog mit ihm von dannen.“

„Es ist sehr häßlich von Ihnen, daß Sie mir meinen Wunsch nicht erfüllen.“

„Es ist sehr gerecht. Sie haben doch selbst gesagt, daß wir uns trafen, ohne uns zu kennen, und scheiden müßten, ohne uns kennengelernt zu haben. Ich erfülle Ihren Wunsch nur, wenn Sie mir auch Ihren Namen nennen."

„Nein", erklärte sie.

„So erfahren Sie auch meinen nicht."

„Ich erfahre ihn doch", sagte sie zornig.

„Das dürfte Ihnen schwer werden. Wir gehen ja jetzt auseinander."

„So laufe ich Ihnen nach."

„Unmöglich. So weit können Sie gar nicht laufen. Ich wohne nämlich nicht in dieser Gegend, sondern viele, viele Tagereisen von hier. Verstehen Sie italienisch?"

„Nur wenig."

„So sehen Sie bitte mal her!"

Er zog ein großes Papier aus der Tasche, öffnete es, verdeckte den darauf stehenden Namen sorgfältig mit zwei Fingern und hielt es ihr hin, daß sie die Stempel und den Text darauf sehen konnte. Mit einem forschenden Blick stellte sie fest, daß er in italienischer Sprache abgefaßt war.

„So sind Sie Italiener?"

Er nickte.

„Si, si, Signorina!"

„Sie sprechen aber ausgezeichnet deutsch."

„Ich verkehrte in Rom viel mit Deutschen. Sie sehen also, daß Sie mir Ihren Namen getrost nennen können. Denn ich kehre nach Italien zurück."

„Um so mehr muß ich ihn verschweigen. Zeigen Sie doch mal das Papier!"

„Damit Sie meinen Namen lesen?" Er faltete das Papier lachend zusammen und steckte es wieder ein. „Verschweigen Sie Ihren Namen, so brauchen Sie auch den meinen nicht zu wissen."

„Gut!" sagte sie aufgebracht. „Dann gehe ich! Leben Sie wohl, Herr Rudolf Lohengrin!"

Mit einer scharfen Kehrtwendung eilte sie die Höhe hinab.

„Addio, Signorina Hilda Melusine!" rief er ihr nach.

Sie verschwand zwischen den Felsen. Er tat einen Schritt, um ihr zu folgen, besann sich aber.

„Nein", sagte er. „Wenn ich sie richtig beurteile, dann kommt sie zurück und läuft nicht so davon. Rudolf, du hast nichts und bist noch nichts! Nimm dein Herz in acht!"

Er wartete, und bald zeigte sich, daß er sich nicht getäuscht hatte. Er hörte leise Schritte. Rasch trat er an den Abgrund und tat so, als wäre er in den Anblick der Berglandschaft vertieft. Durch keine Bewegung verriet er, daß er etwas gehört hatte.

„Herr — Rudolf!" erklang es zaghaft hinter ihm.

Er antwortete nicht.

„Herr Rudolf!" kam es lauter.

Jetzt drehte er sich um. Sie stand vor ihm, das Gesicht gerötet vor Verlegenheit.

„Ah, Sie, Fräulein Hilda! Ich glaubte, Sie wären schon längst fort."

„Ich wollte auch fort, aber ich möchte nicht allein gehen."

„Haben Sie Angst? Wir sind hier doch nicht in den Abruzzen oder im Bakonyerwald, wo es noch Räuber geben soll."

„Ach, ich denke nicht an Räuber, aber ich habe Angst, mich zu verlaufen. Doch als Italiener sind Sie hier ja genauso fremd wie ich."

„Sie sind also auch nicht von hier?"

„Nein, ich bin aus Wien."

„Und wohin wollen Sie jetzt?"

„Ich will nach Steinegg."

„Haben Sie dort Verwandte?"

„Eine Freundin."

„Bei der Sie auf Besuch sind?"

„Ja, ich bin heute mittag allein im Wald spazierengegangen und habe nicht auf den Weg geachtet."

Rudolf blickte sie forschend an und drohte mit dem Zeigefinger.

„Mein Fräulein, ich fühle beinahe Lust, Ihnen nicht zu glauben."

„Ich sage die Wahrheit, ich will wirklich nach Steinegg."

„Na, da können Sie sich ja kaum verlaufen. Sie gehen da rechts den Berg hinab immer geradeaus durch den Wald, dann kommen Sie auf einen Fahrweg. Den biegen Sie nach links ein, und längstens in einer Stunde sind Sie auf dem Marktplatz von Steinegg."

„Ich danke Ihnen. Hoffentlich finde ich den Weg auch wirklich!"

„Ganz sicher! Nur immer bergab und geradeaus!"

Sie schaute vor sich hin, als ob sie ziemlich ratlos wäre.

„Wissen Sie, ich bin aus einer Großstadt, da sind an jeder Straßenkreuzung Schilder und zeigen die Richtung an. Aber hier im Wald machen mich die vielen Bäume irr, da laufe ich gewiß im Kreis herum. Wenn es dunkel wird, bin ich womöglich wieder hier."

„Na, dann kann ich Sie nur bitten, hier zu bleiben und zu warten."

„Hier warten? Warum das?"

„Ich werde gehen und Ihnen einen Führer schicken, der Sie in die Stadt bringt. Bis der kommt, werden Sie also hier warten müssen."

„So ganz allein?"

„Sie können von hier oben aus ja inzwischen die Schönheit der Gegend genießen."

Sie warf ihm einen verstohlenen Blick zu. Sein Gesicht war so unbewegt, als ob ihn die ganze Sache innerlich recht gleichgültig ließe.

„Aber bitte", begann sie wieder, „Sie müssen doch auch durch den Wald . . ."

„Ja, aber in entgegengesetzter Richtung."

„Und wo wollen Sie einen Führer für mich holen?"

„Natürlich in Steinegg. Ich schicke ihn hierher."

„Aber wenn Sie bereit sind, nach Steinegg zu gehen, dann kann ich doch gleich mit Ihnen kommen!"

Er tat ganz überrascht.

„Sie mit mir? Sie scherzen! Sie sind doch eben zornig von mir fortgelaufen, und nun soll ich Sie begleiten?"

Da lachte sie hell auf.

„Ach, das war gar kein richtiger Zorn. Ich war nur ein bißchen wütend, weil Sie mich gereizt hatten."

„So?" Er lächelte. „Da muß man sich also hüten, Sie in Harnisch zu bringen. Mir scheint, mit Ihnen ist nicht gut Kirschen essen."

„So schlimm, wie Sie mich machen, bin ich nun auch wieder nicht. Jedenfalls kommt Ihr Leben nicht in Gefahr, wenn Sie die Güte haben und mich bis zum Weg nach Steinegg zu bringen. Da finde ich mich schon zurecht, und Sie sparen sich die Mühe, bis in den Ort zu laufen und einen Führer für mich zu suchen."

„Das leuchtet mir ein, und darum bitte ich Sie, mir zu folgen!" Er machte eine Verbeugung und ging voran.

Sie mußte bewundern, mit welcher Gewandtheit er zwischen Bäumen und Gestrüpp einen sicheren Weg den steilen Hang hinab fand.

„Vorsichtig, der Boden ist vom Regen naß und schlüpfrig", warnte er. „Wollen Sie mir nicht lieber die Hand geben?"

„Danke!" wehrte sie ab. „Es geht so besser."

Aber schon bald glitt sie aus, und sie wäre gefallen, wenn es ihr nicht gelungen wäre, noch rechtzeitig einen Baumstamm zu erfassen. Rudolf fragte erst gar nicht, sondern ergriff nun ihre Hand und geleitete sie behutsam über alle gefährlichen Stellen. Es war ihm eine Freude, wie sie sich nun ohne Widerstreben seiner Führung anvertraute.

Er fühlte ein leises Bedauern, daß sie schon so bald den Fahrweg erreichten.

„Links geht es nach Steinegg und rechts nach Tannenwinkel." Er zeigte mit dem Stock nach links. „Diese Richtung müssen Sie also einschlagen."

„Ich danke Ihnen. Und wohin gehen Sie?"

„Ich mache hier kehrt und kehre wieder auf den Berg zurück, von dem wir gekommen sind. Dort ist ein Weg, dem ich dann folge."

„Darf ich dann wenigstens Ihr nächstes Ziel erfahren, oder . . .?"

„Nein. Elsa von Brabant darf nicht wissen, wohin ihr Lohengrin sich wendet."

Sie standen auf dem einsamen Waldweg einander gegenüber und glaubten beide, sie nähmen nun Abschied fürs Leben. Hilda sah auf den Boden.

„Nun blicken Sie mich noch einmal freundlich an, Fräulein Hilda", sagte er. „Ich möchte mir Ihr Bild fest einprägen. Diesen Tag werde ich mein Leben lang nicht vergessen."

Als sie ihn ansah, glänzte es in ihren Augen feucht.

„Ja, es war eine unerwartete Begegnung. Nehmen Sie meinen herzlichsten Dank für den großen Dienst, den Sie mir leisteten und den ich Ihnen leider nicht vergelten kann, da Sie mir Ihren Namen nicht nennen wollen. Auch ich werde diesen Tag immer in Erinnerung behalten. Leben Sie wohl!"

Sie streckte ihm die Hand entgegen, und er ergriff sie. Seine Augen schauten sie traurig an, seine Lippen zuckten.

„Gott behüte Sie!" flüsterte sie, entzog ihm ihre Hand und wandte sich zum Gehen.

„Melusine!" erklang es hinter ihr, als sie langsam und zögernd ein paar Schritte getan hatte.

Sie blieb stehen und drehte sich um. Er kam auf sie zu und faßte sie bei den Händen.

„Wenn wir jetzt scheiden, um uns vielleicht nie wiederzusehen, so möchte ich doch noch zum Abschied eine letzte Gunst von meiner Fee erbitten. Darf ich?"

„Was?" fragte sie errötend.

„Einen letzten Kuß, bitte?"

Sie zierte sich nicht und bot ihm die Lippen. Er küßte

sie zart, aber als er den Arm um sie legen wollte, entzog sie sich ihm.

„Genug!“ sagte sie. „Und nun leben Sie wohl!“

Sie ging, ja sie lief fast davon, ohne sich umzublicken. Er sah ihr nach, bis sie hinter einer Wegkrümmung verschwunden war.

„Soll ich ihr folgen?“ fragte er sich. „Wenn sie wirklich in Steinegg auf Besuch ist, werde ich herausbringen, wer sie ist. Aber nein, wozu? Sie will es nicht, und was hätte ich davon? Ich bin ein armer Teufel, der noch lange nicht ans Heiraten denken kann. Will Gott, daß ich sie wiedersehe, so wird er es fügen.“

Er machte kehrt und stieg langsam und in Gedanken wieder den Fußpfad hinan, auf dem er den Fahrweg nach Tannenwinkel abkürzen konnte.

*

Hilda war hinter der Wegkrümmung stehengeblieben. Sie wollte sehen, ob er auch Wort halten und ihr nicht heimlich folgen würde.

Als sie sich davon überzeugt hatte, atmete sie auf, als wäre sie einer großen Gefahr entronnen.

„Sei vernünftig, Hilda“, sagte sie. „Verlier dich nicht in romantische Träumereien! Vielleicht wäre das ein Mann, den du heiraten möchtest, aber du hast jetzt an anderes zu denken, du brauchst einen klaren Verstand, um in deiner ungewissen Lage das Richtige zu tun.“

Nachdem sie sich so selber zur Ordnung gerufen hatte, machte sie sich auf den Weg, um schleunigst nach Schloß Steinegg zurückzukehren. Aber sie hatte noch keine zwei Schritte getan, da wurde sie angerufen.

Sie schrak zusammen.

War der Fremde doch zurückgekommen? Zurück durch den Wald, denn von dorther war das „Hallo!“ an ihr Ohr gedrungen.

Aber da wurde auch schon die Gestalt des alten Sepp hinter einem Baum sichtbar.

„Gott sei Dank!“ flüsterte Hilda und fühlte sich erleichtert und erfreut, daß Rudolf nicht heimlich umgekehrt war, was sie sehr enttäuscht hätte.

WURZELSEPP SPIELT SCHICKSAL

Auf der Wanderung von Steinegg nach Tannenwinkel hatte der Wurzelsepp in der Hütte eines Waldhüters eine kleine Rast eingelegt und, als es dann zu donnern begann, sich entschlossen, hier das Gewitter abzuwarten. Erst als der Himmel aufklarte und die Regentropfen am Gezweig in den Sonnenstrahlen wie Diamanten erglitzerten, machte sich Sepp wieder auf den Weg, und sein biederer Gastgeber begleitete ihn ein Stück.

Er wollte sich schon verabschieden, da vernahmen beide hinter der nächsten Wegkrümmung Stimmen.

„Na, wer jetzt im Wald ist, den hat das Unwetter arg erwischt“, meinte der Waldhüter. „Der wird ausschaun wie a gebadete Maus. Hört sich an, als wär gar a Frauenzimmer dabei.“

„Sakra, die Stimm kenn i scho“, flüsterte Sepp. „Dös ist die Baronesse Hilda von Alberg. Komm! Wollen sehn, mit wem s' da redet!“

In der Deckung der Bäume näherten sie sich vorsichtig der Wegkrümmung.

„Schau an, der Rudolf Fredericks!“ wisperte der Waldhüter. „I hab gemeint, der wär noch in Italien.“

„Um so besser, wann er zurück ist!“ Sepp nickte befriedigt. „Der kommt mir grad recht. Denn i will zu seiner Mutter nach Tannenwinkel. — Pst! Die jungen Leut kommen näher!“

„Da schau her! Die beiden sind gar net naß.“

„Irgendwo haben s' gesteckt, wo kaa Regen net hinkommt. Jetzt reichen s' sich die Händ ...“

„Was hat er da gesagt? He, Rosine?“ fragte der Waldhüter verständnislos.

„Depp! ‚Melusine‘ hat er gesagt. Waaßt net, was dös ist? A schönes Weibsbild, halb Fisch, halb Madam ... Da! Hast's gesehn?“

„Na freili — geschmatzt haben s'! So was tät uns net mehr passieren!"

„Jetzt gehn s' voneinander. Schnell, mach di heimlich fort! Du wirst net mehr gebraucht!"

„Willst der Baronesse wohl auch a Busserl geben?"

„Halt die Goschen, sonst kriegst was drauf! Und wannst nur aanem Menschen sagst, daß du hier die Baronessen mit dem Rudolf gesehn hast, kriegst Ohrwatschen von mir", warnte Sepp. „Dös muß ganz geheim bleiben, verstehst? Marsch! Ab!"

Huber machte sich davon. Sepp aber rief Hilda an und trat zwischen den Bäumen hervor.

„Verteuxeli, Fräulein Baroneß! Wo kommen S' denn jetzt daher?"

„Ich war spazieren und wurde von dem Unwetter überrascht."

„Und sind doch gar net naß geworden!"

„Ich stand unter einem Baum, da kam ein fremder Herr und zog mich fort. Eine Minute später schlug der Blitz in den Baum."

„Sakra, wer stellt sich denn unter aanen Baum, in den der Blitz einschlagen will!"

„Und wo kommen Sie jetzt her?"

„Grad aus dem Wald."

„Dann haben Sie den Herrn nicht mehr gesehen? Er hat sich eben von mir verabschiedet."

Hilda war in Sorge, er könnte gesehen haben, wie sie den Fremden geküßt hatte.

„I hab kaanen fremden Herrn gesehn", sagte Sepp, und er log nicht einmal, denn er kannte ja Rudolf Fredericks sehr gut.

„Und wohin wollen Sie jetzt?"

„Allüberallhin! Wohin die Beine mi halt tragen. Der Sepp findet überall Brot und Lager."

„Dann können Sie mir einen großen Gefallen tun?"

„Aber gern."

„Der Herr, der mich gerettet und dann in den Schutz einer Felsenhöhle gebracht hat, wollte mir nicht sagen, wer er ist und wie er heißt. Aber er muß wohl ein Italiener sein. Er ist dort die Höhe hinauf, und vielleicht können Sie ihn noch finden."

„Wenn er net davongeflogen ist, werd i ihn scho einholen."

„So folgen Sie ihm doch bitte und geben Sie mir Bescheid, was Sie über ihn erfahren konnten!"

„Dös ist net so leicht. Waaß er denn, wer die Fräulein Baroneß ist?"

„Das hab ich ihm nicht verraten. Er darf auch nicht wissen, wer ich bin. Gehen Sie schnell, damit er keinen zu großen Vorsprung erhält!"

„Dann mach i noch größere Nachsprüng und hol ihn doch noch ein! Grüß Gott, Fräulein Baroneß!"

Er schwenkte den Hut und bog in den Pfad ein, auf dem Rudolf verschwunden war.

„Dös ist fei was Rechtes!" kicherte er vor sich hin. „Er kennt sie net, und sie ihn net. Der Sepp aber kennt sie alle beide. Nun wird der Sepp von ihr nach ihm und von ihm nach ihr ausgefragt werden, und kaaner soll wissen, wer der andre is. Sepp, Sepp, wannst net aanen gar so guten Kopf hättest, so wär er schon längst entzweigegangen. Denn was die Menschheit alles vom Sepp verlangt, ist kaum noch zu behalten."

Seine Schritte waren bedächtig, aber weit und ausgiebig wie die des erfahrenen Bergsteigers. Trotz seines Alters kam er schneller voran als Rudolf, der es erst so eilig gehabt hatte, zu seiner Mutter zu kommen, nun aber in Gedanken an das Erlebnis langsam dahinwanderte.

Als Sepp ihn einholte, tat er überrascht.

„Hallo!" rief er. „Willst mi net mitnehmen?"

Rudolf wandte sich um und erkannte ihn.

„Der Wurzelsepp!" Er war sichtlich erfreut. „Wohin, altes Haus? Etwa nach Tannenwinkel?"

„Wohin wohl sonst?"

„Dann gehn wir zusammen."

„Ist mir lieb. Zu zweit kommt man schneller vorwärts, als wenn man allein ist. Beim Reden verfliegt die Zeit, und die Beine laufen von selber. Hab gehört, du hast aanen Preis gewonnen und warst in Italien. Seit wann bist denn zurück?"

„Seit heute. Ich komm eben von der Bahn. Bist du letzter Zeit mal in Tannenwinkel gewesen?"

„Lang net mehr."

„Ich hab seit vier Wochen von Mutter nichts mehr gehört, weil ich von einer Stadt in die andere unterwegs war und ihr keinen Ort angeben konnte, wo ich brieflich zu erreichen war. Darum hat sie mir nicht schreiben können. Ich bin in Sorge um sie."

„Sorge? Die Mutter ist sicher wohlauf, sonst hätt's der Sepp gehört."

Eine Weile gingen beide schweigend dahin, dann sagte Rudolf: „Sepp, du kommst ja überall hin und hörst viel. Vielleicht kannst du mir eine Auskunft geben?"

„Gern, wann's mir möglich ist."

„Du kennst doch alle Leute in Steinegg?"

„Wen sollt der Sepp net kennen?"

„Sind jetzt viele Fremde zu Besuch in der Stadt?"

Sepp schmunzelte vor sich hin.

„Freili, jetzt im Sommer. Beim Schwanenwirt wohnt a Doktor und noch wer."

„Haben die beiden Herren Familie?"

„Der Doktor ist ledig, der andre hat vielleicht Frau und Kinder, aber er ist ganz solo da."

„Hm! Und wer hat noch Besuch?"

„Willst mir net lieber sagen, wen du eigentlich suchst? Wie schaut der Herr denn aus und was ist er von Beruf?"

„Es ist kein Herr, sondern eine Dame."

„Soso! Und wie schaut sie aus? Alt oder jung, dick oder dünn, schön oder zuwider?"

„Jung, schlank und hübsch."

„Also a saubres Dirndl. So was hat der Sepp gern. Aber da gibt's in Steinegg jetzt viele auf Besuch. Wie heißt s' denn?"

„Hilda."

„Und weiter?"

„Den Familiennamen hat sie mir leider nicht sagen wollen."

„Da ist der Gaul leider nur vorn beschlagen, wenn hinten die Eisen fehlen. Kannst mir nix von ihr erzählen? Nachher waaß i vielleicht, wie man sie erwischen kann."

Rudolf erzählte ihm nun sein Abenteuer im Gewitter, allerdings nur das, was er für nötig hielt.

„Hm!" brummte der Sepp. „Am besten wär's halt, wannst net weiter an sie denkst."

„Warum meinst du das?"

„Na, dös ist mir a feines Dirndl! Du rettest ihrs Leben, und sie sagt net mal, wie sie heißt und wo sie wohnt! Von der möcht i nix wissen."

„Du irrst dich in ihr. Sie ist nicht herzlos."

„Freili hat sie a Herz und sicher auch a hübsches G'sicht?"

„Ja, schön ist sie."

„Da hat man's! Wann so a Dirndl die Nas abwärts hat und's Maul quer drunter, nachher heißt's gleich, sie ist schön und hat a gutes Herz. Zu meiner Zeit, als i noch a sakrischer Bua war, da haben wir viel mehr Ansprüch gemacht. Wollt a Dirndl damals für schön gelten, dann mußt's Backen haben wie a Fliegenpilz, Zahnerln wie Perlen, Lippen wie Leberwürst, Augen wie a Spitzbua, und tanzen mußt s' können wie aane Spindel am Rad. Dös ist jetzt fei anders. Jetzt ist jedes Dirndl schön, wann's net bucklig ist oder lahm oder taub. Geh weg! Ihr könnt mir gestohlen werden mitsamt euren Dirndeln! Warum hab i net geheiratet? Warum bin i ledig geblieben, he?"

„Nun, weshalb?"

„Weil's selbst dazumal kaane gegeben hat, die hübsch genug gewesen wär für den Wurzelsepp."

Rudolf lachte.

„Und jetzt möchtest du wohl heiraten, bekommst aber keine mehr?"

„Der Sepp kaane mehr bekommen? Mehr als du! Laß dir erst den Schnurrbart wachsen, bevor du so was sagst! Bist kaum aus dem Ei und willst gesetzte Leut wie mi reinlegen? So a Lauser! Sieht a Dirndl und ist scho verliebt! Wie alt ist sie denn, he?"

„Vielleicht achtzehn."

„Dös ist noch net zu alt. Da eilt's net so, bis du sie wiedergefunden hast."

„Das wird hoffentlich nicht lange dauern. Ich verlasse mich ganz auf dich."

„So? Was die gelehrten Herrn net selber fertigbringen können, soll der Sepp machen. Was aber hat er davon?"

„Du sollst dich nicht umsonst bemühen."

„Schau, dös klingt net übel. Was gibst mir, wann i dös Dirndl find?"

„Wieviel verlangst du?"

„Gibst zwanzig Mark?"

Da blieb Rudolf stehen und schüttelte den Kopf.

„Sepp, du weißt, daß ich nicht so viel übrig habe."

„So gibst zehn."

„Die könnt ich vielleicht zusammenbringen, aber wie ich dich kenne, machst du's einstweilen auch umsonst. Später kann ich dir dankbar sein. Du hast mir bereits größere Gefallen getan als den, um den ich dich jetzt bitte."

„Meinst! Na, dös soll a Wort sein! Der Sepp kennt di ja, seit du mit deiner Mutter von Amerika gekommen bist. Du warst stets a braver Bua und wirst auch a braver Mann werden. Aber laß di warnen, Rudolf, laß di warnen!"

„Warnen? Wovor?"

„Vor den Teufeln, die aus den Augen von so aanem hübschen Dirndl schaun. Wannst du nur hinblickst, ist die Teufelei scho fertig. A verliebter Bursch ist nur a halber Bursch. Und grad du mußt nüchtern sein, denn du brauchst den ganzen Kopf, um zu werden, was du werden willst."

„Ich bin nicht verliebt, ich möchte nur wissen, wer die Dame ist."

„Net verliebt bist? Hör mal, mit der Neugier fangt's an, und nachher ist die Lieb auch gleich da. I will dir den Gefallen tun und nach dem Dirndl forschen. Wann i's net find, mußt halt tun, als hättst die Dame nie gesehn. So a klaanes Abenteuer erlebt jeder mal. Erzähl mir lieber, wie's dir in Italien ergangen ist!"

„Ich hab in dem halben Jahr viel sehen können und auch tüchtig studiert, auch manche Bekanntschaft gemacht, die mir später von Vorteil sein kann. Da fällt mir übrigens eine Begegnung ein, die ich heute bei meiner Ankunft auf dem Bahnhof Steinegg hatte. Ich wurde von einem mir völlig fremden Herrn mit meinem Vornamen angesprochen."

Rudolf berichtete über sein Zusammentreffen mit dem Baron von Alberg. Sepp sagte zunächst nichts dazu, dann fragte er:

„Hm! Hast dir den Herrn genau angeschaut? Ist dir nix in seinem Gesicht aufgefallen, woran man ihn vielleicht erkennen könnt?"

„Doch ja! Auf der linken Stirnhälfte hatte er eine lange Narbe."

Sepp nickte vor sich hin.

„Da werden wir scho erfahren, wer's gewesen ist. Aber schau! Der Wald ist zu End, und dort liegt Tannenwinkel. Nun wirst deine Mutter gleich wiedersehn."

Inmitten von Wiesen, Feldern und Wald lag der kleine trauliche Ort auf einer Anhöhe, überragt von einem Felsen, der sich in gewaltigen Stufen auftürmte. Einen befremdenden Eindruck machte die Kirche. Der Turm war, offenbar schon vor längerer Zeit, von einem zündenden Blitz getroffen worden und bis zur Hälfte abgebrannt; und immer noch war die Ruine nicht neu aufgebaut.

Als die beiden Wanderer sich dem Dorf näherten, begegnete ihnen ein Knecht, der freundlich grüßte, dabei aber Rudolf eigenartig scheue Blicke zuwarf. Sie hatten die ersten Häuser noch nicht erreicht, da kam ihnen die vierschrötige Gestalt eines Bauern entgegen, der nach seinem Ackerland sehen wollte. Als er die beiden erblickte, blieb er stehen und nahm die Meerschaumpfeife aus dem Mund.

„Schau an, der Rudolf Fredericks!" sagte er. „I hab scho gedacht, der Herr Student will von seiner Heimat gar nix wissen."

„Wer sagt denn das, Ambros?"

„Kaaner sagt's, aber alle wissen's. Warum antworten S' denn net, wann man Ihnen so dringliche Briefe schreibt?"

„Davon weiß ich nichts."

„Ja, weil S' die gar net angenommen haben! Sie sind alle mitnander aus Italien zurückgekommen, und dieweil liegt die arme Mutter daheim und ..."

„Meine Mutter?" unterbrach ihn Rudolf. „Was ist mit ihr? Was fehlt ihr?"

Der Bauer zog ein Streichholz hervor, strich es an der Lederhose an und setzte die ausgegangene Pfeife wieder in Brand.

„Ja, am Samstag, da waren's grad vier Wochen. I waaß noch ganz genau, daß i am Morgen den alten Kirschbaum im Garten umgesägt hab, weil er net mehr tragen wollt. Der Schreiner hat mir elf Mark für den Stamm gezahlt, elf Mark, gleich so wie er im Garten lag, nämlich net der Schreiner, sondern der Stamm ..."

„Bitte, bitte, was ist mit meiner Mutter?" drängte Rudolf.

„Nur Zeit, nur Zeit, junger Mann! I hab dann die Sauen gefüttert, und dabei darf man sich net übereilen, sonst legen s' kaanen Speck an. Also, nachher um Mittag, meine Frau hat grad die Suppen angerichtet, da kommt der Briefträger und bringt mir den Brief von meinem Schwager, dem Vinzenz in ..."

„Um Gottes willen!" flehte Rudolf. „Was ist mit meiner Mutter? Spannen Sie mich doch nicht so auf die Folter!"

„Was? Auf die Folter spannen? Fallt mir gar net ein. Also bevor i noch den Brief vom Vinzenz aufgemacht hab, sagt mir der Briefträger, er hat der Frau Fredericks auch aanen Brief gebracht. Sie hätt ihn aufgeschnitten und sich beim Lesen still auf aanen Stuhl gesetzt, und dann wär s' so dagesessen, als ob sie tot gewesen wär ..."

„Herrgott!" Rudolf faßte den Mann beim Arm. „Sagen Sie mir nur eins: Ist meine Mutter krank?"

„Na, natürlich ist sie krank. Als sie sich so auf den Stuhl gesetzt hat, da hat sie der Schlag getroffen."

„Mein Gott, mein Gott! Lebt sie noch?"

„Naa, gestorben ist sie noch net."

„Gott sei Dank! Ich muß fort! Sepp, komm nach!"

Er rannte davon. Der Bauer stopfte sich den Tabak in seiner Pfeife fest und brummte:

„Nun hat er plötzlich kaane Zeit, und vorher hat er sich gar net um sie gekümmert."

„Er hat ja nix davon gewußt", entschuldigte Sepp seinen jungen Freund.

„Man hat's ihm aber doch geschrieben."

„Er hat die Briefe aber net erhalten, weil er auf Reisen unterwegs war."

„So hätt er sollen daheimbleiben!"

„Ist es denn schlimm?"

„Freili. Sie hat net mehr reden und sich net mehr bewegen können, so hat sie der Schlag getroffen. Vor lauter Schreck."

„Worüber hat sie sich denn so erschreckt?"

„Die Bank, von der sie alle Vierteljahr ihr Geld bekommen hat, ist bankrott, und nun erhält sie ihr Lebtag kaanen Pfennig mehr. Jetzt kann sie schon wieder langsam reden und auch die Arme bewegen. Die Nachbarn haben sie gewartet und gepflegt, wie's sich gehört. Vielleicht wird sie wieder gesund wie vorher, aber mit dem Studium von ihrem Buam wird's nun wohl endgültig aus sein."

„Weils Geld nun fehlt?"

„Freili. Sie hat von ihren Sachen was verkaufen wollen, aber dös haben wir Nachbarn net zugegeben. Jetzt ist der Student ja nun da, und nun mag er für sie sorgen. Die Frau selber wird im Leben wohl kaum wieder aanen Pfennig verdienen können. Sie hat den Madln Stricken und Nähen beigebracht. Davon und von der klaanen Rente hat sie gelebt. Beides ist nun vorbei. Der Bub mag nun sehen, was er anfangt, um durch die Welt zu kommen. Wir Nachbarn werden ja die Händ net abziehn von der Frau, bei der unsre Kinder Gutes gelernt haben, aber ihn studieren lassen, bis er fertig ist — dös können wir net."

„So wird sich irgendwer andrer finden, der's tut", meinte Sepp.

„Jemand anders? Den möcht i sehn!"

„Wirst ihn scho bald sehn. Paß nur auf!"

Er ließ den Mann stehen und ging geschwind die Straße des kleinen Ortes hinauf. Dann bog er zur Seite ein, wo das Häuschen lag, in dem Frau Fredericks zur Miete wohnte.

Sie war vor vielen Jahren als Fremde zugezogen, aus Amerika — mehr wußte man nicht. Aus Amerika erhielt sie auch vierteljährlich die Zinsen eines kleinen Kapitals, das dort auf einer Bank für sie angelegt war. Davon lebte sie, und sie verdiente sich noch dadurch einiges Geld dazu, daß sie den Schulmädchen Unterricht in Handarbeiten erteilte. Mit diesen Einnahmen hatte sie ihrem Sohn den Besuch der technischen Hochschule in München ermöglicht. Als begabter und fleißiger Student hatte er sich durch eine

Preisarbeit die Mittel errungen, um eine Studienreise durch Italien machen zu können.

Sie war eine stille, anspruchslose Frau von etwa fünfzig Jahren. Man merkte ihr wohl an, daß sie früher einmal ganz andere Ansprüche ans Leben hatte stellen können, aber sie war immer heiter und zufrieden. Welche Opfer und Entbehrungen sie sich auferlegte, um ihrem Sohn eine Zukunft zu bereiten, das wußte freilich nur sie.

Sie bewohnte eine Treppe hoch ein Wohnstübchen mit Schlafkammer und Küche. Sepp suchte sie stets auf, wenn er nach Tannenwinkel kam. Er verkehrte ja gern mit Leuten, die mit den Sorgen und Nöten des Daseins zu kämpfen hatten. Ihnen war er stets ein tröstender Berater und darum wohlgelitten und willkommen. Diese Frau Fredericks hatte er besonders ins Herz geschlossen, und so hatte ihn die Kunde von ihrem Unglück sehr betroffen.

Er stieg die Treppe hinauf und öffnete die Tür. Das Wohnstübchen glänzte vor Reinlichkeit, obwohl die Möbel alt und einfach waren. Es war niemand darin, aber aus der Kammer, deren Tür offenstand, ertönten Stimmen. Sepp trat hinein.

Bleich und abgezehrt lag Frau Fredericks im Bett, aber ihre Augen leuchteten, da sie nun endlich den heißersehnten Sohn wieder bei sich hatte. Sie erblickte den alten Freund zuerst.

„Der Wurzelsepp, da ist er", sagte sie langsam mit etwas lallender, aber verständlicher Stimme.

„Ja, da bin i!" Sepp trat an das Bett, auf dessen Rand Rudolf saß. „Wann i gewußt hätte, daß Sie krank sind, wär i scho längst mal gekommen. I hab's eben erst erfahren."

„Rudolf sagte es mir. Setzen Sie sich, lieber Freund! Es freut mich, daß Sie da sind. Ich muß meinem Sohn etwas mitteilen und möchte, daß auch Sie das hören. Denn Sie sind ein erfahrener Mann, der ihm mit Rat zur Seite stehen kann, wenn ich das nicht mehr vermag."

„Mutter!“ bat Rudolf leise in schmerzlichem Ton.

„Will's Gott, so leben S' noch lange Jahre“, meinte auch der Sepp. „Hat die Sprach sich wiedergefunden, so werden S' auch bald wieder laufen und werkeln können. Nur frohen Mut müssen S' haben, dös is die Hauptsach!“

„Ich hoffe ja auch, meine Krankheit wird sich zum Bessern wenden, aber ein Schlaganfall kann sich leicht wiederholen. Und darum möchte ich mein Haus bestellen.“

„Wollen S' gar Testament machen?“ versuchte Sepp zu scherzen.

„Nein, ein Testament im gewöhnlichen Sinn nicht. Ich besitze ja kein Vermögen. Jetzt bin ich leider noch ärmer als vorher. Ich kann meinem Sohn nichts hinterlassen als meinen Segen, die wenigen, armseligen Gegenstände, die mir gehören, und einen Namen, den er ... von einem Flecken zu reinigen hat.“

„Ich? Unseren Namen?“ fragte Rudolf erstaunt.

„Ja, mein Junge. Ich habe bisher geschwiegen. Ich wollte keinen bitteren Tropfen in den schon so leeren Kelch deiner Jugendfreude fallen lassen. Jetzt aber, da mich der Tod jeden Augenblick ereilen kann, muß ich endlich sprechen.“

„Mutter, du darfst dich nicht aufregen!“

„Keine Angst! Ich werde mich nicht übermäßig aufregen. Was ich dir zu sagen habe, beschäftigt mich seit Jahren, und ich will mich auf das Nötigste beschränken, damit du im Fall meines Todes aus den hinterlassenen Dokumenten und Aufzeichnungen klug wirst. Hör also zu!“

„Mutter, muß das jetzt gleich nach meiner Ankunft sein?“

Seine Augen waren besorgt auf sie gerichtet, nicht wegen der Mitteilungen, die er zu erwarten hatte, sondern aus Angst, die Erregung könnte ihr schaden.

„Gerade weil du endlich hier bist, möchte ich keinen

Augenblick mehr länger warten. Also laß mir meinen Willen!"

Da schwieg er. Sie blickte sinnend vor sich hin. Es kostete sie eine gewisse Überwindung, dann begann sie ihren Bericht.

„Zunächst, mein lieber Junge, muß ich dich um Verzeihung bitten, weil ich dir so lange etwas nicht ganz Unwichtiges verschwiegen habe. Du heißt nämlich nicht Rudolf Fredericks, sondern Rudolf Freiherr von Friederichs."

„Mutter, ist das wahr?"

Sie senkte den Kopf und murmelte seufzend: „Ja, es ist wahr!"

Rudolf stand auf, ging ein paar Schritte hin und her und setzte sich wieder zu seiner Mutter.

„Sonderbar! Da muß ich an den Herrn denken, der mich heute mittag auf dem Bahnhof Steinegg nach meinem Namen fragte."

Er erzählte ihr das, was er auch Sepp schon gesagt hatte, und beschrieb auch die Person des Barons von Alberg möglichst genau. Der Alte verhielt sich schweigsam. Die Mutter hörte aufmerksam zu und versank in tiefes Nachsinnen. Dann aber schüttelte sie den Kopf.

„Ich habe keine Ahnung, wer dieser Mann sein kann; jedenfalls muß er deinen Vater gekannt haben. Du siehst ihm außerordentlich ähnlich, und er hieß Rudolf wie du. Der Fremde muß bei deinem Anblick geglaubt haben, er hätte deinen Vater vor sich."

„Ich muß herausbekommen, wer der Mann war!"

„Versuch es, mein Sohn, aber das dürfte nicht leicht sein."

„Der Sepp will mir helfen."

„So? — Dann wäre es immerhin möglich."

In diesen Worten sprach sich so einfach und so deutlich das Vertrauen aus, das der Alte genoß. Man war es von ihm gewohnt, daß er noch Wege wußte, wenn kein anderer mehr zu raten und zu helfen vermochte.

Der Alte nickte.

„Ja, ja! Der Sepp wird den Kerl scho finden. Aber sprechen wir jetzt net von ihm! Lassen S' sich davon net ablenken!"

„Sie haben recht, Sepp, es gibt Wichtigeres zu sagen. — Dein Vater also, Rudolf, war der Baron von Friederichs. Auch ich bin adelig und hieß als Mädchen Emilie von Sendingen."

Weder Mutter noch Sohn achteten darauf, wie Sepp bei diesem Namen gespannt aufhorchte und mit einem zufriedenen Lächeln die Enden seines Schnauzbartes zwirbelte.

„Aber warum hast du mir niemals gesagt, Mutter, daß unser richtiger Name von Friederichs ist?"

„Dann hätte ich dir auch sagen müssen, warum wir den Namen Fredericks angenommen haben, und das wollte ich dir und mir ersparen."

Sie schwieg für einige Augenblicke.

„Ich will mich so kurz wie möglich fassen", fuhr sie dann fort. „Ich war noch ein Kind, als meine Eltern starben, ohne ein Vermögen zu hinterlassen. Eine reiche Tante nahm mich zu sich, und ich wurde von ihr zusammen mit einem anderen Mädchen erzogen, das ebenfalls eine Nichte meiner Tante war, aber nicht blutsverwandt mit mir. Mit zwanzig Jahren lernte ich deinen Vater kennen. Die Tante billigte unsere Liebe, aber plötzlich trat eine Änderung in ihrer Gesinnung ein. Sie drohte, mich zu enterben, wenn ich deinen Vater heiraten würde. Was hättest du an meiner Stelle getan?"

„Hm. Wahrscheinlich auf das Erbe verzichtet."

„Das tat ich auch. Ich verließ die Tante und wurde die Frau deines Vaters. Aber leider währte unser Glück nicht lange. Eines Tages kehrte mein Mann nicht nach Hause zurück — o Gott, was für ein schrecklicher Tag das war! — Dein Vater war verhaftet worden, festgenommen wegen eines gemeinen Verbrechens."

„Mein Vater ein Verbrecher?“ fuhr Rudolf auf.

„Bleib ruhig, mein Junge, auch ich erzähle in Ruhe. Ich darf mich nicht aufregen. Darum will ich jene qualvollen, entsetzlichen Tage nicht schildern. Ich war dem Wahnsinn nahe und von aller Welt verlassen. Der Schein war gegen deinen Vater. Man brachte Beweise für seine Schuld, obwohl er beteuerte, nicht das geringste zu wissen. Er wurde verurteilt.“

„Glaubst du an seine Unschuld, Mutter?“

„Noch heute würde ich jeden Eid schwören, daß er das Opfer einer schändlichen Intrige geworden ist.“

„Man müßte sie aufdecken!“

„Heute, nach so langer Zeit? Dein armer Vater erhielt eine vieljährige Gefängnisstrafe. Nach seiner Entlassung wollte kein Mensch mehr etwas von ihm wissen. Seine besten Freunde wichen ihm aus, seine Familie wollte ihn nicht mehr kennen, und seinen Beruf als Offizier hatte er verloren.“

„Schrecklich!“

„Ja, unsere Lage damals ist nicht zu beschreiben. Du warst während der Gefangenschaft deines Vaters geboren worden, und da wir von jedermann verachtet wurden, war es uns fast unmöglich, auch nur das trockene Brot zu erwerben. Wie oft habe ich damals an den Tod gedacht, wie oft! Da wurden uns in der größten Not bare tausend Taler zugesandt, mit dem Rat, nach Amerika auszuwandern. Die Zeilen waren mit den Worten ‚ein verborgener Freund‘ unterschrieben, aber dein Vater kannte die Handschrift so wenig wie ich. Aber wir folgten dem Rat. Er erschien uns als der beste, den man uns geben konnte.“

„Und drüben wurde der Vater Feldmesser?“

„Das habe ich dir bisher nur gesagt, um dir nicht noch mehr erzählen zu müssen. Vater änderte drüben unseren Namen in das amerikanisch klingende Fredericks ab. Er sprach gut englisch und fand Anstellung bei einer Privatdetektei. Das war ein Beruf, der ihm lag und gefiel, aber bereits nach einem Jahr wurde er ein Opfer dieses Berufs. Bei der Festnahme eines Verbrechers wurde er erschossen."

„O Gott! — Arme, arme Mutter!"

„Ja, arm war ich damals. Von den tausend Talern war nichts mehr vorhanden, und ich war nun ganz auf mich selber angewiesen. Ich ernährte uns beide schlecht und recht durch Arbeiten, die ich für ein Stickereigeschäft anfertigte. Dort im Laden lernte ich zufällig die Frau des reichen Kaufmanns kennen, in dessen Büro dein Vater erschossen worden war, als er den Einbrecher festnehmen wollte. Sie hatte Mitgefühl mit mir und veranlaßte ihren Mann, mir ein kleines Kapital auszusetzen, dessen Zinsen ich bis zu meinem Tod erhalten sollte."

„Wieviel war das, liebe Mutter? — Warum zögerst du? Sag es mir aufrichtig!"

„Es waren tausend Dollar zu vier Prozent."

„Mein Gott, dann bekamst du jährlich einhundertsechzig Mark! Und davon hast du unseren Lebensunterhalt und dazu noch mein Studium bestritten?"

„Ich verdiente ja nebenbei noch manches."

„Aber wieviel? Wie hast du das nur ermöglicht?"

Ein entsagungsvolles und doch befriedigtes Lächeln flog über das Gesicht der Kranken und verklärte es.

„Nun ja, es ging sehr oft recht schmal her, und zuweilen hätte ich gern mehr gegessen, wenn ich mehr gehabt hätte. Aber das fühlt und merkt man gar nicht, wenn es wegen eines guten Kindes geschieht."

„Hätte ich das gewußt!" rief Rudolf. „Du hast heimlich gehungert, und ich habe Ausgaben gemacht, die nicht unbedingt nötig waren! Manchmal ein Bier getrunken oder eine Zigarre geraucht! Mutter, Mutter, warum hast du das getan? Warum bist du nicht eher aufrichtig gewesen? Ich hätte nicht studiert, sondern ein Handwerk erlernt, dann hätte ich dich schon seit Jahren unterstützen können."

Ihr Auge ruhte mit leuchtendem Blick auf ihm.

„Du solltest einen Beruf ergreifen der dir Freude macht, und ich bin ja nicht verhungert. Es hat immer gute Menschen gegeben, die mir etwas zukommen ließen, womit ich nicht gerechnet hatte. So bin ich auch nach Deutschland zurückgekommen. Ich begleitete eine alte Dame, die auf Besuch in New York erkrankt war, als Pflegerin, und bekam von ihr die teure Reise bezahlt. Leider starb sie bald nach der Ankunft in Hamburg, aber auf ihre Empfehlung hin bekam ich noch diese Wohnung hier in Tannenwinkel. Den Namen Fredericks behielt ich bei, schon darum, weil ich meine Rente aus Amerika auf diesen Namen bekam."

„Und mit der Familie meines Vaters hast du keine Fühlung wieder aufgenommen?"

„Aber ja, ich habe immer wieder versucht, die Unschuld deines Vaters zu beweisen; aber alles war vergeblich. Die Verwandten deines Vaters wiesen mich ab. Charlotte von Walther, jenes andere Mädchen mit dem ich bei der Tante erzogen worden bin, hatte bald nach jenem bösen Ereignis geheiratet, war aber schon kurze Zeit später gestorben. Mit meinen armseligen Mitteln konnte ich keinen Rechtsanwalt beauftragen, sich mit der Ehrenrettung deines Vaters zu befassen. So wollte ich dich zu einem tüchtigen Mann erziehen, und eines Tages solltest du es in die Hand nehmen, das Andenken deines Vaters von jedem Makel zu befreien."

„Das werde ich, das werde ich sicher!"

„Gott gebe es! Bei all den Aufregungen und Entbehrungen bin ich doch nach und nach schwach und matt geworden. Und nun kam plötzlich der Brief mit der Nachricht, daß ich aus Amerika kein Geld mehr bekommen würde. Dabei hatte ich bereits mit jedem Pfennig gerechnet. Ich erschrak so, daß mir die Sinne schwanden. Als ich erwachte, konnte ich nicht mehr sprechen und mich nicht mehr bewegen."

„Und ich war nicht hier!" schluchzte Rudolf.

„Du fehltest mir, aber die Nachbarn haben mir geholfen. Sie schrieben an dich, aber die Briefe kamen als unbestellbar zurück. Ich dachte mir, daß du schon auf der Heimreise warst."

„Ich Tor schrieb dir von unterwegs nicht, ich wollte dich überraschen. Und nun bin ich da, aber ..."

Rudolf hielt inne und zog unwillkürlich den Geldbeutel aus der Tasche. Die Mutter sah das und lächelte traurig.

„Mach dir jetzt keine Sorgen! Gott wird schon helfen!"

„Ja, Gott hilft gewiß, aber wir Menschen dürfen nicht Hilfe von ihm erwarten, indem wir die Hände in den Schoß legen. Mit dem Besuch des Polytechnikums ist es nun aus ..."

„Mein Himmel, daß das so kommen muß!" seufzte die Mutter.

„Beruhige dich! Das soll nicht für immer sein. Geld hast du natürlich nicht mehr?"

„Leider nein."

„Und mein ganzes Vermögen besteht nur noch aus ein paar Mark. Was mir in Italien zur Verfügung stand, habe ich dort auch gebraucht. Aber das soll mich nicht bedrükken. Gibt es hier vielleicht einen Bau?"

„An der Obergasse wird ein neues Haus gebaut."

„Das trifft sich gut. Ich werde gleich nachher hingehen und um Arbeit bitten. Ich bekomme gewiß eine, und wenn ich den Handlanger machen müßte."

„Rudolf! Bei deinen Kenntnissen und Fähigkeiten!"

„Für die finde ich hier bestimmt keine entsprechende Arbeit. Aber ich verdiene wenigstens etwas. Wenn du so lange Jahre im stillen für mich gehungert hast, so werde ich nun wohl endlich auch einmal für dich arbeiten können. Das ist doch keine Schande."

„Und ich gebe es nicht zu. Du wirst doch auch eine andere Beschäftigung finden, Rudolf!"

„Augenblicklich nicht, und wir brauchen sofort Brot.

Nein, liebe Mutter, glaub nicht, du könntest mich in meinem Entschluß wankend machen. Ich trage Ziegel und Kalk für die Maurer."

„Himmelsakra!" ließ sich da der Alte vernehmen. „Da hat der Sepp auch noch a Wort mit dreinzureden."

„Du?" fragte Rudolf. „Mein guter Sepp, gib dir keine Mühe! Sie würde vergeblich sein."

„Oho! Wann sich der Wurzelsepp mal Mühe gibt, nachher ist sie net vergeblich. Aber hier braucht er sich gar kaane zu geben. Die Sach ist so einfach und leicht wie's Wassertrinken."

„Da irrst du dich!"

„Maanst? Nun, da freut's mi sehr, daß i dir beweisen kann, wie akkurat i recht hab. Du waaßt, i komm überall herum und hab allerorts Bekannte, alte und junge, gute und böse, arme und reiche. Da gibt's manchen, der erteilt dem alten Sepp Aufträg, die er kaanem andern anvertrauen will. Und der Alte erledigt auch alles nach Kräften und Gewissen. Nun schau, so aanen Auftrag hab i aa an euch."

„An uns? Was ist das für ein Auftrag?"

„Da gibt's aanen reichen Mann, der hat mal aanen Fehler begangen. So ganz im stillen, drum will er ihn auch im stillen wiedergutmachen. Der hat mir a Geld gegeben und dazu den Auftrag, mi umzuschaun, ob da jemand dös Geld brauchen kann und wert ist, es zu bekommen. I hab mi lange Zeit vergebens umgeschaut, jetzt aber ist der Mann gefunden. Du bist's Rudolf."

Der junge Mann stand langsam auf und trat erstaunt an den Alten heran.

„Sepp, das klingt ja sonderbar."

„Ist aber wahr. Es soll a Geschenk sein für aanen braven Burschen, der's würdig ist."

„Von einem Unbekannten kann ich doch kein Geschenk annehmen."

„Sapperlot, bin i a Unbekannter?"

„Es ist ja nicht von dir."
„Was geht's di an?"
„Wenn's ein Darlehen wäre, ja, dann könnte man's schon eher annehmen."
„Na, dann nimm's an und halt's Maul! Wannst dös Geld als Darlehen willst, so ist mir's auch recht. Kannst mir's ja später, wannst soviel übrig hast, wiedergeben."
„Vermutlich ist's nur ein geringer Betrag."
„A Million ist's freili net."
„Wieviel also?"
„Fünfhundert Mark, um den Sohn zu beschaffen, und fünfundvierzig Mark für den Parkinspektor."
„Was redest du da? Das versteh ich nicht."
„Ist auch net notwendig. Wann i Türkisch sprech, so red i für mi, aber net für andre. Also: Willst dös Geld oder net?"
Mutter und Sohn blickten sich fragend an.
„Sepp, Sie treiben keinen Scherz?" fragte die Kranke.
„Soll mich der Herrgott behüten!"
„Und das Geld ist wirklich von einem unbekannten Wohltäter?"
„Der Mann kann's gut geben und ist euch noch dankbar, wann ihr's von ihm nehmt. I tät's euch gar net anbieten, wann i's net mit meinem Gewissen ausmachen könnt."
Die Mutterliebe, die Sorge um den Sohn siegte.
„Rudolf, Hilfe in der Not! Das reicht ja lange hin, und inzwischen kannst du eine bessere Beschäftigung finden und vielleicht sogar dein Studium fortsetzen."
„Es würde uns jedenfalls aus der augenblicklichen Verlegenheit retten. Du meinst also, ich soll es annehmen?"
„Ich meine, ja."
„Ich nehme es aber nur als Darlehen an."
Sie seufzte befreit auf.
„Mein lieber Sepp, Sie sind wirklich stets und immer ein Helfer in der Not. Sie haben schon mehr Sorgen ge-

lindert als mancher Millionär. Wir danken Ihnen von ganzem Herzen."

„Bitt schön, bitt gar schön! An mir ist gar nix weiter als a alter Wurzelkrämer. Was i tu, dös tu i halt im Auftrag von andren Leut, und da verdien i weder Ehr noch Ruhm. Soll i dös Geld also hier auf die Bettdeck zählen?"

„Ja, bitte", antwortete Rudolf. „Ich werde dir dann den Schuldschein ausstellen. Ich zahle fünf Prozent."

„Du, mach's net gar zu dick! Der Herr, von dem's Geld ist, nimmt bloß drei Prozent. Also drei, ja?"

„Nun gut!"

„Alsdann werd i den feuerfesten Geldschrank aufmachen. Schau her, Bua!"

Er zog seinen alten Lederbeutel hervor, band ihn auf und entnahm ihm mehrere kleine Rollen, die er nacheinander öffnete, um die Goldstücke aufs Bett zu legen. Er hatte die Zwanzigmarkstücke, die ihm der Baron von Alberg hatte geben müssen, in kleine Stücke Zeitungspapier eingeschlagen und zählte sie in jener bedächtigen Weise vor, die Leuten eigen ist, die nicht oft mit größeren Beträgen zu tun haben. Dann meinte er, als die glänzenden Füchse in Reih und Glied nebeneinander lagen:

„So! Hast auch nachgezählt? Fünfhundertfünfundvierzig Mark. Stimmt's?"

„Ja."

„So steck's ein und gib's net gleich wieder aus!"

„Keine Sorge, Sepp! Mit diesem Geld wird sehr sparsam umgegangen werden. Hier aber vor allen Dingen meine Hand! Ich weiß nicht, wie ich dir danken soll."

„Soll i dir's sagen?"

„Ja, bitte!"

„Behalt deine brave Mutter lieb und sorg dafür, daß sie net mehr zu hungern braucht und ihre Freude an dir erlebt!"

„Das soll ein Wort sein! Nichts verspreche ich dir so gern wie das, Sepp. Kannst dich darauf verlassen."

Sie schüttelten sich die Hände. Der Kranken liefen Freudentränen über die Wangen.

„Nun werde ich den Schuldschein aufsetzen", sagte Rudolf. „Papier habe ich in meinem Ranzen."

„Dös brauchst doch net gleich heut zu machen. I komm scho mal wieder, da kann i dös Papier mitnehmen."

„Nein. In solchen Sachen muß peinlichste Ordnung sein. Hier das Geld und da die Quittung."

„Na, wannst willst, so quittier's!"

Rudolf ging in die Wohnstube, um den Schuldschein auszuschreiben. Sepp blieb indessen bei der Kranken, die mit den mageren Händen über die funkelnden Goldstücke strich. Man sah es ihr an, wie glücklich sie sich fühlte. Der Besuch des Sohnes und des Alten und der Besitz des Geldes waren die beste Medizin für ihr Leiden. Aber auch in Sepps Augen stand ein Leuchten, und um seinen dichten, grauen Schnauzbart zuckte ein vergnügtes Lächeln.

Rudolf kam zurück und zeigte ihm den ausgeschriebenen Schein, las vor, was er geschrieben hatte, und fragte Sepp, ob er damit zufrieden sei.

„Jawohl, so stimmt's." Sepp steckte den Schein ein. „Mein Name steht da als Geldgeber, aber den Zettel werd i dem geben, dem dös Geld gehört."

„Dürfen wir denn nicht wenigstens seinen Namen erfahren?"

„Ja, wannst ihn wissen willst, kann i den scho sagen."

„Und wer ist's?"

„Der Herr Columbus, der Amerika erfunden hat. Er hat die Goldstückerln drüben liegen sehn und mitgebracht. So, nun waaßt's ganz genau!"

„Alter Spitzbub!"

„Ja, so muß man halt antworten, wann man so gefragt wird. Aber auf so a schöne Auskunft hin kannst mir nun auch aanen Gefallen erweisen."

„Wenn ich kann, recht gern."

„Wirst scho können. Bist doch a Studierter und hast's Lesen gelernt."

Sepp zog die Zeitung aus der Tasche, die er in Steinegg gekauft hatte. Als er auf dem Schloß gehört hatte, daß Hilda in der Lokalzeitung eine Anzeige aufgegeben habe, um einen Architekten für die Wiederherstellung der Schloßgebäude zu finden, hatte er sofort an den Sohn der Frau Fredericks gedacht, und er hatte den Spaziergang nach Tannenwinkel nur unternommen, um die Frau auf diese Anzeige aufmerksam zu machen, damit ihr Sohn, den er in München glaubte, sich um die Arbeit bewerben könnte.

Er hatte nicht geahnt, wie dramatisch sich dann alles entwickeln würde. Auch die Begegnung von Hilda und Rudolf war ihm zunächst nur als romantisches Abenteuer zweier junger Leute erschienen, aber als er dann erfuhr, daß Rudolfs Mutter niemand anderes war als die von der Baronesse gesuchte Emilie von Sendingen, da war es ihm, als hätte ihn die Vorsehung dazu auserwählt, Schicksal zu spielen.

Aber ganz schlau und behutsam mußte er die Fäden verknüpfen, die er in die Hand bekommen hatte. Ein voreiliges Wort konnte alles verderben. Die Anzeige in der Zeitung erschien ihm jetzt, nachdem er Rudolf persönlich angetroffen hatte, als ein prächtiges Mittel, mit dem er zunächst einmal zwei dieser Fäden ganz harmlos verbinden konnte.

Sepp schlug die Zeitung auf und zeigte mit dem Finger auf die Anzeige.

„Sei doch so gut und lies mal vor, was da steht!"

Rudolf warf einen Blick in die Zeitung, sein Gesicht belebte sich. Er sah nach dem Datum der Nummer.

„Vom Samstag", sagte er. „Woher hast du die Zeitung?"

„Woher? — Gekauft! Wollt sie deiner Mutter mitbringen, weil i mir gedacht hab, da könnt was drin stehn, was sie dir nach München schicken könnt. Doch nun bist ja selber da und kannst nachschaun, ob was drin ist."

„Und ob da etwas drin steht!"

„Dann lies doch endlich vor!"

„Tu nicht so, als ob du's nicht wüßtest, Sepp! Aber schön, dann hört Mutter es auch gleich. Hier gibt's eine Anzeige, die lautet:

Für die Umgestaltung und Erneuerung
von
SCHLOSS STEINEGG
wird ein Architekt gesucht,
der über künstlerisches Verständnis verfügt.
Bewerber wollen sich baldigst auf Schloß Steinegg
bei der Besitzerin melden."

„Himmelsakra!" Der Sepp tat ganz erstaunt. „Wann i a Studierter wär wie du, i tät mi gleich da melden."

„Um abgewiesen zu werden", meinte Rudolf.

„Der Sepp abgewiesen? Im ganzen Leben net. Der hat grad auf dem Schloß einflußreiche Bekanntschaften."

„Wen denn?"

„Die Herrin selber."

„Wirklich? Wie bist du denn mit ihr bekannt geworden?"

„Dadurch, daß i der Dame aanen Gefallen erwiesen hab, wie's kaanen größern geben kann. Wann i jemand wüßt, der sich hinmelden wollt, und er wär a Bekannter von mir, so tät i den empfehlen, und er würd sofort angenommen. Dös ist gewiß!"

Das sagte er im Ton so fester Überzeugung, daß Rudolf rief:

„Herrgott, wenn ich den Auftrag bekommen könnte! Ich muß zwar noch meine Schlußprüfung ablegen, aber das ist vielleicht kein Hindernis. So ein Auftrag wäre ein Glück, wie ich es kaum zu hoffen wage. Das wäre die richtige Arbeit für mich, und die Schloßherrin sollte bestimmt mit mir zufrieden sein!“

Der Sepp schlug ihm auf die Schulter.

„Ja, du bist der Richtige. Di könnt i sogleich empfehlen, und di tät die Baroneß gewiß gleich nehmen. Willst, Rudolf? Sag, willst?“

„Vielleicht bin ich etwas voreilig gewesen“, meinte Rudolf nachdenklich. „Ich mute mir da etwas zu und habe keine Ahnung, was alles von mir verlangt wird. Ich kenne ja das Schloß gar nicht. Sicher werden sich auch schon andere Bewerber gemeldet haben. Was ist diese Schloßherrin denn eigentlich für eine Dame?“

Sepp machte ein verwundertes Gesicht.

„Hast vielleicht scho mal den Namen von Alberg gehört?“

„Nein, nie.“

„Und deine Mutter auch net?“

Die Kranke kannte den Namen. Sie hatte aber keine Ahnung, in welch naher Beziehung diese Familie von Alberg zu ihrem traurigen Schicksal stand.

„Die Schloßherrin ist halt aane Baroneß von Alberg“, erklärte nun der Sepp. „Weißt, so aane hagere, alte Jungfer, die kaanen Mann bekommen hat und aa net bekommen wird. Da sie kaane Kinder hat, so hat sie nix zu tun und gibt sich aus Langeweile mit Dingen ab, die eigentlich nur Baumeister und Künstler machen sollen.“

„Eine alte Jungfer also. Dann hat sie wohl auch die Schrullen, die solch älteren, ledigen Damen eigentümlich sind?“

„Nun, grillig und zanksüchtig ist sie wohl net. Man kann ganz gut mit ihr auskommen. Wannst zu ihr gehst, wirst bald merkèn, daß die Baroneß besser ist, als sie ausschaut.“

„Sie ist wohl nicht besonders hübsch? Am Ende — häßlich?“

„Freili. Sie hat a lahmes Bein, a hübsches Kropferl am

Hals, aane Warzen auf der Nas, und a weng schielen tut s' auch. Sonst aber ist sie ganz hübsch im Gesicht. Und was dös Gemüt betrifft, so kann i dir sagen: Dös ist sehr gut."

„Hm! Du meinst also, ich soll mein Glück auf Schloß Steinegg versuchen?"

„Ja, dös mein i scho. Weißt, i werd dich bei ihr anmelden."

Rudolf ließ seinen Blick über den Alten gleiten und lächelte.

„Denkst du, das wird mir von Nutzen sein?"

„I denk scho. Du schaust mi fei an wie aanen, dessen Empfehlung nur schaden kann, aber da hast dich gewaltig geirrt. Wann i aa kaanen Frack anhab, so gibt's doch Leute, bei denen das Wort vom alten Sepp was gilt. Entscheide dich also! Willst dich melden?"

Rudolf blickte seine Mutter fragend an. Sie nickte ihm zu und meinte aufmunternd:

„Schaden kann es ja auf keinen Fall. Ist bereits ein anderer angenommen oder traut sie dir die nötigen Kenntnisse nicht zu — nun, so ist das bei deiner Jugend ja auch keine Schande für dich. Du kannst dir dann wenigstens keinen Vorwurf machen, etwas versäumt zu haben."

„Du hast recht, liebe Mutter. Ich werde also nach Schloß Steinegg gehen, und zwar morgen schon. Weißt du, Sepp, zu welcher Zeit die Dame am besten zu sprechen ist?"

„Für mi zu jeder Zeit. Und wann i sag, du willst kommen, dann wirst auch net lang antischamberieren müssen."

„Antischambrieren? Sepp, du drückst dich ja recht vornehm aus!"

„Wunderst dich drüber? Ja, der Sepp kommt mit allerlei vornehmen Leuten zusammen und waaß, wie man sich ausdrücken muß. 's wird bald Abend, und da waaß i net, wann i mit der Baronessen reden werd, ob heut noch oder morgen vormittag. Aber wann i bis morgen mittag net wieder bei dir gewesen bin, dann sollst zu ihr kommen. Dann machst dich auf und marschierst zum Schloß. Jetzt aber muß i schaun, daß i weiterkomm!"

„Hast du noch etwas vor?"

„Will's meinen. 's gibt halt kaanen Tag, an dem der Sepp nix vorhätt. Wo der Sepp fehlt, da geht alles schief, und wann er kommt, ist er immer derjenige, auf den man schon gewartet hat."

Er stand auf und griff nach seinen Sachen.

„Also den Schuldschein hast du", sagte Rudolf. „Heb ihn gut auf und verlier ihn nicht!"

„Werd ihn scho sicher verwahren. Muß ihn ja dem Herrn geben, von dem dös Geld gekommen ist. Also lebt wohl, gute Besserung und behüt euch Gott!"

Er reichte beiden die Hand.

„Ein wunderlicher Mann", sagte Frau Fredericks, als sich die Tür hinter ihm geschlossen hatte. „Es ist wirklich so, wie er sagt. Wohin er kommt, da bringt er Sonne ins Haus. Seine Lebensaufgabe scheint es zu sein, seinen Mitmenschen die auferlegten Lasten zu erleichtern. Wer mag wohl der reiche Herr sein, der ihm dieses Geld anvertraut hat?"

„Schwer zu erraten. Eines Tages werden wir es schon erfahren."

*

Sepp aber brummte, als Tannenwinkel hinter ihm lag, zufrieden in sich hinein:

„Jetzt werden s' neugierig sein, von wem i dös Geld wohl hab. A reicher Mann wär's freili, a Baron dazu. Der Zweck, zu dem's der Sepp erhalten hat, war allerdings a ganz andrer. Was der Rudolf für a ehrliches und sorgfältiges Gemüt besitzt! Aanen Schein mußt i nehmen! Was soll mir der nützen? Hab i 's Geld ihm verborgt? Naa, i hab's ihm geschenkt, und so werd i gleich alles quittieren."

Er zog das Papier aus der Tasche, zerriß es in viele kleine Stücke und verstreute sie in alle Windrichtungen.

„Hm!“ Er überlegte. „’s wird Nacht sein, bevor i wieder in Steinegg bin. Morgen früh ist auch noch Zeit, zu der Baroneß zu gehn und den Rudolf anzumelden.“

Während er seinen Weg fortsetzte, lachte er vergnügt vor sich hin.

„Die Hilda aane alte Jungfer! Wann der wüßt, daß er ihr bereits a Busserl gegeben hat! Na, die werden sich anschaun, wann er morgen zu ihr kommt! Da möcht i Mäusle sein, das heimlich alles mit anhören kann!“

DER NEUE BAUMEISTER

Schon am frühen Morgen machte Sepp sich auf den Weg zum Schloß Steinegg. Er befand sich in ausgezeichneter Laune, denn er hatte gut geschlafen und mit Frau Holstein und ihrem Sohn ausgiebig gefrühstückt.

Er hatte kein Wort darüber verraten, daß er die gesuchte Emilie von Sendingen bereits entdeckt hatte. Sein Spürsinn ahnte weitere Zusammenhänge, und er wollte zunächst abwarten, ob es gelingen möchte, die vergilbte Schrift wieder lesbar zu machen. Martin sollte die Chemikalien, die er dafür benötigte, im Lauf des Tages erhalten. Dann wollte er sofort einen Versuch mit den beschriebenen Blättern machen.

Schmunzelnd dachte Sepp auch an den prächtigen Streich, den zu spielen er jetzt im Begriff war. Beim Anblick des Schlosses stieß er einen Jodler aus, der von den bewaldeten Berghängen schallend zurückgeworfen wurde.

Als er die Freitreppe hinaufstieg, trat ihm der Hausmeister Hollanic entgegen. Er starrte dem Ankömmling ärgerlich entgegen. Was hatte dieser verdammte Kerl schon hier zu suchen?

Aber Sepp war die Freundlichkeit selbst.

„Herr Hausmeister, schönen, guten Morgen!“ sagte er. „Ist die Baroneß scho aus den Federn?“

„Das gnädige Fräulein hat wohl geruht und ist schon lange munter.“

„Und wo ist sie jetzt?“

„Auf ihrem Zimmer.“

„Schön, da werd i dahin gehn. Da, halt mir mal die Sachen!“

Ehe Hollanic sich dessen versah, hatte Sepp ihm den Rucksack über die Schulter geworfen, den Bergstock in die Hand gedrückt und den alten Hut auf den Kopf gestülpt. Und schon war er im Haus verschwunden.

„Dreckskerl!“ knirschte Hollanic. „Mir dies Gelumpe anzuhängen!“

Er hätte alles am liebsten von sich geworfen. Aber er erinnerte sich noch rechtzeitig der Ohrfeigen, die er bereits von Sepp bezogen hatte, und hielt es für geratener, die Sachen fein säuberlich in der Diele abzulegen.

Der Alte traf nirgends ein Dienstmädchen, das ihn bei Hilda hätte anmelden können. So klopfte er leise bei ihr an, öffnete die Tür und steckte den Kopf durch den Spalt.

„Grüß Gott! Darf man eintreten?“

Hilda saß am Fenster; sie hatte einen Zeichenblock vor sich und einen Kohlestift in der Hand. Zeichnen war eine Lieblingsbeschäftigung von ihr, und sie war ganz vertieft in ihre Arbeit. So erschrak sie ein wenig, doch als sie den Schnauzbart des Alten erblickte, lächelte sie freundlich.

„Sie, Sepp! Schon wieder?“

„Scho? Na, ist dös a Wort! Und mir ist grad so, als ob i aane ganze Ewigkeit net hier gewesen wär.“

„Machen Sie's nicht so schlimm! Kommen Sie herein! Haben Sie schon gefrühstückt?“

„Ja, einen Schnaps!“

„O weh! Dann setzen Sie sich. Dort auf dem Tisch steht noch mein Frühstück. Greifen Sie zu! Ich will nur meine Zeichnung hier fertig machen.“

„Die Kaninchen, die Tauben und der Wurzelsepp haben immer Appetit. Wohl bekomm's und dank schön!“

Er zog sich einen Stuhl an den Tisch, setzte sich und begann mit Appetit zu essen. Hilda zeichnete weiter. Er tat, als habe er nur Augen für das leckere Frühstück, beobachtete sie aber verstohlen von der Seite.

„Was gibt es heute Besonderes?“ fragte sie, ohne von der Zeichnung aufzublicken.

„Allerhand! Und nur Gutes! Ja, freili.“

„Was denn?“

„Verschiedenes. Jetzt ist grad der Rheinlachs dran.“

„Rheinlachs? Wieso?“

„Weil i den eß.“

„Ach, Sie sprechen von Ihrem Imbiß, ich aber wollte fragen, ob Ihr Besuch einen besonderen Grund hat.“

„Ja, dös hab i falsch verstanden. Wann i eß, dann denk i immer nur an dös, was i vorm Schnabel hab. — Sogar zwaa Gründ hab i, warum i hergekommen bin.“

„Da bin ich gespannt.“

„Warten S' noch a bisserl! Möcht erst noch dies klaane runde Napfkücherl probieren.“

„Das ist doch ein Makronentörtchen!“

„Schau, a Törtchen! Dös ist recht! Alsdann hinein mit dir in den Schnabel! Hm. — Ahhh. — Net übel! Süß wie a Busserl! So, jetzt bin i fertig und kann Red und Antwort stehn.“

Er stand auf und trat zu ihr.

„Gleich!“ sagte Hilda.

Sie hielt das Skizzenbuch etwas von sich ab, um die Wirkung ihrer Zeichnung zu prüfen. So konnte auch Sepp sie sehen.

„Himmelsakra!“ entfuhr es ihm.

Der Männerkopf, den sie gezeichnet hatte, trug unverkennbar die Züge Rudolf Fredericks. In der Überraschung war Sepp der unvorsichtige Ausruf entschlüpft.

„Was ist?“ Sie drehte sich nach ihm um.

Er durfte ihr die Wahrheit nicht sagen und kratzte sich verlegen am Bein.

„Ja, wissen S', da hab i mi unterwegs auf aanen Baumstumpf gesetzt, um auszuruhn, und da ist mir halt so a schwarzes Roßameiserl unter die Hosen gekrochen, und dös zwickt mi nun dauernd.“

„Aber Sepp, das erzählt man doch nicht!“

„Warum denn net? Wann S' mi fragen, warum i schrei, muß i doch die Wahrheit sagen. Oder darf man von den Ameisen nix erzählen? I kann doch net lügen, 's wär a Elefant, wann's nur a Ameiserl ist.“

Sie lachte.

„Da haben Sie freilich recht. Aber nun schauen Sie mal her! Wie gefällt Ihnen der Kopf, den ich da gezeichnet habe?"

Er stellte sich rechts und stellte sich links, neigte den Kopf auf die eine, dann auf die andere Seite, zog die Brauen hoch, machte erst das rechte und dann das linke Auge zu, strich sich den Bart und räusperte sich.

„Hm! Wie mir der Kopf gefällt? Überhaupt net!"

„Warum denn nicht?" fragte sie enttäuscht.

„Weil's solchen Kopf gar net geben kann."

„Wie wollen Sie das wissen?"

„So a bildsauberer Bua kommt im Leben net vor. Dös ist a Kopf aus der Phantasie. Oder haben S' da aanen wirklichen Bua abgemalt?"

Sie wurde ein wenig rot.

„Nein", versicherte sie, „das Bild ist reine Phantasie."

„Hab i dös net gleich gesagt? Ja, der Sepp versteht scho was von Porträtens."

„Und es gefällt Ihnen wirklich nicht?"

„Eben weil's nur Einbildung ist. Wär's aber a Konterfei, nachher könnt's mir freili gefallen. So a Bua! Grad so hab i ausgeschaut, als i noch jung war."

Hilda lachte hell auf.

„Vorhin haben Sie gesagt, solch einen Kopf könnte es in Wirklichkeit gar nicht geben!"

„Jetzt in dieser Zeit. Früher aber waren hübsche Burschen viel häufiger als heut. Seit aber die hübschesten von damals net geheiratet haben, gibt's kaane schönen Mannsbilder mehr."

„Sie sind unverbesserlich!" Hilda schüttelte den Kopf und legte den Zeichenblock beiseite. Sprechen wir nun von dem, weswegen Sie hergekommen sind!"

„Ja, also i möcht wissen, wie Ihre Frau Mutter geheißen hat."

„Charlotte."

„Und weiter? Mit Mädchennamen?"

„Von Walther. — Aber wozu wollen Sie das denn wissen?"

„Nun, wann i zufällig aane Madam treff, die Emilie heißt, werd i fragen, ob sie mal aane Freundin mit Namen Charlotte gehabt hat."

„Ich fürchte, Sepp, da können Sie lange herumhorchen und fragen."

„Lassen S' nur den Sepp gewähren! Er hat dem Martin die Mutter und den Vater gefunden. Suchen und finden ist die Spezialität vom Wurzelsepp, wann er auch zumeist nur auf Wurzeln aus ist."

„Schön, Sepp, niemand wäre ja froher als ich, wenn Sie Erfolg hätten, damit ich diesen Alpdruck los wäre. Aber Sie sagten, Sie wären noch aus einem anderen Grund gekommen?"

„Ja, i wollt fragen, ob S' schon jemanden haben für die Herrichtung vom Schloß?"

„Bisher hat sich noch niemand gemeldet. Die Anzeige ist ja grad erst erschienen."

„Dös ist gut. I waaß nämli aanen, der wär der Richtige!"

„Sie wollen mir jemanden empfehlen?"

„Sogar sehr."

„Ist er Architekt?"

„Er hat studiert, muß aber noch Examen machen... Bitt schön, lassen S' mich ausreden! Er versteht sein Fach und hat bereits a Preisausschreiben gewonnen. 's tät ihn glücklich machen, wann er die Arbeit bekommen könnt. Er braucht's Geld dringend, um's Examen ablegen zu können. Denn er ist a armer Schlucker. Der Vater ist drüben in Amerika gestorben, und die Mutter hat sich net sattgegessen, bloß damit der Sohn was lernen sollt. Sie hat von drüben a klaane Renten gehabt, aber die Bank, die zahlen soll, hat nun pleite gemacht. Vor Schreck hat sie der Schlag getroffen. Jetzt muß der Sohn irgendwie sein Brot verdienen. 's ist scho a Kreuz und a Elend. Wann i der Herrgott wär, i gäb ihm gleich den größten Kirchendom zu baun, damit er leben kann und seine Mutter pflegen, die er sehr lieb hat."

Hilda blickte still vor sich hin. Die Worte von Sepp verfehlten nicht den beabsichtigten Eindruck.

„Wie alt ist er?" fragte sie.

„Dös waaß i net so genau — in den Zwanzigern."

„Sein Name?"

„Fredericks."

„Wo wohnt er?"

„Gar net weit von hier, droben in Tannenwinkel."

„Hm! Die Mutter gelähmt vor Schreck! Und Sie sagen, er versteht seine Sache?"

„Freili. Sonst hätt er net vom König den Preis erhalten."

„Warum hat er sich da bei mir noch nicht gemeldet?"

„Weil er's erst gestern von mir erfahren hat. I hab ihm gleich geraten, sich zu bewerben. Aber der Bub ist a bescheidener Kerl. Hab ihn erst lang bereden müssen, bevor er sich dazu entschlossen hat."

„Das gefällt mir. Wird er mir schreiben?"

„Naa. Hab ihm gesagt, i werd im Schloß vorsprechen, um's der gnädigen Baroneß zu sagen. Heut nachmittag soll er dann selber kommen."

Sie drohte lächelnd mit dem Finger.

„Ohne mich zu fragen, haben Sie also alles schon angeordnet."

„Da war doch kaane Zeit, erst lang zu fragen. Leicht wär da irgendwer andrer zwischengekommen, und's wär nix mehr geworden."

„Nun, er mag kommen. Wenn er einen guten Eindruck macht, will ich ihn auf Ihre Empfehlung hin gern anstellen, zumal wenn ich damit die Not einer Familie lindern kann."

„Ganz so hübsch wie der Kopf, den S' da gezeichnet haben, ist der junge Mann ja net, aber Eindruck wird er bestimmt machen“, meinte Sepp mit einem verschmitzten Lächeln. „I bin gewiß, daß er angenommen wird, und da geb i gleich im voraus meine Hand und sag: vergelt’s Gott!“

Er ging.

Sie trat ans Fenster und blickte ihm nach, solange sie ihn zu sehen vermochte. Was für ein eigentümlicher Mensch! Er schien es sich zur Aufgabe gemacht zu haben, seinen Mitmenschen zu helfen.

Dann nahm sie noch einmal ihre Zeichnung zur Hand und betrachtete sie. Soweit das aus dem Gedächtnis möglich war, hatte sie die Züge gut wiedergegeben. Das Porträt war ihr gut gelungen. Mit einem Seufzer legte sie es endlich weg und begab sich in ihr Büro.

Hier holte sie die Pläne und Zeichnungen hervor, die sie selber nach ihren laienhaften Vorstellungen für die Wiederherstellung des Schlosses entworfen hatte. Nachdem sie sich nunmehr nur noch als Treuhänderin des ererbten Vermögens ansah, mußte sie von vielen Wünschen Abstand nehmen und sich auf die allerdringlichsten Arbeiten zur Erhaltung der Gebäude beschränken.

Bei diesen Überlegungen verging der Vormittag. Nach Tisch unternahm Hilda ihren gewohnten Spaziergang. Sie hielt sich eine Weile im Schloßpark auf, dann ging sie noch ein Stückchen die Straße entlang. Unwillkürlich weilten ihre Gedanken bei dem Erlebnis, das sie am Nachmittag zuvor gehabt hatte, und bei dem jungen Mann, der ihr nicht aus dem Sinn gehen wollte. Und als sie diesen nach einer Krümmung der Straße leibhaftig auf sich zukommen sah, erschrak sie geradezu.

Errötend blieb Hilda stehen, und Rudolf zog grüßend den Hut.

„Fräulein Melusine!“ sagte er leise.

„Sie!“ stieß sie hervor.

Zögernd trat er näher. Sie war stehengeblieben.

„Wie kommen Sie hierher?“ fragte sie.

„Ich habe in Steinegg zu tun."

„Unser Wiedersehen ist also rein zufällig?"

„Gewiß. Oder denken Sie, ich wäre ..." Er sprach den Satz nicht aus.

„Ich denke nichts", erwiderte sie kühler, als sie es wollte. „Es freut mich, daß Sie nur zufällig hier in Steinegg sind. Gestern hat uns die Laune eines neckischen Waldgeistes zusammengeführt, aber man soll solche Erlebnisse nicht noch einmal wiederholen wollen. Dann verlieren sie ihren Reiz. Addio!"

Sie nickte ihm zu und ging an ihm vorüber, den Blick starr geradeaus gerichtet. Er war blaß geworden. Er wollte ihr nacheilen, aber er besann sich. So blickte er ihr nach, bis sie hinter Büschen verschwunden war. Dann setzte er seinen Weg zum Schloß fort. Ihr abweisendes Verhalten hatte ihn tief gekränkt und erschien ihm unverständlich, aber er war nicht der Mann, der sich aufdrängte.

Hilda blieb nach einigen Schritten stehen. Sie fühlte, wie ihr Herz klopfte. Es tat ihr leid, ihn so schroff behandelt zu haben, aber das hatte sie in der Angst getan, sie könnte weich werden. Sie mußte in ihrer jetzigen Lage einen klaren Kopf behalten und diesen Italiener vergessen. Wenn sie nicht jeden Gedanken an ihn aus dem Herzen riß, dann war sie in Gefahr, sich rettungslos zu verlieben.

Nachdem sie sicher war, ihm nicht noch einmal zu begegnen, kehrte sie ins Schloß zurück. Der Hausmeister trat ihr entgegen und meldete, daß ein Herr Fredericks sie zu sprechen wünsche. Er hätte ihn in den Salon geführt, wo er warte.

Ahnungslos betrat sie den Salon. Dann stockte ihr Atem. Sie stand regungslos, ihre Augen sahen ihn verwundert, ja empört an. Auch er war sichtlich betroffen, er vergaß sogar, eine Verbeugung zu machen.

„Was ist das?" fragte sie endlich. „Man hat mir Herrn Fredericks gemeldet?!"

„Der bin ich", sagte er und holte nun die Verbeugung nach.

„Aus Tannenwinkel?"

„Ja."

„Aber, ich denke, Sie sind Italiener?"

„Ein kleines Mißverständnis. Ich war ein halbes Jahr in Italien und komme gerade von dort zurück. Aber ich hatte gebeten, mich der Baronesse von Alberg zu melden."

„Die bin ich."

„Sie sind ...? Das konnte ich nicht wissen!" Er schüttelte verwirrt den Kopf und wurde abwechselnd rot und blaß. Dann richtete er sich auf. „Verzeihung, gnädiges Fräulein! Das ist eine Komödie der Irrungen, an der ich wirklich unschuldig bin. Gestatten Sie, daß ich mich empfehle!"

Er verneigte sich und ging auf die Tür zu. Schon hatte er die Hand auf der Klinke, da sagte sie:

„Bitte, Herr Fredericks, bleiben Sie!"

Er wandte sich ihr wieder zu.

Sie mußte lächeln.

„Wer hätte das gedacht? Sie sind kein Ausländer!"

„Und Sie keine Försterstochter!" Auch er lächelte jetzt. „Hoffentlich glauben Sie mir aber, daß ich nicht gekommen bin, um ein Erlebnis, das der neckischen Laune eines Waldgeistes entsprungen ist, zu wiederholen."

„Ich glaube es Ihnen. Bitte, wir wollen nicht mehr davon reden! Jetzt stehen wir uns in einer geschäftlichen Angelegenheit gegenüber, und so etwas soll man so prosaisch wie möglich behandeln. Bitte, nehmen Sie Platz!"

Sie deutete auf einen Sessel. Aber er blieb stehen.

„Ich möchte die Erinnerung an die Fee, die mir im Wald erschien, frei halten von geschäftlichen Dingen. Bitte, erlauben Sie mir gütigst, meine Bewerbung zurückzuziehen!"

„Nein, das erlaube ich Ihnen nicht. Würden Sie aus

geschäftlichen Gründen zurücktreten, so könnte ich Ihnen das nicht verübeln. Da Ihre Gründe aber persönlicher Natur sind, so empfinde ich das beinahe als Beleidigung."

„Nichts liegt mir ferner!"

„Das hoffe ich. Nehmen wir also an, wir kennen die beiden Menschen gar nicht, die durch das Gewitter zusammengeführt wurden. Dann hindert uns doch nichts, uns in aller Ruhe über die Veranlassung Ihres Besuches zu unterhalten. Also nehmen Sie schon Platz!"

Sie setzte sich. Waren es ihre Worte oder ihr gewinnendes Lächeln — er fühlte sich besiegt und gehorchte ihr.

„Herr Fredericks", begann sie, „Sie wissen wohl, daß der Wurzelsepp heute früh bei mir war, um von Ihnen zu sprechen?"

„Ich weiß es, möchte aber bemerken, daß ich ihn nicht veranlaßt habe, Sie zu belästigen."

„Oh, der Alte belästigt mich niemals."

„Ich wollte Ihnen schreiben, aber er bestand darauf, sofort persönlich bei Ihnen vorzusprechen. Ich hatte ja keine Ahnung, wer die Baronesse von Alberg wirklich ist. Der Sepp beschrieb mir die Schloßherrin als eine häßliche, alte Jungfer — mit einem Kropf und einem Buckel."

„So ein Spitzbube!"

Hilda lachte hell auf, aber dann fiel ihr ein, daß sie dem Sepp ja ihre Zeichnung gezeigt hatte. Der Alte hatte also genau gewußt, wen der Kopf darstellte, denselben jungen Mann, für dessen Anstellung er sich einsetzte! Sie fühlte sich so verlegen wie noch nie im Leben. Einen Augenblick hätte sie gegen den Alten Zorn haben mögen, weil er sich solch ein Intrigenspiel erlaubt hatte, aber dann sah sie seine guten, treuen Augen vor sich — sie konnte ihm nicht zürnen. Doch sie nahm sich vor, ihm gehörig die Meinung zu sagen.

„Sepp hat uns beide an der Nase herumgeführt, aber es sicher gut gemeint", nahm Rudolf den Alten in Schutz. „Tragen Sie's ihm bitte nicht nach. Er ist ein prachtvoller

Mensch, und obwohl er arm ist, braucht sich niemand zu schämen, mit ihm gesehen zu werden. Es ist sogar offenes Geheimnis, daß König Ludwig gern mit ihm verkehrt. Er ist, wie in der Oper, der alte Überall und Nirgends, und wo er hinkommt, da taut das Eis, die Wolken teilen sich und die Sonne beginnt wieder zu scheinen."

„Das ist ja ein hohes Lob auf den guten Sepp, und ich glaube gern, er verdient es. Ich habe selbst ein Beispiel erlebt, wie er den Sonnenschein bringt, von dem Sie sprechen. Also er hat Sie auf meine Anzeige aufmerksam gemacht? Nun, dann wünsche ich, das möge von guter Vorbedeutung sein."

„Ich habe ihm gesagt, daß ich vielleicht noch zu jung und unerfahren bin, um Ihren Ansprüchen zu genügen."

„Er erwähnte, Sie hätten bereits einen Preis erhalten?"

„Das ist richtig. Dieser Preis war mit einem halbjährigen kostenlosen Studium in Italien verbunden, und von dort komme ich eben zurück. Aber das will nichts besagen. Hat Sepp vielleicht auch von meinen persönlichen Verhältnissen gesprochen?"

„Ein klein wenig."

„Ich kann mir's denken." Rudolf wurde rot, während er das sagte.

„Bitte, seien Sie ihm nicht böse! Er sprach von der Erkrankung Ihrer Mutter und von dem Verlust, der sie betroffen hat."

„Das hätte er lieber unterlassen sollen. Dieser Schlag war ebenso schmerzlich wie unerwartet für mich."

Er starrte vor sich nieder. Als er wieder aufblickte, las er in ihren Augen eine so warme Teilnahme, daß er ihr fast ungewollt seine Lage enthüllte:

„Gestern um diese Zeit, als ich Sie im Wald traf, hielt ich mich zwar nicht für wohlhabend, jedoch für den Sohn einer Mutter, die eine auskömmliche Rente hat. Diese war nun durch den Bankrott der amerikanischen Bank plötzlich verlorengegangen, der Schreck darüber hatte

Mutter zeitweise gelähmt. Das erfuhr ich, als ich gestern nach Hause kam. Und ich erfuhr noch mehr. Die Rente war so klein gewesen, daß sie nicht einmal einen einzigen Menschen mit dem täglichen Brot hätte versorgen können. Dennoch hat meine Mutter es ermöglicht, mich aufs Polytechnikum in München zu schicken. Sie hat Handarbeitsunterricht erteilt. Was kann sie in so einem Nest wie Tannenwinkel schon groß damit verdient haben? Jetzt weiß ich, daß sie gehungert hat, regelrecht gehungert. Jetzt liegt sie krank darnieder. Ich wollte bald Examen machen, aber davon kann vorerst keine Rede mehr sein. Ich muß Geld verdienen. Ich wollte schon Arbeit bei einem Neubau in Tannenwinkel suchen, und wäre es als Handlanger gewesen, aber da kam der Sepp und wies mich auf Ihre Anzeige in der Zeitung hin."

„Sie sollen die Arbeit bei mir bekommen, Herr Fredericks!" rief Hilda, und auf ihrem Gesicht strahlte die Freude, helfen zu können.

„Bitte!" wehrte er ab. „Dieser rasche Entschluß macht Ihrem Herzen alle Ehre, aber ob ich der Aufgabe, die hier zu lösen ist, überhaupt gewachsen bin, das wissen Sie doch gar nicht. Ich möchte auf keinen Fall ein Almosen. Sie müssen davon überzeugt sein, daß ich das Geld, das Sie mir zahlen, auch wirklich verdiene. Bitte, prüfen Sie mich, bevor Sie sich endgültig entschließen!"

„Wie soll ich Sie denn prüfen? Ich selber besitze ja keinerlei Kenntnisse, die zur Ausführung meiner Pläne notwendig sind. Eben darum suche ich ja einen Fachmann, der mich berät. Ob Sie's nun sind oder ein anderer, ich muß jeden auf Treu und Glauben nehmen und kann nur am Endergebnis sehen, ob ich bei seiner Wahl irrte oder nicht. Für mich kann also nur entscheidend sein, ob ich Vertrauen zu dem Bewerber habe. Und das habe ich zu Ihnen, und darum sehe ich nicht ein, warum ich nun noch lange mit anderen verhandeln soll."

Er nickte.

„Das begreife ich. Sie können nur aus Ihrem Gefühl heraus wählen. Ich möchte also sagen: Versuchen Sie's mit mir! Aber als gewissenhafter Mann kann ich diese Worte erst dann aussprechen, nachdem ich weiß, welche Leistungen von mir erwartet werden."

„Das sollen Sie sofort erfahren. Ich werde Sie durch das Schloß und alle Nebengebäude führen. Sie werden sehen, daß vieles in einem argen Zustand ist. Die Keller sind feucht, die Mauern schadhaft. Es ist eben ein Bau aus dem Mittelalter, an dem seit Jahrzehnten nichts ausgebessert worden ist. Ich hätte gern manches nach meinem Geschmack umgestaltet, aber davon muß ich aus besonderen Gründen vorerst leider absehen. Ich muß mich auf das Allerdringlichste beschränken, um einem weiteren Verfall Einhalt zu tun. Und was da unbedingt notwendig ist, das sollen Sie mir sagen. Da muß ich mich ganz auf Sie verlassen. Wenn Sie sich getrauen, mich dabei richtig zu beraten, dann schlagen Sie ein!"

Sie streckte ihm die Hand entgegen, aber er wehrte ab.

„Bitte, lassen Sie mich erst alles sehen! Es ist dies die erste praktische Aufgabe in meinem Leben, ich muß mich also überzeugen, ob ich ihr auch wirklich gewachsen bin. Ob und wie ich sie löse, wird auf meine ganze Zukunft von Einfluß sein. Vor allem aber möchte ich mir Ihre Zufriedenheit erwerben."

„Das ist wohl mehr als pflichtgetreu gedacht."

„Halten Sie mich nicht für einen Kleinigkeitskrämer. Das bin ich glücklicherweise nicht. Auch die Not zwingt mich, Gott sei Dank, noch nicht dazu, nur um leben zu können, eine Arbeit zu übernehmen, die mein Können übersteigt."

Sie blickte ihn fragend an.

„Ich denke, Sie haben alles verloren?"

„Ja, als ich gestern heimkam, stand ich auch vor dem Nichts. Da bot sich der Sepp als Retter an. Ein edler Menschenfreund hat ihm eine Summe anvertraut, mit der er strebsame, junge Leute unterstützen solle. Er drängte mir das Geld fast auf, und da auch meine kranke Mutter mir zuredete, nahm ich es unter der Bedingung an, daß ich es später mit Zinsen zurückzuzahlen habe."

Über Hildas Gesicht flog ein feines Lächeln.

„Hat er den Namen dieses edlen Menschenfreundes genannt?"

„Nein, der soll ein Geheimnis bleiben."

„Darf ich einmal neugierig sein?"

„Bitte schön!"

„Wollen Sie mir verraten, wie hoch die Summe war?"

Ohne zu zögern, nannte er den Betrag.

„Das dachte ich mir!" Sie nickte lächelnd. „Soll ich Ihnen den Namen dieses Menschenfreundes nennen?"

„Bitte, nein! Wenn der Herr wünscht, daß sein Name ungenannt bleiben soll, so möchte ich seinen Willen achten."

„Oh, der Herr weiß recht wohl, daß sein Name gar nicht lange verborgen bleiben kann. Auch bin ich überzeugt, daß er um das Geheimhalten überhaupt nicht so sehr besorgt ist. Es ist nämlich niemand anderes als der Wurzelsepp selber."

„Der Sepp selber?" rief Rudolf. „Wie kommen Sie darauf?"

„Nun, ich weiß, daß er genau diesen Betrag vereinnahmt hat. Sepp bekam ihn nämlich von meinem Stiefvater ausgezahlt. Kein Zweifel, daß er Ihnen diese Summe geliehen hat, und ich meine sogar, er sieht in diesem Darlehen ein Geschenk."

„Das ... das meinen Sie?"

„Ja, das meine ich. Oh, dieser Wurzelsepp, das ist ein Prachtkerl! Ich kenne ihn erst seit drei Tagen, aber habe ihn liebgewonnen, obgleich er ..."

Sie schwieg errötend.

„Obgleich er ...?" fragte Rudolf.

„Er hat mir heute einen Streich gespielt, den ich ihm

eigentlich sehr übelnehmen sollte. Aber wer kann ihm ernstlich böse sein? Ich werde mit ihm noch ein Hühnchen zu rupfen haben." Sie erhob sich. „Doch jetzt möchte ich Ihnen erst das Schloß zeigen, damit Sie sich ein ungefähres Bild machen können, was alles vorgerichtet werden muß."

Hilda führte Rudolf nun durch das Schloß und alle Nebengebäude. Dabei machte sie ihn auf die Schäden aufmerksam und erklärte ihm mit liebenswürdigem Eifer, wie sie sich die Neugestaltung der Räumlichkeiten gedacht hatte. Rudolf staunte, welch praktischen Sinn und gediegenen Geschmack sie entwickelte, und mußte sich immer wieder zwingen, ihr nicht zu verraten, welche Gefühle für sie ihn bewegten. Hilda aber freute sich wie verständnisvoll er ihr lauschte, und an seinen knappen Fragen merkte sie, wie sachkundig er sich seine Meinung bildete. Auch sie mußte sich zusammennehmen, ihm ihre Zuneigung nicht gar zu offen zu zeigen.

Als sie ihren Rundgang beendet hatten, zeigte sie ihm in ihrem kleinen Büro die Zeichnungen und Pläne, die sie selber entworfen hatte. Er betrachtete die Blätter nachdenklich.

„Sie sagen ja gar nichts", meinte sie endlich mit freundlichem Schmollen. „Sie hüllen sich in geheimnisvolles Schweigen. Ich möchte, daß Sie mir nun offen und rücksichtslos sagen, was Sie denken."

„Ich bitte noch um einige Geduld. Sie kennen die Verhältnisse hier und haben oft darüber nachgedacht. Darum haben Sie auch schon ganz bestimmte Vorstellungen. Ich muß aber all die neuen Eindrücke, die ich empfing, erst einmal verarbeiten. Wollte ich Ihnen bereits jetzt eine Ansicht sagen, so könnte mein Urteil nur oberflächlich sein. Ich möchte mich jedoch nicht in die Gefahr begeben, von Ihnen für flüchtig gehalten zu werden."

„Sie machen sich die Sache viel zu schwer."

„Nein, ich mache sie mir nur nicht zu leicht. Ich muß

alles in Ruhe überdenken und berechnen. Bitte, überlassen Sie mir Ihre Entwürfe, die mir viel Anhalt und Anregung geben, für ein bis zwei Tage! Dann erhalten Sie von mir ein Gutachten mit festen Vorschlägen, die wir besprechen müssen, um zu einem endgültigen Entschluß zu gelangen. Wir werden noch einmal einen Rundgang machen, und ich werde Ihnen zeigen, welche Arbeiten ich für besonders dringlich halte, und Ihnen erklären, wie ich mir die Ausführung denke. Dann sollen Sie entscheiden, ob Sie mir die Aufgabe übertragen oder ob Sie nicht doch vielleicht eine ältere und erfahrenere Persönlichkeit damit betrauen wollen."

„Älter, erfahrener?" fragte sie sinnend. „Ich bin überzeugt, gut gewählt zu haben. Grad Ihre Bescheidenheit beweist mir, daß Sie Vertrauen verdienen."

„Herzlichsten Dank! Doch noch eins muß ich wissen. Wie hoch ist der Betrag, den Sie für die Bauarbeiten ausgeben wollen?"

„Ja, wie hoch?" Hilda zögerte mit der Antwort. „Leider kann ich nicht mehr so frei schalten und walten, wie ich mir das vorgestellt habe, als ich die Anzeige aufgab. Ich kann mich auf keine Summe festlegen. Darum werde ich vorerst wohl nur die Arbeiten durchführen lassen, die für die Erhaltung der Gebäude unbedingt erforderlich sind."

„Ich werde für alles einen ungefähren Kostenanschlag machen, und dann müssen wir beratschlagen und festlegen, was ausgeführt werden soll."

„Gut, Herr Fredericks, verbleiben wir so! Es ist möglich, daß ich mit Ihnen einmal über diese Geldangelegenheit spreche, um Ihren Rat zu erbitten. Ihnen will ich voll vertrauen."

Wie wohl ihm diese Worte taten! Er wollte eine Antwort geben, kam aber nicht dazu. Sie hatte inzwischen ihre Entwürfe in einem Bogen Papier zusammengerollt, stand auf und überreichte sie ihm.

„Nun kein Wort mehr von Geschäften! Jetzt trinken wir eine Tasse Kaffee!“

Sie begaben sich in den Salon, wo inzwischen der Kaffeetisch gedeckt worden war. Das Mädchen hatte eben aufgetragen, da klopfte es an der Tür, und herein trat Martin. Er sah den Besucher, der mit dem Rücken zu ihm saß, und sagte:

„Verzeihung, ich wollte nicht stören!“

„Bleib nur, du kommst gerade recht zum Kaffee!“ Hilda erhob sich, um noch eine Tasse zu holen.

Als Rudolf sich nun umdrehte, bekam er große Augen, und auch Martin blieb überrascht stehen und rief:

„O Wunder über Wunder! Rudolf Fredericks! Wie kommst denn du hierher?“

„Martin Huber! Ist das möglich?“ staunte auch Rudolf.

Beide schüttelten sich erfreut die Hände.

„Die Herren kennen sich?“ fragte Hilda, ebenfalls einigermaßen überrascht. „Aber ich bitte, doch Platz zu nehmen!“

Sie schenkte den Kaffee ein. Martin setzte sich lachend.

„Freilich kennen wir uns! Wir haben doch in München einige Semester bei ein und derselben Wirtin Bude an Bude gehaust. War der eine knapp bei Kasse — und das kam gar nicht selten vor — dann sprang der andere ein.“ Er wandte sich an Rudolf. „Aber ich glaubte dich noch in Italien?“

„Das halbe Jahr dort ist abgelaufen, und ich bin seit gestern wieder hier. Doch wie kommst du in diese Gegend? Ich bin hier ja zu Hause.“

„Richtig, jetzt erinnere ich mich. Wie heißt das Nest doch noch?“

„Tannenwinkel. Es liegt gute anderthalb Stunden von Steinegg in den Bergen.“

„Nun, wie ich hierher komme, ist schnell gesagt. Ich habe inzwischen mein Examen gemacht . . .“

„Du Glücklicher! Ich gratuliere!“

„Danke! Ich suchte mir also eine Stellung und wurde von einem meiner ehemaligen Professoren nach Steinegg empfohlen."

„Und hast du die Stellung bekommen?"

„Das und noch mehr! Du weißt doch, daß ich ein Findelkind bin, das von seinen Eltern keine Ahnung hatte. Ich suchte nur eine Stellung, aber ich fand meine Eltern — und dazu eine Schwester. Da sitzt sie — es ist Hilda!"

„Was? Das ist ja ein Roman!"

„Ist es auch, und der Hauptheld darin ist ein alter Wurzelhändler ..."

„Der Wurzelsepp?" fiel Rudolf ein.

„Ja, kennst du den auch?"

„Und ob ich ihn kenne! Der gute, alte Sepp hat scheint's überall seine Hand im Spiel. Er hat auch vermittelt, daß ich hier im Schloß die notwendigen baulichen Verbesserungen leiten soll."

„Deswegen bist du also hier? Das freut mich! Einen Besseren dafür hätte Hilda gar nicht finden können."

„Herr Fredericks hat noch nicht endgültig zugesagt", warf sie ein.

„Ach, was!" erklärte Martin. „Rudolf wird die Sache übernehmen. Übrigens, Hilda, weswegen ich eigentlich gekommen bin — ich erhalte die bewußten Chemikalien erst morgen mittag. Ich kann dir also noch nicht sagen, ob der Versuch gelingen wird."

Sie nickte.

„Ich möchte, ich hätte erst Gewißheit! Es hängt zuviel für mich davon ab."

„Du bist viel zu gewissenhaft, Schwesterchen. Zerbrich dir nicht den Kopf! Es kommt doch alles so, wie es kommen soll. Reden wir von etwas anderem! Erzähl uns, Rudolf, was du alles in Italien gesehen und erlebt hast!"

Fredericks folgte dieser Aufforderung gern. Er wurde gesprächig und schilderte begeistert die Bauten und Kunstschätze, die er im sonnigen Süden hatte bewundern dürfen. Auch heitere Erinnerungen aus der Münchener Studentenzeit wurden ausgetauscht, und in angeregter Unterhaltung verging die Zeit schnell. Mit leisem Erschrecken stellte Rudolf fest, daß es Abend wurde, und er sagte, er müsse nun gehen, er dürfe seine kranke Mutter nicht länger warten lassen.

„Ich begleite dich ein Stück", erbot sich Martin.

Sie verabschiedeten sich von Hilda, die beide nur ungern gehen sah. Es war ein Nachmittag gewesen, der sie von ihren drückenden Sorgen abgelenkt und sie irgendwie mit neuem Lebensmut erfüllt hatte. Die Romanze, die bei Blitz und Donner im Wald begonnen hatte, war nun gegen ihren Willen doch keine Episode geblieben, und das beunruhigte und erfreute sie zugleich. Ja, sie gab sich nur zu gern den Gefühlen hin, die ihre Pulse schneller schlagen ließen. Sie eilte auf ihr Zimmer, holte den Skizzenblock hervor und machte sich eifrig daran, hier und da an ihrer Zeichnung kleine Verbesserungen vorzunehmen.

*

Währenddessen wanderten die Freunde auf dem Waldweg, der nach Tannenwinkel führte. Martin berichtete, wie er in Steinegg durch Sepp seine Mutter und seinen Vater gefunden hatte, der Hildas Stiefvater war.

„Dann bist du also eigentlich ein Baron von Alberg?" sagte Rudolf und wollte ihm schon anvertrauen, daß auch er dem Adelstand angehöre.

Aber er kam davon ab, als Martin bitter auflachte und bemerkte:

„Ich pfeife auf den Adel und wünschte, ich hätte einen anderen Vater. Es ist auch fraglich, ob mein lieber Erzeuger mich anerkennen wird. Zwingen kann ich ihn nicht dazu. Und ich will's auch gar nicht!"

„Ich verstehe deinen Groll", meinte Rudolf. „Wie dein Vater an deiner Mutter gehandelt hat, das war ein gemeiner Schurkenstreich. Aber seither sind mehr als zwanzig Jahre vergangen. Vielleicht ist er doch ein anderer Mensch geworden, dem ..."

„Du solltest ihn kennen!" unterbrach ihn Martin. „Der und sich gebessert! Ich habe so ein Vorgefühl, als ob es mit ihm noch zu ganz bösen Streitigkeiten kommt. Mir tut nur die arme Hilda leid, denn sie ist wirklich ein lieber, feiner, herzensguter Mensch."

Eine Weile schritten sie schweigend nebeneinander her. Es schwebte Rudolf schon auf der Zunge, seine Begegnung mit dem Baron auf dem Bahnhof zu erzählen, da sagte Martin:

„Weißt du, mir geht mein erstes Zusammentreffen mit dem Wurzelsepp nicht aus dem Kopf. Als er mir bei Lindenberg in der Ferne Schloß Steinegg zeigte, da kreiste darüber ein Habicht, ein gieriger gefährlicher Räuber und immer wieder kommt mir der Gedanke, daß mein Vater genau wie dieser Raubvogel ist und daß nicht eher Frieden auf Steinegg sein wird, bis dieser Habicht abgeschossen ... mein Gott! Was rede ich da! Sprechen wir nicht mehr davon! Ich habe dich nun auch weit genug begleitet und will hier umkehren. Wir werden uns ja jetzt öfter sehen. Alles Gute für deine Mutter!"

So trennten sich die beiden, und so blieb zwischen ihnen manches ungesagt, was ihnen noch verborgene Zusammenhänge hätte entdecken können.

DER GLÜCKSBOTE

Es war am folgenden Nachmittag. Die Sonne schien warm, und es wehte eine leichte Brise. Auf dem Weg, der von Steinegg nach Tannenwinkel führte, zog mit rüstigen Schritten ein einsamer Wanderer dahin. Mit Wohlbehagen genoß er die würzige Waldluft, und hin und wieder schwang er in offensichtlich guter Stimmung seinen Knotenstock. Dieser wie ein städtischer Tourist gekleidete Herr war kein anderer als König Ludwig II. von Bayern, der sich noch immer inkognito als „Herr Ludwig“ in der Gegend von Steinegg aufhielt.

Er hatte etwa dreiviertel des Weges zurückgelegt und befand sich mitten im einsamen Tannenwald, als er vor sich einen Mann erblickte, der langsamer und mit anscheinend unsicheren Schritten dieselbe Richtung verfolgte. Da Ludwig schneller ging, hatte er ihn bald eingeholt.

Als der Mann die Tritte hinter sich hörte, blieb er stehen und drehte sich um. Ludwig sah in ein farbloses, aufgedunsenes, bartstoppeliges Gesicht, aus dem ihn zwei kleine Augen stechend musterten. Der Leib des Menschen war aufgeschwemmt, seine Beine krumm, die Haare wirr. Der Anzug war abgeschabt und stellenweise sogar zerrissen. Seine Schuhe hatten wochenlang keine Wichse mehr bekommen und waren an den Nähten aufgeplatzt.

Der Kerl machte einen völlig verwahrlosten Eindruck, und wer ihn sah, hatte sofort das Gefühl, sich vor ihm in acht nehmen zu müssen. In der einen Hand trug er ein Päckchen, das in ein blaues Schnupftuch eingewickelt war, und in der anderen einen fast übermäßig starken, knorrigen Stock, den er vermutlich irgendwo im Wald abgeschnitten hatte.

Er schwankte leicht, wie jemand, der zu tief ins Glas geschaut hat, und musterte Ludwig einen Augenblick lang mit unverschämten Blicken. Dann riß er den schäbigen

Filz vom Kopf und streckte dabei mit möglichst jammervoller Miene die Hand aus.

„Ein armer Reisender bittet um einen Zehrpfennig!"

Ludwig wäre am liebsten an dem Strolch vorbeigegangen, dem ein widerlicher Schnapsdunst entströmte, aber in einer plötzlichen Regung zog er seine Börse und gab ihm ein Fünfzigpfennigstück. Der Mann schwenkte ergeben den Hut.

„Besten Dank, mein Herr! Ich sehe, Sie sind ein nobler Mann. Wohin wollen Sie? Vielleicht haben wir den gleichen Weg. Wenn ja, so können wir miteinander gehen."

Ludwig nahm diese Frechheit nicht für ernst. Er überflog die Gestalt des Mannes mit einem belustigten Blick.

„Wohl weil dann zwei noble Herren beisammen sind?"

„Ja", gab der andere so überzeugt zurück, daß Ludwig lachen mußte.

„Sie lachen? Etwa über mich?"

„Natürlich."

Der Mann hatte irgend etwas Unerklärliches an sich, das Ludwig abhielt, ihn zurückzuweisen, wie er das sonst getan hätte. Es lag in seinem Gesicht und ganzen Wesen etwas Rätselhaftes, das den König reizte, bei diesem Kerl zu bleiben trotz seinem abstoßenden Äußeren.

„Lachen Sie nur!" sagte der Mann. „Sie haben jetzt auch allen Grund dazu. Hätten Sie mich früher gesehen, so würden Sie mehr Achtung vor mir haben."

„So? — Was sind Sie denn?"

„Jetzt bin ich Privatsekretär."

„Mit einem anderen Wort — Schreiber?"

„Das ist eine gewöhnliche Bezeichnung. Aber wenn ich für Leute, die von der Kunst des Schreibens nichts verstehen, Briefe verfasse, dann bin ich Sekretär. Und weil ich das für Privatleute tue, so bin ich Privatsekretär."

„Wenn Sie das in dieser Weise begründen, muß ich Ihnen freilich recht geben. Wo wohnen Sie denn?"

„Hm. Ich wohne nirgends. Ich habe augenblicklich weder ein Unter- noch ein Auskommen. Die fünfzig Pfennige, die Sie mir gaben, sind mein ganzes Besitztum."

„Wo sind Sie denn beheimatet?"

„Sie meinen, wo mein Unterstützungswohnsitz ist? Hm, den habe ich nicht."

„Aber Sie müssen sich doch irgendwo aufgehalten haben! Nach dem Gesetz haben Sie Ihren Unterstützungswohnsitz da, wo Sie zuletzt zwei Jahre lang gewohnt haben."

„Zwei Jahre lang habe ich nirgends gewohnt, außer an dem Ort, woher ich jetzt komme. Und für den bedanke ich mich. Ich mag nicht wieder hin."

König Ludwig war die ganze Zeit seinen Weg weitergegangen. Der Mann bemühte sich, an seiner Seite zu bleiben. Ludwig merkte, welche Anstrengung ihn das kostete, und mäßigte seine Schritte.

„Wie heißen Sie denn?" fragte er.

„Ich heiße Hermann Artur Willibold Keilberg."

Dieser Name kam dem König bekannt vor. Er mußte ihn vor gar nicht so langer Zeit gehört oder gelesen haben. Hermann Artur Willibold Keilberg? Besonders auffällig war der Vorname Willibold statt Willibald. Wo war ihm dieser Name nur vorgekommen?

Plötzlich entsann er sich. Vor einiger Zeit war ihm ein Gnadengesuch zur Unterschrift vorgelegt worden. Ein zu zehn Jahren verurteilter Schreiber hatte sich während der Strafverbüßung acht Jahre lang so gut geführt, daß der Leiter der Strafanstalt ihn zur Begnadigung vorgeschlagen hatte. Dieser Schreiber hatte Hermann Artur Willibold Keilberg geheißen und verbüßte seine Strafe wegen Betruges und Fälschung. Das Gesuch war vom Jusitzminister befürwortet worden, und so hatte der König den Mann begnadigt und ihm die letzten zwei Jahre erlassen.

Jetzt verstand Ludwig, warum es Keilberg nicht gelüstete, an den Ort zurückzukehren, an dem er länger als zwei Jahre gelebt hatte. Das Zuchthaus ist eben für keinen Menschen ein wünschenswerter Unterstützungswohnsitz.

„Sie wissen also nicht, Herr Keilberg, wo Sie beheimatet sind. Aber wohin Sie nun wollen, das werden Sie doch wissen?"

„Auch nicht. Ich gehe überallhin. Ich bin wie der Vogel, der dahin fliegt, wo er ein Körnchen findet oder einen Mehlwurm oder eine Raupe."

„Und dabei fliegt er in die Falle, die man ihm gestellt hat."

„Dann ist er dumm und ungeschickt. Mich fängt kein Vogelsteller."

„Hm! Sollten Sie noch niemals gefangen worden sein?"

Bei dem Ton dieser Frage blickte Keilberg verwundert auf.

„Seh ich denn aus wie ein Gimpel, der so leicht auf den Leim geht? Das ist eine Beleidigung!"

„Ich habe keineswegs die Absicht, Sie zu beleidigen. Aber Ihr Aussehen berechtigt mich schließlich zu dieser Frage."

„Da täuschen Sie sich in mir. Ich bin noch an keiner Leimrute klebengeblieben. Sie sehen ja, ich befinde mich in voller Freiheit!"

„Hat man Sie etwa wieder freigelassen?"

Der Mann blieb stehen.

„Wie kommen Sie zu solchen Worten?"

„Nun, ich bin ein Menschenkenner. Man sieht es einem Vogel sofort an, wenn er lange Zeit im Käfig gesessen hat. Erlangt er auch seine Freiheit wieder, so hat er doch das Fliegen verlernt."

„Wieso kann ich das nicht mehr?"

„Sie taumeln ja."

„Das kommt von den verdammten paar Glas Nordhäuser, die ich getrunken habe. Sonst bin ich gewöhnlich sehr gut auf den Beinen. Ich werde es Ihnen beweisen. Kommen Sie nur! Ich laufe mit Ihnen um die Wette."

Er machte so rasche und weite Schritte, wie es ihm nur möglich war, aber schon bald gab er das wieder auf.

„Eigentlich sollte ich mir das nicht gefallen lassen", brummte er.

„Was denn?"

„Das mit dem Vogelbauer, mit dem Käfig."

„Und warum wollen Sie sich das denn nicht gefallen lassen?"

„Weil es nicht wahr ist. Ich bin nicht gefangen gewesen."

„So entschuldigen Sie."

„Da gibt's nichts zu entschuldigen. Man darf nicht einem Menschen, den man gar nicht kennt, ins Gesicht sagen, daß er gesessen hat."

„Wenn man es aber vermutet?"

„Zum Teufel mit Ihrer Vermutung! Sie denken wohl, Sie können sich das mit mir erlauben, weil Sie mir ein Fünfgroschenstück gegeben haben?"

„Nein, das denke ich nicht. Aber bei Ihrem Namen mußte ich unwillkürlich an einen Rechtsfall denken, in den ein Schreiber verwickelt war, der ganz genau so hieß wie Sie."

„Wie ich? Also Keilberg?"

„Ja. Hermann Artur Willibold Keilberg. Die Sache liegt etwa acht Jahre zurück."

„So so!"

„Dieser Keilberg wurde wegen Betruges und Fälschung zu zehn Jahren Zuchthaus verurteilt."

„Hm!"

„Vor kurzem wurde er vom König begnadigt."

„Mit diesem Keilberg habe ich nichts zu tun."

„Er sieht Ihnen aber sehr ähnlich."

„Verflixt! Kennen Sie ihn?"

„Das kann Ihnen doch gleich sein, da Sie mit ihm ja nichts zu tun haben."

„Hören Sie, werden Sie nicht anzüglich!"

„Das werde ich nicht. Aber Sie haben doch sicher Ausweispapiere bei sich?"
„Natürlich."
„Darf ich die mal sehen?"
„Hol Sie der Teufel! Sind Sie etwa ein verkappter Gendarm?"
„Nein."
„Was sind Sie denn?"
„Ich bin . . . Na, raten Sie mal!"
Keilberg musterte den König aufmerksamer, als er ihn bisher betrachtet hatte.
„Ich will mich fressen lassen, wenn Sie nicht ein Jurist sind!"
„Wie kommen Sie darauf?"
„Weil Sie ganz danach aussehen und . . . weil Sie sich an jenen Rechtsfall so genau erinnern. Sie reden auch ganz wie ein Jurist. Und woher wissen Sie, daß ich begnadigt worden bin?"
„Sie?" fragte der König lächelnd.
„Ja, ich!"
„Ich habe doch nicht von Ihnen, sondern von jenem Hermann Artur Willibold Keilberg gesprochen, mit dem Sie nichts zu tun haben."
„Verdammt, jetzt habe ich mich verquatscht!"
„Scheint mir auch so. Wollen Sie nun noch weiter leugnen?"
„Nein, das wäre Unsinn."
„Sie sind also der verurteilte und begnadigte Keilberg?"
„Ja. Aber Sie müssen nun auch zugeben, daß Sie Jurist sind. Nur ein Jurist kann einen so aushorchen. Also?"
„Wenn Sie mich so direkt fragen . . ."
„Sehen Sie! Und nun meinen Sie wohl, ich hätte Angst vor Ihnen?"
„Das brauchen Sie nicht. Übrigens bin ich bei keinem Gericht angestellt."

„Dann sind Sie Advokat, Rechtsanwalt? Das ist gut. Wie heißen Sie denn?“

„Ludwig ist mein Name.“

„Also Rechtsanwalt Ludwig. Woher?“

„Aus München.“

„Sie sind wohl auf Urlaub hier?“

„Ja.“

„Freut mich, freut mich, Sie getroffen zu haben, Herr Rechtsanwalt! Ja, ja, habe mir doch gleich gedacht, daß Sie zur Juristerei gehören! Nur so einer konnte sich meiner erinnern, obwohl seither eine so lange Zeit vergangen ist. Wenn ich nur wüßte, ob Sie . . .?“

Er hielt inne.

„Was möchten Sie wissen?“

„Ob ich Ihnen . . . nein, das geht wohl doch nicht.“

Nachdenklich schaute er beim Weitergehen vor sich nieder. Offenbar überlegte er etwas und schien sich über irgendeinem Punkt im unklaren zu sein. Der König störte ihn nicht. Er ahnte, daß er jetzt etwas erfahren würde, was mitzuteilen Keilberg schwerfiel, und wartete ruhig ab, zu welchem Entschluß er sich durchringen würde. Endlich hob der Mann den Kopf wieder und blickte von der Seite her mißtrauisch zu Ludwig auf.

„Als Rechtsanwalt kennen Sie natürlich alle Gesetze?“

„Wenigstens die wichtigsten.“

„Gibt es nicht auch ein Gesetz über die Schweigepflicht der Anwälte?“

„Es gibt Paragraphen, die es jedem Beamten zur Pflicht machen, das Amtsgeheimnis zu wahren. Auch Rechtsanwälte dürfen, ebenso wie Geistliche und Ärzte, Geheimnisse, die ihnen in Ausübung ihres Berufes anvertraut werden, nicht weitergeben.“

„So! Das ist gut. Wenn sich also jemand an einen Anwalt wendet und ihn um einen guten Rat fragt, darf der dann mit anderen darüber reden?“

„Nein, selbstverständlich nicht.“

„Nun, dann möchte ich die gute Gelegenheit gleich wahrnehmen."

„Inwiefern? Wünschen Sie von mir einen Rat?"

„Schon mehr ein Gutachten."

„Bitte, — wenn ich Ihnen behilflich sein kann! Reden Sie nur."

„Ja, das sagen Sie so leicht. Aber die Sache hat noch einen Haken."

„Welchen denn?"

„Ich habe kein Geld. Ihr Advokaten seid gerade die Richtigen, ihr tut nichts umsonst."

Ludwig lachte.

„Nun, wir sind hier doch nicht in einem Anwaltsbüro!"

„Dann kostet's unter freiem Himmel wohl nichts?"

„Man muß doch berücksichtigen, daß Sie ein armer Teufel sind. Aber eigentlich müßten Sie doch noch Geld haben . . ."

„Ich? Woher denn?"

„Sie haben doch im Zuchthaus gearbeitet."

„Und wie! Wenn man sein Pensum nicht bringt, ist gleich die Strafe dahinter."

„Dann haben Sie doch auch etwas verdient."

„Ja, aber wieviel? Täglich drei Pfennige habe ich bekommen. Das macht für dreihundert Arbeitstage drei Taler jährlich."

„In acht Jahren also vierundzwanzig Taler: zweiundsiebzig Mark."

„Davon habe ich die Hälfte für Kleinigkeiten verwenden dürfen, bleiben also nur sechsunddreißig Mark."

„Die haben Sie doch bei Ihrer Entlassung mitbekommen. Wo sind sie?"

„Das fragen Sie mich? Sie haben einen schönen Begriff vom Leben! Wovon lebt man denn eigentlich?"

„Vom Ertrag seiner Arbeit."

„Und wenn man keine Arbeit erhält?"

„Arbeit gibt's überall."

„Nur nicht für einen entlassenen Zuchthäusler. Zunächst will man sich, wenn man acht Jahre lang beim Zuchthausfraß gebrummt hat, doch einmal eine Güte tun. Das kostet Geld. Nachher muß man leben, und wenn man nichts verdient, so geht das Betteln an."

„Auch Sie können Arbeit finden, wenn Sie nur ernstlich wollen."

„Meinen Sie, ein Bürgermeister, ein Anwalt oder sonst wer stellt mich als Schreiber an?"

„Mag sein, daß keiner das tut. Aber warum wollen Sie ausgerechnet eine Stelle als Schreiber haben?"

„Weil ich nun mal Schreiber bin."

„Wenn Sie keine solche Anstellung finden, so müssen Sie eben zunächst eine andere Arbeit ergreifen. Wenn Sie sich gut führen, kommt ganz von selbst die Zeit, in der man Ihnen Vertrauen schenkt, und Sie können wieder Schreiber werden."

„Sie haben gut reden. Das ist alles ganz anders, als Sie denken. Wir wollen aber nicht darüber streiten. Die Sache ist die, daß ich keine Arbeit bekam und meine paar Mark verlebt habe. Ich kann Sie also für Ihre Beratung nicht bezahlen."

„Das macht nichts. Sie sollen meinen Rat umsonst haben."

„Und auf die Verschwiegenheit eines Anwalts kann ich mich verlassen? Hm. Nun gut, so sagen Sie mir doch, in welcher Zeit ein Verbrechen verjährt, so daß es nicht mehr bestraft werden kann!"

„Das kommt auf das Verbrechen an und auf die Strafe, mit der es voraussichtlich belegt worden wäre."

„Das verstehe ich nicht."

„Die Strafverfolgung verjährt nach § 67 des Reichsstrafgesetzbuches bei einem Verbrechen, das mit dem Tod oder lebenslänglichem Zuchthaus bedroht ist, in zwanzig Jahren."

„Das ist mein Fall nicht."

„Ist das Verbrechen mit einer längeren als zehnjährigen Strafe bedroht, so tritt die Verjährung in fünfzehn Jahren ein."

„Auch das paßt nicht auf mich."

„Alle anderen Verbrechen verjähren bereits in zehn Jahren."

„Hm! Das paßt auf mich."

„Haben Sie denn ein Verbrechen begangen, für das Sie nicht bestraft worden sind?"

„Ja, eine Unterschlagung. Ich kann das ja nun zugeben, weil es verjährt ist und nicht mehr bestraft werden kann."

„Vielleicht irren Sie sich. Nämlich die Strafverfolgung verjährt in der angegebenen Zeit, nicht aber die Strafvollstreckung, wenn die Strafe rechtskräftig erkannt worden ist."

„Nun, eine Strafe ist damals nicht erkannt worden."

„Wie kommt das?"

„Weil ich gar nicht angezeigt wurde. Was ich getan habe, ist niemals an den Tag gekommen."

„Und wie lange ist das her?"

„Zwanzig Jahre."

„Da können Sie freilich beruhigt sein."

„Das freut mich. Aber darf ich dann auch öffentlich davon reden, ohne daß man mich bestrafen kann?"

„Das können Sie, werden es aber wohl bleibenlassen."

„Meinen Sie?"

„Es wird doch niemand herumerzählen, daß er eine Unterschlagung begangen hat."

„Das ist schon richtig, aber ich will ja auch nicht gerade öffentlich darüber reden. Es sind nur einige Personen, zu denen ich davon sprechen möchte."

„Viel Ehrgefühl scheinen Sie nicht zu haben."

„Aber ich habe einen empfindlichen Magen. Hunger tut weh. Ich will leben."

„Ah, Sie wollen sich für die Mitteilung Ihres Verbrechens bezahlen lassen?"

„Ja, weil ich damals schändlicherweise nicht dafür bezahlt worden bin."

„Sie haben es also im Auftrag eines anderen begangen?"

„Ganz recht. Und dieser andere ist schuld, daß es nachher mit mir bergab gegangen ist. Ich war ein ehrlicher Kerl. Er hat mich zum Verbrecher gemacht. Er hat mir goldene Berge versprochen und mich doch nicht bezahlt. Jetzt aber soll er bluten."

„Seien Sie vorsichtig!"

„Ich fürchte mich nicht. Wenn er mich jetzt nicht bezahlt, zeige ich ihn an."

„Sie vergessen, daß die Sache verjährt ist."

„Das ist sie. Aber damals ist ein Unschuldiger bestraft worden, und wenn ich jetzt sage, wie es damals zugegangen ist, so wird die Unschuld dieses Mannes an den Tag kommen. Dieser Baron von Alberg kann zwar nicht mehr bestraft werden, aber es gäbe einen Skandal, und dann wäre es alle mit ihm."

„Baron von Alberg? Hier in Bayern?"

„Nein, in Wien; er ist Österreicher. Ich hätte den Namen verschweigen sollen, aber Sie müssen ihn ja auch geheimhalten."

„Und dieser Baron ist Ihr Auftraggeber gewesen? Hm, wie ist das denn damals zugegangen?"

„Ich werde mich hüten, das zu sagen."

„Dann lassen Sie's bleiben! Aber die Auskunft, die ich Ihnen gegeben habe, hat in diesem Fall vielleicht nicht den mindesten Wert."

„So? Warum?"

„Eben weil der Baron Österreicher ist. Drüben gelten andere Gesetze."

„Verdammt, dann ist das da auch mit der Verjährung anders? Und ich könnte womöglich auch noch bestraft werden?"

„Eine richtige Auskunft kann ich Ihnen nur geben, wenn ich genau weiß, um was es sich handelt. Wenn Sie das verschweigen wollen, müssen Sie eben darauf verzichten."

„Na, wenn es so ist, wäre es ja die größte Dummheit zu schweigen, zumal ich mich auf Ihre Verschwiegenheit verlassen kann. Soll ich Ihnen die Geschichte erzählen?"

„Wie Sie wollen! Mir ist das gleichgültig."

„Aber für mich ist's wichtig, eine richtige Auskunft zu erhalten. Dieser Baron von Alberg war hinter einem Mädchen her, aber ein anderer schnappte sie ihm weg ..."

„Wer war sie?"

„Eine gewisse Emilie von Sendingen. Sie liebte einen anderen, den Baron von Friederichs, und heiratete ihn. Er war Offizier."

„Ah, der Name ist mir bekannt. Der Fall hat seinerzeit großes Aufsehen erregt. Der Mann wurde wegen Landesverrats schimpflich aus der Armee gestoßen und erhielt noch eine Freiheitsstrafe."

„Ja, das stimmt."

„Man hat nie wieder etwas von ihm gehört."

„Ja, er ist mit seiner Familie nach Amerika verschwunden."

„Woher wissen Sie das so genau?"

„Nun, ich habe das begangen, wofür er bestraft wurde."

„Mensch!" Der König blieb erschrocken stehen. „Sind Sie des Teufels?"

Keilberg gab sich den Anschein eines reumütigen Sünders.

„Ich war jung und wurde verführt. Der Baron versprach mir eine so große Summe, daß ich nur noch an das Geld dachte. Er hat mir freilich keinen Heller ausgezahlt."

„Und Sie haben so kaltlächelnd zugesehen, wie ein Unschuldiger verurteilt wurde?"

„Was hätte ich machen sollen? Mich vielleicht selbst anzeigen? Ich habe mich wohlweislich gehütet. Sollte ich mich etwa selber ins Zuchthaus bringen?"

„Diesem Aufenthalt sind Sie dann aber doch nicht entgangen. Hätten Sie damals den Mut aufgebracht, Ihr Verbrechen einzugestehen, so würde Ihr Leben bestimmt einen anderen Verlauf genommen haben.“

„Hm! Da mögen Sie vielleicht recht haben, aber damals hatte ich verdammt wenig Lust, mich einsperren zu lassen.“

„Nun ja! Doch erzählen Sie jetzt mal, wie sich damals alles zugetragen hat.“

„Der Baron von Friederichs war Rittmeister bei den Kürassieren und zum Generalstab abkommandiert. Ich war auch Soldat, und da ich schon immer eine gute Handschrift und einen offenen Kopf hatte, wurde ich Schreiber. Als solcher wurde ich ihm zugeteilt, denn bei ihm gab es viel zu schreiben. Ich mußte seine Entwürfe in Reinschrift übertragen.“

„Und da bekamen Sie auch geheime Sachen in die Hand?“

„Natürlich nicht. Aber ich wußte genau, in welchem Fach seines Schreibtischs er die Schriftstücke, die geheim waren, einzuschließen pflegte.“

„Und da haben Sie solch ein Schriftstück gestohlen?“

„Ja.“

„Mein Gott! Haben Sie denn gar nicht bedacht, welche Folgen solch eine Tat nach sich ziehen kann?“

„Ich war jung und lebenslustig, ich hatte eine Freundin, die Tänzerin war und große Ansprüche stellte. Dadurch bin ich in Schulden geraten. Ich hatte einem Bekannten etwas vorgeschwindelt, um von ihm Geld zu bekommen. Als ich es nicht zurückzahlen konnte, drohte er mir mit Anzeige. Ich wäre wegen Betrugs bestraft worden und saß fürchterlich in der Klemme. Da kam der Baron von Alberg zu mir.“

„Kannte er Ihre Lage?“

„Weiß der Teufel, woher, aber er wußte alles. Er versprach mir, meine Schulden zu bezahlen und außerdem noch tausend Gulden zu geben, wenn ich einige der geheimen Papiere, die sich im Schreibtisch meines Rittmeisters befänden, abschreiben würde."

„Also nicht stehlen?"

„Das wäre zu gefährlich für mich gewesen. Und da ich nur Abschriften zu machen hatte, fand ich dabei nichts Schlimmes."

„Und gelang Ihnen das so leicht?"

„Es ging leichter, als ich dachte. Herr von Friederichs wurde einmal aus dem Zimmer gerufen und hatte den Schlüssel im Schreibtisch steckenlassen. Ich öffnete und nahm drei Schriftstücke heraus, die ich rasch in meiner Tasche verbarg."

„Konnte er nicht leicht bemerken, daß sie fehlten?"

„Ach, das ganze Schubfach war voll von Papieren. Er hätte das Verschwinden der drei nur bemerken können, wenn er sie zufällig gerade gebraucht hätte. Aber das war nicht der Fall. Als er wieder ins Zimmer kam, saß ich an meinem Tisch und war so in meine Schreiberei vertieft, daß ihm nicht einfiel, einen Verdacht zu schöpfen."

„Und wann schrieben Sie die Papiere ab?"

„Das war sehr einfach, denn er wurde zu einer längeren Besprechung abgerufen. Er zog den Schlüssel ab und ging, und ich benutzte seine Abwesenheit, um die drei Sachen abzuschreiben. Später kehrte er zurück und setzte sich wieder an seine Arbeit. Als er dann das Zimmer abermals für kurze Zeit verließ, nahm ich die Gelegenheit wahr, um die Dokumente wieder in das Schubfach zu legen. Am Abend gab ich dem Alberg die Abschriften."

„Wußten Sie, zu welchem Zweck er sie haben wollte?"

„Ich wußte nur, daß er damit dem Rittmeister einen Streich spielen wollte; welchen aber, das war mir nicht bekannt."

„Gab er Ihnen Geld?"

„Nein. Er sagte, er müsse nun noch Handschriftenproben des Rittmeisters haben. Erst wenn ich ihm die verschafft hätte, werde er mich bezahlen, eher nicht."

„Und Sie verschafften sie ihm?“

„Ja, das war ja auch gar kein Problem. Es lagen genug Schreibereien des Rittmeisters umher, die er nicht mehr brauchte. Ich brachte sie Alberg am nächsten Abend, erhielt aber wieder kein Geld. Angeblich hatte er nicht so viel bar bei sich, da er nicht geglaubt habe, daß ich ihm seinen Wunsch schon heute erfüllen würde. Tags darauf war er verreist, und ich habe ihn erst nach Jahren wiedergesehen.“

„Und der Freiherr von Friederichs?“

„Der wurde plötzlich verhaftet, weil er dem Militärattaché einer fremden Macht drei wichtige Arbeiten des Generalstabes zum Verkauf angeboten hatte.“

„Das waren die drei Schriftstücke, die Sie abgeschrieben haben?“

„Ja.“

„Aber wie wollte man denn beweisen, daß er das Angebot gemacht hatte?“

„Das bewies ein Brief in seiner Handschrift.“

„Und dieser Brief war gefälscht! Darum hatte dieser Baron Alberg die Handschriftenproben von Ihnen verlangt. Welch eine Niederträchtigkeit!“

„Denken Sie davon, wie Sie wollen! Es war schlecht von mir, aber noch schlechter von diesem Alberg, dem Lumpen! Und die größte Schlechtigkeit beging er damit, daß er mir das Geld nicht gab.“

„Geschah Ihnen ganz recht!“

„Oho! Jeder Arbeiter ist seines Lohnes wert.“

„Das wäre ein Sündenlohn gewesen.“

„Ich konnte meine Schulden nicht bezahlen und wurde angezeigt. Natürlich wurde ich verurteilt, und mit meiner Laufbahn beim Militär war es nun auch aus. Ich war Unteroffizier gewesen und hätte später sicher eine Anstellung bekommen. Als ich meine Strafe abgesessen hatte, betätigte ich mich als Privatschreiber. Was ich verdiente, war zum Leben zuwenig und zum Verhungern zuviel.

Ich sparte mir das Fahrgeld nach Wien vom Mund ab und suchte dort den Herrn von Alberg auf, um von ihm mein Geld zu verlangen."

„Aber er gab nichts?"

Keilberg stieß ein grunzendes, verächtliches Lachen aus.

„Er ließ mich hinauswerfen, als ich mit einer Anzeige drohte."

„Und warum zeigten Sie ihn nicht an?"

„Dann hätte ich mich ja selber mit angezeigt."

„Aber Sie wußten doch, welche Folgen Ihr Verrat für den Rittmeister von Friederichs gehabt hatte?"

„Natürlich wußte ich das. Aber mir war lieber, es saß ein anderer an meiner Stelle im Kittchen. Oder hätten Sie sich vielleicht dem Gericht gestellt?"

„Unbedingt."

„Das sagen Sie so. Außerdem hätte ich dem Friederichs auch nicht mehr helfen können. Ich erfuhr, daß er nach Amerika verschwunden ist, nachdem er seine Strafe abgebrummt hat."

„Sie sind ein ganz jämmerlicher Mensch. Hätte ich vor ein paar Wochen gewußt, daß Sie dieses Verbrechen auch noch auf dem Kerbholz haben, so wären Sie nicht begna . . ."

Er sprach das Wort nicht aus. Er merkte, daß er sich von seinem Zorn zu weit hatte hinreißen lassen.

„Was? Was wäre ich nicht?" fragte Keilberg ganz verwundert.

„Sie wären nicht begnadigt worden."

„So? Haben Sie denn dabei was zu sagen?"

„Hm. Ich hätte es doch für meine Pflicht gehalten, die zu benachrichtigen, die über Ihr Gesuch zu entscheiden hatten."

„Danke sehr! Gut, daß die Begnadigung nicht rückgängig gemacht werden kann. Sie wären imstande, an den König zu schreiben und . . ."

„Nein, haben Sie keine Sorge!"

„Doch Sie werden alles verraten, was ich Ihnen jetzt erzählt habe."

„Vielleicht."

„Verflixt, Sie haben mir doch Verschwiegenheit versprochen."

„Was ich verspreche, halte ich auch."

„Und eben sagten Sie, Sie würden alles verraten."

„Das ist kein Widerspruch, wenn Sie's auch dafür halten. Könnte man nicht die Ehre des Rittmeisters von Friederichs wiederherstellen, ohne daß Ihre Person dabei in Gefahr käme? Man könnte doch den Baron Alberg zwingen, ein Geständnis abzulegen."

„Da müßte er doch mich erwähnen."

„Das schadet nichts. Nachdem Sie mir nun alles erzählt haben, kann ich Ihnen versichern, daß die Sache verjährt ist."

„Gott sei Dank! Dann kann ich beruhigt sein."

„Ja. Würden Sie bereit sein, gegen Alberg als Zeuge aufzutreten?"

„Wenn ich was davon habe, klar!"

„Ah, Sie wollen das bezahlt bekommen?"

„Natürlich!"

„Wissen Sie, Keilberg, daß Sie ein ganz erbärmlicher Wicht sind?"

Ludwig war rot vor Zorn, aber der andere meinte gelassen:

„Ja, das weiß ich."

„Und Sie schämen sich nicht?"

„Nein. Was soll die Scham? Sie ist zu nichts nütze. Na, lassen wir das jetzt. — Sagen Sie, wie lange müssen wir eigentlich noch laufen, bis wir in Steinegg sind?"

„Nach Steinegg wollen Sie? Da laufen Sie genau in der entgegengesetzten Richtung. Wenn der Wald zu Ende ist, werden wir in Tannenwinkel ankommen!"

„Verflixt! Das hätten Sie mir auch früher sagen können!"

„Sie haben mir doch eben erst verraten, daß Sie nach Steinegg wollen. Zu wem wollen Sie denn da?“

„Das ist meine Sache. Sie sind Advokat und haben als solcher Ihre Mucken. Sie wären imstande, mich um die Ernte zu bringen, die ich endlich einheimsen will. Ich werde mich hüten Ihnen aufzubinden, wohin ich will. Und damit empfehle ich mich Ihnen, Herr Rechtsanwalt!“

Keilberg tat einen Sprung seitwärts in die Büsche und war im Wald verschwunden. Er fürchtete wohl, mit seinem Geständnis eine Gefahr gegen sich selber heraufbeschworen zu haben, und der wollte er sich entziehen.

Ludwig blieb einige Sekunden überrascht stehen. Was sollte er tun? Er konnte hinter dem Burschen nicht herlaufen, um ihn festzuhalten. Achselzuckend setzte er seinen Weg fort.

Er schritt rüstiger aus, und bald schon sah er Tannenwinkel vor sich liegen. Sein Auge blieb an dem alten baufälligen Turm der Kirche haften. Ein Lächeln glitt über sein Gesicht, und unwillkürlich griff er an seine Brusttasche.

Bald stand er neben dieser Kirche vor der Tür des Pfarrhauses und klopfte an. Die Wirtschafterin öffnete und fragte nach seinem Begehr.

„Ist der Herr Pfarrer zu sprechen?“

„Wen darf ich melden?“

„Ich habe für den Herrn Pfarrer eine Mitteilung, über die er sich sehr freuen wird.“

„So kommen Sie herein! Freudenboten heißt man gern willkommen.“

Er betrat ein enges, niedriges Stübchen, dessen Fenster bunt von Blumen waren. Der Pfarrer, ein weißhaariger, alter Herr, saß am Schreibtisch und las in einem Buch. Als Ludwig eintrat, legte er es beiseite, nahm die Brille von der Nase und erhob sich.

„Grüß Gott!“ sagte er. „Womit kann ich dienen, mein Herr?“

„Hochwürden, ich bringe Ihnen eine Botschaft, die Sie sicher recht freudig überraschen wird."

„So etwas hört man gern. Bitte, setzen Sie sich!"

Ludwig zog sich einen Stuhl heran und nahm Platz.

„Ich komme wegen Ihrer Kirche, Herr Pfarrer. Man sieht schon von außen, wie dringend sie einer Ausbesserung bedarf."

„Ja, sehr dringend. Ich habe Angst, sie könnte einmal während des Gottesdienstes einstürzen und die ganze Gemeinde unter sich begraben."

„Warum bauen Sie keine neue Kirche?"

„Warum? Diese Frage ist leicht beantwortet. Zum Bauen gehört Geld."

„Und das fehlt Ihnen?"

„Leider. Meine Gemeinde ist eine der ärmsten der ganzen Diözese."

„Und Sie sind mit Ihren Pfarrkindern zufrieden?"

„Ja, Herr; wenn überhaupt, so sind nur ganz wenige räudige Schafe unter ihnen. Wir möchten gern ein neues würdiges Gotteshaus bauen. Aber das Kirchenvermögen beträgt nur viertausend Mark. Durch Kollekten haben wir grad noch einmal soviel zusammenbekommen. Doch wie will man mit achttausend Mark eine Kirche bauen?"

„Haben Sie sich nicht an Ihren Bischof gewandt?"

„Natürlich. Man will mich durch eine Kollekte in der ganzen Diözese unterstützen, aber der Sonntag dafür ist noch nicht bestimmt."

„Hm! Warum haben Sie sich nicht an den König gewandt?"

„Das habe ich auch getan, wenn auch mit großem Widerstreben."

„Warum das?"

„Mein lieber Herr, der König wird, wie man hört, so sehr mit Bittgesuchen überlaufen, daß man sich wirklich scheut, sich unter die Bittsteller zu mischen, die nur zu häufig seine bekannte Mildtätigkeit mißbrauchen. Aber was will man tun, wenn man in Not ist? Mein Gehalt ist so armselig, daß ich damit kaum auszukommen vermag. Dennoch würde ich niemals eine Bitte aussprechen, die meine Person angeht. Da es aber meine Gemeinde betrifft, habe ich dann doch gewagt, eine Eingabe zu machen."

„Und was war der Erfolg?"

„Bisher habe ich darauf noch nichts gehört."

Ein feines Lächeln umspielte die Lippen des Königs.

„Aber Sie scheinen vom Erfolg Ihres Gesuches überzeugt zu sein?"

„Inwiefern?"

„Weil Sie sich bereits mit einem Kirchenbau befassen."

Ludwig zog einen geöffneten, leeren Briefumschlag aus der Tasche und reichte ihn dem Pfarrer. Dieser hielt ihn, ohne die Brille wieder aufzusetzen, dicht an die Augen und las die vier Zeilen, die statt einer Anschrift darauf standen:

„Nicht Koryphä' bin ich,
nur unbekannt und klein,
und dennoch bitt' ich: Laßt
mich mit Bewerber sein!"

„Ah!" sagte er. „Gehören Sie zu den Herren, die hier zu entscheiden hatten?"

„Ja."

„So erscheint mir Ihre Anwesenheit ein erfreuliches Zeichen."

„Ein Zeichen wofür?"

„Daß der junge Mann etwas Brauchbares geschaffen hat."

„Haben Sie die Zeichnung gesehen?"

„Nein, ich weiß nicht, was er gezeichnet hat, weiß auch nicht, was damit bezweckt ist."

Der König machte ein ungläubiges Gesicht.

„Hochwürden, mir scheint, Sie möchten jetzt ein klein wenig Diplomat sein."

„Zu einem Diplomaten fühle ich weder Beruf noch Geschick in mir."

„Sie wissen also wirklich nicht, was der Einsender hiermit bezweckt hat?"

„Nein, gewiß nicht."

„Dann ist das ein eigentümlicher Zufall, der mir nun fast wie ein Fingerzeig Gottes erscheint. In welcher Beziehung stehen Sie denn zu dem Einsender dieses Briefes?"

„Er gehört zu meiner Gemeinde. Er hat das Polytechnikum in München besucht. Vor einem halben Jahr erhielt er ein Stipendium für eine Studienreise nach Italien. Von dort bekam ich von ihm einen Brief. Er schrieb mir, er habe in einer Zeitschrift für das Bauwesen ein Preisausschreiben gelesen und wolle sich an dem Wettbewerb beteiligen. Dabei lag der Brief, dessen Umschlag Sie mir eben gezeigt haben. Er bat mich, den Brief an die Zeitschrift zu schicken."

„Wußten Sie, was der Brief enthielt?"

„Er war verschlossen, aber ich dachte mir — eine Zeichnung."

„Sie wußten aber nicht, was für eine Zeichnung?"

„Das weiß ich heute noch nicht."

„Nun, Sie sollen es erfahren. Zunächst aber kann ich Ihnen mitteilen, daß der König Ihr Gesuch erhalten hat, in dem Sie um einen kleinen Beitrag zum Kirchenbau baten. Er hat sich entschlossen, Ihnen eine neue Kirche ganz aus den Mitteln seiner Privatschatulle zu erbauen."

Der Pfarrer sprang auf.

„Herr, mein Gott! Ist das wahr?"

„Gewiß, Hochwürden. Ich bin hier, um Ihnen das mitzuteilen."

Der alte Herr starrte seinen Besucher fassungslos an.

„Eine neue Kirche ganz aus den Mitteln seiner Privatschatulle zu erbauen", wiederholte er kopfschüttelnd. „Das wäre eine Gnadengabe Seiner Majestät, für die kein Dank groß genug wäre."

„Dem König genügt als Dank, wenn Sie seiner zuweilen im Gebet gedenken."

„Ob ich das tun will, und ob ich das will! Eine neue Kirche! Das muß ich gleich überall bekanntmachen!"

Außer sich vor Freude schickte er sich an, aus dem Zimmer zu eilen.

„Wollen Sie mich hier allein sitzen lassen?" fragte der König lächelnd.

„Sie ... entschuldigen Sie, verehrtester Herr, ich bin wirklich ganz durcheinander. Beinah wäre ich noch unhöflich gegen Sie gewesen, gegen den Überbringer dieser Freudenbotschaft!"

„Ihre Gemeinde wird es noch zeitig genug erfahren. Ich habe nur noch ein paar Fragen an Sie."

„Natürlich, fragen Sie. Ich stehe Ihnen so lange zur Verfügung, wie Sie wollen."

„Allzulange wird das nicht sein. Ich möchte nur wissen, wer der junge Mann ist, dessen Brief Sie da eingeschickt haben."

„So hat er seinen Namen nicht genannt?"

„Er hat ihn verschwiegen und nur bemerkt, sein Name sei im Pfarramt von Tannenwinkel zu erfragen."

„Warum denn diese Heimlichkeit?"

„Wohl aus Bescheidenheit. Er hat vielleicht nicht geglaubt, der erste Preis und die Wahl könnten auf ihn fallen."

„Ja, so ist er. Darum hat er auch den Brief nicht selber aus Italien abgeschickt, denn da hätte er sich als Absender angeben müssen. Er hat also einen Preis bekommen?"

„Den ersten: Tausend Mark."

„Gott sei gelobt, die kann er gut brauchen! Die kommen ihm sehr zustatten!"

„Hat er es so nötig?"

„Er gehört zu den Ärmsten meiner Gemeinde. Aber was wollen Sie damit sagen, daß auch die Wahl auf ihn gefallen ist?"

„Die Kirche soll nach seiner Zeichnung und unter seiner persönlichen Leitung gebaut werden.“

„Wie ... ist ... das möglich?“ stotterte der Pfarrer überrascht.

„Seine Einsendung ist die beste von allen.“

„So ein junger Mann! Er ist erst Anfang der Zwanzig.“

„Bei solcher Jugend schon solche Kenntnisse! Da muß er wirklich hochbegabt sein. Wie heißt er denn?“

„Fredericks, Rudolf Fredericks.“

„Ein seltener Name für diese Gegend.“

„Ja, die Mutter kam vor Jahren mit ihm aus Amerika hierher. Sie bezog von dort eine kleine Rente, die sie aber vor kurzem verloren hat. Aus Schreck darüber rührte sie der Schlag. Der Sohn muß nun sein Examen verschieben, weil er Geld verdienen muß. Er sieht sich jetzt nach einer Arbeit um.“

„So ist das also. Arbeit soll er haben, zunächst hier beim Kirchenbau. Sein Examen soll er auch schnellstens machen. Ich werde für ihn sorgen. Junge Talente muß man unterstützen. Ich möchte ihn gern kennenlernen. Wo wohnt er?“

„Links um die Ecke das dritte Häuschen, eine Treppe hoch.“

„So werde ich jetzt zu ihm gehen.“

„Erst müssen Sie mir die Ehre erweisen, eine Tasse Kaffee bei mir zu trinken. Ich weiß zwar noch nicht, wie Sie heißen und was Sie sind — jedenfalls ein sehr hochgestellter Herr, weil Majestät Sie geschickt hat —, aber Sie werden meine Einladung gewiß nicht abweisen.“

„Eine Tasse Kaffee nehme ich gern an, doch machen Sie sich weiter keine Umstände. Und verzeihen Sie, wenn ich mich vorzustellen vergaß. Mein Name ist Ludwig; ich bin am königlichen Hof beschäftigt.“

„So entschuldigen Sie mich bitte einen Augenblick, Herr Ludwig! Ich möchte nur meiner Wirtschafterin Bescheid sagen.“

Der Pfarrer eilte in die Küche und teilte dem alten Fräulein die große Neuigkeit mit. Voll Entzücken braute sie einen so starken Kaffee, wie es ihn sonst nur zu hohen Festtagen gab, und schnitt den Rest des Obstkuchens vom Sonntag auf.

Als sie am Kaffeetisch saßen, zog Ludwig einen zweiten Umschlag aus der Tasche.

„Sie werden gern sehen wollen, wie die neue Kirche aussehen wird. Ich habe die Pläne bei mir. Wenn es Ihnen recht ist, können Sie sie sich ansehen."

„Oh, ich bitte herzlichst darum!"

Ludwig schob die Tassen und Teller beiseite. Dann stand er auf, trat neben den Pfarrer und breitete vor ihm die Pläne auf dem Tisch aus. Der alte Herr setzte seine Brille auf und folgte den Erläuterungen mit großer Aufmerksamkeit. Auf dem letzten Blatt war die Gesamtansicht der Kirche zu sehen.

„Na, gefällt sie Ihnen?" fragte Ludwig.

„Wunderbar! Schlicht, und doch würdevoll und erhaben. Der Turm gleicht einem architektonischen Finger, der mahnend empor zum Himmel zeigt. So soll es sein! — Aber dieser Bau ist nicht billig!"

„Er ist mit sechzigtausend Mark berechnet."

„Sechzig ..." Weiter kam der Pfarrer nicht.

Da er beim Eintritt seines Gastes die Brille abgenommen hatte, war ihm bei seiner Kurzsichtigkeit das Gesicht des Königs nur undeutlich erschienen. Jetzt aber hatte er die Brille aufgesetzt, und als er nun aufsprang, stand er so nahe vor Ludwig, daß er dessen Züge ganz klar erkennen konnte. Den König persönlich hatte er noch nie gesehen, um so häufiger aber sein Bild.

Er starrte seinen Besucher betroffen an.

„Was ist Ihnen?" fragte Ludwig lächelnd.

„Ich... ich weiß gar nicht, was ich dazu sagen soll!" Der Pfarrer zeigte auf ein Bild des Königs an der Wand. „Dieses Bild da ..."

„Das stellt den König dar, und ...“

„Gewiß, ja! Aber — mein Himmel! Das Original ...“

„Das Original steht vor Ihnen, Hochwürden.“

Der Pfarrer wollte sich tief verneigen, aber der König hielt ihn an beiden Armen fest und drückte ihn lächelnd wieder auf seinen Stuhl.

„Vergessen Sie nicht, daß ich inkognito hier bin! Ich freue mich, einen so guten Hirten in Ihnen kennengelernt zu haben, und ich werde dafür sorgen, daß Sie entlastet und an eine besser dotierte Stelle versetzt werden.“

„Majestät, bitte, nur das nicht! Diese arme Gemeinde hier ist mir so ans Herz gewachsen, daß ich hier mein Leben beschließen möchte.“

„Nun, Sie sollen hier aber keine Not mehr zu leiden haben. So werde ich veranlassen, daß Ihr Gehalt verdoppelt wird. Wenn Sie von jetzt an besser gestellt sind, werden Sie noch mehr Gutes tun können.“

„O ja! Ich werde gewiß ebenso einfach wie bisher weiterleben, und was ich von Ihnen erhalte, das geben Sie also eigentlich nicht mir, sondern den Hilfsbedürftigen meiner Gemeinde.“

„Schon gut! — So, und nun will ich diesen jungen Baumeister aufsuchen.“

Der König hatte die Pläne wieder in dem Umschlag verwahrt und zu sich gesteckt.

„Majestät! Noch einen Augenblick, bitte!“

„Ja?“

„Es handelt sich um die Fredericks. Nachdem ich nun weiß, Majestät, wer Sie sind, glaube ich, Ihnen das anvertrauen zu dürfen.“

„Sprechen Sie, Hochwürden, ich weiß Geheimnisse zu wahren.“

„Es ist natürlich kein Beichtgeheimnis, Majestät, sonst würde ich schweigen. Frau Fredericks erzählte es mir, als sie vom Schlag gelähmt nicht schreiben konnte und fürchten mußte, den Sohn, der in Italien weilte, nicht mehr wiederzusehen. Ich sollte es ihm dann mitteilen. Inzwischen ist er wieder da, die Mutter lebt, und es geht ihr etwas besser. Vielleicht hat sie's ihm nun auch schon selber gesagt. Ihr richtiger Name ist nicht Fredericks ..."

„Ach?" Ludwig sah den Pfarrer gespannt an.

„Ihr Mann war Offizier im Generalstab. Er wurde wegen Landesverrats verurteilt — ein Verbrechen, das er stets bestritten hat — und ging nach der Verbüßung seiner Strafe mit Frau und Kind nach Amerika. Dort amerikanisierte er seinen Namen ..."

„Fredericks ... auf deutsch Friederichs!" Der König sprang auf und ging ein paar Schritte in dem Stübchen hin und her. „Also Baron von Friederichs?"

Der Pfarrer nickte, auch er stand auf.

„Majestät kennen den Fall?"

„Ja, Hochwürden. Sie ahnen nicht, welchen Dienst Sie der Familie mit Ihrer Mitteilung erwiesen haben. Es ist doch seltsam. Erst vor einer Stunde habe ich erfahren, daß der Baron von Friederichs das Opfer eines abgefeimten Verbrechens geworden ist, und da wußte ich noch nicht, daß ich zu dem Sohn eben dieses Mannes unterwegs war. Aber er soll nun seinen richtigen Namen in Ehren tragen können! Nun darf ich erst recht keine Zeit mehr verlieren!"

Er verabschiedete sich von dem freudig bewegten Pfarrer, der ihn noch auf die Straße begleitete und ihm die Wohnung der Frau Fredericks zeigte.

*

Fünf Minuten später klopfte Ludwig an der Wohnungstür. Auf das „Herein!" trat er in die Stube. Frau Fredericks war allein. Sie saß angekleidet in einem Sessel, zu gehen vermochte sie noch nicht. Etwas verlegen sah sie dem fremden Herrn entgegen. Ludwig nahm den Hut ab und verneigte sich.

„Entschuldigen Sie bitte die Störung. Mein Name ist Ludwig. Ich möchte Herrn Rudolf Fredericks sprechen."

„Er ist mein Sohn, aber er ist leider nicht daheim."

„Schade! Aber ich kann auch Ihnen sagen, was ich ihm mitzuteilen habe."

„Bitte, nehmen Sie doch Platz, ich bin leider gelähmt . . ."

„Oh! Das ist schlimm! Ich wünsche Ihnen baldige Besserung!" Der König nahm sich einen Stuhl und setzte sich ihr gegenüber. „Ihr Sohn hat Ihnen sicherlich erzählt, daß er sich an einem Preisausschreiben beteiligt hat?"

„Ich weiß es. Aber ich erfuhr es erst jetzt, ich hätte ihm davon abgeraten. Es war eine Kühnheit von ihm, doch ist es leider nicht mehr ungeschehen zu machen."

„Leider? Sagen Sie lieber Gott sei Dank! Er hat gut getan, diese Kühnheit zu wagen, denn der Erfolg hat sie gerechtfertigt."

Sie richtete sich ein wenig auf und blickte ihn forschend an.

„Sie meinen . . .?"

„Die Arbeit, die er eingeschickt hat, fand ihre wohlverdiente Anerkennung."

Da sank sie wieder in die Kissen zurück, holte tief Atem und faltete die Hände.

„Gott sei gelobt! Jetzt bin ich diese Sorge los."

„Ihre Besorgnis war unbegründet. Ihr Sohn ist wirklich begabt, und Sie dürfen stolz auf ihn sein."

Sie nickte nur, denn sie konnte jetzt einfach keinen Laut hervorbringen. Ihr Mutterherz war zu bewegt.

„Haben Sie gewußt, um was es sich handelt?" fragte Ludwig.

„Um einen Kirchenbau", flüsterte sie.

„Wußten Sie denn auch, wo die Kirche gebaut werden sollte?"

„Nein. Rudolf wußte es vielleicht selber nicht."

„Nun, es handelt sich um die Kirche hier in Tannenwinkel. Der König will sie bauen lassen und hat den Preis ausgeschrieben, den Ihr Sohn gewonnen hat."

Sie schloß die Augen. Ihre Züge schienen vor freudigem Schreck erstarren zu wollen, aber dann ging ein seliges Lächeln über ihr blasses Gesicht. Ludwig schwieg. Voll Mitgefühl betrachtete er dieses Gesicht, auf dem Not und Sorge, Entbehrung und Ergebung ausgeprägt waren. Diese Frau mußte viel gelitten haben.

„Gewonnen!" flüsterte sie. „Rudolf hat den Preis erhalten!"

„Ja, und ich bin beauftragt, die tausend Mark auszuzahlen."

„Tausend Mark! O mein Gott! Da können wir ja dem Wurzelsepp das Darlehen zurückbezahlen!"

Sie hatte die Augen immer noch geschlossen und sagte das in einer Art von Verzückung.

„Dem Wurzelsepp?" fragte Ludwig. „Kennen Sie den?"

Jetzt öffnete sie die Augen und blickte ihn an.

„Sehr gut. Wenn er nach Tannenwinkel kommt, besucht er mich stets."

„Und er hat Ihnen Geld geborgt?"

„Er selber eigentlich nicht. Er hat das Geld von einem reichen Herrn erhalten, der ihn beauftragt hat, es an arme Leute weiterzugeben. Aber Rudolf wollte es nicht geschenkt haben und hat es deshalb nur als Darlehen angenommen."

Ludwig mußte lachen.

„Sepp, Sepp!"

„Ah! Sie kennen ihn auch?"

„Ebenso gut wie Sie. Ich kenne auch den reichen Herrn, von dem er das Geld hat."

„Wer ist's? Sepp wollte es uns nicht sagen."

„Das glaube ich. Er ist's selber."

„Er! Er selber? Ist er denn so reich?"

„Er verdient, was er zum Leben braucht, und hat sich wohl auch einiges zurückgelegt."

„Dann können wir ihn nun bezahlen, nachdem mein Sohn den Preis bekommen hat."

„Ja. Darf ich Ihnen das Geld aushändigen?"

Er zog einen Tausendmarkschein aus der Tasche und reichte ihn ihr. Sie starrte auf die Banknote in ihrer Hand.

„Tausend Mark!" flüsterte sie. „O Rudolf wie glücklich machst du mich! Wie wirst du dich freuen!"

„Noch mehr freuen wird er sich über die Folgen, die für ihn mit diesem Preis noch verbunden sind. Sein Entwurf ist angenommen. Die Kirche wird danach gebaut, und Ihr Sohn soll die Leitung des Baues übernehmen."

„Himmel! Ist das möglich?"

„Es ist so beschlossen."

„Rudolf, Rudolf, wenn das dein armer Vater wüßte!"

Die hellen Tränen standen ihr in den Augen.

„Ist Ihr Mann schon lange tot?" erkundigte sich Ludwig.

„Ja. Er hat viel durchmachen müssen."

„Darf ich fragen, was er war?"

„Er war Offi . . ." Sie verschluckte die letzte Silbe und verbesserte sich rasch: „Er war in einem Detektiv-Office drüben in den Vereinigten Staaten. Dort wurde er von einem Einbrecher erschossen."

„Aber er war nicht gebürtiger Amerikaner?"

„Nein, er war Bayer. Wir sind 1867 ausgewandert. Einige Zeit nach seinem Tod bot sich mir eine Gelegenheit, in die Heimat zurückzukehren."

„Der Name Fredericks klingt aber gar nicht deutsch."

Sie schwieg verlegen.

„Viele Deutsche amerikanisieren drüben ihren Namen", fuhr Ludwig leichthin fort. „Aus Schmidt wird Smith, aus Müller wird Miller. So entstand Fredericks vielleicht aus Friederichs?"

Sie wich seinem Blick aus. Ihre Hände zupften nervös an ihrem Taschentuch.

„Sagen Sie es ruhig!" forderte Ludwig sie auf. „Ihr

Mann war ein Baron von Friederichs und königlich bayerischer Offizier, bevor er nach Amerika auswanderte."

„Ja", gestand sie leise und wurde dunkelrot. „Mein Gott! Woher wissen Sie das?"

„Ich weiß das und noch mehr."

Da wandte sie ihr Gesicht ab und begann zu schluchzen. Ludwig trat an sie heran und ergriff ihre Hand.

„Weinen Sie nicht, Frau Baronin! Sie haben keine Ursache, Ihren richtigen Namen zu verschweigen. Es ist der Name eines Ehrenmannes."

Da drehte sie ihm blitzschnell das Gesicht zu.

„Eines ... Ehren ... mannes? Herr, mein Gott, was sagen Sie?"

„Ich weiß, daß er unschuldig verurteilt wurde."

„Sie ... Sie ... wissen das?"

„Ja, und ich hoffe, es beweisen zu können."

„Beweisen ... bewei ... be ..."

Ihr Gesicht wurde glühendrot, ihr Atem ging schneller. Ein Ächzen entrang sich ihr, dicke Schweißtropfen perlten auf ihrer Stirn.

„Mein Gott! Was ist Ihnen, Frau Baronin?" rief Ludwig besorgt. „Fassen Sie sich, fassen Sie sich doch!"

Sie stöhnte noch lauter, ihr ganzer Körper zuckte. Er fühlte ihr den Puls.

„So beruhigen Sie sich doch! Ist hier ein Arzt im Ort, ich gehe ihn holen."

Er wollte fort, aber sie hatte sein Handgelenk ergriffen und umklammerte es so fest, daß er nicht loskommen konnte.

„Bleiben! Nicht gehen!" flehte sie.

Sie wand sich hin und her, sie preßte die Zähne aufeinander, ihre Augen rollten — es war, als kämpfte sie mit einer unsichtbaren Macht. Eisern hielt sie die Hand des Königs fest, der alles mit wachsender Besorgnis beobachtete. Es kam ihm der Gedanke, daß die freudige Nachricht von der Unschuld ihres Mannes von Einfluß auf ihre gelähmten Glieder sein könne. Vielleicht entwickelte sich eine Krise.

Diese Vermutung bestätigte sich sogleich.

Plötzlich richtete sie den Oberkörper auf. Prüfend bewegte sie Arme und Beine. Dann stieß sie einen Schrei aus.

„Um Gottes willen, was ist mit Ihnen?“ fragte Ludwig in heller Angst.

„Ich ... ich ... bin nicht mehr ... gelähmt!“ jubelte sie auf. „Sehen Sie, ich kann mich wieder bewegen! O mein Jesus, wer hätte das gedacht!“

„Fassen Sie sich! Auch die Freude kann gefährlich werden.“

„Nein, jetzt nicht, mir nicht! Ich bin vor Schreck gelähmt worden, aber die Freude hat mich geheilt! Ich kann mich bewegen!“

Sie streifte die Decke von den Beinen und erhob sich vorsichtig.

„Ich kann aufstehen! Ich kann vielleicht sogar wieder gehen! Ich möchte es versuchen!“

Aber Ludwig drückte sie sanft wieder in den Sessel zurück und legte ihr die Decke wieder über die Beine.

„Muten Sie sich nicht gleich zuviel zu!“ warnte er. „Nachdem Sie so lange gelegen haben, sind Sie geschwächt. Sie müssen das Gehen erst langsam wieder lernen. Es sollte mich ja herzlich freuen, wenn meine Nachricht Ihnen solches Heil gebracht hätte. Aber Sie müssen sich schonen, sonst könnte leicht ein Rückfall eintreten.“

„O nein, den befürchte ich nicht, nun nicht mehr! — Sie sagten, mein Mann war unschuldig: Das hat mich gesund gemacht. Sie sagten, Sie könnten es beweisen: Das ist mir die Medizin, die meinem Körper die verlorene Spannkraft und Beweglichkeit zurückgibt. Wenn mein Sohn zurückkommt, werde ich gesund im Zimmer stehen. Er wird außer sich geraten.“

„Wann kommt er?“

„Leider wohl erst am Abend.“

„Dann haben Sie noch Zeit genug, sich auf diese Überraschung vorzubereiten."

„Darf ich nicht wenigstens einmal ganz kurz versuchen, ob ich gehen kann?"

Er zog die Stirn in Falten.

„Bezähmen Sie doch Ihre Ungeduld! Ich kann mir ja denken, wie glücklich Sie sein müssen, so plötzlich den Gebrauch Ihrer Glieder wiedererhalten zu haben, aber Sie müssen vernünftig sein. Zwingen Sie sich wenigstens so lange zur Ruhe, wie ich hier bei Ihnen bin."

Er hatte das in strengem Ton gesagt. Sie blickte ihn forschend an.

„Sie haben recht. Ihnen schulde ich ja alles. Ich bin Ihnen zu ewigem Dank verpflichtet und werde Ihnen gehorchen. Aber eines erbitte ich mir von Ihnen: Darf ich erfahren, wem ich die so glückliche Botschaft zu verdanken habe?"

„Dem König. Er hat doch das Preisausschreiben erlassen."

„Nein, ich meine: Wer ist mein Glücksbote? Wer sind Sie?"

„Ich? — Nun, komme ich Ihnen nicht bekannt vor?"

„Allerdings. Ich muß Sie irgendwo schon mal gesehen haben. Aber wo und wann?"

„Vielleicht haben Sie ein Bild von mir gesehen?"

„Wo könnte das gewesen sein?"

Ludwig lächelte.

„Bilder von mir hängen überall."

„Überall?" Sie blickte ihn forschend an, dann kam ihr die Erleuchtung. „Mein Himmel, König Ludwig selber! Verzeihung, Majestät! Wo hatte ich nur meine Augen!"

„Ruhig bleiben, Frau Baronin! Ich freue mich, daß ich Ihr Glücksbote sein durfte. Also Ihr Sohn wird die Kirche bauen, das ist sicher. Wichtiger ist mir aber jetzt das andere: die Ehrenrettung Ihres Mannes. Haben Sie ihn jemals für schuldig gehalten?"

„Nie, keinen Augenblick!"

„Wenn Sie wußten, daß er unschuldig war, dann müssen Sie sich doch Gedanken darüber gemacht haben, wer der Schuldige gewesen sein könnte."

„Darüber habe ich freilich oft mit meinem Mann gesprochen."

„Und hatten Sie einen bestimmten Verdacht?"

„Ja, auf eine ganz bestimmte Person. Aber wir konnten ihr nichts nachweisen, besonders, weil der Betreffende nicht den geringsten Grund für die Tat zu haben schien."

„Und wer war dieser Mann?"

„Ein Unteroffizier, der Schreiber meines Mannes im Generalstab. Er war der einzige, der zu den geheimen Papieren meines Mannes hätte gelangen können."

„Wissen Sie zufällig noch den Namen dieses Schreibers?"

„Den werde ich nie vergessen. Er hieß Keilberg!"

„Hermann Artur Willibold Keilberg."

„Majestät kennen sogar die Vornamen!"

„Ja. Ich habe mit jenem Keilberg gesprochen."

„Mit Keilberg? Der lebt also noch?"

„Allerdings. Und nun hören Sie, wie eigenartig dieses Zusammentreffen ist: Auf dem Weg hierher, vor etwa einer Stunde, begegnete ich ihm im Wald. Ich kannte ihn bis zu diesem Zeitpunkt nicht. Er bettelte mich an und erkundigte sich dann nach den Verjährungsfristen, weil er mich für einen Anwalt hielt. Dabei gestand er mir alles — auch daß Ihr Mann unschuldig ist."

„Ist denn so etwas möglich? Welch ein Glück! — Aber wo steckt dieser Mensch jetzt? Konnten Sie ..."

„Zunächst ist er verschwunden; er entfloh plötzlich."

„Dann muß sofort die Gendarmerie aufgeboten werden!" rief sie erregt, aber dann besann sie sich, wen sie vor sich hatte, und fuhr kleinlaut fort: „Verzeihung, Majestät! Ich vergaß ganz ..."

„... daß Sie hübsch ruhig bleiben sollen", unterbrach er sie lächelnd. „Und nennen Sie mich bitte ‚Herr Ludwig'.

Ich bin inkognito hier und möchte keinesfalls, daß jemand erfährt, wer heute bei Ihnen war — Ihr Sohn natürlich ausgenommen. Aber nun etwas Wichtiges: Sie sagten vorhin, daß Keilberg offenbar keinen ersichtlichen Grund für die Tat hatte; das stimmt. Daraus folgert, daß er das Verbrechen im Auftrag eines anderen beging. Kam Ihnen denn niemals irgendein Verdacht, wer hinter allem steckte?"

„Wir haben uns vergeblich den Kopf zerbrochen, mein Mann und ich, wie es zu dem ganzen Unheil gekommen ist. Mein Mann meinte auch, daß es jemanden im Hintergrund geben müsse, von dem alles eingefädelt wurde. Aber so sehr wir auch grübelten — wir wußten keinen Feind meines Mannes, der zu solcher Gemeinheit fähig gewesen wäre. Und wer hätte denn einen Vorteil davon gehabt? Wem hätte es denn etwas eingebracht, daß mein Mann..."

„Das ist zweifellos eine wichtige Frage. Aber vorher möchte ich von Ihnen etwas anderes wissen: Sie kennen doch den Baron Albert von Alberg?"

„Wie kommen Sie darauf? — Nur von gesellschaftlichen Veranstaltungen, aber das ist eine Ewigkeit her und —"

„Sie meinen, Sie kannten ihn nur so, wie man — einen Bewerber kennt, den man hat abblitzen lassen?"

„Majestät! Woher wissen Sie das?"

„Von Keilberg. Dieser Alberg war es nämlich, der ihn zu dem infamen Verbrechen anstiftete!"

Sie starrte den König fassungslos an.

„Das kann doch nicht sein! Warum? Warum? Ich kannte Albert von Alberg kaum. Und mein Mann hat ihn höchstens zweimal gesehen!"

„Und doch war er, gemeinsam mit Keilberg, der Täter. Der Schreiber hat die Dokumente entwendet und kopiert und hat außerdem Handschriftenproben Ihres Mannes besorgt. Alles andere übernahm dieser saubere Baron, — allein oder mit Hilfe eines Dritten. Wie alles geschah und warum, das muß ermittelt werden."

„Majestät! Ich kann mir zwar nicht vorstellen, daß es hier eine Verbindung geben könnte, aber — kurze Zeit vor der schrecklichen Landesverratsgeschichte führte mein Mann in Wien einen Rechtsstreit gegen diesen Albert von Alberg!"

„Was? Das sagen Sie erst jetzt? Das wäre doch ein Anhaltspunkt, der alles erklären könnte!"

„Leider nein, denn Baron Alberg gewann. Also gab es doch keinen Anlaß für . . ."

„Wer weiß? Das muß überprüft werden! Worum ging es denn?"

„Um eine Erbschaftssache."

„Aha! Und?"

„Eine Tante von mir hatte früher einmal geäußert, sie wolle mich zur Alleinerbin einsetzen. Sie starb in Wien, und als ihr Testament eröffnet wurde, zeigte sich, daß Baronin von Alberg — die Frau jenes Albert — an meiner Stelle das Erbe erhalten sollte. Seit ich mit meinem Mann Jahre zuvor nach München gezogen war, hatte ich jede Verbindung mit meiner Tante verloren und auch mit Frau von Alberg, der Erbin, obwohl wir als Mädchen mehrere Jahre lang gemeinsam im Haus der Tante aufgewachsen waren. Ich konnte mir nur denken, daß meine Tante in ihrem Testament anders verfügt hatte aus dem einfachen Grund: Sie hielt mich für undankbar, weil ich kaum etwas von mir hören ließ. Dabei hatte ich diese Zurückhaltung nur geübt, weil ich nicht aufdringlich erscheinen wollte. — Nun, wir erfuhren erst ziemlich spät vom Tod meiner Tante, denn mein Name war im Testament überhaupt nicht erwähnt, und ich hatte auch keinen Anspruch auf einen Pflichtteil. Während ich die Sache gleichgültig aufnahm, behauptete mein Mann, hier könne etwas nicht stimmen. Er begab sich nach Wien und focht das Testament an, — ohne Erfolg, wie ich nicht anders erwartet hatte."

„Das klingt alles unverfänglich und glaubhaft, aber —

dieser Keilberg nannte ausdrücklich den Wiener Baron Albert von Alberg als seinen Anstifter. Somit muß eben doch etwas dahinterstecken. Woraus bestand denn die Erbschaft?"

„Aus Bargeld und der persönlichen Habe — also Kleidung, Schmuck, Möbeln, — sowie aus irgendwelchen Liegenschaften. Ich habe mich nicht weiter darum gekümmert, denn —"

„Aber warum denn nicht?"

„Sie müssen bedenken, Majestät, wie rasch damals die Ereignisse über uns hereinbrachen. Mein Mann kehrte unverrichteter Dinge aus Wien zurück. Bereits wenige Tage später wurde er verhaftet, vor Gericht gestellt und bald darauf verurteilt. Und nun stand ich allein mit meinem kleinen Rudolf, wurde von der Umwelt gemieden und war völlig hilflos. Nach der Entlassung aus der Haft wanderte mein Mann mit mir und unserem kleinen Rudolf nach Amerika aus; er konnte nicht ertragen, wie verächtlich er von seinen ehemaligen Freunden und Kameraden behandelt und gesellschaftlich unmöglich gemacht wurde ..."

„Ja, das kann ich verstehen. Manchmal gibt es nichts Grausameres und Herzloseres als die Gesellschaft, als die lieben Mitmenschen. Wenn einmal über einen armen Teufel der Stab gebrochen wurde, ist es meistens aus mit ihm. — Und deshalb muß die Ehre Ihres Namens schnellstens wieder hergestellt werden!"

„Aber mein armer Mann ist längst tot! Wer macht ihn wieder lebendig? Wer macht all das Leid ungeschehen, das uns das ganze Leben verbittert hat?"

„Das ist leider nicht möglich, und leider können auch die beiden Schuldigen nicht mehr bestraft werden, da nach dem Gesetz die Verfolgung ihrer Verbrechen verjährt ist. Aber das Fehlurteil gegen Ihren Gatten muß aufgehoben werden, und dazu müssen wir diesen Keilberg haben. Der Bursche wird mir nicht entkommen. Ich bin überzeugt, er sinnt — kaum aus dem Zuchthaus entlassen — schon wieder auf ein neues Verbrechen, und dann packen wir zu."

„Um Himmels willen, was hat dieser schreckliche Mensch denn schon wieder vor?"

„Ich nehme an, er will sich durch eine kleine Erpressung Geld verschaffen. Wissen Sie, wo sich Baron Albert von Alberg jetzt aufhält?"

„Ich habe keine Ahnung. Vermutlich in Wien, wo er herstammt. Aber der Name Alberg ist mir erst letzter Tage begegnet, ohne daß ich mir damals etwas dabei dachte. Die junge, liebenswürdige Schloßherrin von Steinegg heißt so: Hilda von Alberg."

„Steinegg! Das ist überraschend. Und Sie kennen diese Baronesse von Alberg persönlich?"

„Nein, aber mein Sohn hat sie vor zwei Tagen kennengelernt. Der Wurzelsepp hat dann vermittelt, daß sie ihm die Wiederinstandsetzung des Schlosses übertragen hat. Er ist heute unterwegs, um sich die nötigen Preisunterlagen für Kostenvoranschläge zu besorgen."

„Hier muß ein Zusammenhang bestehen. Die Tatsache, daß Keilberg sich nach Steinegg begeben will, deutet darauf hin. Sollte diese Baronesse die Tochter des — hm — Barons sein?"

„Das kann ich mir nicht vorstellen. Hier in Bayern? Es gibt schließlich eine ganze Menge Seitenlinien der Familie von Alberg."

„Und dennoch! Sie selber stammen ja auch aus Wien und sind nach Bayern gezogen. Ich bin überzeugt, daß dieser Keilberg noch heute auf Schloß Steinegg vorsprechen wird, um mit einem Skandal zu drohen für den Fall, daß die Baronesse sein Schweigen nicht mit Geld bezahlt. Irgendein Verwandtschaftsverhältnis zwischen der Schloßherrin und dem Wiener Baron scheint auf jeden Fall zu bestehen, und diesen Umstand wird Keilberg nutzen wollen."

„Das darf er nicht, das darf er nicht!" rief Frau von

Friederichs erschrocken. „Wie kann man das nur verhindern?"

„Nun, Frau Baronin, da ist das Beste, ich mache mich gleich auf den Weg."

Ludwig stand auf und ergriff Stock und Hut.

„Majestät selber wollen ...?" fragte sie.

„Ich muß sowieso nach Steinegg zurück, und da mache ich einen kleinen Umweg über den Schloßberg. Hoffentlich komme ich noch zur rechten Zeit, um dem Strolch auf die Finger zu klopfen."

Mit einem schnellen Abschied entzog er sich den Danksagungen der glücklichen Frau.

SCHRECKLICHE GEWISSHEIT

Als Hilda an diesem Nachmittag von ihrem gewohnten Waldspaziergang zurückkehrte, sah sie unweit des Schlos-ses einen verkommenen Kerl stehen, der sie unverschämt musterte — Keilberg. Ohne ihn groß zu beachten, ging sie weiter.

Kaum war sie im Eingang des Schlosses verschwunden, folgte ihr der Mann langsam. In der Diele trat ihm der Hausmeister entgegen.

„Das ist doch hier Schloß Steinegg?“ fragte ihn Keil-berg.

„Ja, Sie wünschen?“

„Ist der Herr Baron von Alberg zu sprechen?“

„Für Sie wohl kaum.“ Hollanic betrachtete ihn ver-ächtlich von oben bis unten.

„Warum nicht?“

„Was geht Sie das an?“

„Ich habe mit ihm zu reden.“

„So? Was denn?“

„Was geht Sie das an?“ äffte Keilberg den Hausmeister nach. „Sind Sie etwa der Herr Baron?“

„Nein. Aber ich kann mir schon denken, was Sie mit dem Herrn Baron zu reden haben. Sie wollen nur betteln.“

„Ach, sind Sie schlau. Ich brauche niemanden anzu-betteln. Ich bin im Gegenteil gekommen, dem Baron einen Gefallen zu tun. Ich bringe ihm eine Nachricht, auf die er schon seit langem gewartet hat.“

„Sie sehen mir gerade aus wie ein so sehnlichst erwar-teter Bote.“

„Nicht jeder Mensch ist das, was er zu sein scheint. Ver-standen? Also melden Sie mich, oder ich mache Ihnen Beine. Und von Ihrem Herrn beziehen Sie eine Nase, die zehnmal länger ist als Ihr kurzer Verstand.“

Dieses selbstbewußte, rauhe Auftreten hatte die beabsichtigte Wirkung. Hollanic wußte aus langjährige Erfahrung, daß der Baron auch Umgang mit Leuten hatte mit denen er sich öffentlich wohl kaum gezeigt habe würde. Vielleicht gehörte der Bursche zu diesem Menschen- schlag.

„Ich habe Ihnen bereits gesagt, der gnädige Herr is nicht zu sprechen. Er war zwar einen Tag hier, ist abe bereits wieder nach Wien abgereist."

„Verdammt! Das ist höchst unangenehm und kann fü den Herrn Baron recht peinlich werden."

„Wieso?"

„Da Sie nicht der Herr Baron sind, kann ich Ihne diese Frage auch nicht beantworten. Es handelt sich jeden- falls um eine für den gnädigen Herrn hochwichtige An- gelegenheit, die keinen Aufschub verträgt."

„Hm! Wenn Sie den Herrn Baron sprechen wollen dann müssen Sie schon nach Wien reisen."

„Wer war denn die Dame, die kurz vor mir ins Schloß ging?"

„Das war das gnädige Fräulein."

„Seine Tochter, die Baronesse?"

„Ja."

„Dann bleibt mir nichts übrig, als mich an die Dam zu wenden. Melden Sie mich ihr also: Privatsekretä Keilberg."

„So warten Sie!"

Keilberg setzte sich auf einen Stuhl in der Diele. Nac einer Weile kam der Hausmeister zurück und führte ih in einen kleinen Empfangsraum. Hilda stand am Tisch Sie erkannte den Mann wieder, der ihr schon vor der Schloß begegnet war, und fragte verwundert:

„Was wünschen Sie, bitte?"

„Ich wollte eigentlich den Herrn Baron sprechen."

„Er ist in Wien."

„Leider fehlen mir die Mittel, dahin zu fahren."

„Ach! Sie möchten sich bei mir das Reisegeld holen?

„Nein, Sie würden mir doch nichts geben. Sie kennen mich ja nicht.“

„Oh, Sie brauchen sich ja nur zu legitimieren und müßten außerdem glaubhaft machen, daß Sie wirklich etwas Wichtiges mit dem Baron zu besprechen haben; dann würde ich Ihnen das Reisegeld vielleicht doch geben.“

„Das läßt sich machen.“

„Nun gut! Dann beweisen Sie mir zunächst einmal, daß Sie auch der sind, für den Sie sich ausgeben, Herr Privatsekretär Keilberg!“

„Dieses Vergnügen können Sie haben“, sagte er mit der ihm eigenen Frechheit und holte seinen Entlassungsschein aus dem Zuchthaus hervor.

Herausfordernd blickte er sie an, während sie das Papier überflog. Dann legte sie den Ausweis zurück auf den Tisch und fragte:

„Aus dem Zuchthaus kommen Sie? Was wollen Sie von dem Baron?“

„Bitte, mein Fräulein, es gibt auch brave Menschen im Zuchthaus.“

„Schön, und?“

„Und Spitzbuben unter den freien Leuten. Mancher gehört da hinein, der auf die Gefangenen schimpft und sie verachtet.“

„Kommen Sie lieber zur Sache!“

„Ich bin schon bei der Sache. Ich meine nämlich, daß Ihr Herr Vater ins Zuchthaus gehört.“

Sie erschrak nicht, aber ihr Gesicht wurde steinern.

„Weiter!“ befahl sie.

„Sie glauben es mir natürlich nicht. Aber es hängt nur von mir ab. Wenn ich aus der Schule plaudere, dann ist es aus mit ihm.“

„Weiter!“ wiederholte sie.

„Soll ich es Ihnen erzählen?“

Sie nickte nur.

Da berichtete er ihr dasselbe, was er schon dem König

erzählt hatte. Ruhig und regungslos hörte sie ihm zu. Wäre nicht der Blick ihrer Augen gewesen, man hätte sie für ein lebloses Standbild halten können. Als er geendet hatte, fragte sie kühl:

„Und warum sind Sie nun hierher gekommen?"

„Weil — nun, weil ich mich in Not befinde."

„Sie brauchen also Geld. Wieviel?"

„Ich will nur soviel, wie der Baron mir damals versprochen hat. Verstehen Sie? Ich will meinen Lohn! Für weniger verkaufe ich mein Schweigen nicht."

„Sie sollen Ihren Lohn erhalten. Doch ich habe nicht viel Geld im Haus. Zur Bank nach Lindenberg zu schicken, ist es auch schon zu spät. Sie können das Geld also erst morgen vormittag bekommen."

„Das macht nichts; wenn Sie mir nur einstweilen so viel geben, daß ich in einem Gasthof übernachten kann."

„Das brauchen Sie nicht. Sie können hier im Schloß ein Zimmer und Essen haben. Ist Ihnen das recht?"

„Aber ja, natürlich!"

„Dann warten Sie hier fünf Minuten!"

Sie verließ das Zimmer und suchte den Hausmeister auf, den sie anwies, für Keilberg ein kleines Zimmer zum Schlafen zurechtzumachen, aber ihn als Gefangenen zu betrachten und so zu bewachen, daß er das Schloß nicht heimlich verlassen könne. Nachdem sie ihm nochmals strengste Wachsamkeit eingeschärft hatte, zog sie sich auf ihr Zimmer zurück.

Sie mußte überdenken, was sie von dem entlassenen Zuchthäusler gehört hatte. So ruhig und kühl sie sich dem Erpresser gezeigt hatte — jetzt als sie allein war, verlor sie ihre Fassung. Keiner klaren Gedanken fähig, sank sie in einen Sessel und starrte vor sich hin. Tränen liefen ihr die Wangen herab, aber sie merkte es kaum.

So fand Frau Holstein sie einige Zeit später. Sie erschrak, als sie das blasse, verweinte Gesicht erblickte.

„Um Gottes willen, Kindchen, was ist denn geschehen?"

Hilda erhob sich vom Sofa und warf sich der Freundin in die Arme. Sie brach erneut in Tränen aus, vor Schluchzen konnte sie nicht sprechen. Frau Holstein legte den Arm um sie und führte sie zum Sofa.

„Komm, setzen wir uns erst einmal, und dann erzählst du mir alles!"

Hilda nickte und wischte sich die Tränen ab.

„Ach, Bertha, es ist schrecklich! Ich ertrage das nicht mehr."

„Das habe ich damals auch gedacht — du weißt schon. Aber ein Menschenherz erträgt mehr, als man manchmal glaubt. Und nun erzähl! Geteilter Schmerz ist halber Schmerz. Wer ist schuld an deinem Kummer?"

„Er, immer nur er!"

„Wieder dein Stiefvater?"

„Wer sollte es sonst sein? Ach, es ist so furchtbar!"

„Dieser schreckliche Mensch! Was hat er denn nun schon wieder getan?"

Die Anwesenheit der mütterlichen Freundin hatte ihre Wirkung auf Hilda nicht verfehlt; sie hatte Trost und neue Kraft gefunden.

„Es ist nichts, was er heute oder gestern begangen hat. Die Sache liegt schon zwanzig Jahre zurück. Vielleicht aus verschmähter Liebe, vielleicht aus einem anderen Grund, den ich nicht kenne, hat er damals ein ganz abscheuliches, niederträchtiges Verbrechen begangen. Es war in gewisser Hinsicht schlimmer als ein Mord."

„O Gott!"

„Ein Mörder schlägt sein Opfer tot, dann fühlt es nichts mehr. Er aber hat aus gemeiner Rachsucht eine brave Familie in ein jahrelanges Elend gestürzt, indem er sie mit teuflischer Schlauheit vernichtete und ihr Ansehen und Ehre raubte."

Stockend berichtete Hilda, was sie von Keilberg erfahren hatte. Frau Holstein hörte voll Empörung zu, aber dann fragte sie doch:

„Glaubst du diesem Erpresser? Hältst du deinen Stiefvater einer solchen Tat für fähig?"

„Leider ja. Es ist zwar traurig, wenn ich so über den Mann meiner Mutter denken muß, aber ich kann mir nicht helfen, ich muß dem Bericht dieses Vagabunden glauben. Auch du hast ja erleben müssen, wie meinem Stiefvater jedes Gefühl für Anstand und Moral abgeht. Ich traue ihm solch ein Verbrechen jederzeit zu."

„Aber dieser Strolch kann dich belogen haben, um Geld von dir zu erschwindeln."

„Vielleicht stimmt nicht alles genauso, wie er es dargestellt hat, aber er kann sich unmöglich die ganze Geschichte aus den Fingern gesogen haben. Er weiß, daß die Sache verjährt ist, aber er rechnet damit, daß wir einen Skandal fürchten und ihm sein Schweigen bezahlen. Doch da hat er sich bei mir verrechnet. Er erhält von mir nichts, keinen Pfennig!"

„Dann wird er die Sache an die große Glocke hängen."

„Mag er! Ich fürchte das nicht."

„Aber die Rücksicht auf den Namen von Alberg ..."

„Nicht auf ihn, sondern auf den Namen von Friederichs habe ich Rücksicht zu nehmen. Dessen Ehre muß wieder hergestellt werden."

„Das kann aber nur dadurch geschehen, daß dein Stiefvater an den Pranger gestellt wird."

„Ich kann ihm nicht helfen. Es gibt für mich keinen Zweifel, was ich tun muß. Selbst wenn ich zu meinem Stiefvater ein besseres Verhältnis hätte, würde ich nicht schweigen. Ich würde von ihm verlangen, daß er sein Verbrechen nach Möglichkeit wieder gutmacht. Aber so, wie ich mit ihm stehe, werde ich ihn nicht darum bitten, sondern ihn dazu zwingen."

„Er wird sich nicht zwingen lassen."

„O doch! Meinst du, ich werde erst lange mit ihm reden? Damit würde ich nichts erreichen. Nein, ich zwinge ihn durch die Polizei."

„Willst du Anzeige gegen ihn erstatten?“

„Ich lasse diesen Keilberg wegen versuchter Erpressung festnehmen, und das wird zur Folge haben, daß die ganze Sache neu aufgerollt wird. Er wird als Zeuge gegen meinen Stiefvater aussagen, und wenn auch die Schuldigen nicht mehr bestraft werden können, weil das Verbrechen verjährt ist, so kann doch das alte Urteil wieder aufgehoben und die Ehre des Barons von Friederichs wieder hergestellt werden.“

„Du scheinst wirklich fest entschlossen zu sein, auf deinen Stiefvater keine Rücksicht zu nehmen.“

„Ja, das bin ich. Jeder muß die Folgen seiner Taten tragen. Wer den Mut hat, ein Verbrechen zu begehen, muß auch den Mut haben, die Strafe auf sich zu nehmen. Ich bin keineswegs gewillt, Mitschuldige des Mannes zu werden, der sich zwar meinen Vater nennen kann, aber es nicht ist und auch niemals väterliche Gefühle für mich gehabt hat. Wie oft habe ich bedauert, meine Mutter verloren zu haben! Heute aber preise ich Gott, daß er sie zu sich genommen und ihr all dies erspart hat. Nun muß ich allein mit der bitteren Erkenntnis fertig werden, daß mein Stiefvater ein gewissenloser Verbrecher ist. Ach, Mutter, meine liebe, gute Mutter!“

Die Tränen waren ihr wieder nahe. Frau Holstein streichelte ihr tröstend die Hand.

„Nach dem Miniaturbild, das du mir einmal gezeigt hast, muß sie eine schöne Frau gewesen sein.“

Diese Bemerkung machte Frau Holstein, um Hilda abzulenken, noch mehr aber, um jetzt etwas Zeit zu gewinnen. Denn in ihrer Handtasche brachte sie eine wahrlich genauso schlimme Nachricht für Hilda mit, aber die wollte sie ihr erst geben, wenn sie sich ein wenig beruhigt hatte.

„Ich habe noch ein größeres Bild von Mutter. Kennst du das noch nicht?“ fragte Hilda auch sofort.

„Nein, aber ich möchte es sehr gern sehen.“

„Dann komme mit in mein Büro, ich will's dir gleich zeigen!“

Es dämmerte bereits, als die beiden den kleinen Arbeitsraum betraten. Hilda zog die Tür hinter sich zu und zündete eine Stehlampe an. Sie ahnte nicht, daß der Hausmeister in einem schmalen, einfenstrigen Zimmer daneben Keilberg untergebracht hatte. Dieses Nebenzimmer diente als Abstellraum, und Hollanic hatte für den seltsamen Gast ein Bett hineinstellen lassen.

Man hatte Keilberg das Abendbrot gebracht, und er saß gerade beim Essen, als er hörte, daß die Tür des Nebenzimmers geöffnet wurde. Er vernahm Schritte, und sein Blick richtete sich unwillkürlich auf die schmale Verbindungstür, die es zwischen den beiden Räumen gab. Er sah, daß der Schlüssel auf seiner Seite steckte, schlich an die Tür und zog ihn vorsichtig heraus. Dann kniete er sich hin und schaute durch das Schlüsselloch.

Die Baronesse hatte soeben die Tischlampe angezündet. Neben ihr stand eine ältere Dame, die er nicht kannte. Die beiden Frauen unterhielten sich, und er konnte jedes Wort verstehen, das sie sprachen.

„Ich habe das Bild nicht aufgehängt, weil ich noch keinen passenden Rahmen dafür finden konnte“, sagte Hilda. „Darum liegt es da im Geldschrank. Warte bitte einen Augenblick; das Schloß ist recht schwierig zu bedienen.“

Durch das Schlüsselloch konnte Keilberg den kleinen, mit Eisenblech beschlagenen Schrank genau sehen, denn er stand gerade gegenüber der Verbindungstür an der Wand. Er beobachtete, wie Hilda das Sicherheitsschloß einstellte. Wer die richtige Kombination nicht kannte, vermochte auch mit dem richtigen Schlüssel den Schrank nicht zu öffnen.

Hilda zog die schwere Tür auf, entnahm dem Schrank das Bild ihrer Mutter, entfernte die Umhüllung und hielt es so, daß der Schein der Lampe darauf fiel.

„Das ist sie also“, sagte Frau Holstein. „Hier ist sie

deutlicher erkennbar als auf dem kleinen Elfenbeingemälde. Du siehst ihr wirklich außerordentlich ähnlich. Nur sind deine Züge tatkräftiger, entschlossener."

„Ja, leider hat sie niemals ihren eigenen Willen behauptet. Sie war weich und anlehnungsbedürftig. Das war ihr Unglück. Denn hätte sie mehr Selbstvertrauen und Selbständigkeit gehabt, dann würde sie wohl so bald nicht wieder geheiratet haben, und sie hätte sich meinem Stiefvater gegenüber ganz anders durchgesetzt."

Hilda hüllte das Bild wieder sorgsam ein und legte es in den Schrank zurück.

„Hier verwahre ich noch allerlei Kostbarkeiten", sagte sie. „In diesem Kasten zum Beispiel liegen die Brautjuwelen meiner Mutter. Es war ihr Wunsch, daß ich den Schmuck zum erstenmal bei meiner Hochzeit trage."

„Und wann wird das sein?" fragte die Freundin lächelnd.

„Wohl nie! Mir graut davor, vielleicht eines Tages ebenso grausam von einem Menschen enttäuscht zu werden wie Mutter und du, und darum will ich lieber ledig bleiben."

„Das sagst du jetzt so. Aber wenn die Liebe da ist, wirst du nicht mehr so denken. Ich wünsche dir nur, du wirst nicht so blind wie deine Mutter und ich sein und den Menschen, mit dem du dich fürs Leben verbinden willst, vorher genau prüfen."

„Ach, ich weiß nicht! Vorläufig wenigstens denke ich nicht ans Heiraten, ich habe jetzt ganz andere Sorgen. Und dieser Brautschmuck — doch lassen wir das! Aber du sollst ihn dir auf jeden Fall einmal ansehen."

Keilberg zitterte fast auf seinem Lauscherposten. Er sah durchs Schlüsselloch, daß Hilda einen großen Kasten aus Ebenholz aus dem Schrank nahm, unter die Lampe auf den Tisch stellte und öffnete. Er enthielt eine Anzahl Fächer, in denen die einzelnen Teile des Schmucks auf dunkelblauem Samt lagen. Die Baronesse zeigte der

Freundin alles: ein Diadem, eine Halskette, Armbänder, Ringe, Broschen und Ohrgehänge. Das funkelte und glitzerte im Lampenschein, daß dem Lauscher die Augen übergingen.

Nachdem Frau Holstein Stück für Stück bewundert hatte, tat Hilda alles wieder in den Ebenholzkasten zurück, den sie wieder in den Schrank stellte. Sie drückte die Tür zu, zog aber den Schlüssel noch nicht ab.

Mit einem Seufzer meinte sie:

„Selbst wenn ich einmal heiraten sollte, werde ich diesen Schmuck wohl nicht tragen. Vielleicht habe ich gar kein Anrecht mehr auf ihn. Ach, ich wünschte, ich wüßte erst, was in dem Vermächtnis meiner Mutter steht!"

Nun blieb Frau Holstein nichts anderes übrig, als auf das zu sprechen zu kommen, was ihr schon die ganze Zeit auf dem Herzen lag.

„Nachdem du dich ein wenig beruhigt hast, liebes Kind, kann ich es dir jetzt ja sagen: Es ist Martin gelungen, die verblaßte Schrift wieder sichtbar zu machen."

„Ist das wahr?" fuhr Hilda auf. „Warum kommt er denn nicht und bringt mir die Papiere?"

„Er hielt es für besser, wenn wir Frauen erst einmal unter uns alles besprechen. Du solltest es dann überschlafen und morgen . . ."

„Ja, was steht denn darin?" unterbrach Hilda sie ungeduldig.

„Das weiß ich selber noch nicht, aber nach Martins Andeutungen befürchte ich . . ."

„Wie willst du denn da alles mit mir besprechen, wenn du nichts weißt?" fiel Hilda ein.

„Ich habe die Papiere doch bei mir. Martin hat sie mir mitgegeben. Ich hätte es dir schon längst gesagt, aber du warst so aufgeregt, und da dachte ich . . ."

„Du hast sie bei dir?" rief Hilda. „Bitte, gib sie mir, bitte!"

Frau Holstein blickte um sich.

„Wo habe ich denn nur meine Handtasche? Ach, die muß ich auf deinem Zimmer liegengelassen haben!"

„Dann komm! Ich muß den Brief gleich lesen, ich muß Gewißheit haben!"

Sie zog die Freundin mit sich, vergaß in ihrer Aufregung den Schlüssel vom Geldschrank abzuziehen und ließ die Lampe im Arbeitszimmer brennen. Sie dachte nur an das, was ihr die Mutter als Vermächtnis hinterlassen haben mochte.

Keilberg hörte, wie die Tür des Nebenraumes zuschlug. Er stand auf.

„Donnerwetter!" flüsterte er. „Juwelen und sicherlich auch noch Geld! Das wäre ein Ding! So eine Gelegenheit kommt nie wieder!"

Er war wie berauscht. Alles schien sich um ihn zu drehen, aber er riß sich zusammen. Er huschte zur Eingangstür seines Zimmers und verschloß sie. Kam jetzt das Mädchen, um das Geschirr abzuräumen, so gab es hundert Ausreden dafür, daß er sich für einen Augenblick eingeschlossen hatte.

Dann drückte er auf die Klinke der Verbindungstür; sie ging nicht auf. Aber er hatte ja den Schlüssel abgezogen, um beobachten zu können. Hastig steckte er ihn wieder zurück ins Schlüsselloch, drehte ihn um und die Tür ließ sich öffnen. Nun stand er in dem kleinen Büro, unmittelbar vor dem Geldschrank. Ein banger, erwartungsvoller Griff und aufatmend stellte Keilberg fest, daß die Kombination noch richtig eingestellt war: Die Tür ließ sich aufziehen.

Er huschte zur Eingangstür des Büros. Dort steckte kein Schlüssel, den trug sicherlich die Baronesse bei sich. Aber es gab von innen einen Riegel, den er vorschob. Aus den Reden der beiden Damen hatte er entnommen, daß sie ein ganz wichtiges Papier lesen wollten. Dazu würden sie ihre Zeit brauchen.

Er trat zum Geldschrank, öffnete den Ebenholzkasten

und entnahm ihm die Juwelen. Nachdem er sie in die Rocktasche gestopft hatte, klappte er den Kasten wieder zu. Dann durchsuchte er hastig die Fächer des Schrankes. Den Papierkram beachtete er nicht, aber da war noch eine weitere Kassette. Er öffnete sie und unterdrückte einen Jubelruf: sie enthielt Geld. Die losen Gold- und Silberstücke steckte er ein, ebenso ein paar Geldrollen, die noch nicht angebrochen waren.

So — nun die Kassetten wieder an ihren Platz gestellt und den Geldschrank geschlossen! Nichts deutete darauf hin, daß sich jemand daran zu schaffen gemacht hatte. Er eilte zur Tür und schob den Riegel wieder zurück. Zwei Minuten später stand er wieder in seinem Zimmer und hatte die Verbindungstür abgeschlossen. Aufatmend schloß er die Eingangstür zu seinem Zimmer wieder auf.

Dann stand er da und hielt sich den Kopf mit beiden Händen.

„Das hat geklappt", flüsterte er. „Diamanten, Smaragde, Rubine! Und Geld, genug, um einige Zeit zu leben! Aber was nun? Wie bringe ich das Zeug in Sicherheit?"

Sein Blick fiel auf den Abendbrottisch.

„Essen muß ich vor allen Dingen, essen! Sonst merkt man, daß ich was anderes getrieben habe."

Er setzte sich an den Tisch und verschlang alles, was man ihm vorgesetzt hatte. Kaum war er fertig, als das Mädchen anklopfte und eintrat, um das Geschirr zu holen.

„Hat's geschmeckt?" fragte sie beim Abräumen und musterte ihn mit einem verächtlichen Nasenrümpfen.

„Wunderbar. Nur 'n Schnaps könnt' ich jetzt noch vertragen."

„Warum nicht gleich Champagner für den gnädigen Herrn?" antwortete sie schnippisch.

„Nicht übel, wenn Sie mir dabei Gesellschaft leisten."

Sie deutete mit dem Finger an ihre Stirn. Dann nahm sie das Tablett mit dem Geschirr und wandte sich zur Tür.

„Hat der Herr sonst noch einen Wunsch?"

„Ich gehe zu Bett. Ich bin müde und will schlafen."

„Das ist das beste, was Sie tun können."

„Darf man die Tür abschließen?"

„Warum nicht? Gestohlen wird Ihnen aber auch dann nichts, wenn Sie nicht zusperren. Hier gibt's keine Diebe."

„Ich bin gewohnt, bei verschlossener Tür zu schlafen."

Sie lachte spöttisch.

„Das glaube ich gern. Aber die Tür war nicht von innen, sondern von außen verschlossen."

„Werden Sie nicht frech!"

„Alsdann gute Nacht, gnädiger Herr! Sperren Sie sich ruhig ein, wenn Sie's so gewohnt sind!"

„Dumme Gans!" schimpfte er hinter ihr her. Dann schloß er die Tür hinter ihr ab.

„So, die bin ich los", flüsterte er zufrieden. „Doch was mache ich nun mit dem Schmuck? Der muß fort! Vielleicht wird die Geschichte heute abend noch entdeckt, und dann fällt natürlich der Verdacht auf mich. Da darf man bei mir nichts finden. Ich muß den Kram verstecken. Aber wo?"

Er öffnete das Fenster und blickte hinaus. Es begann dunkel zu werden. Alles war still und weit und breit konnte er keinen Menschen erblicken. Doch vom Sims seines Fensters bis zum Erdboden waren es vier, vielleicht sogar fünf Meter, und da getraute er sich nicht hinabzuspringen.

„Verdammt!" knurrte er, aber dann bemerkte er den dicken Draht des Blitzableiters, der neben dem Fenster zur Erde herablief.

„Herrlich", dachte er. „Da kann man hinabklettern, das Zeug irgendwo unten verstecken und wieder heraufklettern. Dann mögen sie kommen und bei mir suchen!"

Er kratzte sich hinterm Ohr.

„Oder soll ich mich nicht lieber mit der Beute gleich auf und davon machen? Dann wäre ich in Sicherheit", brummte er. „In Sicherheit? Man wüßte dann sofort, wer der Täter ist, und das Frauenzimmer würde unverzüglich alle Gendarmen hinter mir her hetzen. Nein, ich muß für unschuldig gelten. Außerdem hat sie mir versprochen, morgen das Geld von der Bank holen zu lassen, damit ich das Maul halte. Ich wäre ein Trottel, wenn ich das im Stich lassen wollte!"

Er trat wieder ans Fenster und blickte hinaus, um sich zu vergewissern, daß die Luft rein war. Dann schwang er sich auf die Fensterbank, packte den Blitzableiter, stemmte die Füße gegen die Mauer und kletterte hinab. Geduckt lief er dann weg vom hellen Hintergrund der Mauer in den nächsten dunklen Schatten.

Dort sah er sich vorsichtig um. Nirgends rührte sich etwas. Er war überzeugt, nicht beobachtet worden zu sein. Aber er irrte sich. Im tiefen Schatten der Bäume des Parks stand regungslos jemand, der gesehen hatte, wie er aus dem Fenster gestiegen und am Blitzableiter heruntergerutscht war. Es war niemand anders als König Ludwig.

Der König war die Straße von Steinegg heraufgekommen und beim Anblick des Schlosses stehengeblieben. Nur wenige Fenster waren erleuchtet. Schon wollte er weitergehen, da sah er, wie eines der Fenster geöffnet wurde und jemand herauskletterte. Das kam ihm natürlich verdächtig vor, und gleich darauf erkannte er den Mann auch schon an seiner Gestalt.

„Keilberg", flüsterte er. „Er ist also tatsächlich da. Doch was hat er vor? Will er heimlich verschwinden?"

Ludwig zog sich langsam in das Dunkel der Parkbäume zurück. Er stand in der Nähe einer Schleuse, die unter der Straße hindurch verlief, um dem Regenwasser Abfluß zu gewähren. Gerade auf diese Stelle kam Keilberg zu. Seine dunkle Gestalt war gegen den Lichtschein aus dem Fenster deutlich zu erkennen. Der König zog sich vorsichtig noch ein wenig in den tiefen Schatten des Laubwerks zurück.

Jetzt blieb Keilberg stehen, lauschte und blickte sich nach allen Seiten um. Dann huschte er auf die ziemlich weite Öffnung der Schleuse zu, bückte sich und kroch hinein. Aber schon nach einigen Minuten kam er wieder zum Vorschein, lauschte abermals eine Weile und lief zum Schloß zurück. Dann sah der König ihn am Blitzableiter wieder emporklettern und im Fenster verschwinden.

„Was hat er getan?“ fragte sich Ludwig. „Sicherlich etwas gestohlen und hier versteckt, um sich bei einer etwaigen Untersuchung als Unschuldslamm hinstellen zu können. Wollen doch einmal sehen!“

Er ging zur Schleuse und bückte sich. Mit den Händen tastete er den Boden nach innen zu ab und fühlte eine ziemlich dicke Sandschicht, die vom Wasser hier angeschwemmt war. Schon bald traf er eine Stelle, an der gewühlt worden war. Er grub nach und stieß auf ein kleines Bündel. Er holte es hervor und knüpfte das zusammengeknotete Schnupftuch auf. Das Sternenlicht war hell genug, um den Inhalt zu erkennen.

„Sieh mal an!“ flüsterte Ludwig. „Juwelen und Geld! Das hat dieser Bursche bestimmt im Schloß gestohlen. Warte, Freundchen, damit haben wir dich, und diesmal wirst du nicht wieder begnadigt.“

Er verknotete das Tuch wieder und vergrub das Bündel an der Stelle, wo er es gefunden hatte. Langsam ging er zum Schloß. Kein Mensch war zu sehen. Er setzte den Türklopfer in Bewegung.

Erst nach mehrmaligem Klopfen kam der Hausmeister und öffnete. Erstaunt musterte er den fremden, späten Besucher, wurde aber schnell höflich, als er sah, daß er zweifellos eine vornehme Persönlichkeit vor sich hatte.

In einem Ton, der jeden Widerspruch ausschloß, ersuchte ihn der König, unverzüglich jemanden zur Polizeiwache in der Stadt zu schicken und zwei Polizisten zu holen. Der Bote brauche nur zu sagen, er sei von Herrn Ludwig geschickt worden, und die Beamten würden sofort kommen. Einem Herrn, der offenbar so gute Beziehungen zur Polizei hatte, wagte Hollanic nicht zu zeigen, wie wenig gelegen ihm dieser Auftrag kam, und er erklärte sich bereit, selber zur Polizeiwache zu laufen.

Als der König sodann die Herrin des Hauses zu sprechen verlangte, rief der Hausmeister das Dienstmädchen und gab ihm Anweisung, der Baronesse Herrn Ludwig zu melden. Dann machte er sich auf den Weg in die Stadt.

*

Nur an eines dachte Hilda, als sie mit der Freundin auf ihr Zimmer eilte: Was mag Schreckliches in dem Schreiben meiner Mutter stehen? Daß es nichts Gutes sein würde, darauf war sie gefaßt, aber die Ungewißheit der letzten Tage würde nun endlich ihr Ende haben.

Beinahe wäre ihr der Glaszylinder aus der Hand gefallen, als sie die Tischlampe anzündete. Frau Holstein entnahm den Brief ihrer Handtasche und gab ihn Hilda in die Hand.

Diese riß den Umschlag auf, entfaltete die Bogen und setzte sich an den Tisch in den Schein der Lampe. Frau Holstein nahm auf dem Sofa Platz und beobachtete voller Mitgefühl, wie Hildas Blick immer finsterer wurde und wie ihre Augen einen fast geisterhaften Glanz bekamen. Nachdem sie die letzte Seite gelesen hatte, saß sie stumm da und starrte vor sich hin.

„Kind, was hast du?“ fragte Frau Holstein erschrocken. „Was machst du für ein Gesicht?“

„Dazu habe ich allen Grund“, erwiderte Hilda mit einer rauhen Stimme, die kaum Ähnlichkeit mit ihrer normalen Sprechweise hatte. „Ich bin arm, ärmer als ich gedacht habe.“

„Du, die Eigentümerin eines Schlosses, eines Landgutes, eines Bankvermögens und der herrlichen Juwelen, die du mir eben gezeigt hast?“

„Das alles gehört mir nicht mehr. Hier ist der Beweis!“ Sie deutete auf das Papier.

„Aber wem gehört es denn?“

„Einer Familie von Friederichs.“ Hilda raffte sich zusammen. „Hör zu, ich lese dir vor, was Mutter hier geschrieben hat.“

Langsam und mit tonloser Stimme begann sie vorzulesen.

„Schloß Steinegg, am 7. Juli 1877

Meine liebste Hilda, liebes Kind!

Ich fühle es: Dies wird mein letzter Sommer auf Schloß Steinegg gewesen sein. Wie gern möchte ich Dir sagen, was mir schwer auf dem Herzen liegt. Aber Du bist noch zu jung, um es zu verstehen, und es würde Dich zu sehr belasten und Dir allen Frohsinn der Jugend nehmen. Darum schreibe ich hier nieder, was mein Gewissen bedrückt, und Du sollst diese Zeilen erst erhalten, wenn Du mündig geworden und imstande bist, eigene Entscheidungen zu treffen.

Ich wurde mitschuldig an einem Verbrechen und brachte leider nicht den Mut und die Kraft auf, zu sühnen und wiedergutzumachen. Das aber muß geschehen, soweit es überhaupt noch möglich ist, und es wird Deine Aufgabe sein, das zu tun und nachzuholen, was Deine Mutter in ihrer Schwäche versäumt hat. Wie Du weißt, starben meine Eltern an den Pocken, als ich sieben Jahre alt war. Damals nahm mich eine unverheiratete Jugendfreundin meiner Mutter zu sich auf, die in derselben Straße wie wir in Wien wohnte: Carola von Sendingen. Sie war reich und ohne Verwandte bis auf eine Nichte namens Emilie, die auch eine Waise war und von ihr zusammen mit mir großgezogen wurde. Emilie war drei Jahre älter als ich, und wir wurden bald gute Freundinnen.

Tante Carola hatte uns beide gleich lieb. Sie sagte immer, wenn sie einmal stürbe, sollten wir beide sie zu gleichen Teilen beerben. Als wir herangewachsen waren, wurden wir in die Wiener Gesellschaft eingeführt.

Eines Tages wurde uns der Baron Albert von Alberg vorgestellt, der auf uns junge Mädchen durch sein elegantes Auftreten Eindruck machte. Tante Carola aber mochte ihn nicht und warnte uns vor ihm. Er habe einen schlechten Charakter und sei nur auf Geld aus. Wie richtig hat die Tante ihn beurteilt!

Der Baron machte bald Emilie den Hof, aber sie wies ihn ab und heiratete bald darauf einen Baron von Friederichs, einen bayerischen Offizier, und zog mit ihm nach München. Damals verlor ich Albert von Alberg aus den Augen, denn er verließ Wien sehr oft. Ich lernte Deinen Vater kennen, den Baron Leopold von Alberg, der in diplomatischen Diensten stand. Dein Vater war ein entfernter Vetter Alberts, unterhielt aber keinerlei Beziehungen zu ihm. Wir heirateten mit dem Segen der Tante, doch unser Glück war nur von kurzer Dauer. Auf einer Dienstreise nach Athen geriet das Schiff, mit dem Dein Vater die Fahrt angetreten hatte, auf der Adria in einen Sturm und ging unter. Keiner der Reisenden konnte gerettet werden. Du wurdest ein halbes Jahr später geboren.

Die Tante kränkelte, und voller Angst sah ich der Zeit entgegen, da ich mit Dir kleinem Wesen ganz allein im Leben stehen würde. Da tauchte plötzlich Albert von Alberg wieder auf. Er verstand es geschickt, auf meine Gefühlsregungen einzugehen, suchte mich aufzuheitern und redete mir zu, mich nicht in meinen Kummer zu verbohren. Ich wäre doch noch jung und sollte auch an das Kind denken, das einen Vater haben müsse. Er scherzte und spielte mit Dir, als wenn er Dein Vater wäre, und schließlich meinte er, weil er ja auch von Alberg heiße, sei es doch das Gegebene, wenn wir heirateten. Nach einigem Sträuben gab ich seinem Drängen schließlich nach.

Aber die Tante war außer sich über meinen Entschluß; ihre heftigen Vorwürfe erregten jedoch nur meinen Trotz, und ich blieb dabei. Da erklärte sie mir am Tag vor der Hochzeit, sie könnte es nicht verantworten, daß ihr Vermögen in die Hände dieses Mannes geriete, der es nur vergeuden würde. Sie setzte in meiner Gegenwart ein neues Testament auf, in dem ich enterbt und Emilie von Friederichs, geborene von Sendingen, zur Alleinerbin erklärt wurde. Sie hatte drei Zeugen geladen, die es unterschrieben, und sie verwahrte es in der eisernen Schatulle, in der sie ihren Schmuck aufhob.

Als ich meinem Bräutigam das erzählte, lachte er darüber und tröstete mich mit der Versicherung, daß er mich doch um meiner selbst willen liebe und nicht wegen des Vermögens. Emilie sollte nun also Alleinerbin sein, und ich wurde die Frau Alberts von Alberg. Erst als wir verheiratet waren, wurde mir allmählich klar, wie sehr er mich getäuscht hatte. Alles, was er mir über sein Vermögen und seine glänzende Laufbahn erzählt hatte, war erlogen. Er besaß nichts und war nichts als ein gerissener Spieler. Er lebte davon, anderen im Glücksspiel das Geld abzunehmen. Du kannst dir vielleicht vorstellen, wie unglücklich ich war.

Wir waren ein Jahr verheiratet, da starb Tante Carola. Ihr Testament wurde gefunden und eröffnet, und denke Dir mein freudiges Erstaunen: sie hatte mich wider mein Erwarten doch zur Erbin eingesetzt, ja sogar zur Alleinerbin. Baron von Friederichs kam nach Wien — ich glaube gegen den Willen seiner Frau — und focht das Testament an. Er behauptete, die Tante habe Emilie und nicht mich zur Erbin eingesetzt, und brachte auch Zeugen, denen Tante noch kurz vor ihrem Tod gesagt hatte, daß sie mich enterbt hätte. Ich wollte Emilie freiwillig die Hälfte des Erbes abtreten, aber das erlaubte mein Mann nicht.

Das Testament war unanfechtbar. Es hatte alle Eigenschaften, die zur Rechtskraft erforderlich sind. Sämtliche Verwandten der drei Zeugen, die es unterschrieben hatten, erklärten und beschworen, daß die Unterschriften echt seien. Die Zeugen selber waren merkwürdigerweise alle drei nicht mehr am Leben. Der eine war an Typhus gestorben, der zweite in einem Duell gefallen und der dritte bei einer Bergwanderung in der Schweiz abgestürzt. Doch alles schien in Ordnung und die Sache galt als erledigt.

Da fand ich einmal ein Schubfach im Schreibtisch meines Mannes offen. Ich blickte hinein und fand — das echte Testament der Tante, in dem ich enterbt worden war. Ich war entsetzt und stellte meinen Mann zur Rede. Es kam zu einem fürchterlichen Auftritt zwischen uns. Wie es ihm gelungen war, sich das echte Testament anzueignen und ein gefälschtes an seine Stelle zu legen, verriet er mir nicht. Er gestand überhaupt nichts ein, aber aus zweideutigen, höhnischen Bemerkungen entnahm ich, daß er auch bei dem unnatürlichen Tod von zwei der Zeugen seine Hand im Spiel gehabt hatte.

Was sollte ich tun? Ihn anzeigen? Ich dachte an den Skandal, ich dachte an Dich — ich brachte nicht den Mut dazu auf, und das wußte er. Und gleichzeitig bot sich mir eine Entschuldigung für meine Feigheit an. Emilies Mann, der Baron von Friederichs, wurde wegen Landesverrats zu Zuchthaus verurteilt und aus der Armee gestoßen. Sollte dieser Verbrecher das Vermögen erhalten? Ich suchte mein Gewissen damit zu beschwichtigen, und ich schwieg, während ich hätte reden sollen.

Als ich ein paar Jahre später erfuhr, daß von Friederichs seine Strafe verbüßt hatte, schickte ich ihm heimlich tausend Taler, damit er mit seiner Familie — er hatte einen Sohn — in Amerika ein neues Leben beginnen konnte.

Wie mein Gewissen in all den Jahren niemals zur Ruhe kam, will ich Dir ebensowenig schildern wie die Hölle der Ehe mit Deinem Stiefvater.

Ich stehe nun vor dem nahen Tod. In meinem Testament habe ich mein ganzes Vermögen an Dich vererbt und die Verwaltung bis zu Deiner Mündigkeit einem Notar übertragen. Wenn Dein Stiefvater es in die Hände bekäme, so würde er bald ein Bettler sein und Du mit ihm. Dein Stiefvater mußte sich damit einverstanden erklären. Denn ich hatte das echte Testament Tante Carolas damals an mich genommen, und ich drohte ihm mit einer Anzeige.

Ich habe es so versteckt, daß er es nicht finden kann. Du aber mußt wissen, wo es sich befindet. Nimm mein in blauen Samt gebundenes Gebetbuch und schneide den hinteren Deckel ab! Er besteht aus zwei dünnen Pappen, zwischen denen das Testament eingepreßt ist.

Nun weißt Du, was auf meiner Seele lastet. Wenn Du diese Zeilen liest, dann bist Du alt genug, um zu wissen, was Du zu tun hast. Vielleicht bringst Du die Stärke auf, die Deine Mutter nicht gehabt hat, und kannst gutmachen, was ich unterließ. Ich weiß nicht, ob Emilie und ihr Mann noch leben, aber sicherlich lebt noch ihr Sohn, der etwas älter ist als Du. Ich habe über ihren Verbleib drüben in Amerika nichts erfahren können. Doch Gottes Wege sind seltsam. Ich lebe und sterbe in dem festen Glauben, daß Du eines Tages die Fehler Deiner Mutter wieder gutmachen kannst.

Eine Zeitlang wollte ich das alles mit mir ins Grab nehmen, aber ich konnte es nicht, ich mußte Dir dieses Vermächtnis hinterlassen, weil ich erkannt habe, daß auf unrechtem Gut kein Segen ruht. Wertvoller als alle vergänglichen irdischen Güter ist der Frieden der unsterblichen Seele.

Gott möge mir ein barmherziger Richter sein und mir vergeben, was ich aus Liebe zu Dir gesündigt habe. Vergib auch Du mir und verurteile mich nicht zu hart! Und bete für mich!

In Liebe

Deine Mutter."

Stockend und leise hatte Hilda zu Ende gelesen. Nun legte sie die Arme auf den Tisch, barg das Gesicht darin und brach in krampfhaftes Weinen aus. Frau Holstein ließ sie eine Weile gewähren, dann stand sie auf, zwang die Schluchzende sanft vom Stuhl hoch und zog sie neben sich aufs Sofa. Sie drückte sie an sich und streichelte ihr liebkosend übers Haar.

„Faß dich, Kindchen! Nach dem irdischen Gesetz würde deine Mutter freigesprochen, denn keine Frau braucht ihren Mann anzuzeigen. Und Gott ist barmherziger als die Gesetze der Menschen!"

„Um meinetwillen hat sie das getan", klagte Hilda. „Ihr Leben war eine Hölle, und mein Stiefvater war ihr Teufel. Ein Spieler, ein Fälscher, ein Betrüger! Vielleicht sogar ein Mörder, der die Zeugen des Testaments hat beseitigen lassen!"

„Das darfst du nicht behaupten. Es ist nicht erwiesen."

„Nach allem, was ich schon von ihm weiß, traue ich ihm auch das zu. Ich werde nach Wien fahren und ihn zwingen, es mir zu gestehen."

„Er wird nichts zugeben. Er wird dich auslachen. Fahre nicht nach Wien!"

„Ich muß aber sowieso hin. Mutters Gebetbuch ist noch dort — in der Bibliothek. Ich muß es mir holen. Ich habe keine Ruhe, bis ich das Testament in meinen Händen habe."

„Das sehe ich ein. Hole es! Aber sage deinem Stiefvater nichts von dem Testament!"

„Warum nicht?"

„Es wird einen entsetzlichen Auftritt geben."

„Den soll es geben! Ich selber werde ihn herbeiführen. Ich will ihm ein Geständnis abzwingen. Legt er es ab und zeigt wenigstens eine Spur von Reue, dann wird sich ein Weg finden, die Angelegenheit ohne öffentlichen Skandal zu bereinigen. Leugnet er aber, dann zeige ich ihn an und mache ihn für alle Zeiten unmöglich."

„Schrecklich! Denke doch an den Namen, den auch du trägst!"

„Gerade diesem Namen bin ich es schuldig, dafür zu sorgen, daß er nicht länger von einem entarteten Verwandten geschändet wird. Dieser Name verpflichtet mich auch dazu, alle Hebel in Bewegung zu setzen, um die Familie des Barons von Friederichs in Amerika ausfindig zu machen. Ich werde drüben in den Zeitungen Anzeigen aufgeben und unsere Konsulate einschalten."

„Und wenn du sie wirklich findest?"

„Dann soll Frau von Friederichs alles haben, was Mutter von Tante Carola geerbt hat, mit Zinsen und Zinseszinsen. Sie mag dann entscheiden, was aus den Liegenschaften, dem Schloß und Gut hier, werden soll. Selbst wenn sie keine Entschädigung beansprucht, wird von meinem Vermögen dann wohl nicht mehr viel übrigbleiben."

„Ich würde mir einen Anwalt nehmen . . ."

„Ich brauche keinen Anwalt, ich bin entschlossen, das Vermächtnis meiner Mutter zu erfüllen."

„Du solltest alles noch in Ruhe überlegen. Was willst du denn beginnen, wenn du plötzlich ohne Geld dastehst?"

„Irgend etwas! Es wird sich schon ein Beruf finden. Gesellschafterin, Erzieherin, Krankenschwester."

„Du stellst dir das zu leicht vor."

„Es wird mir gewiß schwer werden, das gewohnte Leben zu entbehren, hier aus dem Schloß zu gehen, das mir liebgeworden ist, und mir einen ganz neuen Aufgabenkreis zu suchen."

„Und wenn du nicht gleich eine Stellung findest?"

„So weiß ich einen Ort, wo ich immer einen Unterschlupf finden werde."

„Wo denn?"

„Bei einer gewissen Frau Holstein hier in Steinegg. Oder täusche ich mich da?"

„Ja, Hilda, bei mir hast du immer ein Heim und eine Heimat. Was ich habe, reicht allemal für uns beide, und schließlich ist Martin auch noch da. Und du solltest deine endgültigen Entschlüsse wirklich nicht fassen, bevor du nicht auch ihn zu Rate gezogen hast."

„Ich danke dir, liebe Bertha, du bist wie eine zweite Mutter zu mir. Natürlich werde ich auch noch mit Martin sprechen . . ."

Sie unterbrach sich, denn es klopfte an der Tür; das Mädchen trat ein.

„Im Salon wartet ein Herr. Er möchte das gnädige Fräulein sprechen."

„So spät noch? Wie heißt er denn?"

„Das weiß ich nicht", antwortete das Mädchen sichtlich verlegen.

„Hast du ihn denn nicht gefragt?"

„Der Hausmeister hat ihn hereingelassen und ihn auch nach seinem Namen gefragt. Aber ich habe ihn von weitem nicht verstanden. Der fremde Herr sieht so vornehm aus und hat solche Augen . . . ich weiß nicht."

„Du bist doch sonst nicht so schüchtern?" meinte Hilda. „Der Herr muß ja schon sehr vornehm aussehen, wenn er dich so in Verlegenheit bringt. Gehe und frage ihn nach seinem Namen und bitte ihn um seine Karte!"

„Ich . . . ich soll . . . ?"

„Ja, du sollst! Wenn er mich so spät noch sprechen will, muß er schon etwas wirklich Dringendes vorzubringen haben."

„Was wird er für Augen machen?"

„Frage lieber, was ich für Augen mache! Gehe schon!"

Das Mädchen ging.

„Wer kann das wohl sein?" fragte Frau Holstein.

„Jedenfalls nicht so ein Privatsekretär wie dieser Keilberg", erwiderte Hilda.

Gleich darauf kehrte das Mädchen zurück.

„Der Herr läßt sagen, daß es sehr dringend ist. Die gnädigste Baronesse möchte die späte Störung verzeihen."

„Und wie heißt er?"

„Ludwig."

„Kenne ich nicht. Ludwig?" Hilda zuckte mit den Achseln.

„Ja. Er sagt, er weile gerade vorübergehend in Steinegg und sei aus München."

Da fuhr Frau Holstein vom Sofa auf.

„Sage dem Herrn, wir kommen sofort!" befahl sie aufgeregt.

Das Mädchen verschwand.

„Kennst du denn den Herrn?" fragte Hilda die Freundin.

Frau Holstein war sichtlich aufgeregt.

„Ja, der Wurzelsepp hat mich mit ihm bekannt gemacht. Weißt du, wer dieser Herr Ludwig ist? — Der König!"

„König Ludwig?" staunte Hilda.

„Ja, ich habe dir bisher nichts von dieser Begegnung erzählt, weil ich darüber schweigen sollte. Aber nun kannst du es ja wissen."

Während beide nach weiblicher Art vor dem Spiegel noch einmal ihr Aussehen überprüften, berichtete sie in fliegenden Worten von ihrem Spaziergang am Sonntagvormittag. Dann gingen sie, den unerwarteten Besuch zu begrüßen.

Mit einiger Beklemmung betrat Hilda den Salon, gefolgt von Frau Holstein.

Ludwigs höfliche Verbeugung erwiderten sie mit einem Knicks.

„Verzeihung, wenn ich zu so später Stunde noch störe", sagte er. „Aber ich werde gerechtfertigt vor Ihnen stehen, sobald ich Ihnen den Grund meiner Anwesenheit vorgetragen habe."

Er wandte sich an Frau Holstein.

„Sie hier, Frau Bürgermeister? Das freut mich. Ich hoffe, auf Ihre Fürsprache bei der Baronesse rechnen zu dürfen."

„Oh, Majestät, es bedarf . . ."

„Pst!“ unterbrach Ludwig sie. „Nicht dieses Wort! So weiß Fräulein von Alberg, wer ich bin?“

„Ich habe es ihr soeben verraten. Wir sind eng genug befreundet, daß ich glaubte, ihr sagen zu dürfen, wer unser Besucher ist.“

„Schön! Aber ich bin hier nur als Herr Ludwig und will so genannt und behandelt werden. Darum, bitte, keine überflüssigen Höflichkeiten!“

„Dann bitte ich Sie Platz zu nehmen, Herr Ludwig“, sagte Hilda.

Der König setzte sich, Frau Holstein blieb zögernd stehen.

„Vielleicht wollen Sie allein mit Fräulein von Alberg sprechen, und ich darf mich . . .“

„Aber nein!“ unterbach Ludwig sie. „Setzen Sie sich nur! Sie können alles hören, was ich zu sagen habe.“

Hilda senkte unwillkürlich die Augen bei dem forschenden wohlwollenden Blick, mit dem der König sie betrachtete.

„Ich freue mich aufrichtig, Sie kennenzulernen“, sagte Ludwig. „Was ich bereits über Sie gehört habe, gab mir ein Bild von Ihnen, das ich jetzt mehr als bestätigt finde.“

„Ma . . . Herr Ludwig!“ Hilda errötete.

„Sie haben einen guten Freund, der auch der meine ist. Doch was mich so spät noch herführt, ist der Besuch, den Sie heute erhalten haben.“

„Besuch? Sie kommen wegen Frau Holstein?“

„Haben Sie nicht noch einen anderen Besuch?“ fragte er lächelnd.

„Aber nein.“

„Einen ältlichen Herrn?“

„Ich wüßte nicht.“

„Von etwas zweifelhaftem Aussehen und Charakter?“

Jetzt merkte sie, worauf er hinauswollte.

„Ach, diesen Menschen meinen Sie! Den habe ich wirklich nicht als Besuch angesehen.“

„Kann ich verstehen. Der Mann hat Ihnen seinen Namen genannt?"

„Er heißt Keilberg. Aus einem bestimmten Grund ließ ich ihm für die Nacht ein Zimmer anweisen und gab Befehl, ein wachsames Auge auf ihn zu haben."

„Das war sehr vorsichtig, doch ich bezweifle, daß man Ihren Befehl gewissenhaft befolgt hat."

„Sie glauben ...?"

„Ich werde es Ihnen beweisen. Aber ich sehe Ihnen die Verwunderung darüber an, daß ich diesen Mann kenne. Lassen Sie mich das zunächst erklären. Ich war auf dem Weg nach Tannenwinkel und traf ihn im Wald. Er bettelte mich an und hängte sich dann so an mich, daß ich ihn nicht loswerden konnte. Er war angetrunken und begann von Dingen zu schwatzen, die er in nüchternem Zustand wohl verschwiegen hätte. Ich hatte die Ehre, von ihm für einen Rechtsanwalt gehalten zu werden, und er ersuchte mich wegen eines Falles, der einen Baron Albert von Alberg und damit möglicherweise auch Sie sehr nah berührt, um juristische Auskunft. Sagen Sie mir bitte: Ist Baron Albert mit Ihnen verwandt?"

Hilda wurde blaß. „Ja", hauchte sie. „Er ist mein Stiefvater."

„So ähnlich dachte ich's mir. Keilberg scheint ihn für Ihren wirklichen Vater zu halten."

„Mein Gott!" rief sie. „Was hat er Ihnen erzählt?"

„Alles! Aber beruhigen Sie sich, bitte! Was ich gehört habe, ändert an dem Bild, das ich von Ihnen hatte, nicht das geringste. Leider wurde ich in Tannenwinkel ein wenig aufgehalten und kam zu spät hierher, um den Burschen noch abzufangen, bevor er Sie belästigen konnte. Es ist mir nicht gelungen, Ihnen Leid zu ersparen, aber vielleicht liegt es in meiner Macht, das Ihnen widerfahrene Leid zu mildern."

Sie schüttelte den Kopf.

„Dieses Leid ist nicht zu mildern."

„Ich hoffe doch. Freilich weiß ich jetzt noch nicht, wie ich das machen soll. Dieser Keilberg hat Sie also zu erpressen versucht. Glauben Sie, daß wahr ist, was er Ihnen erzählt hat?"

„Leider ja!"

„Sie trauen also Ihrem Stiefvater so etwas zu?"

„Ja, und darum habe ich mich von ihm losgesagt."

„Auf Grund der Dinge, die Sie heute über ihn hörten?"

„Nein. Das geschah schon vor ein paar Tagen."

Es wurde ihr schwer zu sprechen, sie saß mit gefalteten Händen da, ein Bild des Erbarmens. Mit tiefem Mitleid ruhte das Auge Ludwigs auf ihr.

„Ich habe Ihnen doch meine Geschichte erzählt", kam Frau Holstein ihr zu Hilfe. „Der Baron Albert von Alberg ist der Vater meines Sohnes."

„Er scheint mir ja ein feiner Herr zu sein, ein sehr edler Vertreter des Adels", sagte Ludwig verächtlich. Dann wandte er sich wieder an Hilda. „Seien Sie nicht mutlos! Sie können doch nichts dafür daß Ihr Stiefvater Verbrechen begangen hat. Die Angelegenheit wird sich vielleicht erledigen lassen, ohne daß Aufsehen in der großen Öffentlichkeit erregt wird. Dann ist ja alles gut. Sie sind geachtet und haben Vermögen, und kein Mensch kann Sie hindern, sich Ihr Leben nach Wunsch einzurichten."

„Ja, wenn es so wäre! Ich habe auch kein Vermögen mehr!"

„Wieso? Das wollen Sie mir bitte erklären."

Hilda hatte den Brief der Mutter in ihre Handtasche gesteckt. Sie warf einen fragenden Blick auf die Freundin und deutete darauf.

„Soll ich?"

Frau Holstein verstand sofort, was sie meinte.

„Ja, Kind! Herr Ludwig wird dir erlauben, ihm diesen Brief vorzulegen."

Hilda holte den Brief hervor und reichte ihn dem König.

„Es ist das letzte Vermächtnis meiner armen Mutter. Die Schrift war unleserlich geworden, und ich kenne den Inhalt erst seit einer halben Stunde. Wenn Sie das gelesen haben, werden Sie wissen, wie es um mein Vermögen steht."

Ludwig begann zu lesen, und seine Miene wurde immer gespannter. Als er dann fertig war, legte er das Papier auf den Tisch, stand auf, ohne ein Wort zu sagen, und trat ans Fenster. Eine ganze Weile blickte er hinaus in die dunkle Nacht und hinauf zu den glitzernden Gestirnen.

Wie seltsam war das doch! Da traf er zufällig diesen Landstreicher und erfuhr von dem Verbrechen an dem Baron von Friederichs. Dann suchte er den Gewinner eines Preisausschreibens auf und fand zufällig die Witwe dieses Barons, und nun wurde ihm dieser letzte Brief einer vor Jahren Verstorbenen vorgelegt. War das eine Häufung von blinden Zufällen? Oder waltete hier eine höhere Macht und schloß den Kreis einer ganzen Reihe lange zurückliegender Ereignisse?

Langsam kam er vom Fenster zurück und setzte sich wieder.

„Das muß Sie allerdings wie ein Keulenschlag getroffen haben, Fräulein von Alberg", sagte er. „Was gedenken Sie nun zu tun?"

„Ich muß die Familie von Friederichs ermitteln und werde ihr alles zurückgeben."

„Aber Sie werden doch zuvor untersuchen lassen, wieviel diese Familie tatsächlich beanspruchen kann."

„Ich verzichte auf diese Untersuchung."

„Dann bieten Sie doch einen Vergleich an! Frau von Friederichs wird froh sein, wenn sie die Hälfte der Erbschaft ausgezahlt erhält."

„Das möchte ich auf keinen Fall. Ich bin nicht einmal imstande, die Zinsen des Kapitals zu erstatten, um das die Familie von Friederichs betrogen wurde. Wie aber vermöchte ich dem Baron die vielen Jahre zurückgeben, die er unschuldig in Schande und Not verbringen mußte? Vor allem muß seine Ehre wieder hergestellt werden. Das dürfte ihm noch viel wichtiger sein als alles Geld."

„Wie haben Sie sich das gedacht? Die Ehre des Barons von Friederichs kann nur dadurch wieder hergestellt werden, daß Albert von Alberg die seine verliert, — also der Mann Ihrer verstorbenen Mutter!"

„Das ist allerdings der einzige Weg."

„Und Sie wollen ihn beschreiten?"

„Ich bin dazu entschlossen."

„Baronesse, ich bewundere Ihren Mut. Es wird ein sehr schwerer Weg für Sie werden."

„Ich weiß es. Zunächst werde ich nach Wien reisen, um das echte Testament an mich zu nehmen. Dann werde ich meinen Stiefvater zur Rede stellen und verlangen, daß er ein Geständnis ablegt."

„Und dann?"

„Dann lasse ich den Baron von Friederichs oder, wenn er nicht mehr leben sollte, seine Familie in Amerika suchen und gebe alles zurück."

„Das ist sehr hochherzig. Aber wissen Sie auch, was es heißt, nach so vielen Jahren drüben in Amerika einen Mann zu finden, der Ursache hatte unterzutauchen, weil auf seinem Namen ein Schandfleck ruhte?"

„Ich kann es mir denken, aber ich will nichts unversucht lassen. Seit ich von der Sache weiß, betrachte ich mich nur noch als die Treuhänderin eines fremden Vermögens, und ich werde es so gewissenhaft verwalten, als ob es mein eigenes wäre."

„Das ist lobenswert. Was aber wollen Sie unternehmen, um den Baron von Friederichs zu finden?"

„Ich werde mich an unsere Konsulate drüben wenden und an ein Detektivbüro."

„Da würden Sie recht hohe Ausgaben tragen müssen, die Sie sich ersparen können. Darf ich Ihnen meinen Beistand anbieten?"

„Ma ... Herr Ludwig! Wie darf ich Sie mit meinen Sorgen behelligen?"

„Sie dürfen es! Und ich werde den Baron von Friederichs oder seine Familie eher finden als jeder andere. Glauben Sie das?"

„O ja, aber ich wage nicht ..."

„Bitte, ich übernehme das. Es macht mir keine Mühe, und ich bin sogar sicher, Ihnen schon bald eine Nachricht geben zu können. — Was aber nun mit diesem Keilberg? Was haben Sie mit ihm vor?"

„Ich wollte ihn die Nacht über hier behalten und morgen früh von der Polizei festnehmen lassen."

„Nun, da muß ich Ihnen zunächst sagen, daß er wegen des Verbrechens an Baron von Friederichs nicht mehr belangt werden kann. Die Sache ist verjährt. Einen Erpressungsversuch wird er abstreiten. Sie haben weder Beweise noch Zeugen dafür. Ja, Sie würden sich selber strafbar machen, wenn Sie ihn mit Gewalt hier festhalten wollten."

„Mein Gott! Das habe ich nicht bedacht!" Hilda wurde blaß. „Aber was mache ich denn da? Ich brauche den Mann doch, wenn ich die Unschuld des Herrn von Friederichs beweisen will!"

„Nun, damit er nicht davonläuft, muß man ihn verhaften lassen."

„Aber ... Verzeihung! Sie sagten doch gerade, das wäre nicht möglich."

„Gewiß nicht wegen seines damaligen Verbrechens. Aber er hat neuerdings etwas begangen, das ihn vor den Strafrichter bringt. Darf ich bitte einmal den Hausmeister sprechen?"

„Natürlich, gern."

Hilda griff zur Tischglocke und schellte. Nach zwei Minuten trat Hollanic ein.

„Sind die Polizisten da?" fragte ihn Ludwig.

„Jawohl, gnädiger Herr."

„Sie sollen sich noch nicht sehen lassen. Holen Sie jetzt

bitte diesen — hm — Privatsekretär Keilberg her! Sagen Sie ihm aber nicht, daß ich hier bin, sondern nur, daß das gnädige Fräulein ihn sprechen möchte. Sobald er hier eingetreten ist, sollen sich die Polizisten draußen vor der Tür bereit halten und hereinkommen, wenn ich läute."

Der Hausmeister ging und begab sich zu Keilberg.

Dieser lag schon im Bett, zog sich aber sogleich mit größtem Vergnügen wieder an, weil er dachte, die Baronesse würde ihm vielleicht noch an diesem Abend das Geld geben und seinen Ausweis aushändigen. Dann könnte er sich noch während der Nacht aus dem Staub machen und mit seiner Beute verschwinden.

Immerhin verging eine Viertelstunde, bis er soweit war, um dem wartenden Hausmeister folgen zu können. In der Zwischenzeit hatte Hilda dem König ihr Herz ausgeschüttet, und nicht ohne Rührung erkannte Ludwig, von welch edler und rechtschaffener Gesinnung dieses arg geprüfte Menschenkind war. Er nahm sich vor, ihr nach Kräften zu helfen.

Dann klopfte der Hausmeister und ließ Keilberg ein.

Als er Ludwig erblickte, machte er große Augen.

„Donnerwetter, das ist doch der Herr Rechtsanwalt!"

„Ja, und Sie sind der Herr Hermann Artur Willibold Keilberg, der heute nachmittag fortlief, ohne richtig Abschied von mir zu nehmen. Ich habe noch so einiges mit Ihnen zu besprechen, und darum bin ich Ihnen hierher nachgekommen."

„Woher wußten Sie denn, daß ich zum Schloß wollte?"

„Sie selber haben es mir gesagt."

„Ist mir nicht eingefallen."

„Sie sagten es zwar nicht wörtlich, aber Sie wissen ja — Anwälte verstehen sich manches zusammenzureimen."

„Woraus nur nichts Gescheites wird, ja."

„Vielleicht doch. Sie haben von der Baronesse Geld gefordert."

„Nur eine kleine Unterstützung."

„Wohl mehr eine kleine Erpressung."

„Unverschämtheit! Davon kann keine Rede sein! Wollen Sie mich deswegen etwa anzeigen?"

„Nein. Was Sie mit Fräulein von Alberg — verhandelt haben, geht mich nichts an. Ich wollte Sie aus einem ganz anderen Grund sprechen. Sie brachten heute mir gegenüber zum Ausdruck, Sie hätten keine Lust, ins Zuchthaus zurück zu spazieren. Ich sehe Sie aber schon wieder darin sitzen."

Keilberg lachte auf.

„Das bilden Sie sich nur ein. Ich möchte den sehen, der mich da wieder hinein bringen wollte!"

„So sehen Sie mich an!"

„Sie? Pah! Wollen Sie mir eine Anweisung aufs Zuchthaus geben?"

Mit einem höhnischen Grinsen blickte er Ludwig und die beiden Damen frech an.

„Ja, das will ich", erklärte Ludwig gelassen.

„Da müssen Sie aber Dinge sehen, die es gar nicht gibt."

„Vielleicht gibt es sie doch. Ich habe vor, Sie verhaften zu lassen."

„Pah! Wegen der alten Geschichte, die ich Ihnen erzählt habe, kann ich nicht mehr festgenommen werden."

„Davon ist auch gar keine Rede. Es geht um Ihr neuestes Verbrechen."

„Ach nee! Was sollte denn das sein?"

„Ein Diebstahl, vielleicht sogar ein Einbruch."

„Lächerlich! Wo soll ich denn seit meiner Entlassung was geklaut haben? Wer behauptet denn das?"

„Ich!"

„Dann spinnen Sie!"

Er antwortete so frech, weil er sich ganz sicher wußte, denn daß sein heutiges Verbrechen schon entdeckt worden sei, erschien ihm unmöglich. Kein Mensch hatte seither Hildas Arbeitszimmer betreten und den Geldschrank geöffnet; das hätte er mit Sicherheit merken müssen. Und auch den Lärm, wenn man dahintergekommen wäre, daß die Juwelen fehlten! Das hätte ihm keinesfalls entgehen können.

„Werden Sie nicht frech!“ warnte ihn Ludwig. „Sie haben es hier nicht mit Ihresgleichen zu tun.“

„So? Ich soll’s mir wohl gefallen lassen, wenn man mich unschuldig zum Spitzbuben macht? Das schmeckt mir schlecht. Solche Späße muß ich mir verbitten.“

„Es ist kein Scherz, sondern Ernst. Das will ich Ihnen gleich beweisen.“

Er nahm die Tischglocke und läutete, und sofort traten zwei Polizisten ein. Keilberg erschrak, faßte sich aber schnell wieder.

„Was soll denn die Polente hier? Ich habe nichts ausgefressen.“

„Sie haben heute abend nichts gestohlen?“

„Heute abend? Wo denn?“

„Hier im Schloß! Fräulein von Alberg, haben Sie noch nicht bemerkt, daß er Sie bestohlen hat?“

Hilda schüttelte erstaunt den Kopf.

„Ich? Bestohlen? Ich habe keine Ahnung davon.“

„Na sehen Sie!“ triumphierte Keilberg auf, schwieg aber auf Ludwigs herrischen Wink beklommen.

„Wo heben Sie Ihre Wertsachen auf?“

„In meinem Büro im Geldschrank.“

„Wollen Sie bitte einmal nachsehen, ob Ihnen dort etwas fehlt!“

Hilda ergriff ganz bestürzt ihre Handtasche und suchte darin herum.

„Meine Schlüssel!“ rief sie.

„Du hast sie am Geldschrank steckenlassen“, erinnerte Frau Holstein. „Ich wollte es dir noch sagen, als wir dein Büro verließen, aber dann habe ich auch nicht mehr daran gedacht.“

„Bitte!“ sagte Ludwig. „Gehen wir in Ihr Arbeitszimmer und sehen wir nach! Der Gefangene kommt mit!“

„Gefangen? Ich?“ begehrte Keilberg auf. „Mit welchem Recht? Wenn hier wirklich was geklaut worden ist, warum muß ich das gewesen sein? Hier sind doch noch mehr Leute im Haus!“

Ludwig gab den Polizisten nur einen Wink, und sie nahmen Keilberg zwischen sich.

Im Büro wurde Licht gemacht. Der Schlüssel steckte mit dem Bund der übrigen Schlüssel noch im Geldschrank. Hilda nahm den Ebenholzkasten heraus und öffnete ihn: er war leer. Sie erschrak aufs heftigste.

„Und Ihr Geld?“ fragte Ludwig.

„Das ist hier in dieser Kassette.“

„Sehen Sie nach, ob etwas fehlt!“

In der Kassette lag eine Liste, die den Bestand angab. Es stellte sich heraus, daß auch eine größere Menge Bargeld fehlte.

„Nun, Keilberg, was sagen Sie dazu?“ fragte der König.

„Ich? Wieso ich? Nichts! Was habe ich damit zu tun?“

„Wo ist das Zimmer, in dem man Sie untergebracht hat?“

„Was weiß ich? Ich kenne mich hier im Haus nicht aus. Lassen Sie sich doch hinführen und durchsuchen Sie es! Da — hier stehe ich. Sie können auch mich durchsuchen!“

„Da würden wir ebensowenig finden wie in Ihrem Zimmer.“

„Na also. Somit sind Sie überzeugt, daß da nichts zu finden ist. Sie scheinen überhaupt allwissend zu sein!“

„Ja! Ich weiß zum Beispiel auch, daß neben Ihrem Fenster der Blitzableiter angebracht ist!“

Keilberg unterdrückte einen Fluch. Jetzt war er doch erschrocken. Die Sache wurde ihm unheimlich.

„Können Sie klettern?“

„Nein.“

„Aber kriechen?“

„Kriechen? Was soll die dumme Frage?“

„Zum Beispiel in eine Schleuse hinein?“

„Wa ... was meinen Sie damit?“ Jetzt war ihm alle Farbe aus dem Gesicht gewichen.

„Was ich meine? Ich meine, es wäre am besten für Sie, wenn Sie alles eingeständen.“

„Was soll ich eingestehen? Ich habe hier nichts gestohlen.“

Da trat Ludwig hart an ihn heran und donnerte ihn an:

„Erbärmlicher Wicht! So unverschämt zu lügen! Haben Sie die Sachen aus dem Geldschrank gestohlen oder nicht?“

„Nein!“

„Ich habe es aber selber gesehen. Ich habe gesehen, wie Sie aus dem Fenster herauskamen und wie Sie wieder hereingeklettert sind.“

„Wenn Sie wirklich jemanden beobachtet haben, dann bin ich das nicht gewesen. Dann war das ein anderer.“

„Ich stand nur ein paar Meter von Ihnen entfernt, als Sie in die Schleuse krochen. Und dann habe ich nachgesehen, was Sie dort im Sand vergraben haben.“

„Das war ich nicht! Das muß ein anderer gewesen sein! Sie haben mich verkannt.“

„Sie sind nicht zu verkennen, Keilberg. Wir werden gleich sehen, daß es kein anderer gewesen sein kann.“

Diese Worte waren in einem so scharfen Ton gesprochen, daß Keilberg den Kopf einzog.

Ludwig blickte sich forschend um. Die Verbindungstür, die zum Nebenzimmer führte, entging ihm nicht.

„Dieser Mensch kam aus dem dritten Fenster, von der Ecke gezählt, herausgeklettert. Wo liegt dieses Zimmer?“ erkundigte er sich.

„Hier nebenan“, antwortete Hilda. „Aber das ist kein Fremdenzimmer, das wird als Abstellraum benutzt.“

Der Hausmeister erklärte nun, daß er für den Kerl ein Bett in den Raum hätte stellen lassen. Die Verbindungstür war verschlossen. Man begab sich über den Flur ins Nebenzimmer. Dort steckte der Schlüssel, und Hollanic öffnete die Tür. Es war sonnenklar, daß Keilberg der Dieb gewesen sein mußte. Er hatte ganz leicht in das Büro gelangen können. Ludwig hatte ihn gesehen, beobachtet und ganz genau erkannt. Aber Keilberg leugnete hartnäckig weiter.

Die Polizisten legten ihm Handschellen an und führten ihn zur Schleuse. Beim Schein einer Laterne wurden die gestohlenen Gegenstände hervorgeholt. Doch selbst jetzt gestand Keilberg die Tat nicht ein. Die Polizisten nahmen ihn mit nach Steinegg auf die Wache. Von dort würde er ins Untersuchungsgefängnis des nächsten Amtsgerichts gebracht werden.

Hilda war herzlich froh und bedankte sich immer wieder bei dem König. Sie bat ihn noch zu einem kleinen Imbiß ins Schloß, doch er lehnte freundlich, aber entschieden ab. Er wollte auch nichts davon wissen, daß sie eine Kutsche anspannen ließ, die ihn nach Steinegg bringen sollte und verabschiedete sich herzlich von den beiden Damen mit dem Versprechen, daß man schon bald wieder von ihm hören werde.

„Kopf hoch, kleine Baronesse!" mahnte er. „Der Mensch denkt, doch Gott lenkt. Was wir für ein Glück ansehen, erweist sich oft als ein Unglück, und was wir für ein Unglück halten, stellt sich manchmal später als Glück heraus. Nicht verzagen, sondern vertrauen!"

Mit schnellen Schritten ging er die Straße hinunter und war bald hinter der nächsten Krümmung verschwunden.

Etwa um die gleiche Zeit kam Rudolf Fredericks nach Hause. Er traute seinen Augen nicht, als er seine Mutter so spät abends noch wach im Sessel sitzen sah.

„Mutter!“ rief er besorgt. „Ist denn die Nachbarin nicht gekommen, um dir ins Bett zu helfen?“

Sein Staunen wurde noch größer, als sie sich nun langsam aus dem Sessel erhob, einen Augenblick lang stehen blieb und dann langsam und mit unsicheren Schritten auf ihn zukam.

„Rudolf, lieber Rudolf!“

Er breitete die Arme aus und eilte ihr entgegen.

„Du kannst wieder gehen?!“ stotterte er, verwirrt und glücklich zugleich.

„Wie du siehst!“

Er schloß sie in die Arme und küßte sie. Dann führte er sie wieder zu ihrem Sessel zurück.

„Das ist ja ein wirkliches Wunder!“

„Ja, aber es war auch ein ganz ungewöhnlicher Arzt da. Er hat mir geholfen.“

„Ein Arzt? Wer denn?“

„Du kannst es ja doch nicht erraten! — Der König!“

„König Ludwig?“

„Ja. Er war erst beim Herrn Pfarrer und kam dann zu mir. Er gab mir eine Arznei, nach der ich sogleich alle Glieder wieder bewegen konnte.“

„Ist das ein Scherz? Der König eine Arznei?“

„Ja. Ich werde sie dir zeigen.“

Sie zog die Tischschublade auf und gab ihm ein zusammengefaltetes Papier in die Hand. Er nahm es, und seine Augen wurden groß.

„Ein Tausendmarkschein! Herrgott, wem gehört der?“

„Dir, mein Junge!“ sagte sie mit mütterlich stolzem Blick.

„Mir? Wieso mir? Den hast du vom König?"
Sie nickte.
„Eine Unterstützung?"
„Nein. Du hast dir dieses Geld verdient, du hast den ersten Preis in der Ausschreibung um den Kirchenbau gewonnen."
Er wurde abwechselnd rot und blaß und glaubte, nicht recht gehört zu haben.
„Ich ... den ... ersten Preis?"
„Ja, du, du!" jauchzte sie.
Er setzte sich auf einen Stuhl.
„Mutter! Den ersten Preis! Nun werden wir keine Not mehr leiden, nun kann ich mein Examen ablegen."
„Ja, aber das ist noch nicht alles. Hör zu! Die Kirche soll nicht nur nach deinen Plänen, sondern auch unter deiner Leitung gebaut werden. Und weißt du, wo?"
„Keine Ahnung."
„Hier in Tannenwinkel!"
Da sprang er wieder auf.
„Hier bei uns?"
„Du weißt doch, wie baufällig unsere alte Kirche ist. Nun soll eine neue nach deinem Entwurf gebaut werden. Welch ein Glück, welch eine Ehre für uns! Du wirst in der ganzen Gegend bekannt!"
Er holte tief Atem und setzte sich wieder.
„Ja, Mutter, du hast nicht umsonst gedarbt, damit ich etwas werden sollte. Ach, bin ich froh! Aber nun erzähl mir erst einmal ausführlich vom Besuch des Königs!"
Sie berichtete mit strahlenden Augen. Seine Freude kannte keine Grenzen mehr, als er hörte, daß der König es persönlich in die Hand genommen habe, die Unschuld des Vaters zu beweisen. Beide saßen noch lange beisammen und schwelgten in dem Gedanken an eine sorgenfreie, heitere Zukunft.
Beide fanden erst spät in der Nacht Schlaf. Aber schon früh am Morgen war Rudolf wieder auf den Beinen. Er

bereitete das Frühstück, während seine Mutter noch im Bett lag, packte dann die Preisunterlagen zusammen, die er sich tags zuvor besorgt hatte, und machte sich auf den Weg zum Schloß Steinegg.

Die Sonne schien vom blauen Himmel, Tautropfen glitzerten auf den Zweigen und Gräsern wie funkelnde Diamanten, und zwitschernd und singend begrüßten die Vögel den jungen Tag. Tief atmete Rudolf die herbe, würzige Waldluft. Wie schön konnte doch das Leben sein!

In seinem Kopf jagten sich die Gedanken. Pläne und Entwürfe formten sich, aber dann wurden sie alle von einer unvergeßlichen Erinnerung verdrängt. Hier an dieser Stelle des Weges hatte er die schöne Melusine geküßt, die junge Schloßherrin von Steinegg, von der er damals noch nicht wußte, wer sie war. Sein Herz drängte zu ihr, seine Schritte wurden schneller, während seine Gedanken bereits ganz nahe bei ihr weilten.

Fühlte sie wie er? Oder war es nur Dankbarkeit, die sie ihm entgegenbrachte, weil er ihr das Leben gerettet hatte? Warum nur hatte sie ihn nicht wiedersehen wollen? Irgend etwas bedrückte sie, aber was mochte das sein? Hangend und bangend in schwebender Pein grübelte er wie jeder, der liebt und nicht gewiß ist, ob er wiedergeliebt wird.

Als er zu seinem Erstaunen plötzlich Schloß Steinegg vorn über sich liegen sah, zog er die Uhr. Es war noch zu früh, um dort vorzusprechen. Er überlegte noch, was er in der nächsten Stunde anfangen sollte, da wurde er angerufen. Martin kam winkend auf ihn zu.

„Rudolf! Wie geht's? Schon so früh hier — auf dem Weg zum Schloß? Ist da ein Magnet, der dich anzieht?"

Rudolf errötete.

„Ich bin heute vormittag bestellt; du weißt doch — wegen der Umbauten. Da ich nicht mehr schlafen konnte, stand ich auf und machte mich auf den Weg. Aber nun bin ich eine Stunde zu früh hier."

„Ach was, ich will auch zum Schloß. Komm mit!"

„Dort schlafen sicherlich noch alle."

„Aber nein. Mutter war gestern abend bei ihr und hat mir ausgerichtet, ich möchte heute zeitig zu ihr kommen. Sie will etwas mit mir besprechen."

„Ist es so dringend?"

„Ja; ich fürchte, sie wird eine unruhige Nacht gehabt haben."

„Grad so wie ich."

„Was hat denn dir die Ruhe geraubt?"

„Eine ganz große Freudennachricht! Sie hat mich so früh aus den Federn getrieben."

„Dann muß sie wirklich ‚ganz groß' gewesen sein. Der Mensch hat um seiner selbst willen die Verpflichtung, nach allen Kräften täglich des süßen Schlafes zu pflegen. Denn der Schlaf ist der Zustand, in dem der Mensch in keine Versuchung fällt und auch keine Dummheiten begehen kann."

Rudolf lachte.

„Richtig! Jetzt bin ich sehr wach und fühle mich fähig, vor Glück allerlei Dummheiten anzustellen."

„So spricht kein Weiser auf dieser Erdenwelt. Erzähl mir lieber, was für eine Freudenbotschaft dich so sehr aus der Einbanddecke gerissen hat!"

Rudolf berichtete von dem Preisausschreiben, für das sein Entwurf als bester erkannt worden war, von den tausend Mark, die der König persönlich seiner Mutter gebracht hatte, und dem Auftrag, die neue Kirche in Tannenwinkel zu bauen.

Martin drückte ihm die Hand.

„Laß dir Glück wünschen! Ohne viele Worte! Du weißt, wie ich dir alles Gute gönne. Dein Weg ist gemacht, er führt aufwärts. Ja, so ist das im Leben: Während bei dem einen die Freude einkehrt, erscheint bei dem anderen die Trauer! Gestern abend mußte ich Hilda durch meine Mutter leider eine sehr traurige Nachricht schicken ..."

„Um Gottes willen! Was ist denn plötzlich so Schlimmes geschehen?"

„Nicht jetzt, sondern vor vielen Jahren. Jetzt aber ist es an den Tag gekommen. Für Hilda steht alles auf dem Spiel: Ihr ganzes Vermögen ist fraglich, ihre Zukunft ungewiß geworden."

„Das klingt fast unglaublich."

„Leider ist es nur zu wahr. Von dem, was sie bisher als ihr Eigentum betrachtet hat, gehört ihr nicht mehr viel."

„Wem gehört es denn?"

„Baronin von Friederichs, geborene von Sendingen."

Rudolf wurde kreideweiß. Am liebsten hätte er den Freund geschüttelt, um mehr von ihm zu erfahren, aber er bezwang sich und fragte möglichst ruhig:

„Wie ist das denn gekommen?"

„Eigentlich sollte ich das als Familiengeheimnis betrachten, doch ..."

„Entschuldige! Dann möchte ich nichts ..."

„Dummes Zeug, wir sind Freunde, und ich bin überzeugt, Hilda wird dir sowieso alles erzählen. Da kann ich ihr auch das abnehmen."

„Glaubst du, Hilda hat so viel Vertrauen zu mir?" fragte Rudolf errötend.

„Ich weiß genau, wie sie dir vertraut und über dich denkt. — Ha! Warum wirst du denn so rot? Und eben noch warst du ganz bleich vor Schreck. Ihr Geschick muß dir doch außerordentlich nahegehen. Oder nicht?"

„Dir gegenüber brauche ich es nicht abzuleugnen."

„Auch Hilda gegenüber brauchst du's nicht zu verheimlichen."

„Martin, sprechen wir nicht darüber! Es ist mir peinlich."

„Mein lieber Rudolf, du verkennst Hilda. Wenn sie liebt, fragt sie nicht nach Rang und Reichtum."

„Wer bin ich, und wer ist sie? Es ist aussichtslos!"

„Sie ist heute ebenso arm wie du, und während du aus

einer bürgerlichen, aber ehrenwerten Familie stammst, ist sie zwar von altem Adel, aber ihr Stiefvater — mein Vater — ist ein Schurke."

„Martin!"

„Jawohl, das ist die Wahrheit. Auch das Leid, das nun über sie gekommen ist, hat dieser schlechte Mensch verschuldet. Ich will dir alles erzählen. Komm!"

Sie waren stehengeblieben, wo sie sich getroffen hatten. Jetzt nahm Martin den Freund beim Arm und zog ihn mit sich die Straße zum Schloß hinauf. Dabei erzählte er ihm von dem letzten Brief der Mutter Hildas, den er wieder lesbar gemacht hatte.

Rudolf hörte ihm mit stockendem Atem und fliegenden Pulsen zu. Was er jetzt vernahm, war durchaus geeignet, seinem Leben eine ganz andere Richtung zu geben. Er war nicht mehr der Träger eines entehrten Namens, der Besuch des Königs hatte da Wandel geschaffen und eine Ehrenerklärung in sichere Aussicht gestellt. Aber nun erfuhr er, ohne daß der berichtende Martin alle Zusammenhänge erkennen konnte, daß er auch nicht mehr arm war. Dieser Baron von Alberg hatte seiner Familie nicht nur den guten Namen, sondern in erster Linie das Vermögen geraubt. Was Hilda besaß, gehörte in Wahrheit zum großen Teil seiner Mutter.

Einen Augenblick spielte er mit dem verlockenden Gedanken, vor Hilda hinzutreten und zu sagen: „Da bin ich — ich Baron Rudolf von Friederichs, den du suchst! Werde meine Frau, und du behältst dein Vermögen!" Aber nein, nichts wäre verkehrter als das. Eine solche Liebeserklärung sah nach einem Brautkauf aus und konnte ihren Stolz beleidigen. Er mußte sich sehr genau überlegen, wie er sich jetzt zu verhalten hatte. Vorerst sagte er am besten noch nicht, wie er wirklich hieß.

Er seufzte tief. Es war ein verwickeltes, schwieriges Problem. Vielleicht wußte seine Mutter Rat.

„Was hast du?" fragte Martin. „Du sagst ja gar nichts?

Ich denke, du machst deiner Empörung in Kraftworten Luft, aber du schweigst."

„Ich überlege. — Am besten hättest du diesen unglückseligen Brief nicht wieder lesbar machen und die Vergangenheit vergangen sein lassen sollen. Wer weiß, ob sich die ganze Sache überhaupt genau so verhält, wie Hildas Mutter sie gesehen hat?"

„Du meinst, ob mein edler Vater tatsächlich ein gefälschtes Testament untergeschoben hat? Daran zweifle ich nicht. Dem traue ich alles zu."

„Wie willst du das nach zwei Jahrzehnten noch beweisen? Doch höchstens durch sein Geständnis, und das wirst du nicht bekommen. Hilda sollte sich nicht verrückt machen und einstweilen alles auf sich beruhen lassen."

„Sag du ihr das einmal! Ich kann ihr durchaus nachfühlen, wenn sie nicht mit einem ergaunerten Vermögen ein schönes Leben führen will, immer in dem Gedanken, daß die Familie, der es rechtmäßig zusteht, wahrscheinlich in Not lebt. Aber sie soll die letzte Frau gewesen sein, die mein Vater in seinem Leben unglücklich gemacht hat. Wenn ich ihn jetzt vor mir hätte — ich weiß wahrhaftig nicht, was ich mit ihm täte!"

Beide blieben stehen. Unmittelbar vor ihnen huschte ein dunkler Schatten über die besonnte Straße. Sie blickten auf. Dicht über sie hinweg strich der Habicht von Schloß Steinegg. In den Krallen hatte er wieder ein Hähnchen.

„Dieser verdammte Räuber!" fluchte Martin. „Wenn ich jetzt ein Gewehr hätte!"

Sie hatten die Berghöhe und das Schloß schon fast erreicht und einen weiten Blick über das Land. So konnten sie den Weg des Raubvogels verfolgen. Über Felsen, die in der Ferne aus dem Wald ragten, zog er einige Kreise, ging plötzlich nieder und war dann verschwunden.

„Dort hinten muß er seinen Horst haben", sagte Martin. „Wenn ich nur mit der Gegend schon besser vertraut wäre! Ich legte mich schon morgen dort auf die Lauer und gäbe nicht eher Ruhe, bis ich den Räuber zur Strecke gebracht hätte."

Rudolf aber hatte die Felsen sofort erkannt — dort oben hatte er während des Gewitters mit Hilda in der kleinen Höhle gesessen.

„Ich kenne die Gegend", rief er. „Hinter der Felsenhöhe dort liegt Tannenwinkel."

„Dann besorgen wir uns zwei Flinten und gehen morgen auf die Jagd", schlug Martin vor. „Machst du mit?"

„Natürlich bin ich dabei. Der Habicht soll die längste Zeit sein Unwesen über Schloß Steinegg getrieben haben."

Als sie sich dem Schloß wieder zuwandten, sahen sie Hilda an einem Fenster stehen und winken.

Sie kam beiden in der Diele entgegen, begrüßte sie herzlich und führte sie in den Salon. Rudolf bemerkte zu seiner Freude, daß sie keineswegs niedergedrückt und verzagt erschien, sondern einen ruhigen und gefaßten Eindruck machte.

„Ich bin beim Kofferpacken", sagte sie.

„Willst du verreisen?" fragte Martin.

„Ja, nach Wien. Ich muß das Testament aus dem Gebetbuch meiner Mutter holen."

„Du willst also wirklich dieser Sache nachgehen?"

„Das ist meine Pflicht. Ich habe keine schöne Nacht hinter mir, aber es gelang mir, mich mit meiner Lage abzufinden. Ich hätte gern, wenn deine Mutter mit mir nach Wien führe und ..."

„Wäre es nicht besser, ich würde dich begleiten?" wandte Martin ein. „Wenn ich mir vorstelle, ihr beiden Frauen und mein Vater ..."

„Wir werden schon mit ihm fertig", unterbrach ihn Hilda, gequält lächelnd. „Sobald ich hier alle Anordnungen für die Zeit meiner Abwesenheit getroffen habe, lasse ich anspannen, und wir fahren in die Stadt zu deiner Mutter. Vielleicht erreichen wir den Mittagszug noch. Weiß denn Herr Fredericks, um was es geht?"

„Ich hab's ihm gesagt, weil ich annahm, es wäre in deinem Sinn."

„Das war es auch. Herr Fredericks soll den Brief meiner Mutter selber lesen."

Sie nahm das Schreiben aus ihrer Handtasche und gab es Rudolf. Dieser trat damit ans Fenster und stellte sich so, daß man nicht sehen konnte, wie erregt er war. Er las jeden Satz zweimal, denn die Wörter tanzten vor seinen Augen. Endlich wandte er sich den beiden wieder zu und gab Hilda den Brief zurück.

„Wissen Sie genau, daß Ihre Mutter diesen Brief geschrieben hat?"

„Daran ist nicht zu zweifeln. Es ist ihre Handschrift."

„Wenn Ihr Stiefvater nun aber alles abstreitet, wie wollen Sie ihm die Richtigkeit dieser Darstellung beweisen?"

„Dafür gibt es noch einen lebenden Zeugen. Der Mann weiß zwar von der Unterschiebung des gefälschten Testaments nichts, aber er hat meinem Stiefvater geholfen, den Baron von Friederichs unschuldig ins Zuchthaus zu bringen."

Rudolf wußte, wen sie meinte; seine Mutter hatte ihm ja von Keilberg erzählt. Aber er tat ahnungslos.

„Was? Da lebt noch ein Zeuge?"

„Ja, ein ehemaliger Unteroffizier, der bei dem Baron von Friederichs im Generalstab beschäftigt war. Er hat gestanden, daß er die Schriftstücke entwendet und die Abschriften angefertigt hat, deretwegen Baron von Friederichs verurteilt worden ist. Das Verbrechen ist verjährt; er kann deswegen nicht mehr bestraft werden."

„Wie wollen Sie sich dann aber seiner Person versichern?"

„Der König hat ihn bereits gestern abend hier verhaften lassen. Wegen eines Diebstahls, den er hier begangen hat."

Sie berichtete das Vorkommnis.

„Sie sehen also, Herr Fredericks, die Sache nimmt ihren Lauf, und ich muß mich dem fügen, was bei den Ermittlungen herauskommt."

„Ja, wenn das so ist . . ." konnte Rudolf nur sagen.

„Dann bin ich ein sehr bedauernswertes Menschenkind", beendete Hilda lächelnd. „Aber gerade das Beispiel meiner Mutter zeigt mir, daß es im Leben schlimmere Dinge gibt als Armut. Ich werde jedenfalls tun, was mir mein Gewissen befiehlt."

„Sie wollen nach dem verschollenen Baron von Friederichs suchen?"

„Ja, und ihm oder seiner Familie das zu Unrecht erschlichene Vermögen zurückgeben. Bis dahin betrachte ich mich als Verwalterin. Und in dieser Eigenschaft habe ich nun an Sie und Martin zwei Fragen, die ich mir offen und ehrlich zu beantworten bitte. Die erste ist die: Darf ich Gut Steinegg verkaufen, wenn das Angebot aus München wirklich so einmalig günstig ist, wie mein Stiefvater es hinstellt? Muß ich es dann nicht sogar verkaufen?"

„Hm, ich würde das Angebot nicht gleich ablehnen, sondern ruhig in Verhandlungen eintreten", meinte Martin. „Dann wird sich ja bald herausstellen, ob es tatsächlich so einmalig ist. Nein sagen kannst du dann immer noch."

Rudolf nickte. „Ich stimme Martin zu."

„Die zweite Frage berührt besonders Sie, Herr Fredericks", wandte sich Hilda an ihn. „Glauben Sie, daß ich bei der jetzigen Sachlage noch das Geld für die geplanten baulichen Veränderungen im Schloß ausgeben darf?"

„Meines Erachtens müssen Sie das sogar, um den weiteren Verfall der Gebäude aufzuhalten", erklärte Rudolf und fügte hinzu: „Bitte, glauben Sie mir, ich sage das nicht aus Eigennutz, um meinen Auftrag nicht zu verlieren. Auch jeder andere Eigentümer des Schlosses müßte sofort diese Bauarbeiten in Angriff nehmen."

Hilda lächelte.

„Herr Fredericks, wenn ich Ihnen nicht glauben könnte, hätte ich die Frage gar nicht an Sie gerichtet."

„Im übrigen", fiel Martin ein, „ist Rudolf auch gar nicht mehr so sehr auf deinen Auftrag angewiesen. Er hat sich vor einiger Zeit an einem Preisausschreiben beteiligt, und gestern hat der König höchst eigenhändig seiner Mutter den ersten Preis von tausend Mark ausgezahlt. Außerdem soll der Glückspilz die neue Kirche in Tannenwinkel nach seinen eingesandten Entwürfen bauen."

„Ist das wahr?" rief Hilda und streckte ihm die Hand entgegen, als sie in sein strahlendes Gesicht sah. „Meinen herzlichsten Glückwunsch! Da wird sich aber Ihre Mutter gefreut haben!"

„Ja, als ich gestern abend nach Hause kam, war sie sogar aufgestanden. Denken Sie, die Lähmung ihrer Glieder war behoben! So hat die Freude auf sie gewirkt!"

„Das ist ja fast ein Wunder! So hat die Freude geheilt, was der Schreck gelähmt hatte. Sobald ich aus Wien zurück bin, werde ich ihr einen Besuch machen. Bitte, sagen Sie ihr das!"

„Wie lange willst du denn in Wien bleiben?" fragte Martin.

„Hoffentlich nur einen Tag. Und nun müßt ihr mich entschuldigen, ich habe vor meiner Abfahrt noch allerlei zu erledigen. Herr Fredericks, sobald ich zurück bin, setzen wir uns zusammen, um zu entscheiden, welche Bauten gemacht werden sollen. Ich werde anordnen, daß Sie jederzeit Zutritt zum Schloß haben, wenn Sie noch irgend etwas messen oder prüfen wollen."

Rudolf verneigte sich dankend, und Hilda wandte sich Martin zu.

„Die gemeinsame Besichtigung des Gutes müssen wir nun abermals verschieben, aber vielleicht siehst du dich inzwischen schon ohne mich in deinem künftigen Wirkungsbereich um und überlegst, welche Arbeiten am dringlichsten sind."

„So gefällst du mir, Hilda!“ lobte Martin. „Nur nicht klein beigeben und den Kopf hängen lassen! Auf Regen folgt wieder Sonnenschein, und Regen hast du in den letzten Tagen genug gehabt. Ich habe so ein Gefühl, als ob auch diese unangenehme Geschichte mit dem Baron von Friederichs noch unerwartet ein gutes Ende nimmt. Was meinst du, Rudolf?“

„Wenn es nach mir ginge, bestimmt.“

„Jammerschade, daß es nicht nach dir geht! Ich glaube, du würdest mit Hilda schnell zu einer Verständigung kommen“, neckte Martin.

Rudolf wurde dunkelrot, und auch Hilda konnte ihre Verlegenheit nicht verbergen. Martin grinste und freute sich diebisch.

„Also, Hilda, ich habe keine Lust hier Däumchen zu drehen, bis du deine Kutsche angespannt hast“, sagte er dann. „Ich marschiere auf Schusters Rappen ins Dorf, um meine Mutter in Trab zu bringen, daß sie sich reisefertig macht.“ Er reichte ihr die Hand. „Mach's gut in Wien und sei auf der Hut vor dem Habicht!“

„Vor dem Habicht? Welchem Habicht?“

„Denk mal 'n bißchen nach, dann weißt du's schon!“ Er gab Rudolf die Hand. „Morgen früh gehen wir beide auf die Jagd, Bleibt's dabei?“

„Ich habe kein Gewehr . . .“

„Ich besorg dir eins! Treffen wir uns um fünf Uhr früh halbwegs zwischen Steinegg und Tannenwinkel?“

„Einverstanden!“

Martin winkte den beiden noch einmal zu und verließ den Salon.

„Sie wollen auf die Jagd gehen?“ fragte Hilda.

„Ja“, nickte Rudolf. „Gerade als wir herkamen, war der Habicht wieder da und trug von Ihrem Hühnerhof eine neue Beute davon. Wir konnten seinen Flug verfolgen und beobachteten, wo er niederging. Dort in der Gegend wollen wir ihm morgen auflauern. Wenn Sie aus

Wien zurückkehren, wird Schloß Steinegg hoffentlich von diesem Räuber befreit sein."

„Der Gedanke, alles hier kurz über lang verlassen zu müssen, ist schmerzlich", seufzte sie, „aber Gott wird mir helfen, darüber hinwegzukommen."

„Ja, Gott hilft uns stets, wenn auch oft auf ganz andere Weise, als wir uns das denken."

Es schwebte ihm auf der Zunge, ihr zu sagen, wer er war. Ihr zu sagen, daß sie immer hierbleiben könne, ihr zu sagen, daß er sie liebe und daß sie das Testament in Wien und die Vergangenheit begraben sein lassen solle. Aber darum allein ging es ja nicht, es ging auch um die Ehre seines Vaters, und er konnte nicht mehr verhindern, daß alles aufgerollt wurde, nachdem sich nun schon der König eingeschaltet hatte. So mußte er schweigen und warten. Ein voreiliges Wort konnte alles verderben.

„Ich möchte Sie jetzt nicht mehr länger aufhalten", sagte er darum. „Alle meine Wünsche begleiten Sie nach Wien. Von Martin werde ich ja hören, wenn Sie wieder zurück sind. Gute Reise und auf Wiedersehen!"

„Auf Wiedersehen!" Sie reichte ihm die Hand, und er verließ schnell den Salon.

Sie trat ans Fenster und blickte ihm nach, wie er langsam und in Gedanken davonging. Wenn er wüßte, wieviel leichter ich alles trage, seit ich ihm begegnet bin, dachte sie voller glücklicher Empfindung. Aber warum war er nur so anders als an jenem Gewitternachmittag — so zurückhaltend? Eine unsichtbare Wand stand zwischen ihnen. Was war daran schuld? Etwa sie selber?

So stand sie tief in Gedanken, und ebenso in Gedanken verfolgte Rudolf den steilen Pfad, der die zahlreichen Windungen der Fahrstraße abschnitt und durch Wiesen und Wald den Berg hinab führte. Er wollte König Ludwig aufsuchen und ihn bitten, Hilda vorerst noch nicht zu verraten, daß er der Sohn des gesuchten Barons von Friederichs sei.

„Guten Morgen, Herr Fredericks! Grüß Gott!“ rief ihn da plötzlich eine Stimme aus dem Gebüsch an.

Er blieb stehen und schaute um sich, aber niemand war zu sehen.

„Ja, wannst mi sehn willst, mußt scho näher kommen!“ ertönte die Stimme wieder, die er nun erkannte. Hinter ein paar Büschen saß der Wurzelsepp, Stock und Rucksack neben sich und den alten Hut zwischen den Beinen.

„Ah, Sepp, du bist's! Grüß dich Gott!“

Rudolf kletterte am Hang zu ihm und reichte ihm die Hand.

Sepp deutete auf seinen Hut, der mit Walderdbeeren gefüllt war.

„Willst mittun? Schau her, was für Beeren! Die richtigen feinen und guten! Wie s' duften! Ganz anders als die aus aanem Garten. Da, setz di her! Der Hut ist voll, 's reicht für uns beide!“

„Dank dir, Sepp, aber ich habe keine Zeit.“

„So? Bist etwa Schnelläufer geworden?“

„Nein, aber kannst du mir nicht sagen, wo ich den König finde?“

„Welchen? Den Grün- oder den Eichelkönig?“

„Unsinn! König Ludwig.“

„Ach so! Der wird wohl in Bayern sein.“

„Laß doch die Witze! Ich muß dringend mit ihm sprechen.“

„So? Was denn?“

„Das ist ein Geheimnis.“

Da zog der Alte ein Gesicht wie ein Fuchs, der einen Hasen vor sich sieht. Er schob eine ganze Handvoll Erdbeeren zwischen die Zähne und verspeiste sie mit Behagen.

„Ja, der Sepp braucht nix zu wissen“, meinte er dann lachend. „Der plaudert alles aus, wie? Weißt was? Was der König wissen darf, dös kann der Sepp auch erfahren.“

„Hm!"

„Nix hm! So aanem guten Freund, wie's der Sepp dir und deiner Frau Mutter ist, dem kannst scho mal Vertraun schenken."

„Sepp, das Geheimnis gehört ja nicht mir allein."

„So? Wem denn noch?"

„Noch einigen anderen Personen."

Sepp lachte laut auf.

„Dös ist fabelhaft! A Geheimnis, das zur gleichen Zeit aa noch einigen andren Personen gehört! Als ob's nachher noch a Geheimnis wär! Wann der Hahn erst mal den Hühnern gesagt hat, daß er kaane Eier legen kann, nachher haben's die Gäns und die Enten auch bald erfahren. Tu nur net so groß und fett mit deinem Geheimnis! Was dahintersteckt, waaß der Wurzelsepp scho lang."

„Nun, worum handelt sich's denn?"

„Wohl um den Herrn Hermann Artur Willibold Keilberg, den s' gestern abend oben im Schloß verarretiert haben?"

„Was, du weißt davon?"

„Sakra! I möcht wissen, was der Sepp net wissen tät!"

„Wer hat dir das denn gesagt?"

„Der da!" Sepp streckte den kleinen Finger einer Hand hoch. „Der ist nämlich viel gescheiter als ihr alle mitnander. Nun will die Hilda ihr ganzes Vermögen hergeben . . ."

„Auch das weißt du?"

„Schwatz net so dumm, Bua! I waaß alles und noch mehr als du. Also die Hilda will ihr Vermögen hergeben, der Friederichs aber will nix haben. Drum rennt er nun zum König, damit der net verraten soll, wo jetzt eigentlich die richtige Erbin steckt."

„Mensch, Sepp, kannst du Gedanken erraten?"

„Zuweilen. Wann aaner so a dummes Gesicht macht wie du eben, so kann man sehr leicht erraten, was er im Schild führt. Na, nix für ungut! Sag mal, ob der Sepp recht hat!"

„Ja. Aber wie kommst du auf diesen Gedanken?"

„Grad so wie du! Er ist mir in den Kopf gekommen grad wie dir auch. Oder hast vielleicht die Gedanken woanders als im Kopf?"

„Nein. Aber, Sepp, warum bist du heute so grantig?"

„Kaa Wunder, wann man seine Erdbeeren allein essen muß und nachher auch nix von dem erfahren soll, was man scho waaß."

„Aber wer hat dir denn das gesagt?"

„Dös ist nun mein Geheimnis, was i net verrat."

„Oh, ich weiß schon! Vom König weißt du's!"

„Von dem? Der wird grad mit dem Wurzelsepp sprechen!"

„Schweig! Wir wissen doch, wie du mit ihm stehst. Hat er dir vielleicht in dieser Angelegenheit einen Auftrag erteilt?"

Während des Gesprächs hatte Sepp immerzu seine Erdbeeren gegessen. Jetzt legte er den Kopf weit nach hinten, sperrte den Mund auf und schüttete den Rest der Beeren aus dem Hut hinein.

„So?" sagte er dann kauend. „Nun willst von mir was wissen, nachdem d' mir nix hast sagen wollen? Dös ist sehr gut. So a Diplomat wie du bin i aa noch. Von mir kannst nix erfahren."

Er stand auf, stülpte sich den Hut auf den grauen Kopf, warf den Rucksack über und ergriff den Bergstock.

„Aber, Sepp, sei doch nicht gleich so böse! Ich habe gedacht, du wüßtest noch nichts."

„Ach so, gedacht hast? Na, bös bin i net. Bin nur heut in der Früh mal falsch aufgestanden, nämlich aus'm Heu statt aus'm Bett. Da muß i maane Wut an jemand auslassen. Geh nur immer nach Steinegg, da wirst den Herrn Ludwig scho finden."

„Schön! Und nun will ich dir noch etwas Freudiges mitteilen. Meine Mutter ist nicht mehr gelähmt. Sie kann schon wieder stehen und sicher bald auch wieder gehen."

„Was? Wie ist dös denn gekommen?“

„Vor Freude über eine glückliche Nachricht, die wir gestern erhielten.“

„So? Was für aane glückliche Nachricht war's denn?“

„Das errätst du nicht.“

„So? Na, daß du tausend Mark als ersten Preis bekommen hast, dös kann der Sepp auch scho noch erraten.“

„Alle Teufel! Du weißt wirklich alles!“

„Und daß du die neue Kirche in Tannenwinkel bauen sollst, davon hat mir auch geträumt.“

„Das hat dir der König gesagt.“

„Der sagt mir nix. Der hat auch immer solche Geheimnisse wie du. Aber der Sepp errät sie alle mitsammen. So, und nun geh i zum Schloß, um der Baroneß guten Tag zu sagen.“

„Die wirst du wohl nicht mehr antreffen.“

„So? Warum?“

„Sie will heute Mittag nach Wien fahren — mit Frau Holstein.“

„Da schau her! Zu ihrem Stiefvater?“

„Ja.“

„Na, dös gibt a Freud, wann die sich wiedersehn! I muß aber trotzdem zum Schloß, denn wo der Sepp net ist, da geht's drunter und drüber. Und grad weil die Herrin fehlt, muß i hin, um zu schaun, ob s' auch Ordnung halten. Grüß Gott, Herr Baron von Friederichs!“

Er ging.

„Sepp!“

„Was willst noch?“

„Sag nicht, wer ich wirklich bin!“

„Gut! Nachher darfst aber auch nix sagen, daß i der Herr Baron von Brendel bin. Was dem aanen recht ist, dös ist dem andren billig. Alsdann, behüt Gott, Herr von Frie-, o pardong! — Herr Fredericks!“

Sepp stieg den Pfad hinauf, den Rudolf herabgekommen war. Die Fahrstraße beschrieb mehrere Krümmungen, die Sepp dadurch abschnitt, daß er in gerader Richtung zum Schloß hinaufstieg. So hoffte er, Hilda vielleicht noch antreffen zu können; als er aber den Schloßpark erreichte, sah er von weitem, wie ihre Kutsche soeben davonfuhr. Ärgerlich schüttelte er den Kopf, schritt dann aber weiter, um die bequemere Straße zu erreichen. Er befand sich bereits im Schloßpark und stieß bald auf den Zaun, der ihn von dem Gemüse- und Blumengarten trennte. Dort ging er entlang. Seine Schritte waren nicht zu hören, da das kurze, dichte Gras den Schall dämpfte.

Plötzlich vernahm er in der Stille ein lautes Lachen.

„Prost!“ hörte er einen Mann sagen.

„Prost!“ antwortete eine Frauenstimme.

Gläser klangen. Sepp blieb stehen.

„Die Gnädige ist fort, das müssen wir wahrnehmen“, sagte die Männerstimme, die Sepp nun als die des Hausmeisters Hollanic erkannte. „Sie hat mir die Kellerschlüssel übergeben für den Fall, daß der Baumeister kommt, um da unten noch etwas auszumessen. Sie wird nicht merken, wenn ein paar Flaschen fehlen, und so können wir uns ein Sektfrühstück gönnen.“

Sepp schlich näher. Eine Laube stieß mit der Hinterwand an den Zaun. Sie war dicht mit Falschem Jasmin bewachsen, den der Volksmund ‚Pfeifenstrauch‘ nennt. Die großen Blätter verhinderten jeglichen Einblick, aber jedes Wort, das darin gesprochen wurde, war zu verstehen.

„Ah!“ Der Hausmeister schnalzte mit der Zunge. „Der ist echt.“

„Aus Frankreich?“ fragte die weibliche Stimme.

„Aus der Champagne. Ich möchte wetten, eine Flasche davon kostet zehn Gulden oder mehr.“

„Und da haben Sie vier Flaschen kaltgestellt! Das macht vierzig Gulden.“

„Pah! Was Sie da an leckeren Sachen aus der Küche beigesteuert haben, ist auch nicht billig. Aber man muß die

Feste feiern, wie sie fallen. Lassen wir's uns schmecken! Reichen Sie doch mal den Schinken herüber!"

Sepp hatte sich hart am Zaun ins Gras gesetzt. Was da in der Laube vor sich ging, erregte seine Neugier. Er hatte diesem Hollanic nie über den Weg getraut und nicht verstanden, wie Hilda solch einen aufgeblasenen Wicht als Hausmeister bei sich dulden konnte. Und kaum hatte sie den Rücken gekehrt, da saß der Bursche auch schon mit einem Frauenzimmer in der Gartenlaube bei stibitztem Sekt.

Vielleicht gab es da etwas zu erlauschen.

Sepp fuhr mit seinem Stock vorsichtig zwischen die Blätter und machte sich eine kleine, von der anderen Seite nicht bemerkbare Lücke, durch die er blicken konnte.

Die Laube war nicht groß. Ein Tisch mit zwei Gartenstühlen hatte gerade Platz darin. Auf dem einen saß der Hausmeister und kaute mit vollen Backen, auf dem anderen die dicke Köchin, die Sepp flüchtig bekannt war. Sie mochte Ende der Zwanzig sein, während Hollanic gut und gern doppelt so alt war. Der Tisch war bedeckt mit den leckersten Eßwaren, aus einem Eiskühler ragte eine geöffnete Flasche Sekt, und drei andere standen noch verschlossen daneben.

„Ich möchte bloß wissen, was hier im Haus vor sich geht und warum die Gnädige so plötzlich verreist ist?" fragte die Köchin.

„Hm!" machte der Hausmeister und kaute weiter.

„Hat sie Ihnen denn gar nichts gesagt?"

„Hm!"

„Wissen Sie, wohin sie will?"

„Natürlich."

„Und wohin?"

„Hm!"

„Schweigen Sie mit Ihrem Gebrumm! Wenn Sie nichts wissen, so lassen Sie mich nicht unnötig fragen!"

„Ein treuer Hausmeister muß verschwiegen sein."

„Aber Champagner darf er aus dem Keller für sich selber ...“

„Das ist etwas anderes.“

„Na, ganz wie Sie wollen! Da pack ich meinen Kram wieder ein und geh fort.“

Sie stand auf.

„Halt, Rosa, bleiben Sie doch! Sie wissen ja, wie gern ich Sie habe.“

„Das glaube ich Ihnen nicht.“

„Sie wollen's mir nur nicht glauben. Weiß schon: Sie haben's auf den Toni abgesehen. Ich bin Ihnen zu alt.“

„Der Jüngste sind Sie freilich nicht mehr. Und wenn ich heirate, was habe ich von einem alten Mann? Ich kann ihn totpflegen, wenn er die Auszehrung bekommt.“

Sie stemmte die Fäuste in die Hüften und pflanzte sich vor ihn hin. Es war unverkennbar, — sie war fast noch einmal so breit wie er.

„Seh ich denn aus wie die Auszehrung?“ fragte er.

„Jetzt noch nicht, aber Sie bekommen sie vielleicht bald.“

„Die kann jeder ebenso gut wie ich bekommen. Setzen Sie sich, Rosa! Heut paßt es wie noch nie. Heut wollen wir miteinander klar kommen!“

Sie setzte sich, brummte aber widerwillig vor sich hin.

„Das müßten Sie anders anfangen. Sie reden immer von Ihrer großen Liebe und vom Heiraten; aber ist das Liebe, wenn Sie mir nicht mal meine Fragen beantworten?“

„Fremden kann ich nicht alles beantworten.“

„Bin ich denn eine Fremde?“

„Gewiß. Wenn Sie meine Braut wären, brauchte ich kein Geheimnis vor Ihnen zu haben.“

„Sie würden mir auch nichts sagen.“

„Alles, alles würde ich Ihnen anvertrauen! — Aber der Sekt wird schal. Trinken wir aus!“

Sie stießen an, tranken die Gläser leer, und er füllte sie wieder.

„Was wissen Sie schon viel?“ fragte sie.

„Mehr als Sie denken! Oh, ich kenne Geheimnisse — Sie würden staunen!“

„Tun Sie doch nicht so wichtig!“

Trotz dieser spöttischen Worte waren ihre Augen mit einem unverhüllt gierigen Ausdruck auf ihn gerichtet. Sie gehörte zu den zarten Wesen, die im Klatschen ihr größtes Vergnügen finden und davon ganz offenbar fett zu werden scheinen.

„Ich kann wohl wichtig tun. Oh! Wenn ich reden wollte ...“

„Was wäre da?“

„Trinken wir erst einmal aus! Prost!“

Sie leerten die Gläser, und er öffnete die zweite Flasche. Als der Sekt in den Gläsern schäumte, wiederholte sie ihre Frage.

„Also was wäre da?“

„Ja, wenn ich reden würde! Da wäre allerhand! Vielerlei, was ich Ihnen jetzt noch nicht sagen kann. Sie halten es ja mit dem Toni.“

„Das ist nur aus Spaß und zum Zeitvertreib.“

„Warum machen Sie denn da mit mir nicht auch solchen Spaß?“

„Weil Sie zu alt und gesetzt dazu sind.“

„Zu alt? Ich bin in den besten Mannesjahren. Der Toni ist ein simpler Knecht und wird's nie zu was bringen. Wenn ich aber will, dann muß mich der Baron so ausstatten, daß ich im Leben überhaupt nichts mehr zu arbeiten brauche.“

Sie war schon etwas beschwipst.

„Schneiden Sie nicht auf!“ kicherte sie. „Der Baron, dieser Geizhals, der wird Ihnen gerade was geben!“

Auch Hollanic war schon angetrunken. Er fühlte sich herausgefordert und trumpfte auf:

„Dann werde ich ihn dazu zwingen.“

„Womit wollen Sie ihn schon zwingen?“

„Ich werde mich hüten, Ihnen das zu verraten. Das sind Sachen, die man höchstens seiner Braut anvertrauen darf."

„Na, das müssen ja wichtige Sachen sein."

„Sind es auch. Aber, Rosa, Röschen, wollen Sie denn wirklich den Toni heiraten?"

„Einen Knecht? Schau ich so dumm aus?"

„Oder wollen Sie gar nicht heiraten? Langsam müssen Sie doch daran denken."

„Ich will's nicht verreden. Den Dienst habe ich satt, ich möchte auch mal meine eigene Wirtschaft haben."

„Nun, warum greifen Sie da nicht zu? Ihre eigene Wirtschaft! Die können Sie bei mir sofort haben."

„Wenn's wahr wäre!"

„Der Teufel soll mich holen, wenn ich lüge!"

Da rückte sie ihren Stuhl näher an den seinen heran, goß ihm sein Glas voll und stieß mit ihm an. Halb mißtrauisch blickte sie ihm ins Gesicht.

„Wenn man Ihnen nur trauen könnte! Ich habe immer gedacht, Sie wollen mir was weismachen. Ein Hausmeister — ja, das ist nicht jeder. Meinen Sie's wirklich ernst und ehrlich?"

Da legte er die Arme um sie und zog sie an sich heran.

„Ach, Röschen, ich habe dich lieb. Ganz verrückt bin ich nach dir. Willst du mir nicht auch gut sein?"

„Hm — wenn wir heiraten?"

„Versteht sich, bald! Also sage, willst du mich liebhaben?"

„Wenn's so ist, ja."

„So gib mir einen Kuß!"

Sie zierte sich nicht länger. Aus dem einen Kuß wurde ein Dutzend. Schließlich sagte der Hausmeister:

„Trinken wir nun auf unsere Verlobung!"

Die Gläser wurden geleert und wieder gefüllt. Rosa kicherte.

„Nun sind wir also Bräutigam und Braut. Aber wenn

ich nun deine Braut bin, dann mußt du mir auch alles erzählen."

„Nun, was denn?"

„Vorhin hast du versprochen, du könntest mir alles sagen, wenn ich deine Braut wäre."

„So schnell geht das nicht. Ich muß erst überzeugt sein, daß du's auch ehrlich meinst. Du könntest dich ja verstellen, nur so tun, als ob — und wenn ich dir alles gesagt habe, guckst du mich nachher nicht mehr an."

„Sei nicht so dumm! Ich laß mich von dir doch nicht küssen, wenn ich dich nicht wirklich heiraten will."

„Du meinst es also wirklich ehrlich?"

Sie umarmte ihn schmeichelnd.

Wieder gab es Küsse, dann knallte der Korken der dritten Flasche Sekt. Und wieder wurden die Gläser geleert und gefüllt.

„We ... we ... wenn du mich aber belogen hast, da ... da ... dann trete ich doch zurück", sagte die Köchin mit schon schwerer Zunge.

„Womit soll ich dich belogen haben?"

„Mi ... mit ... mit den Geheimnissen und dem Geld, das der Baron dir geben muß."

„Das ist die Wahrheit."

„Da ... da ... dann halt ich auch mein Wort. We ... we ... wenn ich heirate und soll mich weiter so schinden wie jetzt, da ... da ... dann laß ich's lieber bleiben. Ich will auch einmal die Madam spielen. Einen Mann zu nehmen, bei dem die Armut zu Haus ist, das fällt mir nicht ein."

„Nun trink erst einmal, Röschen, und sei friedlich!"

Die beiden stießen an, dann fuhr er fort:

„Bei mir hast du keine Armut zu fürchten. Das kann ich dir sogar beweisen."

„Da ... da ... dann tu das!"

„Na, gar so eilig ist das noch nicht. Wir müssen doch noch die vierte Flasche leer machen. Den Beweis kann ich dir nur in meinem Zimmer liefern. Da kann ich dir was zeigen, worüber du Mund und Nase aufsperren wirst."

„Was denn?"

„Eine Erklärung, vom Herrn Baron unterschrieben."

„Und das soll der Beweis sein, den du mir geben willst?"

„Ja. Jetzt wirst du das nicht begreifen. Nachher aber wirst du's einsehen."

„Gut. So wollen wir rasch essen und trinken!"

Sie begann zu hantieren, daß die Teller klirrten.

„Laß dir nur Zeit", mahnte er. „Es kommt doch auf eine halbe Stunde nicht an. Wir sitzen hier so schön allein und so gemütlich."

Sie aßen und tranken und küßten sich zwischendurch und hatten keine Ahnung, daß hinter ihnen jemand saß, der alles hörte.

„Wenigstens kannst du mir schon sagen, was eigentlich gestern abend los war", meinte sie nach einer Weile.

„Das weißt du doch."

„Nicht ganz. Wer war denn dieser Kerl, der nachher verhaftet wurde?"

„Eigentlich ein alter Bekannter von mir."

„Was? So ein Spitzbube?"

„Na, brauchst nicht zu erschrecken! Ich habe ihn früher nur hin und wieder gesehen, mich aber sonst nicht weiter mit ihm abgegeben. Er verkehrte nur mit dem Baron."

„Was? Der gnädige Herr hat sich mit solch einem Kerl eingelassen?"

„Dieser Kerl sah damals ganz anders aus. Er war Unteroffizier und Schreiber im Generalstab; schmuck, aber leichtsinnig."

„Wie ihr Männer alle! Aber was wollte denn der Baron mit ihm?"

„Sag lieber: Was wollte der Baron von ihm! Ja, da war ich auch neugierig. Damals — vor mehr als zwanzig Jahren — war ich erst kurze Zeit im Dienst des Barons, aber er hatte schon bemerkt, daß ich ein recht anstelliger und gescheiter Kerl bin. Ich ritt damals ein besonderes Steckenpferd; ich sammelte nämlich Handschriften."

„So was Albernes!"

„Sage das nicht! Jeder meiner Bekannten mußte mir damals ein paar Zeilen und seinen Namen in ein Album schreiben. Dann machte es mir Spaß, in freien Stunden das nachzumalen. Ich war erst zufrieden, wenn ich die Handschrift so nachahmen konnte, daß sie vom Original nicht zu unterscheiden war."

„Das brächte ich nicht fertig. Das ist eine Kunst. Verstehst du das heute noch?"

„Na freilich."

„Dann muß man sich vor dir ja in acht nehmen."

„Warum?"

„Warum schon? Einer, der die Handschrift fremder Leute so genau nachahmt, kann doch anderen leicht gefährlich werden."

„Mag schon sein. Aber hast du mich deshalb vielleicht weniger lieb?"

„Unsinn! Wenn's nur was einbringt!"

Er lachte. „Darauf kannst du dich verlassen!"

„Und man darf dabei nicht erwischt werden!"

„Da brauchst du keine Sorge zu haben, Röschen!"

„Schöne Gesellschaft!" dachte Sepp hinter der Laube.

Er ahnte, was der Hausmeister nun erzählen würde, und er hatte sich nicht geirrt.

„Der Unteroffizier — der Landstreicher, den sie hier verhaftet haben — brachte dem Baron einige Schreiben, die er seinem Vorgesetzten gestohlen hatte, und ich mußte versuchen, die Handschrift nachzumachen. Das fiel mir nicht schwer. Nun setzte der Baron einen Brief auf, den ich in dieser Handschrift abschreiben mußte."

„Weshalb denn das?"

„Mein Baron wollte dem Offizier einen Streich spielen."

„Und das ist ihm gelungen?“

„Ja. Der andere — er war auch ein Baron — wurde verhaftet und zu Zuchthaus verurteilt.“

„Das war aber gemein!“

„Ach, es geschah ihm ganz recht! Dieses ganze adlige Pack ... Aber lassen wir das! — Nun denk dir meine Überraschung, als ich gestern in dem abgerissenen Strolch diesen Unteroffizier wiedererkenne! Er ist sicher gekommen, um dem Baron oder der Baronesse Geld abzuschwindeln, und er hätte wohl auch was erhalten, wenn er nicht auf den Einfall gekommen wäre, die Gnädige zu bestehlen.“

„Kann er dir schaden?“

„Nein. Er kann mich nicht wiedererkannt haben, und außerdem ist die Sache längst verjährt.“

„Da ... da ... dann ist's ja gut. Prost, Liebling!“

„Prost, Röschen! Komm! Gib Küßchen!“

„Wa ... was aber ...“, fragte sie nach einer Weile, „hat denn diese Geschichte ei ... eigentlich mit dem Beweis zu tun, den du mir liefern willst?“

„Das wirst du bald begreifen. Ich habe noch zu keinem Menschen davon gesprochen, dir aber sage ich's, weil du meine Frau werden willst. Du mußt es wissen, damit du erkennst, daß ich den Alberg im Sack habe und daß er mir Geld geben muß, wenn ich schweigen soll.“

„So ist das! Du bist mir ja ein ganz Schlauer. Warum wollte er denn diesem anderen Baron eins auswischen?“

„Das hatte einen sehr gewichtigen Grund. Dieser andere Baron — Friederichs hieß er — hatte eine Frau, die mit der Frau unseres Barons bei einer alten Tante aufgewachsen war, und diese Tante mochte den Alberg nicht und hatte unsere Gnädige enterbt, weil sie ihn geheiratet hatte. Die Frau des Barons von Friederichs sollte nun alles erben. Darum mußte ich ein neues Testament zugunsten der Frau von Alberg fälschen.“

„Wie gerissen!“

„Ja, unser Baron hat stets gewußt, was er tat. Aber die Tante hatte ja bereits ihr Testament gemacht, durch das unsere Gnädige enterbt wurde. Es war von drei Zeugen unterschrieben worden, deren Unterschriften ich natürlich auch hatte nachmachen müssen. Diese Zeugen mußten verschwinden, denn sie hätten ja alles verraten. Der eine starb rechtzeitig am Typhus. Nun mußten nur noch zwei beseitigt werden."

„Er ... ermordet werden? Das meinst du doch nicht?"

Der Hausmeister lachte auf.

„Bewahre! Wieso denn ‚ermordet'. Die beiden waren der Herr von Schöne und der Herr von Selbmann. Beide waren Edelleute. — Der Herr von Schöne mußte sich selber umbringen."

„Mußte? Wer kann denn jemanden dazu zwingen?"

„Unser Baron! Durch ein amerikanisches Duell."

„Was ist denn das?"

„Bei einem gewöhnlichen Duell kämpfen die beiden Gegner miteinander, mit Säbeln oder Pistolen. Bei einem amerikanischen aber kämpfen sie nicht, sie ziehen ein Los. Wer das Todeslos zieht, muß sich innerhalb einer bestimmten Frist selber töten."

„Da ... das ist ja schrecklich! Wenn er sich nun aber nicht umbringt?"

„Dann gilt er für ehrlos. Die feine Gesellschaft will nichts mehr von ihm wissen. Aus lauter Verzweiflung nimmt er sich dann schließlich doch das Leben."

„Wie ... wie dumm sind doch diese vornehmen Herren! Mich könnte man anschauen, wie man wollte, ich brächte mich doch nicht um. Ich lachte sie nur aus."

„Da bist du genauso gescheit wie ich. Mich triebe auch keiner zum Selbstmord."

„Dieser Herr von Schöne hat also das Todeslos gezogen? Unser Baron hätte das doch genauso gut selber ziehen können?"

„Nein, dafür habe ich gesorgt. Es waren zwei Lose gemacht, ein schwarzes und ein weißes. Aber noch ein drittes, das auch schwarz war, hatte ich noch in der Hand. Ich mußte den Hut halten, in den die ersten beiden Lose geworfen wurden. Während ich ihn schüttelte, vertauschte ich das weiße mit dem schwarzen in meiner Hand, so daß sich nun zwei schwarze Lose in dem Hut befanden. Herr von Schöne zog zuerst, er konnte nur ein schwarzes Los ziehen. Während alle Anwesenden auf ihn sahen, nahm ich das schwarze Los aus dem Hut und legte das weiße hinein. Das zog dann der Baron."

„So war das. Und dann hat sich dieser Herr von Schöne das Leben genommen."

„Ja, er hat sein Testament gemacht und ausdrücklich darin erklärt, daß er wegen eines amerikanischen Duells aus dem Leben scheide. Ist der Baron da der Mörder gewesen?"

„Ich weiß nicht recht. Wohl nicht. Aber wie war das mit dem letzten Zeugen?"

„Ähnlich. Der Herr von Selbmann war ein leidenschaftlicher Bergsteiger. Wir reisten ihm in die Schweiz nach, der Baron und ich. In einem Hotel trafen wir mit ihm zusammen. Er erzählte, daß er am nächsten Tag einen Gletscher besteigen wolle. Es war kein gefährliches Unternehmen. Aber als er noch schlief, waren wir frühmorgens schon unterwegs. An einer bestimmten Stelle mußte man an einem Hang auf Stufen niedersteigen, die in das Eis gehauen waren. Mit einem kleinen Handbeil, das ich mitgenommen hatte, unterhöhlten der Baron und ich vier dieser Stufen so, daß jeder, der sie betrat, in die Tiefe stürzen mußte, weil sie unter ihm zusammenbrachen."

„Und Selbmann stürzte ab und war tot?"

„Man fand ihn tot. Wer ist da der Mörder?"

„Niemand. Er hätte die Stufen untersuchen sollen."

„Natürlich. Er war ein Esel."

„Aber es hätte doch auch ein anderer an seiner Stelle verunglücken können?"

„Nein. Wir versteckten uns in der Nähe und hätten jeden anderen gewarnt, der den Pfad hätte hinabsteigen wollen."

„Damit waren also alle Zeugen tot."

„Ja. Jetzt galt es nur noch, das Testament umzutauschen, in dem die Frau Baronin enterbt war. Ich habe es geschafft."

„Du bist ja ein richtiger Held! Aber wie hast du das gemacht? Hast du bei der Tante eingebrochen?"

„I bewahre! Es war ganz einfach. Die Tante suchte damals gerade einen Diener. Ich meldete mich und hatte mir dafür die besten Zeugnisse geschrieben, natürlich unter einem anderen Namen. Sie hatte mich noch nie gesehen, konnte also auch nicht wissen, daß ich eigentlich bei dem Baron diente. Sie stellte mich ein."

„Du bist wirklich ein Schlaukopf. Und dabei tust du immer so ehrbar."

„Ja, man sieht den Leuten oft nicht an, was in ihnen steckt. Trinken wir auf die Ehrbarkeit!"

Sie lachten, tranken und küßten sich wieder.

„Weil ich so ehrbar wirke", fuhr der Hausmeister dann fort, „konnte ich mir auch das Vertrauen der alten Tante schnell erwerben. Ich hatte bald heraus, wo sich ihr Testament befand. Es lag in einer eisernen Schatulle, deren Schlüssel sie stets bei sich trug. Aber eines Tages hatte sie ihn doch an der Schatulle steckenlassen, und schon befand sich das Testament in meinen Händen. In der Nacht fertigte ich in derselben Handschrift ein abgeändertes Testament an und legte es an Stelle des echten in die Schatulle."

„Wie war das möglich?"

„Ich hatte der Alten ein Schlafpulver in den Tee getan. Sie schlief wie ein Murmeltier. So wurde das Testament umgetauscht, ohne daß sie etwas merkte. Ich aber wurde ein paar Tage später krank, mein Dienst wurde mir zu schwer, und ich bat um meine Entlassung."

„Und da ließ sie dich gehen?"

„Was blieb ihr übrig? Ich brachte dem Baron das echte Testament mit.“

„Natürlich bekamst du eine gute Belohnung.“

„Nicht sofort. Ich mußte warten. Er war verschuldet und konnte nichts geben. Aber ich hatte ihn nun in den Händen, und als die Alte bald darauf starb und seine Frau erbte, da hat er zahlen müssen.“

„Viel?“

„Es waren Tausende, allerdings nicht auf einmal. Ich tat, als brauchte ich immer Geld, und er mußte es schaffen. Schließlich ging ihm die Geduld aus, und er wollte mich fortjagen. Da aber kam er an den Richtigen. Zunächst einmal mußte er mich lebenslänglich als Hausmeister hier auf dem Schloß anstellen, das seine Frau durch meine — na, sagen wir ‚künstlerische Tätigkeit‘ geerbt hatte, dann aber zwang ich ihn, schriftlich zu bekennen, was ich für ihn getan hatte. Er mußte die Bescheinigung unterschreiben, die ich noch heute in Händen habe. Wenn ich will, kann ich ihn damit zugrunde richten.“

„Nun verstehe ich trotzdem noch nicht, warum ihr den anderen Baron vorher ins Zuchthaus bringen mußtet!“

„Vorher? Keine Spur! Das war etwas später. Der dumme Kerl kam nach Wien und erklärte vor Gericht mit dem Testament könne etwas nicht stimmen! Na! Seine Klage wurde abgewiesen, aber Baron Alberg und ich mußten sichergehen und uns vor jeder Störung schützen. Also brachten wir ihn ins Zuchthaus . . .“

„Raffiniert! Aber — hast du denn keine Angst, Baron Alberg könnte eines Tages dich selber beseitigen?“

„Das hat er sogar versucht. Mehrmals. Aber ich war auf der Hut und erklärte ihm endlich, ein Verwandter von mir besäße den Schein und würde ihn sofort der Polizei übergeben, wenn mir was zustieße.“

„Aber du hast das Papier natürlich selber in Verwahrung?“

„Es ist gut aufgehoben. Es steckt im Dreimaster.“

„Im Dreimaster? Das ist doch ein Schiff?"

„Ja, aber auch die alten Filzhüte, die früher getragen wurden, nennt man so. Es gibt noch heute Herrschaften, deren Dienerschaft in solchen Hüten geht. Ich trug auch einmal so einen Hut mit einem grünen Federstutz. Den habe ich mir aufgehoben. Er liegt auf dem Boden meines Kleiderschrankes, und unter dem Futter steckt das Papier. Ich zeige es dir nachher."

„Es ist doch so verwahrt, daß es dir niemand nehmen kann?"

„An den Schrank geht keiner heran."

„Du hältst ihn gut verschlossen?"

„Warum denn?"

„Na, vorsichtshalber."

„Pah, das wäre das Gegenteil von Schlauheit. Hielte ich den Schrank immer sorgsam verschlossen, so würde der Verdacht entstehen, ich hätte darin Heimlichkeiten versteckt. Weil er aber immer offensteht, kommt niemand auf diesen Gedanken."

„Du meinst, den alten Hut stiehlt dir keiner?"

„Der liegt schon jahrelang unten im Schrank, ohne daß sich jemand um ihn gekümmert hat. Um den brauchst du dir keine Sorgen zu machen. Du wirst ihn ja gleich sehen, aber erst müssen wir noch die vierte Pulle leer machen!"

Wieder knallte ein Korken, wieder klangen die Gläser. Der Sepp erhob sich leise und schlich davon.

„Sakra!" sagte er leise zu sich. „Dös war a guter Gedanke, hier am Zaun entlang zu gehn!"

Er eilte durch den Park zurück, bis er wieder auf die Straße kam, und betrat nun das Schloß durch den Haupteingang. Kein Mensch war zu sehen, auch nicht auf der Diele. Sepp schaute sich um. Wo mochte der Hausmeister wohnen? Vielleicht in einem der Nebengebäude? Er wollte sich schon bemerkbar machen, um sich zu erkundigen, da fiel sein Blick auf eine Tür im Flur. Da war auf einem Schild ‚Hausmeister' zu lesen.

„Ah, da wohnt ja der Kerl!" brummte Sepp. „Schaun wir gleich mal nach dem Dreimaster! Die Dicke könnte ihm gar noch raten, dös Ding woanders zu verstecken."

Er klopfte vorsichtshalber an die Tür, trat ein, als niemand antwortete, und sah sich in einer Wohnstube, die recht behaglich eingerichtet war. Aber einen Kleiderschrank gab es hier nicht, nur einen Tisch mit Stühlen und einem Sofa, dazu einen Ofen, vor dem ein mächtiger eiserner Ofenschirm stand. Doch da war noch eine Tür zum Nebenraum, einer schmalen Schlafkammer, in der nur ein Bett, ein großer doppeltüriger Schrank und ein Waschtisch standen.

Sepp öffnete den Schrank. Das alte Möbelstück hing voller Kleider. Unten auf dem Boden lag der Dreimaster. Sepp nahm ihn auf und betrachtete ihn genau. Der alte Hut hatte ein dickes, schwarzwollenes Futter, das mit einer Schnur zusammengezogen war. Sepp zog diese Schnur auf, und da steckte wirklich ein Papier. Er faltete es auseinander und überflog den Inhalt.

Der Hausmeister hatte nicht geschwindelt, es war tatsächlich die Erklärung, die Baron Albert von Alberg unterzeichnet und mit seinem Siegel versehen hatte. Sepp steckte sie in seine Tasche.

„Weg damit!" meinte er, legte den Hut wieder zurück und schloß den Schrank.

Er war bereits wieder in der Wohnstube und legte die Hand auf die Klinke der Flurtür, da hörte er draußen Stimmen.

Er lauschte.

„Sakra! Da kommt scho der Hausmeister mit seiner dicken Köchin! Wohin nun?"

Er sah sich um. In der Wohnstube gab es kein anderes Versteck als den engen Platz hinter dem Ofenschirm.

Er schob daher schnell Bergstock und Rucksack unter das alte Sofa und kroch in den Winkel beim Ofen — keinen Augenblick zu früh.

Die Tür wurde geöffnet. Hollanic und die Köchin traten ein. Sie lachten und waren nicht mehr ganz sicher auf den Beinen.

„Da nebenan steht mein Schrank", sagte der Hausmeister.

„O weh!" kicherte sie.

„Was denn?"

„Tolle Junggesellenwirtschaft!" Das lange Wort fiel ihr schwer.

„Wenn wir verheiratet sind, wirst du das ändern."

„Hier sollen wir wohnen bleiben? Der Baron muß uns eine größere Wohnung geben. Für uns zwei ist das hier zu klein. Ich ... ich muß mich setzen. Wo ist ein Stuhl?"

„Der ist zu schmal für dich. Setz dich auf's Kanapee!"

Die Dicke ließ sich schnaufend nieder, wobei das Sofa unter ihrem Gewicht in allen Fugen krachte.

„Nimm dich in acht, Röschen!" mahnte Hollanic. „Das alte Ding bricht sonst zusammen!"

„Wir brauchen also neue Möbel", meinte sie. „Du wirst vom Baron eine neue Ausstattung verlangen."

„Die Ausstattung ist eigentlich deine Sache."

„Warum meine?"

„Weil es so Brauch ist, daß die Braut eine Ausstattung mitbringt."

„Geh mir weg mit Bräuchen! Wer sich eine Frau nehmen will, muß sie auch versorgen."

„Und wer sich einen Mann nehmen will, muß auch etwas besitzen."

„Willst du schon mit mir zanken, nachdem du mir eben erst deine Liebe erklärt hast?"

„Nein. Aber du sagtest doch, du hättest dir mehrere hundert Gulden gespart."

„Das stimmt auch. Aber die gebe ich nicht her, die hebe ich auf."

„Wieso?"

„Du bist fünfundzwanzig Jahre älter als ich. Wie lange

werde ich dich haben, dann bin ich Witwe und brauche meine paar Notpfennige."

Halb im Zorn lachte er auf.

„Du tust ja, als wolltest du recht bald Witwe werden."

„Wer redet davon? Aber wenn — dann muß ich doch dafür sorgen, daß du anständig unter die Erde kommst. Doch nun tu mir den Gefallen und zeige mir den Schein des Barons!"

Er trat ins Nebenzimmer an den Schrank, öffnete ihn, nahm den Hut heraus und trug ihn feierlich wie ein Heiligtum bis zur Tür.

„Hier drinnen steckt es, unser junges Eheglück."

„Zeig her!"

Sie streckte die Hand aus.

Er wich zurück. „Nein, mein Engel! Erst komm her und gib Küßchen!"

Sie gähnte, stand aber doch mühsam auf und folgte ihm in die Kammer.

„Diese ewige Schmatzerei! Kannst du nicht fünf Minuten vernünftig sein?"

„Wenn ich keinen Kuß bekomme, bekommst du den Schein nicht zu sehen!"

„Welch ein Mann!" seufzte sie. „So was von Anstrengung ist schon kein Vergnügen mehr. Na, komm her! Aber nur einen! Da!"

Er lenkte ein und hielt ihr den Hut hin.

„Schau, hier ist der Tressenhut! Ich wende ihn um, da ist das Futter, mit einer Schnur zusammengezogen. Ich ziehe sie auf und schlage das Futter zurück, und dahinter ..."

Er starrte in den leeren Hut, sein Gesicht wurde lang und immer länger.

„Nun, was ist dahinter?" Sie hatte sich auf sein Bett gesetzt und kaum hingesehen.

„Nichts!" Er machte ein solches Schafsgesicht, daß sie in Lachen ausbrach.

„Da lachst du noch?“ rief er wütend.

„Bei dem dummen Gesicht, das du machst, kann niemand weinen.“

„Das Papier ist weg! Der Hut ist leer, ganz leer!“

„Zeig her!“ Sie fuhr nun doch auf, nahm ihm den Hut aus der Hand und untersuchte ihn sorgfältig. „Nichts ist drin! Vielleicht hast du das Papier herausgenommen und in Gedanken woanders hingesteckt? Denk einmal nach!“

„Da gibt’s nichts nachzudenken. Es kann mir nur gestohlen worden sein.“

„Siehst du, daß ich recht hatte! Du hättest den Schrank abschließen sollen.“

Er starrte immer noch ganz fassungslos in den Hut.

„Wer mag das Papier haben? Es kann nicht nur dem Baron, sondern auch mir gefährlich werden. Wenn es in falsche Hände gerät . . .“

Sie lachte auf.

„Falsche Hände? Ich weiß schon, wer’s hat. Es befindet sich in den richtigen Händen.“

„Wer soll’s denn haben?“

„Denke doch einmal nach! Wann hast du zum letztenmal danach gesehen?“

„Vor vierzehn Tagen war es noch da.“

„Und wer war inzwischen hier? — Der Baron! Na?“

„Hm!“

„Weiß sonst noch jemand von dem Papier?“

„Weiter niemand.“

„Also kann auch weiter niemand es gestohlen haben.“

„Verdammt! Gelegenheit dazu hätte er genug gehabt. Aber das soll ihm schlecht bekommen!“

„Was willst du machen? Jetzt ist alles verdorben, und aus unserer Ehe kann nun natürlich nichts mehr werden.“

Sie wandte sich zur Tür. Er erschrak über ihre Worte jetzt fast noch mehr als vorher über den leeren Hut.

„Nichts werden?“ fragte er. „Warum?“

„Warum? Weil du kein Geld bekommst!“

„Ah! So bist du nur auf das Geld aus! Du liebst mich nicht!"

„Dummheit, ich liebe dich. Aber Liebe ohne Geld ist wie Feuer ohne Kohlen."

„Es ist doch noch gar nicht heraus, daß ich vom Baron kein Geld bekommen werde."

„Die Bescheinigung ist doch fort."

„Das macht im Grunde genommen nicht allzu viel aus. Wenn ich dem Baron mit einer Anzeige drohe, muß er ja doch zahlen."

„Meinst du?"

„Er wird sogar die Bescheinigung wieder herausrücken. Lieber zahlt er, als daß er es auf einen Skandal ankommen läßt."

„Da könntest du recht haben."

„Und ob ich recht habe!"

„Hm! Dann können wir ja doch noch heiraten."

„Natürlich! Und weißt du, was ich machen werde? -- Ich fahre nach Wien, sobald die Gnädige wieder da ist."

„Zum Baron?"

„Natürlich. Ich muß wissen, woran ich bin. Er muß den Diebstahl gestehen und die Bescheinigung herausgeben."

„Das ist eine gute Idee. Ja, fahre nach Wien und bringe gleich Geld mit! Verlange von ihm zwanzigtausend!"

„Bist du gescheit? Soviel wird er gar nicht haben."

„Besser, man verlangt zuviel als zuwenig. Heruntergehen kann man immer noch. Du wirst schon sehen, was du herausholen kannst. Aber es muß genug sein für uns beide. Ich will auch einmal als feine Dame leben. Du kannst dann in Wien gleich die Verlobungskarten drukken lassen, wie das bei feinen Herrschaften so üblich ist."

„Verlobungskarten? — An wen willst du die denn verschicken?"

„Na, an alle hier im Schloß und an alle Kaufleute in der Stadt. In die Zeitung muß auch eine Anzeige. Das verlange ich. Sonst heirate ich lieber gar nicht."

„Na schön, wenn du so darauf bestehst, will ich die Karten drucken lassen. Was soll aber darauf stehen? Als ewig Verlobte empfehlen sich Röschen Radovec und Stepe Hollanic ..."

„Sehr viel Feingefühl hast du auch nicht. Was heißt empfehlen? Der Kaufmann empfiehlt die Salami oder den Matjeshering, und wenn Herrschaften sich empfehlen, dann verschwinden sie heimlich. Und Röschen ruft man mich zwar, aber ich heiße Rosmarie, das klingt viel poetischer und wuchtiger. Und du bist doch auch nicht Stepe getauft ..."

„Nein, Stefan!"

„Dann laß also drucken: ‚Rosmarie Radovec und Stefan Hollanic haben sich in Liebe gefunden und verlobt. Wien und Schloß Steinegg.' Das macht Eindruck auf die Leute. Bist du damit einverstanden?"

„Die Leute können mich gern haben, aber wenn's dir so gefällt, werde ich die Karten so drucken lassen."

„Dann komm an mein Herz, Stepe! Nun bin ich dein auf ewig!"

Sie fiel ihm um den Hals, daß er beinahe das Gleichgewicht verlor. Er schwankte und klammerte sich an ihr fest. Sie taumelten auf seine Liegestatt, aber das alte Bett war diesem Ansturm nicht mehr gewachsen; es brach zusammen, polternd und krachend.

Sepp hatte sich vorsichtig aus seiner Deckung erhoben, als nach Hollanic auch die Köchin das Nebenzimmer betrat. Behutsam nahm er während des Gesprächs der beiden seinen Stock und den Rucksack wieder an sich. Als nun plötzlich das Bett zusammenkrachte, nutzte er die gute Gelegenheit, geschützt durch das Lärmen, ungehört vom Hausmeister dessen Wohnzimmer zu verlassen und die Tür zu schließen. Aufatmend blieb er draußen stehen.

„Gut ist's gegangen!" sagte er schmunzelnd zu sich selber. „Dös beste ist, daß der Hollanic denkt, der Baron hätt das Papier gestohlen, und daß er hier warten will, bis die Hilda zurückkommt. So kann i also beruhigt sein; hier auf Steinegg passiert jetzt nix mehr!"

Er schaute auf seine alte Taschenuhr: allzu viel Zeit hatte er nicht mehr. Er wußte, daß Hilda sehr zeitig mit der Kutsche abgefahren war, weil sie ohne Eile Frau Holstein abzuholen versprochen hatte. So wußte er, was er nun zu tun hatte und verließ das Schloß, ohne von irgend jemandem bemerkt zu werden. Mit langen Schritten eilte er nach Steinegg und begab sich in die Kanzlei des Rechtsanwalts und Notars Hammer. Der Bürovorsteher, der Sepp nicht kannte, empfing ihn mit dem Hinweis, daß noch keine Sprechstunde wäre.

„I will net in die Sprechstund, sondern zum Herrn Notar", sagte Sepp.

„Der ist noch in seiner Privatwohnung."

„So! Wo ist denn die?"

„Hier nebenan."

„Na, dös ist doch net in Amerika! Da kann man ja hingehn."

Er schritt auf die Tür zu, aber der Bürovorsteher hielt ihn am Ärmel fest.

„Halt, mein Guter! So schnell geht das nicht. Wer mit

dem Herrn Notar sprechen will, muß erst angemeldet werden."

„Dös waaß i aa, und drum will i mi gleich selber anmelden."

„Ist's denn so dringend? Sie sehen mir gar nicht so aus, als ob er Sie gleich empfangen wird."

„Dös werden S' ja gleich erfahren. Gehn S' nur sofort hinein zum Herrn Notar und sagen S' ihm, der Wurzelsepp müßt ihn dringend sprechen."

Das äußerte er in einem solchen Ton, daß der Mann sich wirklich beeilte. Hammer saß beim zweiten Frühstück, als der Bürovorsteher bei ihm eintrat.

„Herr Notar, draußen ist ein Kerl, der wie ein Vagabund aussieht. Er will dringend mit Ihnen sprechen. Soll ich ihn vor die Tür setzen?"

„Wie heißt er denn?"

„Er nennt sich Wurzelsepp."

„Das ist kein Vagabund, für den bin ich jederzeit zu sprechen. Bitten Sie ihn herein!"

Der Bürovorsteher betrachtete den Alten nun mit ganz anderen Augen. Er hielt ihm die Tür auf und schloß sie wieder hinter ihm.

Der Notar zeigte auf einen Stuhl.

„Setzen Sie sich, Sepp! Was gibt's denn?"

„I hab fast kaane Zeit zum Setzen, i muß gleich verreisen. Ziehn S' sich schleunigst an, Herr Notar, Sie müssen auch mit!"

„Wohin denn?"

„Nach Wien."

„Sind Sie des Teufels?"

„Naa, aber in Eil. In einer Viertelstund geht der Zug."

„Ich habe aber keine Zeit, ich habe ganz Wichtiges zu erledigen."

„Lassen S' hier nur alles liegen! Sie sollen mit nach Wien, um dort das Geständnis eines Mörders aufzunehmen."

„Da können Sie sich doch auch an einen Notar in Wien wenden."

„Ja, aber dös möcht i net, weil's sich um die Baroneß von Alberg handelt. Der Mörder ist nämlich — hm — ihr Stiefvater!"

Da sprang der Notar vom Stuhl auf und starrte ihn ungläubig an.

„Jaja!" Sepp nickte. „Sie fährt mit dem Mittagszug, um mit ihm abzurechnen. Inzwischen hab i noch allerlei erfahren, was sie noch net weiß. Drum muß i dabei sein. Wenn S' schnell machen, erreichen wir den Zug noch."

„Aber Sie müssen mir wenigstens kurz mitteilen, worum es geht!"

Sepp sagte es ihm in wenigen Sätzen und deutete an, daß auch König Ludwig den Fall kenne und seine Aufklärung wünsche. Dem Notar war bekannt, daß der König große Stücke auf den Sepp hielt, und er war nun sofort bereit, mitzufahren. Er erteilte dem Bürovorsteher noch einige Anweisungen für die Zeit seiner Abwesenheit und packte hastig einen Handkoffer.

„Nehmen S' Ihren Notariatsstempel mit und alles, was zum Protokoll gehört, damit nix versäumt wird!" mahnte ihn der Sepp. „Unterwegs im Zug erzähl i Ihnen dann mehr!"

Sie erreichten den Bahnhof, als gerade das Zeichen zur Abfahrt gegeben wurde, und sprangen auf den bereits anfahrenden Zug. Ihr Abteil war völlig unbesetzt, und Sepp konnte nun dem staunenden Notar einen ausführlichen Bericht geben.

„So, nun wissen S' alles, was Sie wissen müssen", schloß er. „Was meinen S' dazu?"

„Zunächst muß ich Ihnen sagen, Sepp: ich bin Ihnen sehr dankbar, daß Sie in dieser Angelegenheit zu mir gekommen sind. Wenn ein gewisser Herr Ludwig solchen Anteil daran nimmt, wird sie mir voraussichtlich von großem Nutzen sein."

„Dös hab i gewußt. In Wien kenn i kaanen Notar, Sie aber kenn i genau, drum schien's mir am besten, mi an Sie zu wenden. Nun sagen S' aber auch, was Sie raten!"

„Hm! Ehe ich einen Rat erteilen kann, muß ich erst wissen, was die Baronesse eigentlich beabsichtigt."

„Dös waaß i aa net. Hab mit ihr net sprechen können, bevor sie abgereist ist. Aber sie fährt ja im selben Zug mit, und in Lindenberg werden wir sie überraschen, wann s' umsteigt."

„Immerhin ist der Baron ihr Stiefvater. Sie wird einen öffentlichen Skandal vermeiden wollen und ihn schonen."

„Soweit's geht, ohne andern zu schaden, ja. Meinen S', daß der Baron noch bestraft werden kann?"

„Nein, seine Verbrechen sind sämtlich verjährt."

„Aber verhaftet werden kann er?"

„Falls er sich weigern sollte, bei einem Wiederaufnahmeverfahren als Zeuge zu erscheinen, vielleicht. Aber er kann auch dann nur so lange festgehalten werden, bis die nötigen Schritte getan sind, die Unschuld des Barons von Friederichs zu beweisen. Dann wird man ihn allerdings wieder freilassen müssen."

„Wie will man diesen Beweis erbringen?"

„Alberg wird vom Untersuchungsrichter verhört. Der wird ihn zu einem Geständnis bringen."

„Wann er aber net gesteht?"

„Oh, es sind ja noch zwei Zeugen da — Hollanic und Keilberg, und der befindet sich, wie Sie erzählten, sogar bereits wegen einer anderen Sache in Haft."

„Vielleicht leugnet der Alberg aber doch."

„Dann wird auf Grund der Indizien entschieden. Wie die Dinge liegen, dürfte er unbedingt überführt werden."

„Hm! Wär's net besser, man brächt ihn dazu, freiwillig a Geständnis abzulegen?"

„Wie wollen Sie das anfangen?"

„Dös wird der Wurzelsepp scho fertigbringen. Da haben S' nur kaane Angst. Sie brauchen nur dafür zu sorgen, daß Sie gleich da sind, um dies Geständnis zu Protokoll zu nehmen und als Notar zu bescheinigen."

„Es sollte mich sehr wundern, wenn er sich zu einem Geständnis bewegen ließe. Denn die Ehre des Barons von Friederichs kann doch nur öffentlich wiederhergestellt werden. Damit aber wäre der Baron von Alberg gesellschaftlich erledigt."

„Dös hat er verdient und noch viel mehr. Die Baroneß wird tun, was sie für ihre Pflicht hält, ohne Rücksicht darauf, daß er ihr Stiefvater ist und daß sie seinen Namen trägt. Wenn wir nachher mit ihr zusammentreffen, werden wir ja hören, was sie beschlossen hat."

Als sie in Lindenberg in den Zug nach Salzburg umstiegen, entdeckte Sepp bald unter den Reisenden die Baronesse und Frau Holstein.

Er eilte auf sie zu.

„Sepp, wo kommen Sie denn her?" fragte Hilda.

„Wo auch Sie herkommen, von Steinegg."

„Und wo wollen Sie hin?"

„Wo auch Sie hin wollen, nach Wien."

„Nach Wien?"

„Ja, i muß mit Ihnen zum Baron von Alberg."

„Mit mir? Zum Baron? Wieso?"

„Dös werden S' gleich hören! Doch steigen wir erst mal in den Zug, sonst fährt er ohne uns ab! — Den Herrn Notar Hammer kennen S' doch?"

Die beiden Damen begrüßten ebenso erstaunt den Anwalt, und dann nahmen die vier zusammen in einem Abteil Platz. Während der Fahrt erzählte Sepp ihnen, was sich am Morgen nach Hildas Abreise auf dem Schloß ereignet hatte. Hilda erklärte dem Notar, daß sie keinerlei Rücksicht auf ihren Stiefvater nehmen wolle und einverstanden mit allem sei, was der Sepp zu unternehmen gedächte. Selbst wenn ein öffentlicher Skandal unvermeidlich sei — die Ehre des Barons von Friederichs müsse wiederhergestellt werden.

„Es bedrückt mich, Verwalterin eines Vermögens zu sein, das mir nicht gehört“, seufzte sie. „Wenn nur die berechtigte Erbin erst gefunden wäre!“

„Da machen S' sich nur net so viele Sorgen, sondern überlassen S' das Finden nur dem Sepp!“ sagte der Alte. „Dös ist dem seine Spezialität, wie die Frau Bürgermeister bestätigen kann.“

„Es ist allerdings erstaunlich, wie du alles herausfindest“, meinte Frau Holstein. „Und bei dieser Gelegenheit mußt du uns endlich verraten, wie du es fertiggebracht hast, Hildas Stiefvater als jenen Mann zu finden, der mir vor langer Zeit so viel Leid zufügte.“

Sepp schmunzelte.

„Wissen S', in den letzten Tagen hat's so vieles gegeben, was die Leut als Zufall ansehn möchten. Und doch! Dieser Zufall — das ist der Wurzelsepp! Aber i glaub, i muß noch weiter ausholen: Letzten Endes hat der Habicht selber alles auf seinem Gewissen!“

„Der Habicht?“ fragte der Notar erstaunt.

„Ja. Der Habicht. Schloß Steinegg hatte unter ihm gar viel zu leiden. Aber a Habicht bringt sich manchmal selber zur Strecke. Für alles Getier, das er bezwingen kann, ist er zwar ein furchtbarer Feind; die klaanen, unschuldigen Viecher müssen unter ihm leiden. Wann er mal aane Beute ins Aug gefaßt hat, dann verfolgt er s' mit unglaublicher Rücksichtslosigkeit. Seine Raubgier ist so gewaltig, daß er gar oft seine eigene Sicherheit vergißt. Sogar mit stärkeren Tieren läßt er sich ein und balgt sich mit ihnen — aber dös geht ihm manchmal selber an den Kragen!“

„Ich begreife kein Wort!“ äußerte der Rechtsanwalt verständnislos.

„Die Damen wissen scho, welchen Habicht i mein: den Baron von Alberg. Er besitzt akkurat einen Charakter, wie ihn a richtiger Habicht hat. Und das ist sein Verhängnis. Wie i ihn herausgefunden hab? Das hat er selber fertiggebracht! In seiner Gier, zu Geld zu kommen, hat er

Schloß Steinegg verkaufen wollen. Aus diesem Grund hat er nach München geschrieben, an einen reichen Herrn, der wirklich Interesse zeigte. Aber reiche Herren sind vorsichtig. Sie ziehen Erkundigungen ein. Wen also hat er gefragt? Den Sepp! Na, i hab net recht gewußt, was i sagen soll auf seine Frag, und drum bin i nach Steinegg gegangen. Und in meiner Tasch hatt i den Brief vom Alberg an meinen Auftraggeber. Und scho war alles passiert. I hab die Schrift erkannt, die der Adelbert von Alten in seinem Wisch an die Frau Bürgermeister ganz genauso geschrieben hat. Na?"

„Ach, so war das", sagte Frau Holstein.

„Freili! Wär der Alberg net so gierig gewesen, hätt der net von München geschrieben, — dann hätt der Sepp nie seine Handschrift gekannt. Und so war's mit allem! Da hat mir zum Beispiel der Schandarm erzählt, warum der Keilberg genau jetzt zur rechten Zeit gekommen ist: Der Baron hat ihm damals weisgemacht, daß seine Untat erst nach zwanzig Jahren nicht mehr verfolgt werden darf, obwohl seine Sach in Wahrheit scho viel früher vorbeigewesen wär. Na, und so hat der Keilberg eben grad jetzt kommen müssen, net vor zehn Jahr, wie er's nach dem Gesetz gedurft hätt!"

„Richtig!" fiel der Notar ihm ins Wort. „Aber da fällt mir ein: Der Hollanic ist ein wichtiger Zeuge. Wenn der inzwischen ausreißt?"

„Da haben S' nur kaa Sorg!" beruhigte ihn der Sepp. „Der Lump argwohnt nix; der steckt noch auf dem Schloß, wann wir wieder zurück sind aus Wien!"

„Schön und gut", meinte jetzt Hilda. „Aber das für mich wichtigste Problem ist noch ungelöst! Wie finde ich die Familie von Friederichs? Das ist eine so schwierige Sache, da . . ."

„Ja, lieber Sepp", mischte sich nun Frau Holstein ein. „So, wie du jetzt alles erklärt hast, wäre die ganze Angelegenheit eine Kette von nur scheinbaren Zufällen. Aber wie wollen wir die eigentlichen Erben von Steinegg finden?"

„Ha! Da vertrau i halt auf aanen wirklichen Zufall! Warum denn net? I hätt so a Gefühl ..."

„Sepp, dein Gefühl in allen Ehren; doch glaube mir, hier mutest du dir doch zuviel zu. Denn nach Amerika, wohin der Baron von Friederichs ausgewandert ist, kommst du ja doch nicht hin."

„Wollen wir wetten um hundert Mark, daß der Sepp auch den Baron von Friederichs findet?"

Frau Holstein lächelte.

„Sepp, wir wollen lieber nicht wetten. Ich möchte nicht, daß du gar noch Geld verlierst."

„Schade!" sagte er. „Aber der Sepp wird den Baron von Friederichs auch ohne die hundert Mark finden. Die Baroneß soll nur net so a ernstes Gesichterl machen! Der Kuchen, bei dem der Sepp die Finger im Teig hat, wird ihr am End scho schmecken."

Unwillkürlich mußte Hilda lächeln, und sie drückte dem Alten stumm die Hand. So entschlossen sie auch der bevorstehenden Auseinandersetzung mit dem Stiefvater entgegensah, eines bangen Gefühls konnte sie sich nicht erwehren. Um so dankbarer empfand sie, daß ihr nun in Sepp und dem Notar eine unerwartete Unterstützung gekommen war.

*

In Salzburg stiegen sie in den Schnellzug nach Wien um, und gegen Abend trafen sie dort auf dem Westbahnhof ein. Sie nahmen einen Fiaker und fuhren nach dem Haus, in dem der Baron wohnte und in dem Hilda den größten Teil ihrer Kindheit verbracht hatte.

Die Leute auf der Straße blieben stehen, als sie den alten Sepp mit den beiden vornehmen Damen und dem Anwalt vorbeifahren sahen.

Sepp bemerkte das mit großem Vergnügen. Den alten

Hut im Nacken, den Rucksack auf dem Schoß und den Bergstock in der Faust, so blickte er die Gaffer belustigt an und schnitt ihnen Gesichter.

Als sie das Haus in der Innenstadt erreichten, war der Lakai, der den Baron auf seiner Reise jüngst begleitet hatte, nicht wenig erstaunt, als er die Baronesse erblickte, und bei ihr Frau Holstein, einen fremden Herrn und den Sepp, den er noch in unangenehmer Erinnerung hatte.

„Ist der Herr Baron zu Hause?“ fragte Hilda.

„Nein, er ist ausgegangen, wird aber wohl in einer halben Stunde wieder hier sein.“

„Wenn er kommt, sagen Sie nicht, daß wir hier sind. Wir wollen ihn überraschen.“

Gleiches befahl sie auch dem Stubenmädchen und der Köchin. Dann eilte sie zur Bibliothek, holte das Gebetbuch ihrer Mutter und löste den hinteren Einbanddeckel ab. Das echte Testament wurde ohne Mühe gefunden. Hilda zeigte es dem Notar, dem sie den letzten Brief ihrer Mutter bereits in der Bahn zu lesen gegeben hatte.

Eine Weile mußten sie noch im Salon warten, dann hörten sie die Haustür gehen. Hilda schob ihre Begleiter ins Nebenzimmer.

„Bitte, gehen Sie dort hinein! Der Baron soll mich allein antreffen. Die Tür lassen wir angelehnt, dann können Sie hören, was ich mit ihm verhandle.“

Die drei verschwanden. Hilda stellte sich an die Tür des Salons und öffnete sie, als sie draußen Schritte hörte.

Alberg stutzte bei ihrem Anblick.

„Hilda, du hier?“ rief er.

„Bitte, kommen Sie herein!“

Er trat in den Salon, und sie schloß hinter ihm die Tür. Er warf sich in einen Sessel und schlug die Beine übereinander.

„Also bist du doch vernünftig geworden?“ fragte er. „Solch eine günstige Gelegenheit, Steinegg zu verkaufen, wird sich auch so bald nicht wieder bieten. Und wenn du einverstanden mit dem Verkauf bist, will ich gern den Sprößling dieser Frau Holstein als meinen Sohn anerkennen. Dann stirbt wenigstens meine Linie der Albergs nicht aus."

„Darüber können wir später noch sprechen. Deswegen bin ich nicht gekommen."

Sie hatte sich nicht gesetzt, sondern lehnte am Tisch, auf dessen Platte sie sich mit einer Hand stützte. Erst jetzt blickte er ihr genauer und forschend ins Gesicht; es sah kalt und abweisend aus, fast unheimlich.

„Warum bist du denn sonst gekommen?" fragte er.

„Um einige dringliche Angelegenheiten mit Ihnen zu klären."

Er lachte ärgerlich auf.

„Ihnen, Ihnen! Mache dich doch nicht lächerlich! Es ist doch die reine Hanswurstiade, den Vater mit Sie anzureden!"

„Sie sind mir niemals Vater gewesen, nicht einmal Stiefvater, sondern immer ein fremder Mensch. Uns verbindet weder Verwandtschaft noch Freundschaft, die ein Du rechtfertigen würden."

Er schielte sie von der Seite an.

„Ganz, wie du willst! Es fällt mir nicht ein, mich mit dir über solche Kindereien zu streiten. Kommen wir zur Sache! Weshalb bist du nach Wien gekommen?"

„Wie ich schon sagte, um einige dringliche Angelegenheiten zu klären."

„Ich wüßte nicht, was da zwischen uns zu klären wäre."

„Vor allem die Angelegenheit des Barons von Friederichs."

Er machte eine Bewegung, als wollte er aufspringen, aber er beherrschte sich.

„Du hast wohl schlecht geträumt? Worum soll es denn dabei gehen?"

„Sie haben den Baron von Friederichs um Ehre und Vermögen gebracht. Die Beweise dafür liegen vor."

„Die möchte ich sehen! Da bin ich wirklich neugierig."

„Zunächst habe ich hier das echte Testament der Tante Carola. Sie werden es ja kennen."

Sie hielt ihm das Schriftstück entgegen. Er wollte danach greifen, sie zog es aber zurück und verbarg es in ihrer Handtasche.

„Zeige her!" rief er.

„Sie bekommen es nicht in die Hand."

„Das wollen wir sehen! Woher hast du den Wisch? Er muß gefälscht sein!"

„Mutter hat das Testament im Einband ihres Gebetbuches für mich aufgehoben, und ich habe es mir heute geholt: Sie hat es mir geschrieben. Den Brief fand ich erst jetzt."

Er war aufgestanden und starrte sie an.

„Sie sind eigentlich nicht wert, die letzten Worte meiner guten Mutter zu hören", sagte sie. „Aber ich will sie Ihnen vorlesen, damit Sie erkennen, daß ich weiß, was für ein erbärmlicher Mensch Sie sind."

„Wahre deine Zunge!" brauste er zornig auf. „Sonst vergreife ich mich noch an dir."

„Ich würde mich zu wehren wissen."

„Du hast wohl einen Revolver bei dir?" höhnte er.

„Jedenfalls bin ich bei Ihnen auf alles gefaßt und würde mich zu verteidigen wissen."

„Das klingt ja geradeso, als wäre ich ein Rinaldo Rinaldini."

„Viel weniger sind Sie auch nicht, wie ich Ihnen beweisen werde."

„Mädchen, höre auf mit diesen Beleidigungen!"

„Und lassen Sie die Drohungen! Hören Sie lieber zu!"

Sie nahm den Brief der Mutter aus der Handtasche und las ihn laut vor. Er saß schweigend da, ließ sich aber keine Silbe entgehen.

Als sie geendet hatte, erhob er sich und zog nervös an den Spitzen seines Schnurrbarts.

„Das also hat deine Mutter geschrieben, und daraufhin hast du dir das Testament geholt."

„Ja."

„Hm! Ich könnte ja alles in Abrede stellen. Aber ich bin mir keiner Schuld bewußt und will zugeben, daß Tante Carola dieses Testament wirklich verfaßt hat. Es war eine Marotte von ihr, aber sie hat sich dann glücklicherweise besonnen und ein anderes Testament aufsetzen lassen. Darin hat sie deine Mutter als Gesamterbin eingesetzt."

„Warum hat sie denn da das frühere Testament nicht vernichtet?"

„Das hat sie ja getan."

„Nein, ich habe es doch hier."

„Sie hat noch mehr getan, als es nur zu vernichten — sie hat es mir gegeben, weil es bei mir am besten aufgehoben war."

„Eine Lüge ist das, eine ganz freche Lüge. Ich kann das beweisen. Denn die Tante hat Ihnen dieses Testament nicht gegeben, es ist ihr gestohlen worden."

„Oh, wie romantisch!" spottete er.

„Ich finde das eher tragisch. Es wurde Tante Carola aus einer Schatulle gestohlen, in der sie es verschlossen hatte."

„Wer soll es denn gestohlen haben?"

„Ein Mensch, den Sie damit beauftragt haben. Er trat auf Ihre Weisung hin in den Dienst der Tante, hat das richtige Testament gestohlen und ein gefälschtes an dessen Stelle gelegt."

„Woher soll er denn das falsche gehabt haben?"

„Das hat er selber angefertigt."

„Als ob das so einfach wäre!"

„Oh, er verstand sich auf das Nachahmen fremder Handschriften. Er hat ja auch den Brief geschrieben, in dem Baron von Friederichs den Verkauf geheimer Aktenstücke angeboten haben soll."

Jetzt wurde der Baron leichenblaß.

„Mädchen, woher willst du das alles wissen?“ fragte er mit gepreßter Stimme.

„Von diesem Mann selbst. Er heißt Hollanic und erhielt zur Belohnung für seine Schandtaten von Ihnen eine lebenslängliche Anstellung als Hausmeister auf Schloß Steinegg. Er hat es der Köchin erzählt, mit der er sich verheiraten wollte, und sich damit gebrüstet, er werde Sie zwingen, ihnen Geld für eine hübsche Ausstattung zu geben.“

„Den Teufel werde ich tun.“

„Dann werden sie auspacken.“

„Kein Mensch wird ihre Hirngespinste glauben.“

„Auch nicht der Bescheinigung, die Hollanic von Ihnen bekommen hat?“

„Der Bescheinigung . . .?“ Alberg sprang wieder auf.

„Die Schuld steht Ihnen auf dem Gesicht geschrieben“, sagte Hilda verächtlich.

„Schuld, Schuld?“ knirschte er. „Von Schuld kann keine Rede sein. Alles Lug und Trug! Ich habe keine solche Bescheinigung ausgestellt. Wenn dieser Hollanic eine hat, so ist sie gefälscht. Du hast ja selber gesagt, dieser Kerl versteht sich darauf, andere Handschriften nachzumachen.“

„Sie ist aber nicht gefälscht. Die Aussage eines gewissen Keilberg stimmt genau damit überein.“

„Keilberg?“ Er griff sich mit der Hand an den Kopf. „Kenne ich nicht!“

„Hermann Artur Willibold Keilberg! Besinnen Sie sich nur!“

„Ich kann mich nicht besinnen. Habe nie einen Menschen dieses Namens gekannt.“

„Denken Sie nur an den Unteroffizier, der bei dem Rittmeister von Friederichs im Generalstab beschäftigt war, der die Aktenstücke abschrieb und Ihnen verkaufte!“

„Kenne ich nicht. Von alldem weiß ich nichts.“

„Auch nichts davon, wie Herr von Schöne gezwungen wurde, sich zu erschießen?“

„Nichts!"

„Und wie es kam, daß Herr von Selbmann in der Schweiz tödlich verunglückte?"

„Wie soll ich das wissen?"

„Nun, Sie standen doch in der Nähe! Ich weiß alles."

„Nichts, gar nichts weißt du! Man hat sich lauter Lügen ausgesonnen und sie dir aufgebunden. Wenn du sie glaubst, ist das deine Sache. Mich geht's nichts an."

„Ihnen geht's an den Kragen."

„Mir? Daß ich nicht lache!" Er lachte laut und höhnisch auf.

„Wollte Gott, es wäre lächerlich", sagte sie ernst. „Was würde ich nicht dafür hergeben, wenn ich beweisen könnte, daß alle diese Anschuldigungen Lügen sind. Ein Baron von Alberg — mein Stiefvater! — ein Dieb, ein Fälscher, ein Betrüger, ein Mörder! O Gott, wie furchtbar ist das!"

Sie drückte die Hände an die Schläfen. Aber ihr Schmerz rührte ihn nicht, sondern steigerte seine Wut nur noch.

„Höre auf mit dem Getue!" fuhr er sie an. „Kein Kind würde von seinem Vater so etwas glauben! Auch nicht von seinem Stiefvater. Du bist so herzlos, mich zu verdammen, ohne dich vorher von der Wahrheit überzeugt zu haben."

„Ich habe mich davon überzeugt."

„Wirklich?" fragte er und musterte sie mit einem lauernden Blick.

„Leider gibt es keinen Zweifel mehr. Sie sind ein entsetzlicher Mensch und ganz abscheulicher Verbrecher. Und daß Sie keine Reue haben, ist das Schlimmste an Ihnen. Das macht Sie zu einem Teufel."

Seine Augen erglühten in wildem Haß.

„Also ein Teufel bin ich? Nun gut, du sollst sehen, daß ich auch ein Geständnis ablegen kann. Deine Mutter war eine Heulsuse, mit der ich die jämmerlichste Ehe führte. Sie entzog mir die Verfügung über dein Vermögen."

„Hätte sie das nicht getan, so wäre heute nichts mehr davon da."

„Das behauptest du, wo du keine Ahnung von Geschäften hast. Sonst würdest du nicht einen Augenblick zögern, Steinegg zu verkaufen. Du bist das Ebenbild deiner Mutter, und ich hasse dich ebenso, wie ich sie gehaßt habe. Du nennst mich nicht mehr Vater. Das läßt mich kalt. Ich sage dir aufrichtig, ich habe dich nie geliebt. Und weil du solch eine fromme Tugendheilige bist, kann ich dich am besten dadurch strafen, daß ich dir offen gestehe, was ich verbrochen habe. Du kannst dann ja ins Kloster gehen und für mein Seelenheil beten."

Sie richtete sich empört auf, ihr Gesicht war noch bleicher als vorher. Er freute sich über die Wirkung seiner Worte und grinste.

„Nicht wahr, das hast du nicht erwartet, daß ich alles zugeben würde? Aber das tue ich keineswegs aus Reue, sondern nur um dich dadurch noch tiefer zu treffen."

„Sie geben also zu, den Baron von Friederichs unschuldig ins Zuchthaus gebracht zu haben?"

„Ja! Ich rühme mich dessen sogar. Es war ein Meisterstück von mir."

„Und Hollanic und Keilberg haben dabei geholfen?"

„Ja!"

„Das Testament hat Hollanic gestohlen und ein gefälschtes untergeschoben?"

„Ja!"

„Und die beiden Zeugen des Testaments?"

„Es waren drei. Einer hatte Glück und starb an Typhus. Bei den anderen mußte nachgeholfen werden. Da hast du meine Geständnisse. Bist du nun zufrieden?"

Seine zynische Offenheit brachte Hilda außer Fassung. Schluchzend sank sie auf einen Stuhl nieder.

„Ich kann das alles nicht glauben ..."

„Da hast du recht, denn ich habe dich oft genug belogen. Doch jetzt sage ich die Wahrheit. Ich könnte beschwören, daß ich all das verbrochen habe, wessen du mich vorhin beschuldigt hast. Dein Stiefvater ist wirklich, was du ihn vorhin genannt hast — ein Dieb, ein Fälscher, ein Betrüger, ein Mörder. — Nun gehe und spiele weiter in diesem Bewußtsein die feine Baronesse von Alberg!"

Sie hob gequält den Kopf.

„Was ich tun werde, darum handelt es sich zunächst noch nicht. Aber was werden Sie tun?"

„Ich lebe weiter wie bisher von der Monatsrente, die mir deine Mutter aus ihrem oder jetzt deinem Vermögen ausgesetzt hat. Langt das nicht, so mache ich Schulden, und du wirst eines Tages das Vergnügen haben, sie zu bezahlen."

Jetzt gewann sie ihre Fassung wieder.

„Dann tun mir die Gläubiger leid, die Ihnen vertraut haben! Ich bezahle keinen Heller und Pfennig. Ich habe kein Vermögen mehr. Was ich besitze, gehört der Familie von Friederichs."

„Du bist verrückt!"

„Ich werde nach den Angehörigen dieser Familie forschen und ihnen alles zurückzahlen."

„Das wäre die größte Dummheit, die du machen könntest."

„Es ist meine Pflicht, weiter nichts!"

Der Baron starrte Hilda an und erschrak, als er erkannte, daß sie wirklich im Ernst gesprochen hatte.

„Das wirst du dir noch überlegen!"

„Ich habe keine Wahl. Ich muß tun, was mir mein Gewissen gebietet."

„Und was wird mit meiner Rente?"

Sie hob die Schultern.

„Die fällt nun aus. Ich zahle Ihnen von jetzt ab nichts mehr."

„Und wovon soll ich leben?"

„Arbeiten Sie! Ich muß auch arbeiten."

„Danke sehr! Aber das ist nur eine Laune von dir, das

wirst du dir noch sehr überlegen. Kein Mensch ist so verrückt, freiwillig ein Vermögen herzugeben.“

„Ich bin so verrückt.“

„Dann werde ich dich zur Vernunft zwingen. Bildest du dir ein, ich hätte das alles getan, damit du das ganze Geld jetzt auf die Straße wirfst?“

„Das ist für einen Verbrecher die größte Strafe, wenn er einsehen muß, daß er seine Schuld ohne Erfolg auf sich geladen hat.“

„Du selber leidest darunter genauso. Belangen kann man mich nicht mehr, weil die Geschichte längst verjährt ist. Was versprichst du dir also von deinem Edelmut? Wer weiß, ob von den Friederichs überhaupt noch jemand lebt?“

„Ich halte es für meine Pflicht, danach zu forschen.“

„Kein Mensch zwingt dich dazu. Von der ganzen Sache weiß nur Hollanic, und der wird den Mund halten.“

„Er hat schon geredet.“

„Zu der Köchin, die er heiraten möchte und von der du es weißt. Aber beide werden in Zukunft hübsch still sein.“

„Sie vergessen die Bescheinigung, die Sie Hollanic gaben. Sie befindet sich bereits in fremder Hand.“

„Teufel auch! In welcher fremden Hand?“

„In der eines Mannes, der bereits gezeigt hat, daß er Ihnen gewachsen ist — der Wurzelsepp!“

„Der Wurzel ...?“ Das Wort blieb ihm im Mund stekken. Er griff sich an die Stirn, ging eine Weile stumm hin und her und blieb schließlich vor Hilda stehen.

„Wie hat der Kerl sie in die Finger bekommen?“

„Er hat Hollanic belauscht, als sich dieser vor der Köchin mit seinem Geständnis brüstete und ihr das Versteck der Bescheinigung verriet. Da ist er hingegangen und hat sie sich geholt.“

„Dieser heimtückische Hund! Wenn ich den jetzt hier hätte!“ Der Baron ballte die Fäuste und rieb sie zusammen, als wollte er zwischen ihnen etwas zermalmen. „Von dem Kerl habe ich allerdings keine Nachsicht zu erwarten."

„Hollanic und die Köchin werden alles gestehen müssen ..."

„Unsinn!"

„Und auch der Keilberg; er wurde gestern abend verhaftet!"

„Verdammt!" Der Baron starrte Hilda ungläubig an.

„Ja, er sitzt im Untersuchungsgefängnis. Der Wurzelsepp hat sich mit einem Rechtsanwalt ins Benehmen gesetzt, und ich glaube, man hat auch schon etwas unternommen, um sich Ihrer Person zu versichern."

„Mir kann niemand etwas! Die Sache ist verjährt!"

Mit dieser Gewißheit gewann der Baron seine Selbstsicherheit zurück.

„Es geht darum, die Ehre des Barons von Friederichs wiederherzustellen und ihm sein Vermögen zurückzuerstatten."

Leichenblaß, aber gefaßt und mit unheimlicher Ruhe trat Alberg auf Hilda zu und funkelte sie mit irren Augen drohend an.

„Glaubst du vielleicht, ich laß mir durch deinen Wahnsinn so einfach meine Existenz vernichten? Lieber nehme ich noch ein Verbrechen auf mich! Du Närrin! Hast du schon mal darüber nachgedacht, wer dich beerbt, wenn du plötzlich verunglücken würdest? Du warst recht töricht, hierher zu kommen und dich in meine Gewalt zu begeben."

Er hob die Hände, als wolle er ihr damit an die Kehle fahren. Als sie erschrocken zurückwich, lachte er spöttisch auf.

„Nur keine Angst, mein Kind! Ich bin nicht so dumm, dich zu erwürgen, obwohl es mir in den Fingern juckt. Nein, es muß nach einem Unfall aussehen. Du könntest auf der Treppe ausgleiten und dir das Genick brechen — oder in der Badewanne ertrinken. Das muß ich mir noch überlegen. Zunächst werde ich dich dingfest machen, damit du mir nicht fortläufst."

Mit zwei Schritten war er am Fenster und riß die Gardinenschnur ab. Dann kam er auf sie zu. War sie zuerst wie gelähmt gewesen, so blickte sie ihm jetzt beruhigt entgegen, denn sie sah, wie die Tür zum Nebenzimmer, die bisher angelehnt gewesen war, aufging und der Sepp darin erschien.

Der Baron konnte ihn nicht bemerken, weil er der Tür den Rücken zukehrte.

„Sie werden mich nicht fesseln", sagte sie und richtete sich auf.

„Falls du dich zur Wehr setzt, bist du selber schuld, wenn ich grob werden muß. Gib zunächst die Handtasche mit dem Testament und dem Brief deiner Mutter her!"

„Ich denke nicht daran."

„Dann hast du dir die Folgen selber zuzuschreiben. Her damit! Ich zähle bis drei. Eins ... zwei ... und ..." Er trat auf sie zu.

„Drei!" erklang es hinter ihm.

Sepp fuhr ihm mit dem Bergstock zwischen die Beine, daß er stolperte und zu Boden stürzte. Er raffte sich auf, drehte sich um und starrte den Alten wie ein Gespenst an.

Sepp lachte.

„Na, was stehst da und sperrst 's Maul auf, als wolltest aanen Luftballon verschlingen? Geh und fessel doch die Baroneß!"

„Hund!" schrie der Baron. „Wo kommst du her?"

„Aus dem Zimmer da nebenan, wo alles fein zu hören war, was d' gesagt hast."

Der Baron wurde dunkelrot vor Wut. Plötzlich stürzte er auf eine Kommode zu, riß die oberste Schublade auf und hielt einen Revolver in der Hand. Aber schon schlug Sepp mit dem Stock zu. Er traf das Handgelenk, und mit einem Schmerzensruf ließ Alberg die Waffe fallen.

Mit erhobenem Stock trat Sepp näher zu ihm hin.

„Bleib ja stehn!“ drohte er. „'s nächstemal treff i den Schädel!“

Er hob den Revolver auf und legte ihn auf den Tisch. „Meinst, der Sepp hat Angst vor dem Ding da?“

„Falsche Schlange!“ zischte der Baron Hilda an. „Du bist also nicht allein gekommen?!“

„So unvorsichtig war ich nicht“, erwiderte sie. „Ich habe sogar noch zwei weitere Zeugen mitgebracht.“

Aus dem Nebenzimmer traten nun auch Frau Holstein und der Notar.

„Bertha!“ schrie Alberg.

„Und mein Name ist Hammer, Rechtsanwalt und Notar“, stellte sich der Jurist vor.

„Ich habe Sie nicht gerufen. Hinaus aus meiner Wohnung!“

„Herr Baron, Sie scheinen sich Ihrer Lage noch nicht bewußt geworden zu sein“, sagte der Notar ernst. „Wir sind Zeugen Ihrer Geständnisse gewesen und ...“

Er unterbrach sich. Auf der Diele draußen waren Stimmen laut geworden. Durch die Glasscheiben der Tür drang das Licht einer Lampe in den Salon, in dem es zusehends dämmeriger geworden war. Dann wurde die Tür aufgerissen. Ein Lichtschein erhellte das Gesicht Astas von Zolba, die den Diener zurückstieß und gleich darauf in das Zimmer stürmte.

Sie beachtete die Anwesenden überhaupt nicht, sondern ging stracks auf den Baron zu.

„Du Schuft!“ zischte sie ihn an.

„Aber Asta, ich bitte dich! Ich habe Besuch.“

„Der soll hören, was für ein gemeiner Lump du bist!“ Sie sah nicht um sich, sondern behielt nur ihn fest im Auge. „Du hast mir hoch und heilig versichert, daß mir der Regisseur in seiner neuen Operette eine Hauptrolle geben wird!“

„Das hat er mir versprochen, aber ich habe jetzt andere Sorgen ...“

„Du lügst!“ unterbrach sie ihn. „Ich komme eben vom Regisseur. Er hat mich ausgelacht und ist frech geworden. Es gäbe gar nicht so viele Operetten, um alle deine Freundinnen unterzubringen. Da habe ich ihm eine geknallt, und er hat mich vor die Tür gesetzt.“

„Geschah dir ganz recht. Du hättest nett zu ihm sein sollen. Und nun verschwinde, du störst!“

„Das ... das wagst du mir zu bieten? Mir? Einer Baronesse von Zolba?“

„Willst du hier auch Theater machen? Du hast dich doch nur an mich gehängt, um Vorteile von meinen Beziehungen zu haben. Ich habe alles für dich getan! Was kann ich dafür, daß du kein Talent hast ...“

„Das sagst du jetzt auf einmal ...“

„Genug!“ brüllte er sie an. „Ich habe dich satt und will dich nicht mehr sehen! Gehe, sonst knalle ich dir eine und setze dich vor die Tür.“

Sie zitterte am ganzen Leib.

„Du ... willst ... mich hinauswerfen?“

„Ja, auf die Straße, wo du hingehörst!“

Die Anwesenden, die diesen Auftritt still mit Staunen und Abscheu verfolgt hatten, hörten, wie Astas Atem keuchend ging.

Sie war bis zur Weißglut gereizt und verlor die letzte Selbstbeherrschung.

Was nun geschah, das spielte sich so schnell ab, daß niemand hätte eingreifen können.

Ihr fahriger Blick war auf den Revolver gefallen, den Sepp auf den Tisch gelegt hatte. Sie ergriff ihn und sprang damit auf den Baron zu.

„Jetzt knalle ich!“ gellte ihre Stimme in Ekstase.

Der Baron suchte die Hand mit dem Revolver zu pakken, faßte aber nur den kurzen Lauf der Waffe und bemühte sich, ihn von sich weg zu drücken. Asta hatte Kräfte, die von ihrer Wut noch verdoppelt wurden. Die beiden rangen miteinander und stolperten hin und her, aber in dem Dämmerdunkel waren ihre Bewegungen kaum zu erkennen.

Sepp hatte rasch die beiden Frauen ins Nebenzimmer gedrängt und drehte sich um, da krachten kurz hintereinander zwei Schüsse. Fast gleichzeitig erstarrten die beiden Gestalten, dann sanken beide langsam in sich zusammen und blieben regungslos auf dem Teppich liegen.

Auf die Schüsse hin kam der Lakai in den Salon gestürzt.

„Eine Lampe!“ herrschte Sepp ihn an. „Hol eine Lampe!“

Nach drei Minuten kam der Diener mit einem Leuchter. Sepp nahm ihn aus der zitternden Hand, bückte sich und schaute auf Asta und den Baron. Sie gaben kein Lebenszeichen von sich.

„Hol sofort einen Arzt und dann die Polizei!“ befahl Sepp dem Diener.

„Die Po . . . Polizei?“ Der Mann glotzte ihn an.

„Bist noch net weg? Soll i dir Beine machen?“ fuhr Sepp ihn an.

Schreckensbleich rannte der Diener fort. Sepp stellte den Leuchter auf den Tisch. Zögernd kamen Hilda und Frau Holstein aus dem Nebenzimmer. Sie unterdrückten einen Aufschrei, als sie die beiden regungslosen Gestalten am Boden sahen.

„Sind sie tot?“ fragte Frau Holstein.

Sepp zuckte mit den Achseln.

„Dös muß der Doktor sagen, der schon geholt wird. Aber i glaub net, daß der Baron fortan noch mehr Verbrechen begehn wird.“

Still begaben sich die vier auf die Diele und warteten auf den Arzt, der ein paar Häuser weiter wohnte. Sepp hielt die Lampe bei der Untersuchung. Sie währte nur kurz.

„Sonderbar“, sagte der Arzt. „Herzschuß bei beiden. Die Dame war sofort tot. Der Baron kann noch ein paar

Stunden leben, aber zu helfen ist ihm nicht mehr. Wie ist denn das geschehen?“

Dieselbe Frage stellten die Polizeibeamten, die gleich darauf eintrafen. Die Anwesenden wurden vernommen, Protokolle aufgesetzt. Obwohl der Fall eindeutig klar lag, vergingen doch Stunden, bis sie wieder abzogen. Astas Leiche wurde aufgebahrt, der Baron in sein Bett gelegt, wo er gegen sechs Uhr morgens starb, ohne das Bewußtsein wieder erlangt zu haben.

Die Frauen verbrachten eine schlaflose Nacht. Das schreckliche Erlebnis wirkte in ihnen nach. Wenn auch Hilda dem Stiefvater keine Träne nachweinte, sondern seinen Tod als eine Erleichterung empfand, so ging ihr doch das Schicksal der ehemaligen Freundin nahe, die nun das letzte Opfer des Barons geworden war.

*

In der Frühe dieses Morgens zogen Martin und Rudolf gemeinsam in den Wald auf die Jagd. Unweit der Felsen, bei denen ein paar Tage zuvor Rudolf und Hilda einander zum erstenmal begegnet waren, entdeckten sie den Horst des Habichts und legten sich auf die Lauer. Rudolf bekam den Raubvogel vor die Flinte und erlegte ihn mit einem wohlgezielten Schuß.

War es ein Zufall? Gegen sechs Uhr morgens, um die gleiche Zeit, als in Wien der Baron Albert von Alberg starb, verendete auch der Raubvogel, der so lange der Schrecken des Niederwilds und des Federviehs von Schloß Steinegg gewesen war.

*

Zwei Wochen waren vergangen, seit Hilda aus Wien zurückgekehrt war. Während Notar Hammer und der Sepp schon am Tage nach der Beerdigung Astas und des Barons wieder abgereist waren, hatte sie noch mancherlei zu erledigen gehabt, wobei ihr Frau Holstein geholfen hatte. Hilda hatte den Haushalt in dem Wiener Haus, das ein Erbteil ihres Vaters Leopold von Alberg war, aufgelöst und ihrem Wiener Notar den Auftrag erteilt, für einen günstigen Verkauf zu sorgen. Die zahlreichen Gläubiger ihres Stiefvaters, die sich mit Ansprüchen meldeten, hatte sie ebenfalls an den Notar verwiesen, damit er ihnen klarmachte, daß sie aus dem verschuldeten Nachlaß nichts zu erwarten hatten. Erst nachdem all das in die Wege geleitet war, konnte sie mit ihrer Freundin Bertha nach Steinegg zurückfahren.

Dort hatten Martin und Rudolf bereits eifrig mit der Arbeit begonnen. Auf dem Schloß wurde gehackt, geklopft und gehämmert. Alte Mauern und Wände wurden eingerissen, neue errichtet. In den umliegenden Wäldern des Gutes dröhnten die Äxte und kreischten die Sägen, der Baumbestand wurde nach vielen Jahren regelrecht durchforstet. Auf den brachliegenden Äckern warfen Pflüge die Schollen um.

Es war ein schöner Sommernachmittag. Nur fern über den Alpen standen einige weiße Wölkchen am blauen Himmel. Eine linde Brise milderte die Hitze ein wenig.

In leichtem Dirndlkleid und mit Kopftuch hatten Hilda und Bertha im Garten nach dem Rechten gesehen. Nun ruhten sie nach der Arbeit ein wenig in der Laube aus. Obwohl beide sonnengebräunt waren, sah Hilda schmal und ernst aus. Sie warf einen Blick über das sonnenbeglänzte Land bis hin zu den Alpen und seufzte.

„Ich mag gar nicht daran denken, daß ich Steinegg kurz über lang verlassen muß!"

„Wer weiß, ob von den Friederichs überhaupt noch jemand aufzufinden ist?" suchte die Freundin zu trösten. „Und wenn, dann kannst du mit ihm vielleicht ein Abkommen erreichen, das dir erlaubt, Steinegg weiter bewirtschaften zu können."

„Ach Bertha, ich gebe mich keinen falschen Hoffnungen

hin. Nach dem, was den Friederichs angetan wurde, werden sie auf alles, was von Alberg heißt, mit Recht schlecht zu sprechen sein."

„Ich möchte nur wissen, warum der Sepp so gar nichts von sich hören und sehen läßt", sagte Frau Holstein. „Ich habe das Empfinden, als ob dieser gute Alte der Mann ist, der mit seiner Pfiffigkeit auch für dich noch alles zum guten Ende bringt."

Kaum hatte sie ausgesprochen, da ertönte vom Schloß her ein Gesang, der beide aufhorchen ließ.

„Wann s' ruhen, die Hände
und die Madeln haben Zeit,
dann ist auch am Ende
der Sepp net mehr weit!"

„Da ist er schon, der Sepp!" rief Hilda, und ein freudiges Lächeln huschte über ihr Gesicht.

„Grüß Gott!" Der Wurzelsepp schwenkte den alten Hut.

Übers ganze Gesicht lachend, drückte er den beiden Frauen, die ihm entgegenliefen, die Hand.

„Und a Busserl krieg i net?" fragte er.

Die eine küßte ihn auf die rechte Wange, die andere auf die linke. Schmunzelnd strich er sich den Schnauzbart, dann warf er den Rucksack auf den Boden und nahm mit den beiden in der Laube Platz.

„Na, Sepp, du hast dich ja recht rar gemacht", meinte Frau Holstein. „Bringst du etwas?"

„Ja, i bring mi selber."

„Das ist nicht viel Gescheites", scherzte Bertha. „Hast du nichts Besseres zu bringen?"

„Naa! I wollt nur sehn, ob hier auch alles in Ordnung ist."

„Sepp, du schwindelst! Wo hast du denn die ganze Zeit gesteckt?"

„In der Kreisstadt. Bin als Zeuge vom Richter vernommen. Der Hollanic und der Keilberg haben alles gestanden. Die dicke Köchin will nun net mehr Frau Hausmeisterin werden und schimpft wie a Rohrspatz auf ihr ehemaliges G'schpusi. Man wird den Kerl leider ja nur wegen Diebstahls von a paar Flaschen Schampus bestrafen können, aber sein lebenslänglicher Vertrag als Hausmeister ist nun gottlob hinfällig. Wie der König selber sich der Sach angenommen hat, ist das frühere Urteil gegen den Baron von Friederichs in nullkommafünf für ungültig erklärt worden, und damit ist endlich die Ehre des Barons wieder hergestellt."

„Gott sei Dank!" rief Hilda. „Doch leider werden wohl noch viele Monate vergehen, bevor man von dem Baron und seiner Familie etwas aus Amerika hört."

„Freili, Amerika ist weit!" nickte Sepp. „Wann S' mit dem Sepp um hundert Mark gewettet hätten, möcht er sich mehr angestrengt und vielleicht doch scho a weng erfahren haben."

„Sepp, du weißt schon etwas!" rief Frau Holstein.

Er machte ein wehmütiges Gesicht.

„Je älter der Sepp wird, desto schlechter wird sein Gedächtnis. Doch nur Geduld! 's fallt ihm scho noch wieder ein. Sagen S' mal, Baroneß, gern gehn S' doch gewiß net weg von Steinegg, nachdem's nun aufwärts geht mit dem Gut, seit der Martin und der Rudolf fleißig schaffen und der Habicht kaane Gockerln mehr holt?"

„Bei Gott, nein!" seufzte Hilda. „Ich darf gar nicht daran denken, daß ich eines Tages hier fort muß."

„Hm! Aber müssen S' denn fort? Da gibt's doch a ganz einfaches Mittel dagegen."

„Sparen Sie Ihre Worte, Sepp! Ich bin entschlossen, das begangene Unrecht mit meinem ganzen Vermögen wiedergutzumachen."

„Warum denn mit dem Vermögen? Gäb's da net noch was Beßres?"

„Ich wüßte nichts, Sepp."

„Ja, wo andre net mehr weiterwissen, da muß halt der Sepp mit seiner Weisheit kommen. Schaun S', Baroneß, da muß doch a Sohn sein von dem Baron von Friederichs, der im Alter grad zu Ihnen passen tät. Wann S' den heiraten würden, dann könnten S' mit der Liebe alles wiedergutmachen und hier auf dem Schloß bleiben."

„Aber Sepp! Das sind doch Hirngespinste", wandte Frau Holstein ein. „Liebe läßt sich nicht befehlen, und Hilda würde niemals den jungen Baron von Friederichs nur darum heiraten, um sich so Steinegg zu erhalten."

„Das kommt überhaupt nicht in Frage", erklärte Hilda etwas ungehalten. „Wenn ich überhaupt heirate, dann muß ich den Mann auch lieben."

„So, so?" Sepp schaute sie forschend an. „Vielleicht haben S' sich gar scho a Bild gemacht von dem Mann, den S' lieben könnten?"

Hilda wurde glühend rot bei dieser Anspielung auf das Bild Rudolfs, bei dem Sepp sie einmal überrascht hatte.

„Vielleicht paßt gar der junge Baron von Friederichs genau zu diesem Bild?" fuhr Sepp fort.

„Ach was!" sagte sie nun unwillig. „Sepp, ich habe jetzt wirklich andere Sorgen, als ans Heiraten zu denken."

„Na ja, junge Leut sind scho manchmal wunderlich", meinte Sepp ungerührt. „Net nur die Dirndln, auch die Burschen. I kenn da aanen tüchtigen jungen Kerl, der hat sich bis über beide Ohren in a bildhübsches junges Madl verliebt und tut auch 's Maul net auf, weil er andre Sorgen hat und glaubt, er wär noch nix, weil er erst noch sein Examen machen müßt. Na, wann i der wär!"

„Was würdest du da machen?" fragte Frau Holstein lachend.

„I nähm dös Madl fest in die Arm und busserlt's so lang ab, bis ihm nix übrig blieb, als zu flehn: Lieber Sepp, sei so gut und werd mein Mann!"

Bei diesen Worten grinste Sepp spitzbübisch Hilda an, die abwechselnd blaß und rot wurde und seinen Blicken auswich. Sichtlich erleichtert atmete sie auf, als vom Schloß her ein Ruf kam, der das heikle Gespräch unterbrach. Es war Martin, der sich eilig näherte.

„Hilda!“ rief er schon von weitem. „Komme doch gleich mit Mutter ins Schloß. Im Salon wartet Besuch auf euch.“

„Besuch? Wer ist denn da?“ fragte Hilda.

Verstohlen winkte Martin dem Sepp zu, der hinter den Frauen stand. Im Einvernehmen mit dem Alten hatte er den Besuch geholt.

„Baronin von Friederichs!“ sagte er.

„Wer?“ rief Bertha.

„Nein!“ hauchte Hilda.

„Doch, doch!“ versicherte Martin. „Es ist eine freundliche, feine Dame.“

Hilda stand ganz verwirrt da, sie begriff nur so viel, daß die wirkliche Herrin von Schloß Steinegg eingetroffen war.

„Wollt ihr den Besuch so im Kittel empfangen?“ fragte Martin seine Mutter.

Da zog Frau Holstein die Freundin schnell mit sich fort.

Lächelnd sahen Sepp und Martin den beiden nach.

„Bisher hat alles geklappt“, berichtete Martin. „Rudolfs Mutter war zwar etwas erstaunt, als ich so plötzlich auftauchte, um sie im Wagen von Tannenwinkel nach Steinegg zu holen, doch als ich ihr sagte, ich käme im Auftrag des Wurzelsepp, da fragte sie nicht viel, sondern war gleich bereit mitzukommen. Das Gehen fällt ihr noch ein bißchen schwer, aber ein, zwei Dutzend Schritte schafft sie schon.“

Sepp ergriff Hut, Rucksack und Bergstock, den er unternehmungslustig schwang.

„Alsdann hinein ins Theater! ’s hat geklingelt zum letzten Akt. Sorg mir dafür, daß der Rudolf beim Stichwort auf die Bühne kommt!“

„Der ist noch im Keller bei den Maurern und ahnt nicht,

daß seine Mutter oben im Salon sitzt. Ich gehe gleich zu ihm und gebe acht, daß er da ist, wenn er gebraucht wird."

Martin lief zum Schloß voraus, und der Alte schlenderte hinterdrein. In der Diele legte er Hut, Rucksack und Stock wieder ab und näherte sich auf Zehenspitzen der halb offenstehenden Salontür. Frau Holstein und Hilda, die sich eiligst ein Nachmittagskleid angezogen hatten, saßen dort am Tisch der Mutter Rudolfs gegenüber.

„Frau Baronin, ich bin froh, daß Sie den Weg zu mir gefunden haben und ich Sie nicht mehr zu suchen brauche", sagte Hilda mit ernster, aber fester Stimme. „Wir wollen es kurz machen. Ich bin bereit, mit meinem ganzen Vermögen für die Verbrechen meines Stiefvaters einzustehen, und soweit das überhaupt möglich ist, wiedergutzumachen, was Sie erleiden mußten. Betrachten Sie bitte von jetzt ab Gut Steinegg und mein Vermögen als Ihr Eigentum! Wir werden morgen auf der Bank und beim Notar die notwendigen Schritte tun. Lassen Sie mir nur meine persönlichen Sachen, wie Kleider, Wäsche und ein paar Andenken, dann ziehe ich morgen zu meiner Freundin Bertha Holstein."

„Aber davon kann gar keine Rede sein, liebes Fräulein von Alberg", widersprach Frau von Friederichs. „Sie irren sich, wenn Sie glauben, ich wäre hier, um irgendwelche Ansprüche geltend zu machen."

„Wie kam denn mein Sohn dazu, Sie abzuholen?" fragte Frau Holstein.

„Er behauptete, er käme im Auftrag des Wurzelsepp, der mich dringend auf dem Schloß zu einer Klarstellung brauche. Und Sepp ist seit Jahren ein guter, treuer Freund von mir."

„Was? So lange weiß der Sepp schon, wer Sie sind?"

„Nein, meinen wirklichen Namen kennt er erst seit kurzem. Der Alte muß doch etwas bezweckt haben, daß er mich hierher holte? Denn ohne Überlegung tut er nichts, aber da ich nun mal hier bin, so möchte ich gleich klarstellen: Daß Sie Schloß Steinegg verlassen, kommt überhaupt nicht in Frage. Ich bin glücklich, daß ich nun den Namen meines Mannes wieder in Ehren tragen darf, aber von Ihrem Vermögen will ich keinen Pfennig, ebensowenig mein Sohn, der mir schon viel Liebes von Ihnen erzählt hat."

„Ihr Sohn? Von mir erzählt? Aber ich kenne ihn doch gar nicht!"

In diesem Augenblick winkte der Sepp dem Martin, der mit Rudolf aus dem Keller kam, ihm zu folgen, und betrat den Salon.

„Mancher merkt die Fliege net, die ihm auf der Nasen sitzt", meinte der Sepp.

Die Baronin lächelte leise. Sie deutete zur Tür.

„Da kommt ja mein Sohn gerade."

„Aber das ist doch ...?" flüsterte Hilda.

„Mein Sohn Rudolf", ergänzte die Baronin. „Damals in Amerika hat mein Mann seinen Namen in Fredericks verändert, was ich nach meiner Rückkehr in Deutschland beibehielt. Mein Sohn erfuhr erst vor kurzem von mir, wie er wirklich heißt ..."

„Mutter! Wie kommst denn du hierher?" fragte Rudolf und suchte seine nicht ganz freudige Überraschung zu verbergen.

„Martin hat deine Mutter im Wagen geholt", gab ihm Sepp zur Antwort.

„Aber warum denn? Das wollte ich doch noch nicht! Nun ..." Sein schwacher Widerspruch ging in einem unverständlichen Murmeln unter.

Er wich den vorwurfsvollen Blicken Hildas aus, als sie rief:

„Mein Gott! Sie sind der Baron von Friederichs! Sie haben gewußt, wie ich Sie gesucht habe, und nun sagen Sie mir kein Wort!"

„Ich weiß es ja auch noch nicht lange", verteidigte er

sich schwach. „Ich wollte nicht ... ich wußte nicht ... ich mochte nicht ..."

„Hören S' dös, Frau Baronin?" spöttelte der Sepp. „Wenn Ihr Bua so gescheit im Examen antwortet, dann fallt er mit Pauken und Trompeten durch: Er will nix, er weiß nix, er möcht nix!"

Rudolf raffte sich zusammen.

„Ich bin gleicher Meinung wie meine Mutter: Wir werden an das Vermögen und Eigentum von Baroneß Hilda keinerlei Ansprüche stellen."

„Und ich will das unrechte Gut nicht behalten", erklärte Hilda. „Ich bitte darum, mich schnellstens von der Verwaltung zu entlasten."

„Hm!" meinte Sepp. „Meist streiten sich die Leut herum, weil alle dasselbe haben möchten. Hier und heut streiten sich zwei, weil kaaner vom andren was will. Wie kommen wir da weiter, wenn beide dickköpfig sind? Da müssen s' zum Gericht laufen und prozessieren, und am End fressen die Richter und Advokaten alles auf. Das Schloß verfällt, die Wälder verrotten weiter, auf den Feldern blüht das Unkraut. In aanem solchen Prozeß müßt der Sepp der Richter sein!"

„Das ist wirklich ein guter Gedanke", mischte sich Frau Holstein ein. „Ich schlage euch vor, ihr macht den Sepp zum Schiedsrichter. Er ist unparteiisch und hat das Vertrauen beider Seiten. Er ist zwar kein Jurist, aber euer Fall kann sowieso nicht nach Paragraphen entschieden werden. Sepp ist klug und denkt großherzig, er wird eine Lösung finden, die für beide Seiten befriedigend ist."

„Ich kann diesen Vorschlag meiner Mutter nur unterstützen", sagte Martin.

„Ich möchte um keinen Preis einen Prozeß und bin einverstanden", erklärte die Baronin.

„Ich füge mich der Entscheidung meiner Mutter", sagte Rudolf.

„Und du, Hilda?" fragte Frau Holstein.

„Dein Vorschlag ist gut, ich nehme ihn an, denn ich will ja auch keinen Streit."

„Du siehst, Sepp, alle stimmen zu."

„Dös ehrt den alten Sepp freili sehr, daß man ihn für so weise hält wie den König Salomo. Doch alle müssen vorher versprechen, daß sie seinen Spruch auch wirklich annehmen und hinterher net doch noch zum Kadi laufen."

„Ich glaube, Sepp, dazu werden sich alle verpflichten", meinte Frau Holstein, und ohne Bedenken stimmten ihr Hilda, Rudolf und seine Mutter zu.

„Na schön, der Fall selber ist ja klar", sagte der Sepp. „Die Baroneß Hilda will wiedergutmachen, was ihr Stiefvater vor Jahren verschuldet hat, aber die Friederichs wollen keine Wiedergutmachung durch Geld und Gut, weil sonst eine Unschuldige für etwas büßen müßt, was sie net getan hat. Wenn aber jemand Buße tun will, dann sollt ihn niemand dran hindern."

„Und uns kann niemand zwingen, diese Buße anzunehmen", fiel Rudolf ein.

„Halt's Maul!" fuhr der Sepp ihn an. „Wann a Richter sein Urteil verkündet, darf ihn niemand unterbrechen. Also: Die Baroneß Hilda von Alberg wird verurteilt, alles wiedergutzumachen, und die Baronin von Friederichs und ihr Sohn werden verurteilt, diese Wiedergutmachung dankbar anzunehmen."

„Sepp, da mache ich nicht mit, das ist ungerecht!" widersprach Rudolf unwillig.

„Unterbrich net immerzu!" verwies ihn Sepp. „Die Hauptsach kommt noch. Du denkst, mit Geld und Gut kann man net alles wiedergutmachen, und da hast recht! Dös brauchst net anzunehmen. Du kannst mehr verlangen, was wertvoller ist als so a Schloß, Wälder, Felder und a Geld auf der Bank. Dös maanst doch, net wahr?"

„Sepp, du bist verrückt! Ich hätte mich auf deinen Schiedsspruch nicht einlassen sollen!"

„Hast's aber getan", erwiderte Sepp gelassen. „Was

ist mehr wert als die Schätze, die von Rost und Motten gefressen werden? Die große, wahre, wirkliche Liebe! Sagt net die Heilige Schrift, daß die Liebe alles verträgt, alles glaubt, alles hofft, alles duldet und alles überwindet? Frau Bürgermeister, ist die Liebe net das Höchste, was der Mensch auf dieser Erde empfangen kann?"

Sepp zwinkerte Frau Holstein zu, und sie merkte, worauf er hinaus wollte.

„Da kann ich dir nur aus ganzem Herzen zustimmen, Sepp."

„Ja, und Liebe gibt's in verschiedenen Arten: Liebe zum Nächsten, zu den Eltern, zu den Kindern und zum Gatten. Beide Parteien werden verurteilt, mit Liebe wiedergutzumachen — Liebe zu geben und zu empfangen. Dabei steht ihnen frei, sich die Art der Liebe auszusuchen. Damit ist die Verhandlung zu End, die Parteien dürfen nur noch erklären, daß sie's Urteil annehmen."

Hilda und Rudolf saßen verlegen da und wagten nicht sich anzublicken. Frau von Friederichs, Frau Holstein und Martin lächelten sich an.

„Alsdann, Frau Baronin, nehmen Sie 's Urteil an?" fragte Sepp mit erhobener Stimme.

„Ja", antwortete sie. „Ich will Baroneß Hilda wie eine Tochter lieben."

„Und Sie, Baroneß, sind Sie bereit, mit Liebe wiedergutzumachen, was Ihr Stiefvater verbrochen hat?"

„Ja", hauchte Hilda mit glühenden Wangen.

„Und du, Rudolf, willst du die Baroneß wie eine gute, alte Tante lieben?"

„Nein!" rief er, und dann sagte er leise: „Aber wenn sie meine Frau werden wollte, dann wäre ich der glücklichste Mann auf Erden."

„Dös tät mir leid", sagte der Sepp mit gespieltem Ernst. „Zu solch großem Opfer kann i die Baroneß net verurteilen. Es wär doch Buße genug, wann sie zeitlebens als Tante auf di aufpassen müßt. Dös Busserl damals nach dem Blitz und Donner hat ihr sicher net geschmeckt, sonst ..."

Hilda sprang auf und rannte aus dem Salon.

„Los, lauf hinter der Tante her!" forderte der Sepp Rudolf auf. „Vielleicht kommt s' dann wieder auf den Geschmack!"

Rudolf warf ihm einen wütenden Blick zu, sprang aber dennoch auf und verschwand ebenfalls aus dem Salon. Sepp rieb sich schmunzelnd die Hände.

„Verliebte junge Leut muß man immer erst mit der Nase in den Honigtopf stupsen. Wollen wir wetten, daß sie als Tante nix von ihm wissen will?"

„Mit dir wette ich nicht!" sagte Frau Holstein. „Du wettest ja nur, wenn du schon gewonnen hast."

„Sepp, guter, lieber Sepp!" Mit Tränen in den Augen drückte Frau von Friederichs ihm die Hand. „Wenn du nicht gewesen wärst!"

„Ach, gehn S' doch, Frau Baronin! Dem Sepp seine größte Freud ist, wann er im Jammertal dieser Welt a bisserl Glück stiften kann. Schaun S', da sind die beiden scho wieder da."

Hand in Hand kamen Hilda und Rudolf freudestrahlend in den Salon zurück.

„Mit der Tante ist's nichts, Sepp", sagte Rudolf. „Wir haben uns für eine andere Art von Liebe entschieden. Sobald ich mein Examen gemacht habe, heiraten wir! Zu unserer Hochzeit bist du schon heute eingeladen."

„Mit Frack und Klack, was? Ihr werdet staunen, wie vornehm der alte Sepp da ausschaut! Aber vergeßt mir ja net, auch meinen Freund, den Herrn Ludwig einzuladen, dem ihr noch mehr zu danken habt als mir — altem Landstreicher."

„Wird er denn kommen?" fragte Hilda.

„Wann's der Sepp ihm sagt, kommt er bestimmt."

„Dann sag's ihm, Sepp! Und noch eine Bitte habe ich an dich, Sepp. Wenn Rudolf das Schloß jetzt umbaut, dann wollen wir ein Zimmer für dich einrichten, in dem du deinen Lebensabend verbringen kannst."

„Da dank i von Herzen, Baroneß, aber noch denkt der alte Sepp net an den Lebensabend. Wann's der Herrgott will, dann wandert er noch viele Jahr im Land umher. Er wird alleweil gern hier vorsprechen, um den Kindern auf den Knien 's Reiten beizubringen. Aber lang hält er's nirgends aus. Er muß pilgern, solang er auf Erden ist und bis der Herrgott ihn abruft. Aber nun macht net so ernste Gesichter! Vielleicht hat der Hollanic im Keller doch noch a Flaschen Champagner übriggelassen? Dann holt sie und laßt uns fröhlich Verlobung feiern! Denn, liebe Leut: Wann's auch zwei Testamente gegeben hat um Schloß Steinegg — der Sohn von der richtigen Erbin und die Tochter von der net so ganz richtigen Erbin werden heiraten! Und das ist die einzige Möglichkeit, daß die ganze Geschicht beisammenbleibt, wie's auch vernünftig ist! Das sagt euch der alte Wurzelsepp, und der hat zum Schluß noch immer recht gehabt!"

In den Jahren 1886/1887 entstand Karl Mays umfangreicher Roman „Der Weg zum Glück“, eine Sammlung spannender und heiterer Erzählungen, die — zum Teil nur lose miteinander verbunden — in Bayern zur Zeit des Königs Ludwig II. spielen. In unserer Neuausgabe (Gesammelte Werke Band 66, 67, 68 und 73) wurden die Einzelteile entflochten; der eigentliche Hauptroman bildet nunmehr die Bände 66, „Der Peitschenmüller“, und 67, „Der Silberbauer“, während in Band 68, „Der Wurzelsepp“, die beiden kürzeren Geschichten vom „Geldprotz“ und vom „Samiel“ zusammengefaßt sind. Band 73, „Der Habicht“, schließt den Kreis der bayerischen Geschichten von Karl May und stellt einen in sich geschlossenen Roman dar.

Band 66

DER PEITSCHENMÜLLER

In den bayerischen Bergen spielt dieses Buch Karl Mays, dessen bunte, spannende Handlung von frischem Humor gewürzt ist und eine treffende Schilderung des treuherzig-biederen Gebirglervolks bietet. Der Wurzelsepp, eine der besten Gestalten des Schriftstellers, die der Leser bereits im vorliegenden Buch kennen und lieben gelernt hat, steht in seiner kernigen Lebensechtheit auch hier im Mittelpunkt der Handlung. Aller Menschen Freund, ist er stets bereit, unglücklichen Mitmenschen beizustehen und mit seinem listig-lustigen Gemüt überall Frohsinn zu verbreiten. Daneben ist er von unbestechlichem Gerechtigkeitssinn, und so geschieht es, daß mit seiner Hilfe altes Unrecht, dessen packende Schilderung zugleich die abenteuerliche Spannung des Bandes ausmacht, endlich aufgedeckt wird und seine Sühne findet.

KARL-MAY-VERLAG BAMBERG

Band 67

DER SILBERBAUER

In unmittelbarer Fortführung des vorangegangenen Bandes läßt dieser Roman die weiteren Geschicke der schon bekannten Hauptgestalten erleben. Der unheimliche und gefährliche Peitschenmüller, der die Bewohner des Dorfes unter Angst hält, findet sein Gegenstück in dem geizigen Silberbauern, seinem Kumpan und Genossen früherer Verbrechen, von dem sich schließlich sogar die eigene Tochter lossagt, als sein dunkles Treiben an den Tag kommt. Sie beide sind zu wahren Bedrückern und zum Verhängnis manches braven Menschen geworden. Alle aber finden schließlich ihr Recht — immer unter dem Schutz des edlen und vielgeliebten Königs Ludwig II., dessen tragische Gestalt besonders eindringlich gezeichnet ist und dessen Tod gleichzeitig mit dem rührenden Ende des Wurzelsepps wie ein düsterer Schatten über dem gelösten Ausklang des Werkes liegt.

Band 68

DER WURZELSEPP

Wie auch Band 66 „Der Peitschenmüller" und Band 67 „Der Silberbauer" entstammt dieses Buch Karl Mays ursprünglichem Lieferungsroman „Der Weg zum Glück" und enthält die beiden nicht zur Haupthandlung gehörenden Teile „Der Geldprotz" und „Der Samiel". Band 68 steht inhaltlich völlig für sich geschlossen und hat mit den beiden vorangehenden Bänden lediglich die Hauptperson gemeinsam. Die am Anfang stehende Schmugglererzählung schildert den verzweifelten Kampf eines mit dem Gesetz in Konflikt geratenen Bauern gegen die Erpressungsversuche zweier gewissenloser Schurken. Beim zweiten Teil handelt es sich um eine spannende Räubergeschichte; ein geheimnisvoller Verbrecher hält unter dem Namen „Samiel" die Gegend in Angst und Schrecken, bis er schließlich durch die tatkräftige und listenreiche Mithilfe des Wurzelsepp sein verdientes Ende findet.

KARL MAY

GESAMMELTE WERKE

1 Durch die Wüste
2 Durchs wilde Kurdistan
3 Von Bagdad nach Stambul
4 In den Schluchten des Balkan
5 Durch das Land der Skipetaren
6 Der Schut
7 Winnetou I
8 Winnetou II
9 Winnetou III
10 Sand des Verderbens
11 Am Stillen Ozean
12 Am Rio de la Plata
13 In den Kordilleren
14 Old Surehand I
15 Old Surehand II
16 Menschenjäger
17 Der Mahdi
18 Im Sudan
19 Kapitän Kaiman
20 Die Felsenburg
21 Krüger Bei
22 Satan und Ischariot
23 Auf fremden Pfaden
24 Weihnacht
25 Am Jenseits
26 Der Löwe der Blutrache
27 Bei den Trümmern von Babylon
28 Im Reiche des silbernen Löwen
29 Das versteinerte Gebet
30 Und Friede auf Erden
31 Ardistan
32 Der Mir von Dschinnistan
33 Winnetous Erben
34 „ICH"
35 Unter Geiern
36 Der Schatz im Silbersee
37 Der Ölprinz
38 Halbblut
39 Das Vermächtnis des Inka
40 Der blaurote Methusalem
41 Die Sklavenkarawane
42 Der alte Dessauer
43 Aus dunklem Tann
44 Der Waldschwarze
45 Zepter und Hammer
46 Die Juweleninsel
47 Professor Vitzliputzli
48 Das Zauberwasser
49 Lichte Höhen
50 In Mekka
51 Schloß Rodriganda
52 Die Pyramide des Sonnengottes
53 Benito Juarez
54 Trapper Geierschnabel
55 Der sterbende Kaiser
56 Der Weg nach Waterloo
57 Das Geheimnis des Marabut
58 Der Spion von Ortry
59 Die Herren von Greifenklau
60 Allah il Allah!
61 Der Derwisch
62 Im Tal des Todes
63 Zobeljäger und Kosak
64 Das Buschgespenst
65 Der Fremde aus Indien
66 Der Peitschenmüller
67 Der Silberbauer
68 Der Wurzelsepp
69 Ritter und Rebellen
70 Der Waldläufer
71 Old Firehand
72 Schacht und Hütte
73 Der Habicht
74 Der Verlorene Sohn

KARL-MAY-VERLAG BAMBERG

WELT DER ABENTEUER

Das ist der Inbegriff des uralten Traums der Menschen von der Sehnsucht nach der Ferne, nach Erlebnissen in neuer, fremder Umwelt, nach Bereicherung der eigenen Kenntnisse und Erkenntnisse, nach Erweiterung des heimischen Gesichtskreises.

Zu allen Zeiten war das Abenteuer — namentlich in exotischer Landschaft — Gegenstand spannender Erzählungen. Und immer schon gab es Meister, die auf diesem Gebiet unsterbliche Werke schufen. Mancher geriet in unverdiente Vergessenheit...

In der Buchreihe WELT DER ABENTEUER wird solche Literatur dem deutschen Publikum zugänglich gemacht. Neben den älteren „klassischen" Erzählern sind auch Schriftsteller der Gegenwart vertreten.

Die Presse bezeichnet die seit vier Jahren auf dem Buchmarkt befindliche Romanreihe als „geeignet, eine Lücke in unserem Schrifttum zu füllen, jene Lücke nämlich, die heute so sehr klafft, dort, wo es nötig ist, jung und alt abzulenken von ganz anderen Abwegen unserer Tage" — „...und man stellt fest, daß der gute Abenteuer-Roman neben dem modernen Roman nach wie vor bestehen kann, ja ihn in manchem weit übertrifft."

Dem historischen Roman gibt WELT DER ABENTEUER ebenso Platz wie dem Erlebnisbericht, dem anspruchsvollen Kriminalroman oder der erzählenden Dokumentation. Die Bände WELT DER ABENTEUER sind ausgestattet wie „Karl Mays Gesammelte Werke", jedoch in rotes Ganzleinen gebunden. Jedes Buch ist mit übersichtlichen Landkarten ausgestattet.

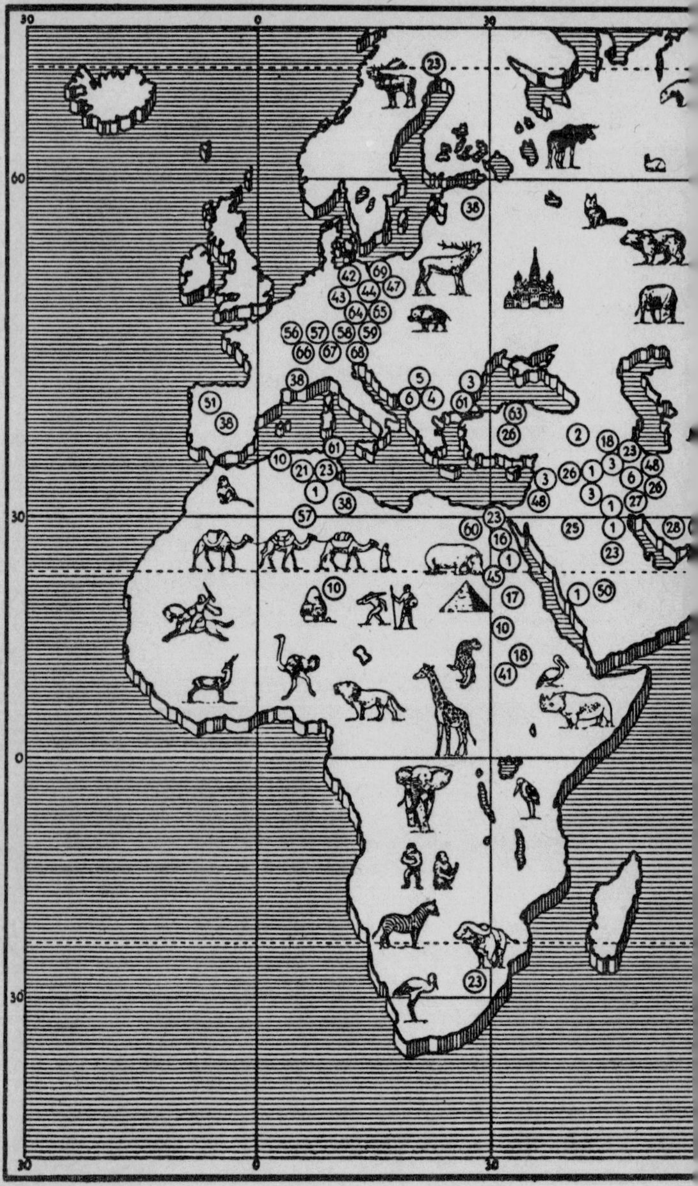

30
0
30
23
60
38
42
69
47
43
44
64
65
56
57
58
59
66
67
68
38
5
3
6
4
61
31
38
63
26
61
2
18
23
10
21
23
3
48
26
1
6
26
1
3
27
38
3
48
1
57
30
23
60
25
1
28
16
23
1
45
10
17
1
50
10
18
41
0
23
30
30
0
30